CHANSONS POUR LA FILLE DU BOUCHER

Fils d'un prêtre catholique et d'une religieuse ayant tous deux renoncé à leurs vœux, Peter Manseau est né en 1974. Il a fondé une revue en ligne, contribué, entre autres, au *New York Times* et au *Washington Post* et publié des essais et un récit autobiographique avant de se consacrer à son premier roman : *Chansons pour la fille du boucher*, salué par de nombreux prix littéraires. Professeur de Creative Writing à l'Université de Georgetown où il suit également des études de théologie, il habite à Washington D.C. avec sa femme et leurs deux filles.

Pour tes 'huit' ans.

Bises

Moi.

21/02/2014

PETER MANSEAU

Chansons pour la fille du boucher

TRADUIT DE L'ANGLAIS (ÉTATS-UNIS) PAR ANTOINE CAZÉ

CHRISTIAN BOURGOIS ÉDITEUR

Titre original :

SONGS FOR THE BUTCHER'S DAUGHTER

Ouvrage traduit avec le concours
du Centre National du Livre

ISBN : 978-2-253-16681-8

נאָך אַ מאַנוסקריפּט, און נאָך אַ מאַנוסקריפּט,
גצוויקלט, געבנדן, פֿאַרקניפּט–
אותיות אין אותיות פֿאַרליבט.

un manuscrit, et encore un manuscrit,
enlacés, reliés l'un à l'autre, s'enveloppant l'un l'autre –
des lettres et encore plus de lettres, qui s'aiment.

A. Leyeles, *Le Dieu d'Israël*

Note du traducteur

Ma collaboration avec Itsik Malpesh est peut-être l'une des alliances littéraires les plus improbables qui soient de mémoire récente. Lors de notre première rencontre, à l'automne 1996, il avait déjà plus de quatre-vingt-dix ans et moi tout juste vingt et un. Lui était un Juif russe ayant grandi à une époque où les jours du tsar étaient comptés ; moi j'étais un jeune catholique de Boston né à la fin du règne de Nixon. Ayant vécu soixante-dix années passablement agitées aux États-Unis, Malpesh avait une expérience de l'histoire américaine bien supérieure à la mienne, mais il me considérait quand même comme celui qui de nous deux faisait autorité sur notre culture commune, au sujet de laquelle il se montrait insatiable. En cinq minutes de conversation, Malpesh pouvait poser des questions sur le service audiovisuel public, les oiseaux d'Amérique du Nord, les logiciels de PAO, et le prix d'un abonnement à un quotidien sportif, le tout dans un anglais dont l'aisance était encore encombrée du yiddish auquel il gardait sa préférence.

Au cours d'une visite, il m'interrogea sur le prix des billets pour la saison de base-ball au stade de

Baltimore, supposant que je connaîtrais la réponse sur le bout des doigts.

« Monsieur Malpesh, comment est-ce que je pourrais savoir une chose pareille ? » lui demandai-je.

Avant de me répondre, il m'étudia d'un regard perplexe, comme si à son âge il lui était devenu presque insupportable de devoir enfoncer une porte ouverte :

« Parce que vous êtes né dans cette langue », me rétorqua-t-il.

En décrivant les circonstances qui ont conduit à notre improbable partenariat, il est peut-être utile d'en esquisser d'emblée l'arrière-plan. C'est sans doute dépasser les limites de ce que la plupart des lecteurs attendent d'une note du traducteur, et je dois m'excuser auprès de ceux qui y trouveront à redire avant de leur donner raison : oui c'est vrai, l'œuvre d'Itsik Malpesh peut et même doit se lire pour elle-même. En tant que document historique et grand œuvre de la vie d'un homme singulier, elle mérite qu'on l'étudie pour ses qualités propres. Dans les chapitres qui suivent, j'ai traduit les manuscrits de Malpesh aussi complètement et fidèlement que possible, les rendant accessibles pour la première fois au grand public. L'histoire de Malpesh ne nécessite pas vraiment qu'on la commente. « Cette histoire est ce qu'elle est », aimait-il à dire. Ou, plus crûment, « Tout le reste n'est que commentaires, et les commentaires c'est de la merde ». Que les puristes se sentent donc libres de passer cette note du traducteur, ainsi que toutes les suivantes lorsqu'elles apparaîtront.

Ceci dit, il faut quand même remarquer que Malpesh était un type pas comme les autres, qui faisait des choix pas comme les autres. En fait, la notion de « choix » (religieux, linguistique, sexuel, culturel), de même que l'absence de choix, tient un rôle si central dans son œuvre que raconter la vie de celui qu'il a effectivement choisi comme traducteur (quelque limitées qu'aient pu être les options s'offrant à lui) permettrait, me semble-t-il, de jeter peut-être quelques lumières sur l'homme lui-même. Et c'est pourquoi, tout en admettant que cette profession de foi implique un orgueil non dénué d'ambition que le poète en personne apprécierait sans doute, je me dois d'insister : l'histoire de Malpesh commence avec moi.

Bien qu'il dût s'écouler encore six mois avant que je le rencontre, notre relation commença au cours de l'été suivant mon dernier semestre de licence dans une université de l'ouest du Massachusetts. C'est à cette époque que j'avais été embauché par une association peu ordinaire. J'aimerais pouvoir dire que mon emploi faisait suite à un examen approfondi de nombreuses offres lucratives, mais la triste vérité c'est que j'avais emprunté pour payer mes études et que, celles-ci achevées, je me retrouvais soudain écrasé de dettes.

J'avais suivi un cursus d'études religieuses, avec une spécialité en langues des écritures saintes, et le jour de la remise des diplômes je m'étais senti qualifié en… rien du tout. Au départ, j'avais envisagé d'entrer au séminaire une fois ma licence en poche, mais au cours de mes années à la faculté j'avais je ne sais trop comment perdu la foi. Pire, je commençais à me demander si je l'avais jamais vraiment eue.

Me voilà donc cherchant du travail. Dans l'espoir de mettre en pratique les maigres compétences monnayables que j'avais acquises à la fac, je me servis de mon hébreu niveau licence pour explorer les offres d'emploi en Israël. J'étais motivé pour voyager, prêt à tenter l'aventure, mais je m'aperçus que comme je n'étais pas juif, mes raisons pouvaient éveiller l'inquiétude. Au cours de plus d'un entretien on me posa une question qu'un jour j'entendrais *verbatim* dans la bouche de Malpesh en personne : Vous ne seriez pas une espèce de missionnaire ? J'essayais d'expliquer à mes employeurs potentiels que si un jour je devais convertir quelqu'un, ce ne serait à rien d'autre qu'un agnosticisme fumeux et mollasson, mais la franchise de cette réponse ne me valut pas beaucoup de rappels téléphoniques.

La chance ne me sourit pas plus quand je cherchai un emploi près de chez moi. Ma licence m'avait été délivrée par une université publique dans un État qui regorgeait de diplômés issus des meilleurs établissements privés. Évaluant la concurrence à laquelle je ferais face pour obtenir un emploi à Boston, une conseillère d'orientation m'avait suggéré d'aller voir du côté du télémarketing.

Gagné par le désespoir je me tournai alors vers les petites annonces du quartier et découvris que l'Association culturelle juive, une modeste structure à but non lucratif située à deux pas de mon université, cherchait de l'aide. Ils avaient besoin de quelqu'un pour trier les livres dans leur entrepôt ; la seule exigence, c'était de connaître l'alphabet hébreu. Le jour de l'entretien, personne ne me demanda si j'étais un missionnaire, ni même si j'étais juif, d'ailleurs. Comme j'étais disponible sur-le-champ, on m'offrit le job.

La semaine suivante, un seul regard m'expliqua la raison pour laquelle ils étaient si pressés de pourvoir ce poste. La mission principale de l'ACJ consistait à récupérer des livres : ils recevaient des dons de vieux ouvrages juifs en provenance du monde entier. Pénétrant dans l'entrepôt, je compris qu'ils avaient rempli leur mission au-delà de leurs capacités : des cartons de livres bloquaient l'entrée et s'empilaient jusqu'au-dessus des fenêtres, empêchant la lumière du jour de filtrer. Et comme on me l'expliqua, de nouveaux livres arrivaient quotidiennement. Par centaines. Ma responsabilité serait de déballer les cartons et de mettre les lieux en ordre.

Ce n'était pas tout à fait ce à quoi je m'étais attendu. J'avais bûché mon hébreu, supposant que plus je serais à l'aise mieux cela m'aiderait à cataloguer des livres juifs ou à trouver mes marques dans un entrepôt qui en était rempli. Je m'étais dit que le travail ne serait peut-être pas si différent d'une poursuite d'études, qui m'intéressait dans l'espoir de préparer un jour un doctorat en théologie mais restait en dehors de mes moyens financiers. Travailler parmi les livres toute la journée, m'étais-je imaginé, voilà qui pourrait être une façon de continuer ma formation tout en gagnant ma croûte.

Mais comme je le découvris dès mon premier jour, les livres n'étaient pas en hébreu. Ils étaient en yiddish, une langue qui partage à peu près autant de traits avec son antique cousine que l'anglais avec le latin. Dotés d'un alphabet et d'un petit vocabulaire en commun, l'hébreu et le yiddish paraissent identiques à l'œil inexpérimenté, mais ils sont totalement différents. Mon boulot, compris-je alors, consistait à classer des livres que je ne comprenais pas.

Debout au milieu de kilomètres d'étagères métalliques, je vis que les livres dont j'avais la charge auraient tout aussi bien pu être des paquets de cigarettes ou des savonnettes. J'étais devenu magasinier d'entrepôt, rien de plus.

Mais bon, c'était un boulot. Et si la tâche était parfois fastidieuse – ouvrir des cartons, sortir des bouquins, ranger des bouquins – elle n'en laissait pas moins une assez grande autonomie. Les bureaux de l'association culturelle, où travaillait la majeure partie de la vingtaine d'employés, étaient situés dans un immeuble à l'autre bout de la ville, ce qui signifie que jour après jour, j'étais la plupart du temps livré à moi-même.

Et pourtant je pris vite conscience du contraire. J'étais environné de cartons pleins d'histoires. En les ouvrant, je ne savais jamais ce que j'allais y trouver. Ils contenaient des livres, naturellement : certains en excellent état, d'autres valant moins que les timbres ayant servi à les expédier. Mais ce n'était pas tout. Cachés sous des couches de carton et d'adhésif, protégés par des sacs en papier roulés en boule, il y avait aussi des mezuzas et des kippas, des tefillins et des châles de prière, des coupes de kiddush et des assiettes de Seder. Un beau matin je découvris une minuscule figurine de garçon faisant sa bar-mitsva, comme celles qu'on place au sommet d'un gâteau casher. Je retrouvais toutes sortes d'objets religieux mis au rebut, dont la présence indiquait que soit leur propriétaire était décédé, soit il avait renoncé à Dieu. À en juger d'après l'âge des livres en compagnie desquels ce bric-à-brac spirituel me parvenait – imprimés pour la plupart dans les années 1920 et 1930, quand Malpesh était encore jeune et fort – les deux cas semblaient possibles.

Il ne me fallut pas longtemps pour comprendre quelle sorte de gens venaient chaque jour déposer leurs livres à la porte de l'entrepôt. C'était, comme Malpesh me décrivit un jour ses contemporains, « les bâtards de l'histoire, la progéniture née dans le Nouveau Monde du gâtisme de l'Ancien, les amoureux des fantômes, les bardes de langues oubliées ». Et je me mis à bien les aimer.

Il me fallut plus longtemps pour comprendre les livres eux-mêmes. Afin de trouver la place où ranger chaque volume dans la collection, il me suffisait de lire les premières lettres de son titre. Au-delà de ça, ce que renfermait la couverture, ou bien celui ou celle qui était l'auteur de l'ouvrage, n'avait guère d'importance pour le bon fonctionnement de l'entrepôt.

Mais quand on est confronté à la routine, on cherche un sens auquel se raccrocher. À mesure que je sortais des livres de leurs cartons heure après heure, j'essayais de prononcer le nom de leur auteur. Parmi eux, comme je l'apprendrais plus tard, les grands maîtres de la littérature yiddish : I. L. Peretz, Chaïm Grade, Mendele Mocher Sforim. Une fois ou deux j'ai dû manipuler *Lider fun der shoykhets tochter*, l'unique ouvrage publié par Malpesh en personne. Mais je ne savais rien de lui à l'époque, ni de ses pairs. Leurs noms n'étaient que des sons dans une langue étrangère, les livres dont ils ornaient la couverture semblaient impénétrables.

Mais je n'eus alors plus qu'une idée en tête. Chaque jour je passais deux ou trois heures à ouvrir des cartons et à trouver le bon endroit dans le labyrinthe des rayonnages où ranger tous ces livres. Le reste du temps, je le consacrais à tenter de déchiffrer ce qu'ils recelaient.

À la fin du mois, j'avais certes déballé bien moins de cartons que ce qu'espérait mon employeur, mais j'avais commencé à apprendre la langue.

Par la suite, cela devint pour moi une véritable obsession de comprendre les livres qu'on m'avait confiés, surtout parce qu'en apprenant à lire, j'apprenais aussi tant de choses sur une culture propre à séduire un catholique relaps comme moi. Car si les auteurs yiddish possédaient une seule chose en commun, c'était, comme je le découvris, cette espèce d'impétueuse irréligiosité qu'on ne trouve que chez ceux qui sont nés dans une tradition spirituelle, y ont été élevés et en ont été dégoûtés. Dans un poème de Jacob Glatshteyn, un contemporain de Malpesh, il y a un vers qui m'a frappé comme peu d'autres ont su le faire : *Le Dieu de mon incroyance est magnifique.*

Comme tant de choses que j'allais découvrir dans les collections de l'entrepôt, ces mots me parlaient comme s'ils provenaient d'un catéchisme écrit à l'intention de ceux que la foi a désertés.

Malgré l'intérêt qu'avait porté Malpesh tout au long de sa vie au processus de la traduction, il déplorait souvent le fait qu'en rendant ses poèmes et ses nouvelles dans une autre langue on risquait de transformer non seulement son œuvre, mais son âme. « Quand un auteur devient illisible à ses propres yeux, écrivit-il, qui peut dire qu'il reste le même ? Où sont les preuves ? Ses mots sont pareils à un âne né d'un chien. »

Il n'exprima pourtant jamais une seule pensée, du moins aucune qu'il ait consignée ou partagée avec moi, au sujet de l'inévitable changement qui se produit non seulement chez l'auteur qui se trouve traduit, mais aussi chez celui qui le traduit.

Il y a encore beaucoup à dire sur la façon dont je devins le traducteur d'Itsik Malpesh, et sur la suprême ironie du sort que cette circonstance paraîtrait au bout du compte. S'il n'avait pas cru que j'étais autre chose que ce que je suis le jour de notre rencontre, m'aurait-il même montré son œuvre ? Le fait que je cachais alors ma véritable identité a-t-il influencé la façon dont je compris la vie (et les crimes) que je découvrais dans ses écrits ? Et si ma compréhension en fut affectée, cela n'a-t-il pas aussi affecté ma traduction ? Comment le contraire serait-il possible ?

Ces questions devront malgré tout attendre. Venons-en à présent aux écrits eux-mêmes, et au jour où je tombais dessus pour la première fois.

Peu après avoir appris son nom, je me retrouvai dans l'appartement du troisième étage qu'avait occupé Itsik Malpesh à Baltimore pendant cinquante ans. Durant toute cette visite initiale, il resta assis sans prendre garde à ma présence, l'œil rivé au dehors par la fenêtre de sa cuisine. Un immeuble voisin devait être démoli, et lui – petit bonhomme en cardigan, portant des lunettes qui, selon sa propre description, étaient « épaisses comme des couvercles de chiottes » – se tenait assis à la fenêtre en attendant le début du spectacle.

Il s'en écarta juste le temps de gagner à pas traînants un placard où il récupéra une pile de livres de comptes à couverture cartonnée. Quand il les déposa devant moi, je vis que leurs pages étaient couvertes non pas de chiffres mais d'une méticuleuse écriture en yiddish. Vingt-deux carnets, chacun portant une lettre de l'alphabet hébreu en guise d'étiquette : l'équivalent d'une encyclopédie de toute sa vie rédigée à la main.

À présent que je les ai tous lus, je sais les mille résonances que trouve le récit de la vie de Malpesh avec les événements qui m'ont conduit jusqu'à sa porte : un échec amoureux, des mensonges sur l'appartenance religieuse, la menace du scandale, et par-dessus tout, la promesse de la délivrance grâce à la traduction des mots.

Ce jour-là, pourtant, assis dans la cuisine d'un nonagénaire à le regarder qui contemplait un chantier de démolition pour passer le temps, qui aurait deviné qu'une vie si bien remplie ait pu être endossée par la frêle ossature qu'enveloppait la laine effrangée de son cardigan ? Qui aurait pu imaginer que les yeux cachés derrière ces verres en couvercles de chiottes avaient vu tant de choses ?

« Là-dedans, vous trouverez l'histoire inédite du plus grand poète yiddish d'Amérique », déclara Malpesh tandis que j'examinais ses carnets.

À l'époque, cela ne faisait pas longtemps que je savais lire cette langue, mais j'en avais lu suffisamment pour m'étonner de sa vantardise.

« C'est une sacrée déclaration, répondis-je. Et comment croyez-vous que vos contemporains auraient réagi à une telle prétention ? »

Malpesh se rassit, rapprocha sa chaise encore plus près de la fenêtre et observa les engins dans le terrain en contrebas. Durant ce qui me parut une éternité il ne dit rien, et je me demandai s'il m'avait entendu.

« Pour être le plus grand, finit-il par me dire, il suffit d'être le dernier. »

Les mémoires d'Itsik Malpesh

alef

La route est longue de Kichinev à Baltimore. Séparant le lieu où débuta ma vie de celui où elle s'achèvera sans doute, l'océan de l'histoire a fait rouler des vagues qui ont toujours menacé de m'entraîner par le fond. Comment ai-je survécu ? J'ai flotté sur un radeau de mots.

Les premiers furent ceux de la *mame-loshn*, ce doux yiddish de cuisine auquel ma mère avait recours pour apaiser mes pleurs. C'étaient des mots comme des cuillers en bois, portant à la bouche la soupe chaude par les jours de grand froid, frappant sur la marmite quand les petites mains se tendaient pour goûter avant l'heure. Bientôt, mes premiers mots furent rejoints par la *loshn-koydesh*, la langue sacrée des Écritures. Lorsque, dans mon souvenir le plus ancien, mon père m'enveloppe dans son châle de prière et me porte jusqu'à la synagogue pour entendre parler la langue de la prière, c'est comme si j'étais le rouleau sacré en personne, porté dans les bras des justes à la fête de Simhat Torah. Mon père n'était pas particulièrement pieux et le devint de moins en moins au fil des années, mais c'était quand même un bon Juif, qui récita le kaddish à la mort de sa mère, et tirait plaisir d'envoyer son seul fils à l'école religieuse où j'appris à écrire les lettres de l'alphabet.

Ah, ces lettres ! La flexibilité des vingt-deux lettres de l'*alef-beys* m'impressionne encore aujourd'hui. Grâce à elles je pouvais écrire mon nom de deux façons, l'une correspondant à la prononciation yiddish que j'entendais chaque jour – *yud tsadek yud kof* – et l'autre comme dans l'hébreu de la Torah – *yud tsadek hey kof* – comme le fils d'Abraham notre patriarche. Il n'y a qu'une toute petite différence entre Itsik et Isaac, mais c'était quand même une merveille pour moi d'être un garçon possédant deux noms, un pour la rue et un pour la *shul*, comme si mon identité dépendait en permanence des murs qui m'entouraient.

Et ce n'était que le début de ce que m'enseigneraient les différences entre mes deux premières langues. Voyez comment les quatre mêmes lettres de la *loshn-koydesh* acquièrent une nouvelle vie dans le parler vernaculaire :

alef yud vov beys

En hébreu, cela donne Job, le nom du saint homme si vertueux et torturé selon les Leçons des Prophètes. En yiddish, si l'on prend ce mot et qu'on inverse le *vov* et le *yud*, on obtient tout simplement *oyb*, « si ».

Vous voyez comment le langage explique en lui-même les mystères de l'homme ? C'est seulement dans la relation d'une langue à une autre qu'on peut comprendre que Dieu traite la vie de chaque créature comme une question, un « si » qui marche et qui respire. Les rabbins voulaient nous faire croire que le Très Saint reste assis au firmament, se contentant de regarder Son monde et de se demander ce que fait telle ou telle âme au moment où Il l'aperçoit. Quelles questions Il doit se poser : *Si je massacre les enfants de celui-ci, continuera-t-il à prier ? Si je crible le corps de celui-là de bubons, chantera-t-il encore que je suis juste ?* Que faisons-nous si Dieu nous met face à de telles questions ? Pour certains, c'est là le vrai défi de l'existence : Qui serons-nous si nous devenons un nouveau Job ? Supporterons-nous nos souffrances comme il l'a fait ?

Ach, ce sont là des pensées pour le philosophe. Le poète quant à lui est hérétique et pragmatiste de nature. Personnellement, si Dieu dans son mystère choisit de me traiter comme ce pauvre Job, je lui dirai d'aller se carrer une figue dans le fion.

Mais je m'emballe. Pardonnez-moi, ma plume veut toujours aller droit à la dernière ligne. Je déteste les commencements, les premières marques sur la page blanche. Et pourtant, avant d'expliquer ce que j'ai fait du monde et ce que le monde a fait de moi, je dois vous raconter comment je vins à exister.

*

Si ce que ma mère m'a raconté est vrai, je naquis à Kichinev, cité marquée par l'histoire, un dimanche d'avril en fin de soirée, pendant que des plumes blanches emplissaient le ciel comme une giboulée de printemps. Kichinev faisait alors partie de l'Empire russe ; auparavant et par la suite, la ville a connu presque autant de nationalités que nous autres pauvres Juifs. Toujours sous la botte d'un autre – Ottomans, Russes, Roumains – elle gisait la tête dans le caniveau de la marécageuse rivière Bic, qui se fichait comme d'une guigne de savoir lequel de ces goyim s'octroyait le titre de tsar.

Selon ma mère, ma naissance tomba le jour de la Pâque russe de cette année-là, 1903. (Petit garçon, je lui demandai pourquoi mon anniversaire ne tombait pas à Pâques chaque année et elle m'expliqua que la fête chrétienne changeait de date, tandis que l'anniversaire de mon arrivée était aussi inamovible qu'une tombe.) À cette époque, la famille Malpesh – ma mère, mon père, mes sœurs et ma grand-mère – vivait au centre de Kichinev, près de la place Chouflinski, à un pâté de maisons du marché dans la rue Aleksandrov. Mon père était ébéniste de profession, mais avant ma naissance il était devenu gérant de la fabrique de duvet d'oie de la ville et gagnait désormais confortablement sa vie. Ma mère n'avait plus besoin de travailler mais elle prenait sur son temps pour prêter assistance à la famille chrétienne qui habitait à côté. Ses deux filles étaient assez grandes pour se débrouiller, et dans la maison voisine la mère était clouée au lit et n'avait pas de fille qui aurait pu prendre soin d'elle : Maman se rendait donc plusieurs fois par semaine chez elle, apportant des plats cuisinés pour nourrir l'invalide et ses quatre fils. Ainsi allaient les choses dans la communauté où vivait alors la famille Malpesh : Juifs et chrétiens habitaient la même rue, et les gamins couraient librement d'une maison à l'autre. Même dans mon enfance, après les exactions, les petits chrétiens venaient toquer à la porte de chez nous pour avoir des pâtisseries.

Kichinev comptait une moitié d'habitants juifs, l'autre moitié se composant à parts égales de Russes et de Moldaves. Les Russes étaient aux commandes du gouvernement local, placés là par le tsar. Ils espéraient russifier les Moldaves, peuple rude qui occupait depuis toujours la province de Bessarabie, dont notre ville était la capitale. Chacun de ces deux groupes croyait représenter la moitié de la population totale, ce qui expliquait ce que mon père appelait la mathématique chrétienne du bureau de recensement : cinquante mille Juifs pour une ville de cent mille habitants, et on nous considérait comme une minorité d'agitateurs.

Malgré tout, la famille avait la belle vie. Ceci demande peut-être quelques explications, car nombreux étaient alors les Juifs de Kichinev qui n'avaient pas du tout la belle vie. Comment l'auraient-ils eue ? D'innombrables règlements les empêchaient de prospérer. Les Juifs n'avaient pas le droit de vivre hors des limites de la ville, et la plupart se retrouvaient donc entassés dans quelques rues sordides ; ils n'avaient pas le droit de voter pour élire les dirigeants locaux de la cité où ils étaient contraints d'habiter ; leurs possibilités d'emploi étaient restreintes par diverses guildes organisées en groupes ethniques. Même ceux qui connaissaient une certaine réussite semblaient seulement, aux yeux des autres, avides de courtiser les autorités. Dans l'ensemble, notre vie demeurait limitée par les préjugés ancestraux de la population chrétienne. Si nous croissions en nombre tandis qu'ils déclinaient, cela n'indiquait nullement à nos voisins que nous étions l'avenir de Kichinev mais au contraire la menace qui bientôt condamnerait la cité.

Comment donc la famille Malpesh parvint-elle à s'élever au-dessus d'une telle condition ? Selon le récit que m'en fit ma mère, voici comment : cinq ans auparavant, alors qu'il venait de trouver un emploi à la fabrique de duvet d'oie, Papa s'était réveillé en sursaut au beau milieu de la nuit, ébranlé par un affreux cauchemar. Dans son sommeil il avait vu un troupeau entier d'oiseaux blancs, le cou tordu, leur langue bleue pendant hors de leur bec noir comme de l'encre, tous empalés sur de gigantesques pointes métalliques fixées sur des rouages à moteur. Les volatiles ballaient la tête en bas, leurs deux pattes palmées levées vers le ciel comme deux mains en signe de reddition. Tandis que la chaudière du moteur à charbon rugissait, une machine s'ébranlait dans un grincement suraigu et les carcasses s'avançaient vers un homme sans visage à la barbe pleine de sang.

Freidl, la plus jeune de mes deux sœurs, me raconta par la suite que Papa avait dit de la silhouette indistincte de son rêve qu'elle ressemblait au « *shoykhet* de l'enfer », et elle me jura que jamais elle n'oublierait cette description. Elle n'avait guère plus de cinq ans mais elle avait un jour vu Moishe Bimko, l'un des abatteurs rituels de Kichinev, accomplir sa tâche dans l'appentis derrière la synagogue. Mesurant près de deux mètres et massif comme un bœuf… même pour un boucher, Moishe faisait peur à voir. L'homme qui tenait son rôle dans la Géhenne était bien trop horrible pour qu'on puisse l'imaginer.

Grand-mère avait poussé un hurlement en entendant le rêve de Papa, persuadée que c'était l'œuvre d'une magicienne : « Une vieille sorcière t'a jeté le mauvais œil », déclara-t-elle. Lui n'était pas superstitieux, mais en entendant la réaction de sa mère il reconnut que ce cauchemar l'avait secoué. Des jours durant Grand-mère ne lâcha pas son fils : « Il faut que tu ailles voir le rabbin. Il te dira ce que signifie cette vision. »

Maman n'était pas d'accord. « Le rabbin est à la botte du maire, assura-t-elle, et il te dira que les deux pattes en l'air signifient qu'il faut que tu payes deux fois plus d'impôts. »

Elle lui suggéra qu'au lieu de se précipiter à la synagogue, il ferait mieux de décrire l'image des volatiles en mouvement à M. Gourodine, le propriétaire de la fabrique de duvet. Papa n'était pas très chaud : il n'était pas fier de son travail et trouvait toute relation avec la compagnie de Gourodine parfaitement détestable. Il avait postulé à la fabrique uniquement parce qu'une nouvelle loi interdisait d'employer les ébénistes qui n'étaient pas membres de la Guilde des Charpentiers de Bessarabie, dont l'accès était refusé aux Juifs. À la fabrique de duvet il ne se servait ni de son marteau ni de ses rabots, mais d'une pelle pour nettoyer les montagnes de fiente produites par l'abattage industriel.

Toutefois pour tranquilliser ma mère, Papa finit par accepter. Il commença par dessiner tout ce qu'il pouvait se rappeler de son cauchemar : le moteur, les rouages, le tapis roulant et les pointes de métal recourbées qui maintenaient les oies.

Quand M. Gourodine examina ces esquisses, il vit immédiatement tout le parti qu'il pourrait en tirer. C'était un chrétien mais aussi un homme d'affaires avisé qui accordait plus de prix à un possible accroissement de revenus qu'aux détails de l'affiliation religieuse. La « machine à plumer les oies » de Papa, déclara-t-il, ressemblait fort à ces innovations qui avaient assuré la fortune des grandes usines de duvet d'Odessa. Mais qui donc pouvait à Kichinev, se demandait-il, construire une telle mécanique ?

Papa se proposa d'essayer. En travaillant d'arrache-pied sur ses premiers croquis, il finit par avoir une idée grandiose, consistant à utiliser cinq pointes métalliques pour fixer chaque oie à sa machine. Quatre pointes, disposées deux par deux de chaque côté, servaient simplement à pincer le volatile sous les ailes pour le maintenir en bonne position sur le tapis roulant, menaçant de le transpercer sans vraiment l'empaler pour de bon. Une pointe supplémentaire, qu'on abaissait par au-dessus, ne servirait que s'il était impossible de maintenir la bête en place par un autre moyen. La pointe transpercerait alors le cou de l'oie pour l'immobiliser sur le tapis et permettre au sang de s'écouler dans la rigole courant le long de la machine. De cette façon, de nombreuses oies survivraient au processus et pourraient ainsi continuer à produire du duvet pour une récolte ultérieure ; seuls les oiseaux qui ralentiraient la production seraient éliminés.

Le succès fut immédiat. Moins de six mois plus tard, Maman avait vidé l'appartement que la famille louait dans le quartier juif et ils avaient emménagé près de la place Chouflinski dans une maison à un étage avec vue sur ses fameux chevaux de bois depuis la fenêtre du premier.

Quant à Papa, il serait impossible d'exagérer le changement de statut dont il bénéficia. Des équipes d'ouvriers russes et moldaves travaillaient à présent pour lui à l'usine, et il rapportait fièrement à ma mère avec quelle attention ils l'écoutaient. Lorsqu'il exigeait qu'ils accélèrent la cadence pour honorer une commande urgente – « Allez, on arrache d'arrache-pied ! » les encourageait-il – les manouvriers qui le harcelaient lorsqu'il n'était naguère qu'un pauvre Juif bon à ramasser la fiente se pressaient ou ralentissaient selon ses ordres. C'était presque comme si ce n'étaient plus des Russes ou des Moldaves mais des émanations de sa propre volonté.

En vérité, Papa avait du mal à voir en eux autre chose que des parties de la grande machine, ou peut-être d'une bête affamée. Oui voilà, c'était cela : les organes d'une espèce de golem mangeur d'oies. Comment expliquer autrement le sentiment qu'avaient les ouvriers de trimer au fond du gosier d'un monstre ? Avec tout ce sang qui s'écoulait, une épaisse odeur de boucherie envahissait l'air de la fabrique, et les râles sonores comme des pets que lâchaient les oies empalées rendaient le son (et la puanteur pestilentielle) d'une digestion de viande pourrie.

Quand un rare ouvrier se plaignait de telles conditions ou de la cruauté dont pâtissaient de toute évidence les pauvres bêtes, Papa rétorquait qu'il n'avait rien ni contre ses oies ni contre ses subalternes.

C'était juste une question d'offre et de demande. La demande en matière de literie exigeait une production toujours accrue de duvet : la fin justifiait les moyens.

« En fait, avançait-il, étant donné qu'un quart de la ville de Kichinev s'endort chaque soir dans du duvet fabriqué par Gourodine, et que seulement environ un millième du quart de la ville travaille à l'usine, j'aurais tendance à dire que c'est tout bénéfice. Il suffit de savoir compter : si on additionne la souffrance des ouvriers à celle qu'endurent les oies plumées et qu'on divise le total par la somme du plaisir que procure aux dormeurs le duvet de chez Gourodine et du plaisir éprouvé par les oies non plumées qui profitent d'autant plus de la vie qu'elles savent à quoi elles ont échappé, il me paraît clair que le travail qu'on effectue ici profite à tout le monde. »

Une fois que les ouvriers eurent appris qu'ils ne pouvaient pas aller voir leur chef sans repartir l'esprit complètement embrouillé, le contrôle qu'exerça Papa sur la fabrique fut apparemment total. Il adorait regarder les hommes et les machines bourdonner d'activité tous les matins, oubliant presque le sacrifice des vies aviaires qui permettait à toute l'entreprise de fonctionner sans heurt.

À mesure que les oies traversaient l'aire de traitement, il appartenait à chaque homme de plumer une seule zone – aile gauche, aile droite, haut du poitrail, bas du poitrail – de sorte qu'une fois passé entre les mains d'une équipe de huit, le volatile se retrouvait la peau nue. Auparavant, un seul oiseau aurait coûté une demi-heure pour obtenir un tel résultat ; désormais cela prenait cinq minutes. Et comme chaque ouvrier ne quittait plus son tabouret lorsqu'il avait fini de plumer un volatile – processus qui impliquait par tradition le temps de savourer plusieurs cigarettes le long du court chemin jusqu'au tas d'oies restant à plumer – c'était encore du temps gagné. Ce gain supplémentaire était rendu possible en plaçant un seul homme à la tête de la chaîne de démontage. Assis là toute la journée, il immobilisait les oies les unes après les autres à l'aide des pointes métalliques. Dans l'ancien système, cet empaleur avait été le plus lent de tous les plumeurs, un gars corpulent qui transpirait au moindre effort. Maintenant, les hommes ne s'interrompaient plus pour se vanter d'être le meilleur ouvrier ni pour se disputer ce titre de gloire : ils travaillaient en équipe, animés par un unique et même objectif.

Seul entre tous à savoir comment chaque partie s'ajustait l'une à l'autre, Papa passait parmi ses ouvriers et jaugeait leur travail : « Aile Gauche, plus vite ! Cuisse Droite, t'en laisses trop sur la peau ! Tête-et-Cou, tu veux le garder ce boulot, oui ou non ? »

Sous sa supervision l'entrepôt se remplissait de plumes, et M. Gourodine payait grassement Papa pour ses services. Bien sûr, comme aimait à le rappeler Maman, ce n'était pas simplement leur famille qui bénéficiait de tout cela. Pour nourrir les indigents de la synagogue, Papa trouvait moyen de fournir Moishe Bimko en oies dont le duvet était trop raide. Et le prix de la literie baissa tellement grâce à son invention que Papa permit même aux Juifs les plus pauvres de passer des nuits confortables. Des années plus tard, je rencontrerais dans mon nouveau pays des gens qui, de Baltimore à Brooklyn, chanteraient les louanges de mon père pour ses oreillers et ses lits de plumes. Pendant quelques années de bonheur, tout Kichinev dormit sur ses rêves.

C'est ainsi que je fus conçu par une chaude nuit de *shabes*, premier oiseau de la couvée Malpesh à commencer la migration sans fin de la vie depuis le confort douillet d'un nid de duvet. À la fabrique, Papa acheta à Maman un matelas aussi bien garni qu'une *khale* du nouvel an, et pour le remercier de ses efforts elle le laissa le partager entre la fête de *Shavues* et la fin de l'été.

Pour moi ce fut le début des ennuis. Les ennuis s'abattirent sur le reste de Kichinev peu de temps après. Je ne veux nullement laisser entendre par là que les signes annonciateurs de mon arrivée déclenchèrent lesdits ennuis, mais qui contesterait le fait que les mois précédant la naissance d'un enfant sont ouverts à toutes les possibilités ?

Voici ce qui se produisit : à une longue journée de marche vers le nord, dans la petite ville de Dubossary, on raconta qu'un corps avait été découvert. Rien d'inhabituel à cela. Kichinev était une ville moderne comprenant trottoirs, tramways et usines du genre de celle que faisait tourner mon père. Mais Dubossary, bien que relativement proche, avait gardé la rudesse de la campagne. Là-bas, les paysans labouraient la terre caillouteuse qu'il pleuve ou qu'il vente, comme ils le faisaient depuis des siècles, et trouvaient à peine de quoi survivre. Selon la coutume locale, les morts retrouvés dans les champs étaient enterrés sur place.

À Kichinev, lorsque ces tristes découvertes étaient rapportées dans le quotidien *Bessarabets*, on les lisait avec le même intérêt qu'on aurait porté au transit intestinal du tsar. Mieux vaut cela dans la cambrousse de Dubossary, aimaient à dire les habitants de Kichinev, que sur les chevaux de bois de la place Chouflinski.

Mais ce cadavre-ci avait semé un vent de panique. Depuis l'instant de sa découverte par un vagabond, arrière-petit-fils d'une famille de serfs, qui avait quitté la route pour se soulager dans les buissons, il ne faisait pas de doute que c'était un décès dont quelqu'un allait devoir répondre. D'abord, il s'agissait d'un jeune garçon, un adolescent d'environ quatorze ans, l'âge de Beylah, l'aînée de mes sœurs. On l'avait poignardé de plusieurs coups de couteau et des bleus lui couvraient le visage et le cou. Qui plus est, l'enfant était chrétien. Une rumeur se propagea selon laquelle il avait été vu en vie pour la dernière fois tandis qu'il accompagnait ses grands-parents à la liturgie orthodoxe.

Qui peut dire où les mensonges croissent le mieux ? Dans l'obscurité, comme une moisissure ? En pleine lumière, comme une fleur ? À Dubossary, ils croissaient partout. Ils prenaient racine sur la place du marché, où les commerçants en prenaient soin. On les cultivait dans les chapelles, où les prêtres les moissonnaient. L'enfant avait été tué, chuchotait la populace, par des Juifs. Les Juifs avaient besoin de son sang, disait l'antique légende, pour adoucir leur *matze* et épaissir leur vin ; ils réclamaient son sang pour leur festin de la Pâque.

Mais bien sûr ! Qui d'autre, ô vous, sages de Dubossary ? Qui sinon les Juifs tuerait un jeune garçon et l'abandonnerait dans le fossé pour qu'un paysan chrétien aille pisser dessus ? Qui sinon les Juifs ferait preuve d'une telle sournoiserie dans ses desseins mais d'une telle négligence dans leur accomplissement ? Qui sinon les Juifs érigerait sa propre potence, se passerait sa propre corde au cou, et paierait le bourreau pour se faire pendre ? Après tant d'années, les bras m'en tombent toujours : les Juifs savent qu'on colporte ce mensonge depuis mille ans, tandis que les chrétiens le découvrent chaque fois comme une révélation. Que nous soyons jugés et assassinés par de tels abrutis a de quoi irriter jusqu'à l'exaspération. La botte d'un Cosaque lui écrasant la nuque, un péquenaud moldave se débattrait encore pour demander quel est le Juif qui l'a assommé.

Mais ainsi va le monde. Et ainsi allait notre petit coin du monde en ce temps-là, où les provisions circulaient à grand-peine sur nos routes cabossées mais les paroles se propageaient comme un feu de forêt. En l'espace de trois mois, tandis que je poussais dans le ventre de ma mère, les mensonges de Dubossary imprégnèrent notre ville et poussèrent eux aussi, attendant le jour où ils pourraient lancer leurs hurlements sanguinaires.

Lors de la préparation du temps de la Pâque, Maman s'affaira à débarrasser les placards de toutes leurs miettes. Elle rassembla toutes les nourritures que la famille ne pouvait pas manger pendant les jours du pain sans levain et les apporta aux voisins chrétiens, qui acceptèrent sa charité avec reconnaissance. Maman alla nourrir l'invalide alitée d'une soupe épaissie à la farine et tenta sans en avoir l'air de glaner des informations récentes ou de savoir si l'un des fils de la voisine lui avait lu le journal du jour.

« J'ai lu dans le *Bessarabets*, lui raconta Maman, qu'une équipe de chimistes juifs a inventé un systèmc pour faire du vin sans raisin. » Elle étudiait le visage de la femme tout en lui enfournant la cuiller entre ses lèvres maladives, guettant une réaction qui trahirait quelque sympathie cachée. N'en voyant aucune, elle alla plus loin, comme si elle fouillait une blessure, et poursuivit : « Le journal dit que ce nouveau vin est rouge comme du sang, mais les Juifs gardent le secret de leur recette. Vous en avez entendu parler ?

— Tout ce que j'ai entendu, ce sont des balivernes, répondit la femme. Il y a peut-être des tracasseries à la campagne, mais pas ici. Kichinev est une ville moderne. » Elle fit un effort pour tendre la main et tapoter la joue de ma mère. « Regardez-nous, deux habitantes qui commentent l'actualité sans craindre les représailles, lui dit-elle sur un ton apaisant. Depuis combien de temps prenez-vous soin de nous comme ça ? Quatre ans ? Cinq ? Depuis qu'on est voisins. S'il en est ainsi, alors le monde n'est sans doute pas aussi méchant que vous l'imaginez. »

Maman voulait bien la croire, surtout à présent qu'elle approchait du moment de mettre un enfant au monde. Son médecin lui avait dit que ce serait peut-être pour début mai, et elle priait pour que la tension palpable en ville s'apaise avant cette date. En attendant, lire dans l'humeur des goyim devint un passe-temps aussi régulier que deviner le temps qu'il ferait. Quand Papa rentrait de la fabrique le soir venu, il cataloguait les regards bizarres qu'on lui avait lancés sur le chemin à travers la ville. Il savait que chaque chrétien qui levait son chapeau en lui disant « Bonjour, monsieur le gérant » avait son opinion sur le garçon assassiné par les Juifs.

Dans un tel climat, il semblait que la Pâque de cette année-là s'annonçait bien sombre, même si elle débuta sans incident. Le frère de Papa, sa femme et leur fils Zishe vinrent du quartier juif pour compléter notre grande tablée, et la famille Malpesh ainsi réunie chanta les antiques chants de captivité et de libération.

J'étais de loin le plus jeune de l'assemblée, mais j'étais encore dans le ventre de ma mère, alors les quatre questions échurent à mon cousin Zishe. Le destin voudrait que je ne rencontre jamais ce garçon, et pourtant j'ai l'impression que j'entends aujourd'hui encore la question comme si c'était un souvenir : *En quoi cette nuit est-elle différente de toutes les autres nuits ?* Il bute sur les mots, car il n'est pas encore assez avancé dans ses études pour en comprendre le sens.

À mesure que progressait le Seder, Maman sentait l'humeur s'assombrir autour de la table. Ses deux filles, d'habitude si attentives, boudaient sur leur chaise, sans même un sourire au moment où on leur demanda de jeter des gouttes de vin sur leur assiette pour commémorer les plaies d'Égypte. Les années précédentes, les petites filles y avaient vu matière à s'amuser. Malgré le sérieux de l'évocation, elles avaient rarement l'occasion de jouer ouvertement et de façon pleinement justifiée avec leur nourriture.

Et pourtant cette nuit fut effectivement différente de toutes les autres nuits, car ce fut alors, après avoir placé la dernière goutte, qui symbolise la plaie du massacre par Dieu des fils aînés de l'Égypte, que ma grande sœur Beylah, dans l'insolence de ses quatorze ans, osa mentionner la peur qui rôdait dans les rues de Kichinev. Sans doute espérait-elle dire ceci : *Papa, je ne comprends pas ce qui se passe. Nous vivons dans une si belle maison et nous sommes heureux ici. Maman prend soin des chrétiens qui habitent à côté, et je crois bien qu'un des garçons me trouve jolie. Et pourtant quand je sors dans la rue je sens des regards froids qui m'épient à chaque fenêtre. Peux-tu m'expliquer cela, s'il te plaît ?*

Mais telles ne furent pas ses paroles. Ce sont peut-être les poètes et les enfants qui savent le mieux combien notre belle langue peut nous échapper. Comme un poème qui ne trouve pas sa forme, les pensées d'un enfant sont souvent confuses, têtues, leur expression déplaisante en dépit de la plus pure de leurs intentions. Comment expliquer autrement que, assise à la table pour le Seder entourée de sa famille en des temps de grande angoisse, ma sœur Beylah ait pu demander : « C'est vrai ce que racontent les filles russes, qu'un garçon de Dubossary a été assassiné par des Juifs ? Que des Juifs lui ont pris son sang pour faire la cuisine ? »

Le sang de Papa teinta de rouge jusqu'à sa barbe. Il n'était pas homme à s'emporter, mais cette fois-ci il s'écria : « Comment peux-tu dire une chose pareille ? C'est une honte ! »

Les autres enfants laissèrent fuser leurs questions sur le sujet, avouant enfin à voix haute tout ce qu'ils avaient enduré de la part de leurs camarades chrétiens, vexations et calomnies qu'ils avaient jusqu'à présent dissimulées à leurs parents. Une vraie rixe familiale s'en serait suivie si le frère de Papa n'avait pas repris le contrôle de la situation. L'oncle Leib était un homme discret à l'air doux et qui s'exprimait sur un ton d'éternel sérieux. Les enfants le trouvaient souvent distant, mais cette fois-ci il leur parla directement de leurs inquiétudes.

« Ma petite Beylah, n'aie pas honte de tes questions. Ce que ces filles russes t'ont dit, elles l'ont entendu dire par leurs parents, qui l'ont entendu dire par leurs parents avant eux. C'est un très vieux mensonge que certains persistent à raconter sur notre peuple. Une calomnie scandaleuse. Tu comprends ce que je te dis ?

— Oui, mais…

— Quoi "mais"? Depuis que tu es bébé tu as aidé ta maman à préparer le *matze*, pas vrai ? Tu l'as aidée cette année ?

— Oui.

— Et as-tu ajouté du sang dans la pâte ?

— Non, souffla Beylah en détournant le regard.

— Et as-tu jamais vu quelqu'un mettre du sang dans la pâte du *matze ?*

— Non », répéta Beylah. Les yeux rivés sur son assiette vide, elle ne voulait pas croiser le regard sérieux de son oncle. Le Seder venait de commencer, et l'assiette ne contenait encore que ces symboles liquides des plaies, les dix gouttes de vin rouge qu'elle y avait placées. Elle mit un doigt dans le liquide violet et s'en servit pour tracer des spirales et des fleurs dans l'assiette. Des années plus tard, elle me raconterait qu'elle avait eu l'impression qu'on lui parlait comme si elle était encore une petite fille, et non pas une jeune femme de quatorze ans. Elle voulait bondir en réaction à cet outrage, alors elle avait rassemblé tout son courage et toute son irritation :

« Mais je n'ai jamais vu quelqu'un préparer notre vin, dit-elle, et les Russes, elles racontent des choses là-dessus aussi. Pourquoi est-ce qu'on ne les croirait pas ? »

L'oncle Leib s'apprêtait à continuer, mais Papa leva la main. Les enfants se préparèrent à subir un nouvel assaut de sa colère, mais il avait retrouvé son calme pendant le discours de son frère si patient. Il comprenait à présent que derrière son accès d'agressivité, sa fille ne cherchait pas de réponses, seulement qu'on la rassure. Ce qu'elle voulait c'était qu'on lui dise d'une manière ou d'une autre que, malgré les paroles de ses camarades russes, la famille Malpesh pouvait encore être maîtresse de son destin. Que les Juifs pouvaient toujours vivre selon leur gré.

Tandis que toute la famille était suspendue aux sages paroles qu'il s'apprêtait à proférer, Papa fit un clin d'œil à Maman et demanda d'une voix forte : « Maman, tu peux me passer le sang de chrétien, s'il te plaît ? »

Beylah leva le regard, estomaquée. L'oncle Leib plissa les yeux de confusion.

« Oui, bien sûr, Papa, répondit Maman dans un large sourire, un bon verre plein de sang de chrétien. J'ai lu dans le *Bessarabets* que c'est très nourrissant ! »

Ses filles n'en croyaient pas leurs oreilles mais gloussaient malgré elles d'entendre une telle absurdité.

À l'autre bout de la table, l'oncle Leib comprit la blague, lui aussi. Il partit d'un rire sonore – « Oui, verse-moi encore du sang de chrétien ! » – et en entendant leur oncle si sérieux prendre part à la plaisanterie, les enfants se sentirent libres de se laisser aller.

« Pour moi aussi, Maman, lança Beylah en riant, verse-moi du sang ! »

Le cousin Zishe attrapa le verre de son père et but une grande gorgée.

Freidl entonna : « Du sang de chrétien ! Encore du sang de chrétien !

— Tsst, tsst ! la réprimanda gentiment Maman, non non, mon bébé. Quand tu seras plus grande. » Et toute la famille s'esclaffa comme elle ne l'avait pas fait depuis des mois.

Tout le monde ne trouvait pourtant pas cela drôle. Grand-mère avait gardé le silence durant l'intervention intempestive de Beylah, mais à ce moment-là elle asséna un tel coup sur la table que les bougies tremblèrent avant de s'éteindre. « Shah ! Assez ! Quelqu'un va vous entendre !

— Qui va nous entendre ? pouffa Papa.

— Les chrétiens, siffla Grand-mère, ils cherchent toujours une bonne excuse ! Il aurait mieux valu pour nous que l'enfant assassiné ait été juif !

— *Ach*, Maman s'il te plaît, lui dit Papa, je suis le gérant de la plus grande fabrique de duvet d'oie de toute la province. C'est moi l'inventeur de la machine à plumer les oies qui a rempli de duvet tous les lits de Kichinev ! Ne suis-je pas en sécurité sous mon propre toit ?

— Shah !

— La famille Malpesh n'a-t-elle pas le droit de…

— Shah !

— … rire en ce jour sacré autour de sa propre table !

— Shah !

— Une autre tournée de sang de chrétien ! » lança gaiement Papa.

Grand-mère se leva d'un seul coup, bousculant la table en se dirigeant vers l'escalier. Son assiette cogna son couteau dont la pointe alla heurter son verre, et avant qu'on puisse le rattraper, le beau gobelet de cristal bascula en avant et se fracassa dans l'assiette de Seder. Une tache rouge se répandit sur la nappe comme une marée montante.

Papa tenta de tourner à nouveau les choses à la légère, se forçant à un ultime gloussement en lançant tandis qu'elle s'éloignait : « Quel dommage ! Tout ce sang gâché ! »

Mais l'horreur qu'exprimait le visage de Grand-mère et le spectacle du verre brisé indiquaient aux enfants que la plaisanterie avait mal tourné.

Les mémoires d'Itsik Malpesh

beys

Le dernier jour de la Pâque tombait un dimanche, jour de Pâques pour les chrétiens. Après les liturgies du matin célébrées par les prêtres de Kichinev, des centaines de fidèles quittèrent leurs divers lieux de culte pour converger vers la place Chouflinski. À leur grande surprise et leur vive déception, ils découvrirent que la principale attraction qui les avait affriandés en cet après-midi ne serait pas ouverte ce jour.

Plusieurs semaines auparavant, pressentant les ennuis que causeraient les rumeurs de Dubossary, un fonctionnaire au ministère de l'Intérieur de Bessarabie avait contacté le propriétaire du carrousel, lui suggérant qu'il serait dans l'intérêt public de ne pas mettre en service de telles distractions pour le jour saint. On craignait que les attroupements de badauds ne deviennent incontrôlables et dangereux dans les files d'attente.

Vu le nombre de fervents amateurs qui s'étaient de fait rassemblés, tel aurait très bien pu être le cas. Et malgré cela, personne n'avait songé à la façon dont tous ces gens réagiraient en découvrant non pas une file d'attente mais une barrière en fer forgé protégeant le site où ils avaient prévu d'aller se divertir. Aucune annonce n'avait été faite relative à la raison de cette fermeture. Aucune affiche n'était apposée pour s'excuser du désagrément occasionné. Et la foule, se retrouvant à échafauder des hypothèses sur ce qui avait conduit à fermer leur carrousel chéri en ce jour des plus grandes réjouissances de l'année, parvint donc à une seule et unique conclusion. Les Juifs.

Aux quatre coins de la place Chouflinski, les badauds parlaient à présent de ces gens mystérieux qui peuplaient la moitié de la ville. *D'abord ils ont tué le Christ. Maintenant voilà qu'ils ferment le carrousel. Leur perfidie ne s'arrêtera donc jamais ?*

L'esprit encore tout plein des écritures de la Semaine Sainte, la cohue des chrétiens se mit à invectiver les Juifs également venus dans l'espoir de faire un tour de manège. Parmi eux se trouvait le *shoykhet*, Moishe Bimko, qui juste à ce moment-là s'approchait de la foule. Il marchait à pas de géant aux côtés de sa fille, la jeune Sasha, courbant ses massives épaules pour pouvoir prendre la petite main dans la sienne, et ils atteignirent la grille métallique.

Personne n'osait s'approcher d'un personnage aussi imposant, mais un garçonnet, posté à la lisière de la foule qui lançait ses quolibets, projeta un œuf dur peint en rouge vif pour la fête. Moishe le vit arriver mais n'avait pas la moindre idée de ce que cela pouvait être avant qu'il ne dégomme son chapeau en laissant coquille et jaune desséchés dans ses cheveux. Un éclair de colère traversa son visage quand il aperçut l'enfant – qui, constata-t-il, n'était guère plus âgé que sa fille – et plusieurs hommes se levèrent alors des marches entourant la place. Debout, ils l'observaient comme des chasseurs indécis, incapables de savoir s'il fallait provoquer l'ours ou s'enfuir à toutes jambes.

Moishe prit sa fille sur le bras et partit à pas vifs. Malgré sa corpulence, il avait bon cœur et ne voulait pas s'attirer d'ennuis. Mais on ne lui laissa pas le choix. Les chrétiens se déplaçaient en même temps que lui, formant un mur épais de quatre rangées où qu'il se tourne. C'est alors qu'il vit qu'il n'était pas seul. Un petit Juif dévot, vêtu d'un long manteau, maintenait son chapeau sur sa tête tandis qu'une meute de jeunes garçons se précipitait pour lui tirer la barbe. Moishe reconnut en lui l'horloger Sholem Rolnik, un habitué de la synagogue. De l'autre côté de la place, deux adolescentes blotties l'une contre l'autre se tenaient les mains et sanglotaient pendant que de jeunes hommes, qui en d'autres circonstances les auraient gratifiées de sifflets et de compliments, tiraient aujourd'hui sur leurs jupes et leur crachaient dans les cheveux. Une chrétienne en robe bleue s'avança pour morigéner les garçons, mais ils ne prêtèrent pas attention à ses paroles et les deux filles furent séparées de force avant d'être entraînées chacune d'un côté de la foule.

Il y avait encore d'autres Juifs, une vingtaine peut-être d'après le décompte de Moishe. Mais que représentaient-ils comparés aux centaines de chrétiens qui envahissaient à présent la place ? Russes et Moldaves étaient venus prendre du bon temps et découvraient au lieu de cela cet autre spectacle.

Même s'il faut reconnaître que certains quittèrent les lieux, dégoûtés par le carnaval sans foi ni loi qu'était devenu leur jour le plus saint, un bien plus grand nombre resta sur place avec la plus dangereuse des intentions de l'homme : voir ce qui allait se passer.

Et voici ce qui se passa : bien qu'au début il ne se fût agi que de petits groupes d'amis et de familles qui riaient en buvant le vin doux de Pâques dont les vignobles moldaves avaient la spécialité, en quelques minutes la foule de la place Chouflinski s'était transformée en une cohue d'agités vindicatifs, le visage si déformé de rage et de joie mauvaise qu'ils avaient tout l'air des bêtes du carrousel. Aux yeux du passant de hasard, cela ressemblait sans doute à l'inauguration d'une foire dans la rue en liesse. Moishe entendit même de la musique. Quelque part dans l'attroupement un accordéon entonna vivement un air connu de tous : « Tumbalalaika », une chanson que revendiquaient aussi bien les chrétiens que les Juifs. Puis une voix se joignit à la musique, chantant en russe. Moishe connaissait bien les paroles :

Un jeune homme pense toute la nuit,
serait-ce mal, serait-ce bien,
doit-il déclarer sa flamme, ses intentions,
dirait-elle oui, dirait-elle non ?

Le refrain était le même dans toutes les langues et la foule paraissait se balancer sur son rythme : « *Tumbala, tumbala, tumbalalaika...* », chantait la voix, « *Tumbala, tumbala, tumbalalaika...* » C'était le grondement sourd d'une voix d'homme, qui rappelait les intonations de M. Loyal, suffisamment puissant pour se faire entendre d'un bout à l'autre de la place. À mesure que continuait la chanson, le cercle des chrétiens se rapprochait de Moishe, et il blottit Sasha contre sa poitrine. Quand quelqu'un s'aventurait trop près, il levait en l'air son poing de boucher et observait les aventureux tenter de repérer une proie plus facile.

À dix pas d'où il se trouvait, Moishe put voir Sholem Rolnik étendu au sol, son chapeau noir écrasé sous le talon du soulier bien ciré d'un chrétien pratiquant. Une bande de jeunes garçons s'amusait, l'aidant à se relever avant de le repousser dans la boue.

Quelque part au loin, mais pourtant plus près qu'auparavant, Moishe entendit encore chanter. C'était une chanson à énigmes : un jeune homme éprouvant la valeur de sa promise par une série de questions :

Jeune fille, nous convolerons si tu sais me répondre :
Qu'est-ce qui brûle tout seul pendant des années sans nombre ?
Qu'est-ce qui pleure et pleure encore sans verser une larme ?
Qu'est-ce qui peut faire le bonheur d'une vie sans nulle alarme ?

Pour finir, Moishe, portant toujours Sasha dans ses bras, se fraya un chemin jusqu'aux devantures qui bordaient l'autre côté de la place. Quand il la portait ainsi, Sasha s'amusait souvent à se faire d'abord une perruque de la barbe de son père, puis une écharpe, et enfin un rideau. Elle jouait ainsi tandis que Moishe resserrait son étreinte en se faufilant pour sortir de la foule. Il se rappela que le marchand Yankev Hofshteyn tenait un bazar non loin de là. Peut-être pourrait-il laisser sa fille auprès de Mme Hofshteyn pendant qu'il retournait prêter main-forte à Sholem Rolnik et aux deux adolescentes, qui avaient disparu. Mais quand il atteignit le bazar, juste à l'entrée, il découvrit le propriétaire affalé sur une pile de gros sacs de farine, poignardé et couvert de sang. Le magasin s'emplissait de fumée, qui s'échappait en grosses volutes de l'arrière-boutique comme d'une locomotive. Aucun signe de Mme Hofshteyn ; rien d'autre qu'un lambeau de tissu à fleurs et la chaîne cassée d'un collier de femme par terre derrière le comptoir.

Moishe se rua dehors et constata que le ciel était noir, bien que ce fût le milieu de la journée. De la fumée s'échappait par les portes et les fenêtres d'autres magasins tenus par des Juifs. Ce spectacle aurait dû s'accompagner de citoyens affolés, avertissant les autorités et faisant la chaîne pour se passer des seaux. Mais Moishe aperçut des badauds attroupés qui ne levaient pas le petit doigt, comme s'ils ne voyaient pas les événements se dérouler alentour. À trois portes du bazar de Hofshteyn, une terrasse de café accueillait encore des clients. Une famille russe en costumes et jolies robes était attablée devant des tasses de porcelaine blanche. Béat d'étonnement, Moishe fixait l'accordéoniste qui les distrayait, un large sourire aux lèvres pour leur soutirer une obole.

Comment pouvaient-ils rester assis là, battant la mesure du bout du pied et sirotant leur café à deux pas d'une scène de crime ? pensa-t-il. Mais il comprit alors que la horde des badauds masquait les exactions, et qu'il était possible d'être assis à la terrasse sans se rendre compte qu'une émeute avait éclaté.

À moins, bien sûr, d'être juif, auquel cas la réalité de la situation était aussi évidente que la solution de la chanson à énigmes, comme le chantait à ce moment précis l'accordéoniste :

Jeune homme, pourquoi ces questions quand on peut y répondre :
C'est l'amour qui brûle tout seul pendant des années sans nombre.
C'est l'amour qui pleure sans verser une larme.
C'est l'amour qui fait le bonheur d'une vie sans nulle alarme.

Il y avait encore d'autres couplets, mais la chanson s'interrompit quand une meute de jeunes gars, s'échappant de la foule, passa en trombe devant l'alignement de magasins, où une poignée de Juifs s'étaient rassemblés pour se mettre à l'abri. Les terrasses se vidèrent. L'accordéoniste empocha ses pourboires.

« Tabassez les Youpins ! hurlait la bande, tabassez les Youpins ! »

Ils l'attaquèrent de toutes parts. Une pluie de pierres s'abattit sur ses épaules et Sasha poussa un cri, enfouissant son visage dans le cou de Moishe. Un coup de pied décoché par-derrière lui fit plier les genoux. Un gourdin de bois s'abattit sur eux et les manqua, brisant à la place la vitrine du magasin de Hofshteyn, dont les éclats de verre volèrent tout autour d'eux.

Quand des gouttes de sang vinrent frapper la main de Moishe, il dut les observer un moment avant de comprendre que ce n'était pas son sang à lui. L'instant d'après, il vit la coupure au front de Sasha et se sentit défaillir. Il pressa ses lèvres contre l'oreille de sa fille et lui dit qu'il allait faire tout noir. Moishe ouvrit alors son manteau, l'enveloppa autour d'elle, et chargea une petite troupe d'hommes qui, cigarette au bec, lançaient des briques cassées. À la vue du boucher qui fonçait sur eux les yeux exorbités, la troupe se fendit comme une mer biblique.

Aussitôt délivré de la place, Moishe s'arrêta à la maison juive la plus proche qu'il connût et frappa furieusement à la porte.

Quand Freidl vint ouvrir et qu'elle vit le boucher se tenir devant elle la barbe pleine de sang, elle crut que c'était le *shoykhet* de l'enfer enfin venu l'emporter, tout droit sorti du cauchemar de Papa.

Les hurlements de Freidl ne purent s'apaiser même lorsque Moishe écarta son manteau pour révéler la présence de Sasha pelotonnée dessous, agrippée au cou de son père comme un chaton réfugié au sommet d'un arbre. Un instant plus tard, Maman apparut sur le seuil. Elle attira le boucher et sa fille dans la maison et ferma la porte à double tour derrière eux.

Une fois à l'intérieur, Maman prit soin de Sasha, lui essuyant le visage à l'aide d'une serviette rafraîchie et lui chantonnant des paroles rassurantes à l'oreille. Quand Freidl vit la coupure qui barrait le front de la petite, ses hurlements se transformèrent en larmes. Même Papa fit la grimace en voyant les dégâts.

« Ça fera une vilaine cicatrice, dit-il.

— Si elle passe la nuit ! glapit Grand-mère derrière lui.

— Non, non, dit Maman à Sasha, ne crois surtout pas des choses pareilles. C'est juste une écorchure et demain il n'y paraîtra plus. »

Tandis que les femmes s'occupaient de la petite blessée, Moishe prit Papa à part : « Les chrétiens brûlent les maisons et tabassent les Juifs dans la rue, lui dit-il.

— Quoi ? fit Papa, où ça ?

— Ça a commencé sur la grand-place, près des grilles du carrousel. Et on dirait bien que ça gagne du terrain. »

Maman surprit la conversation et se mit à les écouter, tenant un coton imbibé de teinture d'iode entre Sasha et elle comme si c'était le saint sacrement des chrétiens : « Qu'est-ce qu'il y a, Abram, demanda-t-elle péremptoire, que se passe-t-il ?

— Des gens qui s'amusent pour Pâques, c'est tout.

— Non, monsieur Malpesh, dit Moishe en secouant la tête, un pogrom, voilà ce qui se passe.

— Je n'en crois rien, pas à Kichinev. C'est une ville moderne ici.

— Allez leur dire ça à eux ! rétorqua Moishe avant de se tourner vers Maman : Je vous en prie, gardez Sasha ici. Il faut que je surveille la synagogue et mon échoppe. »

Sur ces paroles, le *shoykhet* traversa la pièce, souleva sa fille de sorte qu'ils s'enlacèrent comme deux tresses, et lui déposa un baiser sur la joue.

« Sois sage avec Mme Malpesh, lui dit-il. Tu vois son ventre et tu sais ce que ça veut dire, hein ?

— Elle va avoir un bébé, dit Sasha de la voix d'une fillette tellement sûre d'elle-même que Maman la regarda avec des yeux ronds.

— Oui, elle va avoir un bébé, répéta Moishe, et ça veut dire que tu dois être une bonne petite fille. Tu comprends ? »

Sasha regarda son père, puis ma mère, et hocha la tête une nouvelle fois.

« Je sais que tu comprends », lui dit Moishe avant de la reposer par terre. Puis il s'adressa de nouveau à Papa et Maman : « Sa mère est chez nous, 41, rue Pouchkine. Si pour une raison quelconque… » Il posa sa grosse main délicatement sur la tête de Sasha, puis se détourna et ressortit.

Après son départ, Maman continua à soigner la blessure de Sasha tandis que le reste de la famille se précipitait à l'étage pour voir la place Chouflinski par la fenêtre du premier.

Ce qu'ils virent d'abord leur parut rassurant : la foule se dispersait. Mais Papa remarqua alors à quelle vitesse elle se séparait, et vit que des groupes de huit ou dix hommes couraient dans différentes directions. Certains avaient à la main des gourdins, d'autres des briques. D'autres encore portaient ce qui vu de loin ressemblait à des chapelets de saucisses, mais que Papa devina être des cordes.

Grand-mère gémit. Elle n'avait pas mentionné leur dispute depuis le soir du Seder, mais à présent elle cria : « Je t'avais bien dit ce qui arriverait à cause de tes plaisanteries !… » et elle serra le bras de son fils comme si elle le voyait déjà s'échapper.

Papa se dégagea de sa poigne et dit : « L'usine. Il faut que j'aille voir si tout est en sécurité. » Il se précipita dans l'escalier et tomba sur Maman devant la porte.

« N'y va pas Abram, l'implora-t-elle, ce n'est pas toi qui es responsable aujourd'hui. Laisse ce chrétien de propriétaire s'inquiéter des ennuis que causent les chrétiens.

— S'ils attaquent l'usine, ce sera parce que le gérant est un Juif, répliqua Papa avant de passer la porte en trombe. Et en plus, c'est jour de fête pour Gourodine et il n'est pas là.

— Jour de fête ? » répéta Maman en écho. Et sur l'instant, elle sut que ce serait les derniers mots qu'elle entendrait son mari prononcer, et ils résonnèrent à ses oreilles comme un glas.

Maman courut au premier et, regardant par la fenêtre, aperçut Papa descendre la rue Aleksandrov en direction de l'usine. En voyant la ferveur qu'il mettait à sprinter devant le manège, elle décida que les derniers mots qu'il l'entendrait prononcer seraient : « *Triple idiot !* » Elle ouvrit la fenêtre à la volée et les hurla si fort qu'ils semblèrent envahir tout l'air de tout le ciel. Quand ils se furent enfin dissipés, elle s'écarta de la fenêtre et s'évanouit.

Beylah rattrapa Maman par le bras pour l'empêcher de s'écraser au sol, mais Maman n'avait pas perdu connaissance, juste l'équilibre. Prenant son aînée par la main, Maman inspira profondément et lui dit ce qu'elle savait être la triste vérité :

« Ça y est, le moment est venu.

— Non, c'est trop tôt, lui dit Beylah, pas avant le mois prochain.

— Une femme ne se trompe jamais », insista Maman.

À la fabrique de duvet, les choses étaient pires encore que ce que Papa avait imaginé. Quand il essaya d'empêcher la foule en colère de démantibuler sa machine, on le retint de force et on lui bourra la bouche de plumes jusqu'à lui couper le souffle. Mais à force de se débattre il finit par se libérer tandis que les coups continuaient à lui pleuvoir sur le dos et la nuque. On le jeta dehors à grands coups de pied et il s'enfuit en courant.

Juste à ce moment-là, les rues de Kichinev avaient retrouvé leur calme et Papa goûta un instant l'illusion de se retrouver absolument seul au monde. Que Dieu ait choisi très exactement ce moment pour faire le vide, voilà qui paraissait une sagesse digne du divin. La fausse impression s'évanouit lorsque, passant à toutes jambes près du Vieux Marché, il vit Kirov, le boulanger chrétien, sur le pas de sa boutique. Armé d'un seau de peinture et d'un pinceau, Kirov avait tracé une grande croix blanche à l'entrée de sa boulangerie. Dans la vitrine, parmi les viennoiseries de la veille, il avait disposé une icône de la Vierge. Quittant le Vieux Marché, Papa remarqua que plusieurs autres chrétiens avaient fait de même. Le verre intact de leurs vitrines reflétait la lumière oblique du soleil qui déclinait à l'ouest. Les seuls autres piétons étaient des agents de la police de Kichinev qui maintenaient l'ordre dans cet îlot reculé du quartier chrétien alors même que des volutes de fumée s'élevaient au-dessus des quartiers alentour.

À l'entrée de la rue de l'Asie, Papa avisa une foule hostile qui s'attroupait devant la synagogue. Campé fermement sur le trottoir, le rabbin menaçait : « Je connais les conseillers municipaux ! Je connais le maire ! », mais la foule l'ignorait. Des pierres et des débris de toutes sortes volaient en direction des fenêtres jaunies. Plusieurs jeunes s'approchèrent des blessures béantes – on aurait dit des porte-étendards brandissant des bâtons de deux mètres au bout enveloppé de chiffons en flammes. Les pyromanes s'arrêtèrent seulement lorsque Moishe Bimko fit son apparition sur le seuil, son tranchoir à la main. Enhardis par cette entrée en scène, d'autres Juifs ramassèrent pelles et barres de fer pour venir se ranger rapidement à ses côtés.

Les deux bandes s'affrontèrent et Papa reprit sa course de plus belle. Il longea l'extrémité du quartier juif, où un gang de Moldaves venait apparemment d'arriver. Armés de haches et de binettes, ils faisaient voler en éclats toutes les fenêtres à leur portée, jetaient des pierres à travers celles qui étaient hors d'atteinte, et chargeaient à l'intérieur des maisons, chassant les habitants de force dans la rue. Une clique de pillards prenait de toute évidence un malin plaisir à faire main basse sur la literie de chaque maison mise à sac pour la réduire en lambeaux. Ils forçaient oreillers et matelas à travers les tessons de verre encore accrochés aux fenêtres. Tandis que le soir descendait, une brise de printemps soufflant du sud vint rafraîchir l'atmosphère, et des milliers de plumes s'éparpillèrent à travers les rues.

Dans tout Kichinev, du duvet d'oie tapissait les trottoirs. Place Chouflinski, des ailes avaient poussé aux chevaux de bois du carrousel. Les croix blanches peintes sur les magasins chrétiens de la place du Vieux Marché s'estompaient derrière le plumage en suspension. Dans la rue Aleksandrov, au moment même où ma mère, ma grand-mère, ma sœur Freidl et Sasha, la fille du *shoykhet*, barricadaient l'entrée de la chambre du premier étage, une bourrasque de plumes vint voltiger devant la fenêtre.

Maman était alors dans les affres du travail. Dans les moments de répit entre les contractions, elle alternait délire et lucidité. Le soleil se couchait lorsqu'elle souleva la tête de son lit et vit le ciel empli de flocons blancs qui descendaient en flottant dans la rue. C'était si beau dans la lumière du jour qui déclinait. Appelant Freidl et Sasha à ses côtés, Maman leur dit, « Regardez, les filles. Il neige. »

Papa arriva sur le perron du domicile familial à l'instant même où Beylah jetait un œil par la fenêtre.

« Ouvre, Beylah, vite ! » lui intima-t-il. Beylah se précipita au rez-de-chaussée et ouvrit la porte à la volée. « Où est Maman ? demanda-t-il dès qu'il fut entré.

— À l'étage avec Grand-mère et Freidl et aussi la fille du boucher. Le bébé est en train de naître.

— Non, c'est impossible. Le docteur a dit le mois prochain. Elle a juste ses nerfs. »

Des années plus tard, ma sœur me raconta que le cri qui parvint de l'étage au moment où mon père manifestait son incrédulité parut envoyé tout exprès pour le faire taire. Beylah avait un enfant à elle à l'époque où nous évoquâmes cette scène, et l'idée qu'une femme en train d'accoucher réduise à néant les doutes d'un homme lui plaisait énormément.

« Peut-être bien que tu as raison, lui concéda Papa en s'élançant dans l'escalier. Mets les volets aux fenêtres, et éloigne-toi de la porte ! »

À l'étage, Papa voulut ouvrir la porte de la chambre, mais impossible de la faire céder. Il regarda par le trou de la serrure et ne vit pas sa femme mais sa mère qui, assise dans un rocking-chair à côté du lit, feuilletait avec fébrilité les pages de son livre de prières. Il l'entendait à peine au milieu des cris de Maman.

« Je suis sûre il y a une prière pour cette situation-là, disait Grand-mère, et elle tournait les pages tellement vite qu'on aurait cru qu'elles allaient se déchirer.

— Ouvrez la porte ! dit Papa.

— C'est impossible, Papa, lui répondit Freidl, Maman a mis le bureau devant, et Grand-mère ne veut pas m'aider à le remettre à sa place. Et la fille du boucher, elle est trop petite !

— Non, je suis pas trop petite ! » déclara une voix minuscule. Par le trou de la serrure, Papa vit Sasha qui tendait le bras pour atteindre la poignée. Sa petite main boucha le trou l'espace d'un instant avant que la fillette ne perde l'équilibre et s'écroule par terre.

« Je t'avais bien dit que t'étais trop petite ! jubila Freidl.

— Minah ! lança Papa à l'adresse de ma mère, ils mettent les rues à sac. Il faut qu'on se cache ici en attendant que ça se calme. S'il te plaît, efforce-toi de ne pas faire de bruit. »

Maman poussa un nouveau cri, maudissant mon père tout en remerciant Dieu qu'il soit rentré sain et sauf : « Tu n'en ferais pas, toi, du bruit, si une oie te sortait par les narines ? » Ayant retenu sa respiration, elle poussa un soupir de soulagement puis reprit comme en s'adressant au plafond : « Cet enfant a une très grosse tête ! »

Papa aurait voulu se pencher à son chevet et murmurer au creux de son oreille, pour épargner aux enfants ce qu'il ne pouvait plus éviter de dire. Au lieu de cela, il cria à travers les panneaux de bois tout en espérant qu'au milieu de la confusion générale, elle serait la seule à l'entendre : « Minah, s'ils nous découvrent, on va tous mourir.

— Pour ça je suis sûre il y a une prière ! » s'écria Grand-mère. Avant qu'elle ne recommence à tourner les pages comme une folle, Maman arracha le livre des mains de sa belle-mère, l'enfourna vivement dans sa bouche et mordit la couverture de cuir souple comme un morceau de viande.

C'est alors que Papa entendit du raffut et se précipita en bas de l'escalier. Il découvrit la porte défoncée, le divan renversé. Le tapis était constellé de plumes d'oie poussées par le vent à l'intérieur. Dans un coin de la pièce quatre hommes maintenaient Beylah contre le mur. Papa déclarerait plus tard qu'il ne les reconnut pas, mais que lorsque les assaillants se retournèrent, eux parurent le reconnaître sur-le-champ.

« Monsieur le gérant Malpesh ! railla l'un d'eux, elle est à vous cette oie ?

— Vous voulez qu'on vous la plume ? demanda un autre en attrapant Beylah aux cheveux qu'il arracha par poignées de cinq ou dix mèches.

— Est-ce que j'arrache suffisamment d'arrache-pied ? Est-ce qu'on bourre assez vite les oreillers pour tous les Juifs qui ronflent ? »

Ils se mirent à déchirer sa robe.

« Cuisse Droite, plus vite !

— Sein Gauche, tu veux le garder ce boulot, oui ou non ? »

Papa chargea pour libérer sa fille, mais deux des quatre hommes se saisirent de lui comme s'il ne pesait pas plus lourd qu'un autre volatile. Ils lui ligotèrent les bras avec l'embrasse d'un rideau et le jetèrent au sol avant de reporter leur attention sur ma sœur.

« Attendez, les gars. C'est pas comme ça qu'il faut faire ! » résonna la voix d'un homme corpulent. Papa se retourna et reconnut celui-là même qui restait assis toute la journée sur son siège à la fabrique de Gourodine pour alimenter la grande machine. Debout sur le seuil, il était plus grand qu'il n'avait jamais paru sur son tabouret, et du sang lui tachait la barbe. « Ce qu'il lui faut, c'est une grande pointe avant qu'on la plume !

— Non ! » hurla Papa tandis que l'homme passait devant lui.

Luisant de sueur, le gros lard débouclait déjà sa ceinture et ne s'arrêta qu'au moment où un râle comme ils n'en avaient jamais entendu fit trembler les murs de la maison. Dans la chambre à l'étage, Maman avait carrément transpercé le livre de prières de Grand-mère et n'avait plus rien à se mettre sous la dent pour étouffer ses hurlements.

« Monsieur le gérant Malpesh, quel cachottier vous faites ! dit l'un des assaillants. Papa garde d'autres filles là-haut ! »

Telle la machine entièrement dévolue à un unique objectif qu'ils étaient devenus à la fabrique, les quatre plumeurs s'avancèrent comme un seul homme vers l'escalier. Lorsqu'ils eurent disparu, Beylah s'agenouilla pour délivrer Papa et l'aider à se relever.

Ils s'élancèrent à la poursuite des autres, juste au moment où la porte de la chambre cédait sous leurs coups.

Voici ce qu'ils virent à l'intérieur : ma mère jambes écartées, et ma petite tête qui commençait tout juste à pointer dans ce vaste monde.

Ma grand-mère et ma sœur se figèrent quand les hommes firent irruption, se préparant au pire, peut-être même à la fin.

Seule la petite Sasha Bimko osa faire un geste. Allez savoir pourquoi ! Était-elle déjà aussi hardie que son père, malgré son jeune âge ? Voulait-elle prouver à toute force qu'elle n'était pas trop petite pour se rendre utile ? Sans doute était-elle tout simplement trop jeune pour comprendre. Elle traversa la pièce et se tint entre le lit et la porte, puis leva un poing minuscule devant les intrus.

En plein effort, Maman n'était en rien troublée par les agresseurs, mais elle put voir distinctement leur visage, et remarquer qu'ils lorgnèrent un instant le spectacle qui s'offrait à leurs yeux avant de détourner le regard. Chaque fois qu'elle me raconterait plus tard ces événements, elle répéterait que les pillards s'étaient arrêtés net et que, dans notre maison du moins, ils ne s'étaient pas livrés à d'autres déprédations ce jour-là.

« Ils sont restés là comme frappés par le bras de Dieu, me disait-elle, parce qu'à la vue du poing levé de Sasha Bimko ils étaient sous le coup de l'étonnement, et à la vue de ta naissance sous le coup de la honte. »

Nos voisins accoururent au son de mes vagissements. S'ils avaient entendu les cris qui avaient précédé et secoué les fenêtres de notre maison (et comment le contraire eût-il été possible ?), ils n'en dirent rien. Deux des garçons de la famille chrétienne soutenaient leur mère par le coude pour l'empêcher de tomber, mais à mesure qu'ils traversaient le saccage de nos appartements, elle parut regagner ses forces. La semaine suivante, un médecin et un prêtre l'examinèrent tour à tour et proclamèrent que sa guérison était un miracle de Pâques.

Les miracles de notre Pâque furent cette année-là moins impressionnants. Le cousin Zishe se fit défenestrer mais l'oncle Leib survécut à ses blessures. On retrouva Moishe Bimko mort dans son échoppe, parmi les oies aux plumes trop raides qu'il avait eu l'intention d'abattre. La veuve Bimko emmena Sasha et partit… vers l'est ? Vers l'ouest ? Ma mère me donnait une direction différente chaque fois qu'elle me racontait l'histoire.

« C'est difficile de se rappeler les détails, me disait-elle. Mais n'oublie jamais ceci : rien de ce qui s'est passé le jour de ta naissance n'a autant d'importance que ta venue au monde. Tu entendras plein d'histoires sur les circonstances, mais moi je préfère me rappeler que Dieu a choisi un jour sinistre pour créer une étincelle appelée Itsik. Et dis-moi, qu'importe la longueur de la nuit quand une bougie est allumée ? »

Plus tard cette année-là, après que les rues eurent été nettoyées et les cadavres dénombrés, notre voisine chrétienne se mit à répéter combien la famille Malpesh avait eu de la chance. La chance qu'il se soit trouvé un nouveau-né dans la maison, expliquait-elle, un bébé innocent pour rappeler aux pillards l'existence de leur Sauveur miséricordieux.

« Quand je pense à ce qui aurait pu arriver, disait souvent la voisine. Vous voyez que j'avais raison, que le monde n'est pas si méchant que ça, hein ? »

Avec le temps il devint clair que le rôle de notre voisine lors du déchaînement de folie changeait sans cesse dans sa mémoire. À l'occasion du troisième anniversaire de ma naissance, elle était assise dehors et partageait le thé et le gâteau de notre petite fête :

« Quelle chance vous avez eue d'avoir des voisins qui ont témoigné en votre faveur, dit-elle à mes parents, et quelle chance il a ce petit que de vrais chrétiens aient été juste à côté pour sauvegarder sa naissance !

— Oui, quelle chance ! » approuvâmes-nous en riant tous avec elle.

À peine la voisine avait-elle passé la porte que maman cracha par terre. Je la regardai horrifié et elle me pinça la joue jusqu'à ce que je hurle.

Depuis ce jour, chaque fois que la conversation venait à rouler sur mon arrivée en ce bas monde, ma mère répétait un refrain entonné pour la première fois en cet après-midi d'avril. En fait, cette expression devint une sorte de bénédiction d'anniversaire. « Chanceux comme l'oie d'un boucher », aimait-elle à dire.

Au fil des années, Papa en vint à employer l'expression pour parler de toute la famille, et l'ironie qu'il y mettait peut-être à l'origine commença à s'estomper. Nous avions survécu, après tout, et d'autres n'avaient pas eu cette chance. Quelle autre preuve nous fallait-il ?

Les Juifs quittèrent Kichinev par centaines dans les années qui suivirent. Quand Maman exprimait son désir que nous fassions de même, Papa lui rappelait que c'était seulement grâce aux relations de M. Gourodine que les hommes qui avaient attaqué la maison des Malpesh s'étaient trouvés parmi les criminels arrêtés après les émeutes.

« Comment pourrions-nous partir ? entendis-je un jour dire Papa. À Kichinev, je suis quelqu'un d'important. »

Note du traducteur

Toute tentative pour rendre une œuvre écrite dans une nouvelle langue instaure à coup sûr une certaine distance entre le texte et la traduction. En général, cette distance est perçue comme un changement en termes non seulement de moyens, mais aussi de valeur. Voyez la façon dont on parle d'un texte non traduit comme « l'original », ce qui fait implicitement de la traduction, quel que soit le degré de créativité mis en œuvre dans sa réalisation, l'exact inverse.

Et pourtant, comment une traduction pourrait-elle être autre chose qu'originale de plein droit ? Dans le passage d'une langue à une autre, il existe après tout ce que le philosophe français Paul Ricœur appelle un « supplément de sens ». Texte et traduction ne sont jamais exactement égaux ; il y a toujours quelque chose en plus, ou en moins.

Prenez par exemple l'expression employée par Abram, le père de Malpesh, lorsqu'il arpentait la fabrique de duvet en aboyant des ordres à ses manœuvres russes et moldaves. J'ai rendu son injonction tout simplement par « Allez, on arrache d'arrache-pied ! » et je serai le premier à admettre que ce n'est pas tout à fait suffisant. Voici les mots que Malpesh avait effectivement mis dans la bouche de son père :

Lomir umdekn di dekn mit tetikn tenerkes,
mayne kleyne, lustike teklekh !

De toute évidence, c'est une phrase plus longue que celle que j'ai utilisée. Et il n'y a pas que la longueur à avoir été sacrifiée dans le passage à une autre langue. Pour commencer, l'original est une phrase à la « chaussettes de l'archiduchesse » que l'alternance des « d » et des « t » combinée aux syllabes *ik* et *ek* transforme en vers d'une poésie frôlant le non-sens, illustrant en partie le caractère de comptine que revêtent les premiers poèmes de Malpesh. Mais il reste bien peu de tout cela dans une traduction littérale :

Découvrons le derrière [des oies] en activant nos mains,
mes petites poupées pleines d'entrain.

La phrase est maladroite dans cette nouvelle langue, mais en yiddish elle franchit les lèvres presque sur un pas de danse. Sans doute Malpesh l'a-t-il ainsi formulée non seulement pour transmettre le sens mais aussi pour se faire l'écho de la joie qu'éprouvait son père à la fabrique, et peut-être aussi dire combien cette joie parvenait à lui faire oublier la souffrance à laquelle Malpesh était lui-même si sensible, comme nous le verrons plus loin dans ses carnets. Il est également intéressant de noter que même si

Malpesh n'indique jamais que son père a eu une influence directe sur sa propre poésie, il semble ici suggérer que tel fut bien le cas.

Comment peut-on transmettre toutes ces intentions en peu de mots ? Dans l'ensemble de la présente traduction, j'ai souvent suivi la ligne de plus faible résistance. « Allez, on arrache d'arrache-picd ! » nc rcnd pas complètement l'usage que fait Malpesh de la langue, mais j'ai eu recours à cette formule pour faire un simple jeu de mots qui serait impossible en yiddish, tout comme la sophistication de celui d'Abram est impossible dans une autre langue.

Ici comme dans tous les autres choix d'interprétation que j'ai pu faire, j'ai tenté d'être fidèle à l'esprit de Malpesh, toujours conscient du supplément de sens perdu, et constamment confronté à une autre idée proposée par Ricœur au sujet de l'art de traduire : « S'il est vrai qu'il y a toujours plus d'une façon de comprendre un texte, il n'est pas vrai que toutes les interprétations se valent. »

*

Il faut reconnaître, pour éviter tout malentendu, que je suis en quelque sorte un amateur en matière de traduction. Je n'ai été ni éduqué, ni formé pour ce genre de travail. Même si je me suis plus ou moins intéressé aux langues à l'université, je ne suis nullement un de ces grands voyageurs polyglottes – passant l'été en yupik et l'hiver en tagalog – qui encombrent ce secteur d'activité. Beaucoup de traducteurs de cette espèce paraissent se délecter de virevolter d'une langue à l'autre tout comme un don juan se délecte d'entretenir un grand nombre de maîtresses. Bien que peut-être doté de moindres capacités, j'aborde l'art de la traduction avec une plus grande honnêteté que cela. Je suis en d'autres termes un amateur au sens premier du terme : j'ai traduit par amour. J'ai traduit pour l'amour d'une fille.

J'ai déjà dit que la plupart du temps je me retrouvais seul dans l'entrepôt de livres yiddish durant les mois précédant ma rencontre avec Malpesh. Même si c'est la vérité, je n'aurais sans doute pas pu faire la connaissance de ce dernier s'il n'y avait pas eu avec moi une autre personne qui venait m'aider deux demi-journées par semaine, une étudiante de l'Université Mount Holyoke du nom de Clara Feld.

Comme elle me l'apprit dans les cinq minutes qui suivirent notre rencontre, elle s'inscrivait dans le mouvement du *baal techouva*, m'avouant être « une Juive recommençante » qui venait de découvrir la « vacuité » de son éducation agnostique. Elle avait décidé de rester sur le campus pendant tout l'été pour assister à un séminaire intensif d'études judaïques, ce qui avait conduit à un stage chez mes employeurs. Issue d'une famille du New Jersey, star de l'équipe de tennis de son lycée, Clara Feld portait désormais en guise d'uniforme des chemises paysannes à manches longues et des jupes noires qui balayaient le plancher. Chaque fois qu'elle franchissait la porte en arrivant au travail, elle inspirait profondément l'odeur de renfermé, chérissant l'endroit, m'expliqua-t-elle, pour son « irrésistible judaïté ».

Et pourtant, malgré toutes les simagrées propres à sa récente orthodoxie, les liens qui l'unissaient au travail que nous accomplissions étaient bien plus personnels que les miens.

« J'ai chez moi une boîte pleine de lettres écrites par mon arrière-grand-mère, me raconta-t-elle, et qui sont en yiddish, alors je n'en comprends pas un traître mot, mais c'est un peu mon trésor de guerre. » À cette pensée, sa gorge parut se nouer puis elle ajouta : « Tu en as de la chance de passer tes journées à préserver l'histoire de notre peuple. »

Tout en parlant elle releva ses cheveux, qu'elle portait longs jusqu'aux épaules, en un chignon auburn qu'elle épingla à l'arrière de sa tête à l'aide d'un crayon. Le reste de sa peau demeurant à l'abri des regards, sa nuque allait me rendre fou pour le restant de la journée. Je ne voyais aucune raison de nier ce qu'elle croyait que j'étais. Je ne voyais aucune raison de lui refuser quoi que ce soit.

« Tu devrais les apporter un de ces jours, ces fameuses lettres, lui suggérai-je, et je pourrais peut-être t'aider à les lire.

— Je pourrais peut-être faire ça », répondit-elle.

Apprendre à jouer les imposteurs, c'est finalement moins savoir jouer la comédie que ne pas la jouer du tout. On peut arriver à faire partie d'une scène, d'une situation, ou d'un peuple (« notre peuple », pour ainsi dire) en acceptant tout simplement de servir de miroir aux gens qui vous entourent. Quand j'étais encore étudiant, et que je m'imaginais toujours avoir l'étoffe d'un prêtre, j'avais passé quelque temps chez les moines trappistes. J'avais découvert qu'en mettant ma personnalité le moins en avant possible, j'étais capable de me couler dans le moule. En un rien de temps, les moines me donnaient du « frère », me croyant destiné à prononcer des vœux pour rejoindre leur confrérie. Se faire passer pour quelqu'un d'autre, cela commence avec ce que s'imaginent vos proches. La meilleure chose à faire pour maintenir l'illusion, c'est d'essayer au maximum de ne rien faire du tout.

Évidemment, plus la différence est grande entre le milieu d'origine de l'imposteur et celui où il entre grâce à sa supercherie, plus la tâche est facilitée.

« Les goyim sont un peuple curieux, me déclara un jour Malpesh, avant d'avoir découvert qui j'étais et ce que j'étais. Pas curieux parce qu'ils veulent savoir des choses, clarifia-t-il, mais curieux parce qu'ils ne veulent pas savoir. »

À ses yeux, un gouffre si profond le séparait, lui, de ce qu'« ils » étaient, eux, que l'humanité semblait à tout jamais divisée entre les Juifs, représentant moins de un pour cent de la population mondiale, et ceux qui ne l'étaient pas, totalisant plus de quatre-vingt-dix-neuf pour cent. Tel était l'abîme que je franchis en ne parvenant pas à détromper Clara sur ce qu'elle croyait être mon affiliation religieuse et ethnique. C'était un abîme qui ne m'apparaissait jamais avec autant d'évidence que lorsque j'étais tout près d'elle.

L'entrepôt que nous partagions de temps à autre occupait les deux derniers étages d'une ancienne usine de textile vieille de plus d'un siècle, un gros immeuble de brique rouge vacillant sur la berge d'un canal désaffecté. À l'époque de sa grandeur, c'était le genre d'endroit qui pouvait transformer une bourgade de troisième zone assoupie au bord d'une rivière en une grande ville regorgeant d'emplois et de profits industriels. Aujourd'hui, le loyer s'élevait à vingt dollars le mètre carré pour des entreprises qui ne pouvaient pas s'offrir de meilleur local dans une banlieue plus respectable.

Au rez-de-chaussée se trouvait un petit atelier de confection, occupé par deux douzaines de femmes vietnamiennes qui semblaient attelées en permanence à leur ouvrage. Que j'arrive à l'entrepôt le matin, m'échappe pour déjeuner le midi ou rentre chez moi le soir, j'entendais les ouvrières qui cousaient en babillant chaque fois que je traversais leur entrée principale, qu'elles maintenaient entrouverte à l'aide d'une chaise pliante, apparemment dans l'espoir qu'une brise soufflant du canal s'insinue à l'intérieur.

Le premier étage abritait un magasin de meubles. Je n'ai pas d'autres preuves d'un double usage du lieu que les affiches proclamant « À chaque jour suffit sa peine » et « Chi va piano va sano », accrochées au mur de chaque côté du petit frigidaire du magasin, mais selon toute apparence ce dernier hébergeait aussi un programme de désintox pour alcooliques et drogués. Les employés étaient des durs à cuire aux allures d'épaves, le cou meurtri de bleus, et en entendant les cris qui atteignaient la cage d'escalier, je devinais leur propension à accumuler les gaffes et à laisser exploser leur colère.

Malgré toutes leurs différences, ces deux populations occupant les étages sous l'entrepôt avaient une chose en commun : pour ceux du rez-de-chaussée comme du premier, nous autres du second et du troisième ne répondions qu'à un seul nom, les Juifs.

Ce pluriel m'intriguait, car le plus souvent il n'y avait que moi, après tout. Mais en même temps, cela venait à point me rappeler que j'étais une partie d'un tout. D'autres que moi avaient accompli ma tâche au cours des années passées, d'autres me succéderaient. Sans doute étaient-ils et seraient-ils presque tous juifs, et le nom correspondait donc assez bien à la réalité.

Quoi qu'il en soit, il n'y avait rien de péjoratif dans son usage, pour autant que je sache. En fait, l'une des ouvrières vietnamiennes l'employait de façon plutôt amicale. De toutes les femmes que j'avais aperçues à travers les fenêtres de l'atelier, c'était la seule qui sortait dehors, semblait-il. Comme elle portait des costumes élégants et des bijoux clinquants, j'avais présumé que c'était elle la propriétaire. Chaque fois que je la croisais dans le parking à côté de sa Lexus, elle me toisait de bas en haut, fronçait les sourcils en regardant ma vieille Toyota cabossée et me demandait : « Vous êtes chez les Juifs ?

— Oui », lui répondais-je, et elle me lançait « Salut ! », ce qui dans sa bouche ne pouvait vouloir dire que « Au revoir ! » puisqu'à ce moment-là, elle s'engouffrait invariablement dans sa voiture pour quitter le parking en faisant rugir le moteur.

C'était la même chose avec les fabricants de meubles. Le seul contact que j'avais avec eux s'était établi parce qu'ils avaient la mauvaise habitude de laisser la porte du monte-charge ouverte, rendant l'appareil inutilisable pour les autres étages. Il ne s'écoulait pas une semaine sans que je me retrouve passant la tête dans leur atelier pour hurler au milieu du vacarme des scies à ruban que quelqu'un vienne s'il vous plaît fermer le portillon de sûreté. Les cinq ou six ouvriers gardaient la tête baissée, cigarette pendue au bec tandis qu'ils découpaient des piles de poignées pour commodes et rabotaient des planches. Ils ne portaient pas d'autre protection antibruit qu'un bonnet de laine qui descendait jusqu'à leurs grosses lunettes de travail. Lassé d'attendre, je finissais par traverser le nuage de sciure flottant sous les poutres du plafond, passais devant le frigo et les affiches des Alcooliques anonymes, et allais moi-même fermer la porte du monte-charge.

En ressortant j'entendais souvent un ouvrier demander d'une voix forte : « C'était qui ça ?

— Les Juifs », lui répondait un de ses collègues.

Dans de telles circonstances, c'est ne pas être un imposteur qui aurait demandé un effort concerté. Pire encore, cela aurait pu créer des problèmes. Pourquoi vouloir préciser que je n'étais pas juif quand une telle précision n'aurait pas manqué de déconcerter tout mon environnement de travail ? Sans parler de ma jolie coéquipière… Comme l'avait écrit Malpesh, « Un homme est dans son pantalon ce qu'il n'est pas dans son cœur. »

Les journées d'été passées dans l'entrepôt donnaient l'impression que la terre s'était rapprochée du soleil. Une chaleur simplement oppressante dans le parking devenait insupportable dans l'entrée et ne faisait qu'empirer à mesure qu'on gravissait les étages. Avec les fenêtres hermétiquement closes et la rampe de l'escalier brûlante au toucher, c'était presque un soulagement d'atteindre le sommet et d'arriver au travail chaque matin. Tout là-haut, notre labyrinthe d'étagères métalliques rôtissait sous l'effet de la chaleur accumulée à travers les étages inférieurs, emplissant l'endroit d'une odeur de renfermé qui évoquait l'encens mêlé à l'encre d'imprimerie. De rares ventilateurs industriels brassaient l'air brûlant.

Deux fois par jour, une fois pour UPS et une fois pour le courrier normal, je remontais les dernières livraisons depuis le quai de déchargement. Quand Clara était là, elle m'aidait. Ensemble nous empilions les cartons sur des palettes et, nous servant d'un chariot pour les rouler jusqu'au monte-charge (une cage d'acier de quatre mètres de large sur trois de profondeur), nous les emportions au troisième. Une fois là-haut, nous placions les cartons dans le courant d'air créé par les ventilateurs et déballions les livres, dont certaines pages détachées allaient voleter jusqu'à la charpente métallique.

Comme je l'ai déjà indiqué, c'est au cours de cette période que j'ai commencé à acquérir les rudiments de la langue. Peut-être serait-il utile d'expliquer comment cela se passa exactement. Dans la mesure où l'on peut véritablement parler d'un instant précis de révélation – un éclair de lucidité là où il n'y avait précédemment que les ténèbres d'une compréhension limitée – celui-ci se produisit un matin de juillet. J'extirpais des livres d'un carton expédié de Montréal lorsque je tombai sur un mince volume jaune vif à la couverture ornée du dessin abstrait d'un homme barbu. Tournant le livre sur la tranche, j'étudiais la suite de caractères que je prenais pour le nom de l'auteur. Ça ne ressemblait pas aux autres noms yiddish que j'avais rencontrés… quelque chose dans la place des voyelles par rapport aux consonnes. Je me mis alors à organiser mentalement les sons correspondant aux lettres, puis tentai de les dire à voix haute. D'abord les trois premières lettres : *hey*, *ayin*, *mem*. « Hem. » Puis les trois suivantes : *yud*, *nun*, *giml*. « Ing. » Les quatre dernières : *vov*, *vov*, *yud*, *yud*. « Vay. »

« Tu disais quoi ? » me demanda Clara.

J'ignorai sa question, me concentrant à présent sur les mots dont je devinais qu'ils formaient le titre. Je reconnus le dernier d'entre eux comme issu de l'hébreu, composé de deux lettres seulement, *yud*, *mem*. *Yam*. La mer.

Environ dix pour cent du yiddish est tiré directement de l'hébreu. Ces mots empruntés sont appelés *loshn-koydesh*, la langue sacrée, parce qu'elle est extraite des Écritures. Le *yam* du titre de ce livre jaune était le même *yam* que l'endroit où avait été jeté le prophète Jonas, les mêmes eaux dans les profondeurs desquelles rôdait le Léviathan.

Je prononçai le titre et le lus pour moi-même : « *Der alter un der yam*. » Je connaissais assez d'allemand pour deviner que ces deux *der* signifiaient sans doute « le », et *un* ressemblait à *und*, c'est-à-dire « et ». J'observai à nouveau l'homme barbu de la couverture et soudain je le reconnus. Je relus le nom de l'auteur. « Hem-Ing-Vay ». Ce n'était pas un rabbin sans son chapeau mais une icône américaine. Et c'est là que je compris : *Alt*, *Old*. Vieux.

« *Le Vieil Homme et la mer* ! » exultai-je en brandissant le livre.

Clara eut l'air sceptique : « Hemingway était juif ? »

Je ne savais pas si elle plaisantait, mais ça m'était bien égal. Rien ne pouvait atténuer ma joie. Debout dans cette chaleur insupportable, des cartons de livres tout autour de moi, j'avais réussi ma première traduction ; c'était seulement cinq mots et, pour l'essentiel, une non-traduction du titre d'un livre que je connaissais depuis le lycée, mais ça n'avait pas la moindre importance. Tout à coup, ma vie de magasinier foisonnait de mystères solubles, et j'avais trouvé par hasard un code qui me permettrait de les résoudre tous. À compter de ce jour, chaque fois que je déballais un carton de livres, je prenais un volume après l'autre, prononçais le nom de son auteur, et espérais tomber sur quelque chose de familier qui m'inciterait à comprendre. Au cours de la première semaine, je découvris des traductions en yiddish de Dickens, Shakespeare, Tolstoï…

Août succéda à juillet et la chaleur dans l'entrepôt faisait frire les livres sur leurs rayonnages. Imbibés de presque un siècle d'humidité et de la graisse laissée par les doigts des lecteurs, ils sifflaient dans l'air aride, dégageant un parfum de papier chaud. Rien qu'à regarder le dédale de livres, toute cette énergie potentielle qui représentait un véritable risque d'incendie, j'en trempais ma chemise avant même qu'il soit midi. Alors je m'asseyais pour lire.

Trois jours par semaine, je m'installais près du plus gros des ventilateurs et, seul parmi les étagères, au milieu des cartons entassés en piles au moins aussi hautes qu'en juin, au lieu de les trier je progressais de page en page. J'avançais à grand-peine, un dictionnaire yiddish-anglais à côté de moi, depuis l'heure de mon arrivée jusqu'à celle de rentrer à la maison.

Les jours où Clara travaillait à l'entrepôt, elle me rejoignait dans la fraîcheur toute relative et nous parcourions les lettres de son arrière-grand-mère. Un rituel accompagnait la chose : Clara s'asseyait chaque fois au même endroit et choisissait une lettre au hasard. Je lisais alors une ou deux lignes à voix haute en yiddish, faisant de mon mieux pour traduire au fur et à mesure. L'écriture cursive était bien plus difficile à déchiffrer que les caractères d'imprimerie que j'avais lus dans les livres, à tel point que la plupart des phrases demeuraient à moitié non traduites, « Truc bidule machin chouette… *dans le train pour le Birobidjan, qui…* machin chose ». J'en ressentais une extrême frustration, mais les maigres bribes de l'histoire qui semblait se dessiner suffisaient à captiver Clara.

Par un après-midi orageux nous tentâmes une heure durant de comprendre un bref billet, mais le peu de mots lisibles se résumait à « ce petit bébé a tellement grandi… »

« Ça doit être ma grand-mère ! » s'exclama Clara. Elle vint se lover à mes côtés et considéra la lettre que je tenais à la main. L'idée que ces signes étranges puissent renfermer des indications sur sa famille l'excitait. Dehors, le tonnerre grondait et les éclairs illuminaient les fenêtres de l'entrepôt : c'était exactement le genre de choc qui semblait se produire en elle. Elle leva les yeux de la lettre et m'embrassa de son regard brillant : « C'est vraiment ce que ça dit ? me demanda-t-elle.

— Oui, vraiment », répondis-je, puis je jetai un œil à ma montre et estimai que le courrier attendait peut-être sur le quai de déchargement, mouillé par la pluie.

« On ferait mieux de descendre le récupérer », lui suggérai-je.

Nous empruntâmes le monte-charge pour rejoindre le quai, et en effet, la pluie mitraillait deux douzaines de cartons. En rapides allers-retours sous l'averse orageuse, nous les tirâmes à l'abri. Au bout de trois minutes il ne restait plus qu'un carton en péril, et il était déjà tellement gorgé d'eau que ses coins se déchirèrent entre mes mains. Lorsque je le chargeai sur mes avant-bras, un petit livre bleu alla tomber sur le ciment. Clara le récupéra tandis que je me débattais pour transporter le carton endommagé au sec dans le monte-charge.

Trempé et épuisé par l'effort, je fermai la porte de la cabine et nous reprîmes notre souffle. Clara examinait le livre qu'elle avait sauvé des eaux. Il n'était pas plus gros qu'un paquet de cigarettes mais, même mouillé, il faisait forte impression. Des lettres d'or luisaient sur sa couverture bleue cartonnée, de même que le motif d'une fourche à sept branches qui représentait apparemment une *menora*. Clara fit courir ses doigts le long du dos : « Il est beau, non ?

— Oui, approuvai-je en y jetant un rapide coup d'œil. C'est une espèce de livre de prières.

— Tu arrives à reconnaître ça aussi vite ?

— Ouais, regarde les enluminures. Ça ne te donne pas envie de prier ?

— Tu te moques de moi, ou quoi ?

— Pas du tout. Pense simplement aux mains qui ont tenu ce livre. On dirait qu'il a fait l'objet d'une telle attention. Et tiens, regarde ici, dis-je en ouvrant le livre à l'intérieur de la couverture duquel se trouvaient quelques lignes de yiddish mêlées à de l'hébreu, ce mot-là c'est *tehilla*. Louange. »

Clara baissa les yeux sur le livre avec un émerveillement renouvelé, puis leva son regard sur moi : « Je peux te dire quelque chose ? me demanda-t-elle.

— Bien sûr.

— Je n'ai jamais… dit-elle dans un sourire tout en entortillant ses cheveux autour de son doigt… rencontré personne d'aussi… »

J'appuyai sur le bouton marqué « 3 » et le monte-charge commença son ascension.

« D'aussi ?…

— Juif ! » s'écria-t-elle, et elle me plaqua contre la paroi du monte-charge. Elle m'embrassa si fort que mon dos heurta les boutons et la cabine s'immobilisa dans un grand bruit entre le rez-de-chaussée et le premier. À travers la porte de sécurité, nous aperçûmes toute une troupe de menuisiers qui faisaient leur pause-café.

« Hé ! regardez les Juifs ! » s'écria l'un d'eux.

Équipés de deux paires d'yeux avec leurs grosses lunettes relevées sur le front, la cigarette pendouillant aux lèvres tel un croc de travers, on aurait pu croire qu'ils n'avaient rien d'humain. À ce moment précis, je pouvais bien être n'importe qui ou n'importe quoi, mais j'étais sûr de ne pas être un des leurs.

Passant mon bras derrière mon dos, je pressai à nouveau le bouton marqué « 3 », et hop ! nous étions repartis, le livre détrempé coincé entre nous deux comme le bouquet d'une mariée.

*

« La traduction est un acte intime, m'avait un jour dit Malpesh. On fait tout un plat du partage des fluides, des corps qui s'enlacent, comme si la chimie ou l'anatomie étaient les domaines privilégiés du commerce entre les hommes. Mais comment ne serait-ce pas plutôt le partage du langage ? Qui d'autre qu'un écrivain dans une pièce solitaire pourrait féconder les pensées d'autant de gens ?

— Et quelle est la place de la traduction dans ce scénario ? lui demandai-je.

— Pour un écrivain qui a survécu à sa propre langue, il n'existe pas d'autre moyen de contact, me répondit Malpesh. Sans traducteur, qui déshabillerait les mots ? »

Les mémoires d'Itsik Malpesh

giml

L'éducation d'un poète n'est jamais une affaire qui va de soi. Nul ne fréquente une faculté de poétique ni ne prend place aux pieds d'un maître, pour lui curer les orteils. Il est bien rare qu'un garçon devienne l'apprenti du rétameur des mots dans son village. Non, c'est plutôt le genre d'apprentissage qui vous tombe dessus sans raison, comme une pluie de briques venue du ciel. C'est seulement plus tard que le poète peut prendre du recul et se rappeler que c'est lui-même qui avait lancé lesdites briques en l'air. Où ? Quand ? Pourquoi ? Peut-être écrit-il pour trouver des réponses à ces questions, ou peut-être espère-t-il que les mots justes lui serviront de parapluie infranchissable.

À l'école religieuse de Kichinev j'appris mon *alef-beys* en à peine plus d'une semaine et dépassai rapidement les autres jeunes élèves. Quand j'eus atteint l'âge de dix ans, on me fit intégrer la classe des grands pour étudier à la *yeshive* derrière la synagogue.

« *Yeshive* » est un bien grand mot pour les quatre murs humides qui abritaient nos études. Depuis la mort de Moishe Bimko, il n'y avait plus d'abatteur rituel dans ce quartier-là de la ville, et c'est ainsi qu'après être resté inoccupé pendant un an, l'appentis où le *shoykhet* procédait à l'abattage fut nettoyé de ses plumes, récuré de son sang, et béni pour devenir le nouveau centre d'études de la communauté. Auparavant, les garçons recevaient leur instruction dans le grenier de la synagogue, s'écorchant le cuir chevelu sur les clous de charpente quand ils se levaient pour prier. Désormais, la table et le billot de Moishe Bimko ayant été remplacés par des bancs sans dossier et des pupitres étroits, les fils des familles pieuses devenaient des hommes qui affrontaient des livres dans une pièce où maintes bêtes avaient connu la mort. Pour un tel privilège, chaque enfant payait des frais de scolarité d'un sou par jour.

Selon la coutume, nous étions assis par niveaux dans cette étude de fortune, ce qui signifie que, même si je distinguais à peine le tableau par-dessus quatre rangées d'épaules et de têtes devant moi, j'étais placé tout au fond et devais, me dit-on, travailler pour gagner les rangs de devant. La place la plus proche du tableau restait vide comme le voulait notre maître, un homme sanguin que nous n'appelions que par son titre, Der Lerer, de crainte qu'en invoquant son nom nous n'invoquions aussi son courroux. Il appelait la place d'honneur tout près de lui « La Chaise de Rashi », et seulement lorsqu'un élève aurait pénétré les subtilités du plus grand esprit talmudique pourrait-il y prétendre. Seule une poignée d'entre eux osait relever le défi.

Au fond de la classe, un garçon de cinq ans plus âgé que moi occupait le siège à côté du mien. Il s'appelait Chaïm, ce qui ne voulait pas dire grand-chose pour moi lors de notre première rencontre, mais en y repensant aujourd'hui, je comprends qu'il m'a effectivement donné une nouvelle vie. Encore maintenant, quand les verres trinquent et que même les goyim disent « lekhaim », je repense au garçon qui m'a appris autant par sa présence qu'en finissant par disparaître, car les circonstances dans lesquelles il quitta Kichinev m'aidèrent à comprendre le monde et ses usages mieux que toute mon éducation passée et à venir.

Chaïm Glatt était un adolescent maigre et dégingandé, dont les boutons d'acné rougeoyaient sous le duvet de sa barbe. Il parlait peu mais avait toujours le nez enfoui dans un énorme volume du Talmud. Pour un garçon qui semblait étudier sans relâche, il n'avait pas beaucoup progressé dans les rangs de la *yeshive*. J'étais étonné qu'il soit toujours assis dans le coin sombre et froid du fond de la classe et m'interrogeais donc sur lui dès que notre maître détournait le regard. Il passait ses journées à lisser du doigt son ombre de moustache, la mâchoire pendante et le regard vide rivé sur le livre posé devant lui. De temps en temps un filet de bave s'échappait de ses lèvres entrouvertes pour goutter sur le bois grossier du pupitre, qui bien souvent ne servait pas d'appui seulement à ses livres mais à ses deux coudes et à la majeure partie des brindilles lui tenant lieu d'avant-bras.

Ce garçon était un vrai mystère ! Était-il incapable d'apprendre ? Était-il voué à être un adulte possédant le cerveau d'un enfant ? Dans ce cas, Der Lerer l'aurait renvoyé, comme il l'avait fait avec d'autres élèves cette année-là.

« Kichinev a besoin de savetiers autant que de savants », disait le maître en envoyant l'élève exclu chez son cousin le cordonnier. « Bientôt nous quitterons tous cet endroit, et sans de bonnes semelles sous nos pieds, où ira la Torah ? »

Une ou deux fois par semaine, Der Lerer remarquait l'incapacité de Chaïm à prêter attention à ses leçons et, supposant que le garçon s'était assoupi derrière son livre, il tentait de le prendre en flagrant délit. Mais c'est à ce moment-là que Chaïm faisait la preuve qu'il avait toute sa tête. Toujours il donnait une réponse qui non seulement était correcte mais choisie avec soin pour ne pas nécessiter de développement supplémentaire.

Un jour, Der Lerer apostropha Chaïm : « Glatt, tu écoutes ? Voudrais-tu avoir l'obligeance de baisser ce volume derrière lequel tu te caches et dire au reste de la classe l'une des cinq façons dont un *shoykhet* risque de rendre un animal *treyf*[1] ? »

Le reste d'entre nous avait passé la majeure partie de la semaine précédente à mémoriser ces termes abscons dans le Shulchan Aruch. Par la répétition à l'infini des termes en hébreu – *shehiya, halada, derash, hagrama*, et *ikour* – nous nous étions efforcés de retenir que les techniques de maniement du cou-

1. La question est pleine d'ironie, car *Glatt*, qui signifie « lisse » en yiddish, est le terme utilisé pour décrire l'absence de trace de blessure sur les poumons de l'animal abattu selon le rite. Si tel est le cas, alors l'animal est dit *glatt kasher*, « strictement casher ». (*N.d.T.*)

teau interdites dans l'abattage casher s'appelaient aussi presser, ralentir, percer, arracher et couvrir. Une heure chaque jour cette semaine-là nous avions répété un couplet sans air reconnaissable :

> *Presser, ralentir, percer, arracher,*
> *voilà comment vient l'impureté.*
> *Ralentir, percer, arracher, couvrir,*
> *tue la vache, elle sera* treyf.

À chaque répétition, la rengaine omettait l'une des expressions, il fallait donc faire attention à inclure les termes corrects. Le but consistait à nous empêcher de répéter sans comprendre, mais c'était en fait la garantie du contraire.

Enjoint par Der Lerer de répondre à cette question, tout autre élève se serait instantanément mis debout et aurait rappelé le couplet, probablement sans savoir le sens des mots.

« Glatt, tu m'écoutes oui ou non ? demanda à nouveau Der Lerer. Baisse ton livre et récite ! Ou bien as-tu honte parce que tu n'as pas écouté ? Es-tu incapable de mémoriser une simple liste ? Incapable de donner seulement une façon qu'a un *shoykhet* de rendre une bête impure en l'abattant ? »

Sans même un coup d'œil jeté par-dessus son livre, Chaïm répondit : « Der Lerer, avant que vous ne reposiez la question, laissez-moi vous rappeler que me *presser* d'expliquer l'évidence me conduirait peut-être à *ralentir* ma lecture, ce qui me ferait lever sur vous un regard si *perçant* que bientôt vous seriez en train d'*arracher* les poils de votre barbe à la racine par peur de ce que je pourrais vous faire si vous prononciez un mot de plus. Considérant cela, ne pensez-vous pas que ma *couverture* ferait mieux de rester à sa place ? »

Il ne faisait pas l'ombre d'un doute pour le reste de la classe que toute autre interrogation aurait contraint Der Lerer à trahir sa propre ignorance. Le regard triste que laissait voir notre maître en de tels instants donnait l'impression que son élève le plus indifférent le dressait comme un chien.

Un soir je racontai l'histoire à Papa, et il me dit qu'il existait de temps à autre des génies remarquables dans chaque communauté juive. Il ne serait pas surpris, ajouta-t-il, que Chaïm soit déjà avancé bien au-delà de ce que pouvait lui enseigner Der Lerer.

« Mais alors pourquoi est-il toujours assis au fond avec moi ? m'étonnai-je. Pourquoi n'est-il pas monté à l'assaut pour s'emparer de la Chaise de Rashi ?

— Peut-être a-t-il suffisamment appris pour considérer les encouragements de ton maître pour ce qu'ils sont : des médailles en chocolat. Si ce que tu me racontes sur ce garçon est vrai, ce ne serait pas surprenant qu'il ait caché derrière son volume du Talmud un texte de connaissance mystique plus savant. Le Zohar, peut-être, ou un autre texte issu de la Cabbale. Quand le rabbin entendra parler de ça, ce Chaïm sera sans doute expédié ailleurs pour devenir un saint homme. Un immense gâchis, si tu veux mon avis. Un garçon comme lui aurait probablement le génie des affaires. »

Au début de la semaine suivante à la *yeshive*, je saluai Chaïm en tentant de suggérer que j'aimerais bien qu'il soit mon ami. Il ne leva pas les yeux de son gros volume, derrière la couverture duquel il s'abrita mieux encore, mais d'où une voix s'éleva : « Je suis très occupé, mon petit Itsik, déclara Chaïm. Si tu as une question, demande à Der Lerer. C'est à lui que tu donnes ton sou, pas à moi.

— Et si je te donnais un sou à toi aussi ? lui demandai-je. Est-ce que tu me dirais les secrets que tu as appris ? »

Il tourna une page derrière son mur : « Tu as un autre sou ? »

Bien sûr que non, je n'en avais pas d'autre – même si la famille Malpesh était mieux lotie que la plupart, mes parents n'étaient pas assez stupides pour envoyer tout droit dans la gueule de Kichinev la Chrétienne un petit garçon avec de l'argent plein la poche – mais je lui dis que je pourrais en trouver un.

« Tu peux en avoir un tous les jours ? me pressa Chaïm. Si c'est mes secrets que tu veux, alors tu ne peux pas te contenter d'en acheter un seul. Les secrets, ça a besoin de compagnie, et ça a besoin de manger. Il faut nourrir les secrets avec d'autres secrets. Ils se retournent contre toi si tu ne continues pas à les amasser, tu le savais, ça ? »

J'opinai du chef comme si je comprenais et je pris place à mon pupitre. Ne prêtant guère attention à ce que racontait Der Lerer durant les heures qui suivirent, je passai une partie de la journée à me demander ce que diable avait bien pu vouloir dire Chaïm en parlant de nourrir les secrets avec d'autres secrets, et le reste du temps à imaginer comment je pourrais mettre la main sur le trésor qui me permettrait de trouver la réponse.

À la maison ce soir-là, je mentis à mon père. Je lui dis que Der Lerer avait augmenté les frais pour la *yeshive*. Les avait doublés, en fait.

« Ça a toujours coûté un sou, dit Papa, alors pourquoi deux maintenant ? »

Je m'étais préparé à cette question et ne pus contenir ma joie de l'avoir anticipée : « Der Lerer va se marier, déclarai-je, et avoir des enfants !

— Comment se fait-il que je n'aie pas entendu cette merveilleuse nouvelle ? demanda Papa en levant un sourcil pareil au cou galbé d'une oie. Et quand cela doit-il avoir lieu ?

— La semaine prochaine !

— La semaine prochaine le mariage ou la semaine prochaine les enfants ?

— Les deux ! Tout à la fois ! Le mariage et les enfants ! »

Je dois admettre aujourd'hui qu'à l'âge de dix ans je n'étais pas très au courant du déroulement ni du mécanisme nécessaire à de tels événements. Mais mon père ne dit rien. Il se contenta d'étudier mon visage puis suggéra : « Si tu as besoin d'un sou de plus tous les jours, il est peut-être temps que tu commences à travailler en même temps que tu études.

— Itsik est trop petit pour travailler ! cria la voix de Maman depuis la cuisine.

— Je travaille depuis que je suis né ! répliqua Papa.

— Quel travail fera-t-il ? Qui voudrait employer un enfant ?

— Moi je veux bien l'employer !

— À la fabrique ? Tu voudrais le faire travailler avec tous ces plumeurs d'oie, attaché comme un goy à une machine à tuer ?

— Cette machine à tuer fabrique le lit dans lequel tu dors, achète le pain qui te nourrit, et paye la dot de tes filles. Il travaillera comme moi j'ai travaillé autrefois. »

Maman fit irruption dans la pièce, s'essuyant les mains mais refusant d'effacer l'air acerbe de son visage.

« C'est encore un petit garçon.

— Eh bien maintenant il va apprendre à se sacrifier comme un homme.

— S'il apprenait à se sacrifier comme une femme, il ne deviendrait pas ramasseur de fiente mais un saint homme. »

Papa se rapprocha doucement de Maman et tenta de la flatter pour qu'elle cède : « Tu as entièrement raison, Minah. Et ne passons-nous pas toute notre vie, nous les hommes, à nous efforcer d'être dignes du sacrifice des femmes ? Comment Itsik méritera-t-il jamais l'amour de sa *basherte* s'il n'apprend pas tout jeune la façon de subvenir à ses besoins ?

— Ma *basherte* ? demandai-je, n'ayant jamais entendu ce mot auparavant.

— *Bashert*, m'expliqua Papa, c'est la destinée, et ça veut donc dire beaucoup de choses. En l'occurrence, la *basherte* c'est la personne avec laquelle tu es destiné à passer ta vie. Celle que Dieu a préparée pour toi, pour le moment où il sera temps de fonder ta propre famille. Elle existe depuis le commencement, toujours plus proche qu'elle n'en a l'air, et attend simplement qu'on la découvre. »

J'étais troublé par son histoire de commencement. À écouter les histoires de mes parents, je savais que tous ceux qui se trouvaient là lors de mon commencement, ma naissance, faisaient partie de la famille… tous sauf une.

« Alors est-ce que ma *basherte*, c'est Sasha Bimko ? » demandai-je.

Papa et Maman échangèrent des regards à la fois déconcertés, paniqués et surpris.

« Qu'est-ce qui te fait parler de Sasha Bimko ? demanda ma mère.

— Elle était là au commencement, répondis-je.

— Excellent raisonnement, Itsik ! s'esclaffa Papa à travers sa barbe. Oui, Sasha Bimko pourrait bien être ta *basherte*. C'est une femme plus âgée, alors tu ferais mieux de te mettre à travailler pour te montrer digne d'elle !

— D'abord le travail, et maintenant une *basherte* ! soupira Maman. Pourquoi faut-il toujours que tu lui bourres le crâne de sottises pareilles ? »

*

Malgré les protestations de ma mère, Papa finit par avoir gain de cause. Durant les mois qui suivirent je travaillai deux heures tous les matins à la fabrique de duvet avant de me rendre en cours à la *yeshive*. Avant l'aube, c'était parti : déplacer des montagnes de fiente depuis la salle de plumage jusqu'au fourneau permettant d'en faire du fumier, tout comme mon père l'avait fait avant de devenir le gérant.

« J'ai fait ça pendant des années, alors je peux te dire par expérience qu'il y a une façon scientifique de procéder, me déclara Papa en me montrant sa technique le premier jour. Non, en fait, c'est tout un art. C'est comme si tu étais un peintre et que le tableau que tu peignais n'était pas un paysage de montagne mais un sol de pierre grise. Tout comme les montagnes sur la toile doivent se dégager par l'entremise de l'artiste, toi tu dois dégager la surface de la pierre.

— La pierre ? » demandai-je. Si quelque chose ressemblait à de la pierre dans la salle où je me tenais, je ne voyais pas ce que cela pouvait être. Le sol de l'atelier paraissait moins fait d'une matière dure que d'une substance grasse et visqueuse. Et d'une couleur tout sauf grise. Dans un coin de la salle de plumage le sol était vert ; dans un autre, jaune jonquille. À l'intérieur d'une large zone encerclant la machine à plumer s'étalaient toutes les nuances d'un ciel d'aurore : blanc duveteux veiné de pourpre et d'un rouge pareil au bortsch de ma mère.

« La pierre se trouve plusieurs centimètres en dessous, reprit Papa. Tu te rends compte que sous cette couche de bouillasse se trouve une pierre toute propre ? *Tabula rasa !* Tu seras un peintre qui enlève la couleur au lieu de la mettre. Et ça, c'est ton pinceau ! »

Il me tendit une pelle presque aussi grande que moi.

« Tu ne la reconnais pas ? demanda-t-il les yeux embués de nostalgie. Oh ! mais comment le pourrais-tu ? Je ne maniais plus la pelle depuis longtemps quand tu es né. »

C'était, m'expliqua-t-il, l'outil même dont il s'était servi durant toutes les années passées à nettoyer le même sol.

« Tu peux même sentir mon empreinte, me dit-il en désignant deux endroits du manche en bois grossier devenus lisses comme du savon. À l'époque évidemment, il n'y avait pas de machine à plumer. On travaillait à la force du poignet, c'est tout. Tu sais qu'aujourd'hui, on produit vingt fois plus de duvet qu'il y a dix ans ? Quel progrès ! »

Papa embrassa la salle d'un regard gourmand, tout sourire à la vue de son invention. C'était véritablement un beau spectacle : un cadre de bois et d'acier semblable au squelette d'un animal depuis longtemps disparu, garni de courroies de cuir et de rouages en cuivre où se dressaient les pointes luisant dans la lumière de l'aube. Avais-je alors conscience de l'amertume que devait ressentir mon père d'être seulement le gérant et non pas le maître du monstre qu'il avait créé ? M'étais-je jamais interrogé sur la logique selon laquelle Gourodine, le propriétaire, engraissait toujours plus grâce au génie de mon père ?

« Quel progrès ! répéta-t-il, puis il poussa un long soupir, si long que j'eus l'impression qu'il allait remplir la fabrique du sol couvert de fiente aux bouches d'aération du plafond.

« Et pourtant, la merde est toujours là. Passe les heures où tu manieras la pelle à rêver à toutes les choses que tu aimerais faire dans ta vie, et ça t'aidera à réussir. Oublie que tu te sers d'une pelle. Tu pourrais tout aussi bien bâtir des châteaux en Espagne que te frayer un chemin dans la fiente d'oie. »

Je me mis à l'ouvrage avec vigueur, désireux avant tout de suivre les traces de mon père, ensuite pour lui montrer que son fils pouvait travailler aussi dur que n'importe qui d'autre, et enfin, bien sûr, pour gagner les sous qui paieraient les secrets que Chaïm avait à partager. Papa avait raison, le labeur entraîna presque immédiatement mes pensées vers ce que j'aimerais mieux faire dans la vie, mais mes rêveries furent bientôt envahies par les plaintes criardes des oies dans leurs derniers instants. Pas loin de la moitié des volatiles survivaient au plumage et on les renvoyait dans leur enclos pour qu'ils refassent des plumes et subissent un nouveau tour ; les autres oies rendaient l'âme, soit qu'elles fussent écorchées vives, soit que la pointe fatale leur transperçât le cou. Ces dernières victimes attiraient tout particulièrement mon attention, avec leur pauvre tête blanche épinglée à la courroie mobile de la machine et leurs yeux noirs qui me fixaient. Que voulait dire pour elles cette ultime vision, me disais-je : un gamin rêvassant debout à côté de sa pelle couverte de fiente ? Elles semblaient comprendre qu'avec mes mains d'enfant, je venais de débarrasser le sol de leur dernière manifestation de vie.

« Le seul défaut de l'efficacité de la machine à plumer, disait Papa, c'est que le niveau de bruit dans la fabrique est vingt fois plus élevé lui aussi, comme la quantité de duvet qu'on produit. Les plumeurs voudraient se boucher les oreilles avec du coton, mais j'exige qu'ils gardent toutes leurs facultés pendant le travail. »

À cause de cette foi qu'avait mon père en des facultés sensorielles intactes, la plupart des ouvriers étaient devenus sourds. Ce qui valait mieux pour eux, si vous voulez mon avis. Leur infirmité leur épargnait ce qui ne me l'était pas : les braiements sans fin des mères qui appelaient les oisons qu'on leur avait enlevés, les jars qui cacardaient d'impuissance car ils ne pouvaient se défendre avec leurs pattes fixées à la roue de cuivre. Le pire, c'était les bruits qu'on entendait toutes les dix secondes quand un nouvel oiseau atteignait l'extrémité du cycle de plumage. Les volatiles morts tombaient au sol dans un *flop* sourd et humide. Et les plus chanceux, ceux qui avaient survécu ? Comme elle ressemblait aux pleurs d'un bébé, cette plainte que poussait chaque bête dénudée en rejoignant ses congénères dans un troupeau qui ne volerait plus jamais ! Qui aurait pu rêver dans son sommeil d'une telle calamité ? Mes heures passées quotidiennement à la fabrique eurent pour résultat un seul et unique mirage, un cauchemar du petit matin : que moi aussi je finirais perdu parmi des volailles condamnées.

Un triste jour cette vision me terrassa, et Papa me découvrit ravalant mes larmes tandis que je récurais une couche de fiente récalcitrante sous l'appareil d'enclenchement qui actionnait la déplumeuse. Subitement, ma pelle se mit à peser si lourd qu'elle m'échappa des mains, et Papa dut la rattraper avant qu'elle ne touche le sol. Avant qu'il ait pu me demander ce qui m'avait mis dans cet état, M. Gourodine tomba sur nous. C'était un colosse, ou du moins semblait-il tel aux yeux d'un être aussi chétif que moi à l'époque. Il avait le visage aussi large que mon torse, et blanc comme du lait. Dire qu'il ressemblait au croupion d'une oie serait trop facile, mais n'en serait pas moins vrai.

« Ah, la famille Malpesh ! Père et fils ! s'écria en français le propriétaire de la fabrique avec un geste d'emphase. Tu es le portrait craché de ton père, comme dans le miroir déformant près du manège de chevaux de bois. Malpesh le Grand et Malpesh le Petit… qui est l'original et qui le reflet, hein ?

— Bonjour, monsieur Gourodine, dit mon père, vous êtes rentré de voyage, à ce que je vois.

— Oui, mais pas pour longtemps. Le Duvet Gourodine est devenu le dernier cri de Paris et je dois bientôt y retourner. Je sais que tout sera entre de bonnes mains pendant mon absence… » Tout en parlant, le patron remarqua la pelle entre les mains de Papa : « Retour aux sources, monsieur le Gérant ? » demanda-t-il en m'adressant un clin d'œil complice, comme si j'allais approuver sa plaisanterie aux dépens de mon père. Puis il posa une main sur mon épaule : « Peut-être que si Malpesh le Grand prenait en charge le pelletage de la fiente, Malpesh le Petit voudrait m'accompagner dans mon bureau pour un bonbon, hein ? »

En cet instant précis un bonbon aurait vraiment été le bienvenu. Qui se soucierait de volailles condamnées ou d'un père en butte aux sarcasmes quand un morceau de sucre vient lui adoucir la langue ? Mais avant que je puisse manifester mon contentement à cette idée, je retrouvai la pelle qu'on m'avait remise brutalement entre les mains.

« Très généreux de votre part, monsieur Gourodine, lui dit Papa, mais Itsik a un sol à nettoyer, et ensuite il faut qu'il file à l'école.

— Bien sûr. Une autre fois alors. » Le propriétaire haussa les épaules et se dirigea vers l'escalier qui conduisait à son bureau.

Je n'osai pas exprimer ma déception, mais elle devait se lire sur mon visage car mon père se mit à me faire la morale : « Avec ta paye tu peux t'acheter tes bonbons, me dit-il. Nous on travaille, lui il nous paye. C'est un échange équitable. On n'a pas besoin de sa charité. » Il s'interrompit un instant puis ajouta vivement : « Et tu n'as rien à faire dans son bureau. Souvent il dort là-haut pour échapper à sa femme, et un employé ne doit pas se mêler de ses affaires privées, ça ne se fait pas. Tu comprends ? »

En réalité je n'avais pas compris, mais je hochai gravement la tête et repris mon travail.

Au fil des jours, j'eus l'esprit de moins en moins occupé par les sombres rêveries où je m'imaginais devenant l'un des volatiles voué à remplir oreillers et matelas de Duvet Gourodine. Peut-être que mon audition baissait d'heure en heure parce que, malgré leurs cris, je pensais de moins en moins aux oiseaux eux-mêmes. Bientôt il n'y eut plus que la certitude de la corvée, une concentration accrue sur les mouvements de mes bras, de mes mains et de la pelle qu'elles tenaient. Je me sentais devenir plus fort, comme si je n'étais pas un garçon à trois ans de sa bar-mitsva mais un homme qui récurait et ahanait pour gagner son pain quotidien.

Avec le temps, j'en vins à me dire que la sueur, l'odeur et les cancans assourdissants en valaient la peine. Grâce à ma paye, non seulement je m'achetais des bonbons de temps à autre, mais j'économisais sou après sou dans un bocal que je cachais au fond de l'armoire de ma mère. Et bien sûr, même s'il m'arrivait d'oublier que c'était la raison même de mon labeur, je glissais un sou à Chaïm chaque matin au début de la leçon de Der Lerer. En retour il partageait avec moi ses livres secrets et m'enseignait leur signification. Et quels livres ! Ce n'était pas des textes sacrés, comme l'avait soupçonné mon père. Les intérêts de Chaïm dépassaient de très loin ce que lui ou Der Lerer auraient pu imaginer.

Je n'oublierai jamais l'émerveillement mêlé de crainte que m'inspira le premier coup d'œil furtif jeté derrière les gros volumes qui rivaient Chaïm à son pupitre. Quand j'eus posé mon premier sou devant lui, il regarda alentour pour s'assurer que personne d'autre n'était dans les parages, puis il me saisit par le col pour me faire passer de l'autre côté de son mur de livres. Là, appuyé contre les pages ouvertes de son Talmud, se trouvait un livre comme je n'en avais jamais vu. J'observai un bon moment et d'abord je ne compris pas ce que je voyais, car ce texte caché n'était ni en yiddish, ni en hébreu ou en araméen, ni en aucune langue en usage à la *yeshive*, mais…

« Du russe ! m'écriai-je. Tu lis du russe ! » Avant que je puisse ajouter un mot, Chaïm bloqua d'une gifle les syllabes qui sortaient de ma bouche.

« Si tu ne te tais pas, je ne te dirai aucun de mes secrets, que tu me payes ou non.

— Du russe ! répétai-je dans un chuchotement étonné. C'est ça que tu lis pendant qu'on étudie le Talmud ?

— Bien sûr ! Il y a longtemps que j'ai fini les livres religieux offerts par Der Lerer, et d'autres qu'il n'offre pas…

— Mon père croyait que tu devais lire le Zohar ou un autre texte de la Cabbale.

— Des contes de bonne femme, tout ça. Le vrai savoir ne s'apprend pas dans le baragouin des rabbins, ni même chez les mystiques. Tu verras quand tu auras lu ne serait-ce qu'une page de Pouchkine ou de Tourgueniev. Et tu me remercieras d'avoir été assez généreux pour t'ouvrir les portes d'un monde nouveau moyennant un seul petit sou par jour. »

Son pouvoir de persuasion était considérable. Debout aux côtés de Chaïm, mêlant mon souffle à celui de ce probable génie et partageant ses lectures illicites, je fixai le livre ouvert, ses caractères cyrilliques aussi exotiques et séduisants qu'une carte au trésor. Je fermai les yeux et me penchai sur les pages, inhalant leur parfum étranger, prêt à me laisser conduire n'importe où par cet arôme de pâte de bois et d'encre. Mais soudain, la raison reprit le dessus : « C'est drôlement cher payé ! m'écriai-je. En échange de ma pièce, tu voudrais me donner un livre que je ne comprends même pas ?

— Mon petit Itsik, tu connais plus de russe que tu ne le crois. La famille Malpesh ne vit pas dans le quartier juif, après tout. Tu n'adresses jamais la parole à tes voisins chrétiens ? »

Je rougis à cette question. Selon une opinion très répandue, ma famille devait vivre dans le luxe et l'opulence à cause de notre lieu de résidence ; de plus, on croyait qu'un traitement de faveur nous était réservé en raison de la situation de mon père à la fabrique. D'habitude il y avait là pour moi une source de fierté, mais à présent c'était douloureux d'être mis à l'écart.

« Parler c'est une chose, rétorquai-je, mais lire c'en est une autre. Les lettres sont tellement bizarres !

— Quoi bizarres ? Tu les as autour de toi toute la journée. Tu ne sais pas lire les enseignes des boutiques chrétiennes ? Tu ne sais pas distinguer la devanture du boucher russe de celle du banquier ? Tu ne sais pas quelle église porte le nom d'une sainte et quelle autre celui d'un saint ? Quand tu retraverseras la place Chouflinski tout à l'heure, essaye de lire tous les mots en russe que tu vois. En arrivant chez toi, écris ce dont tu te souviens sur une feuille et apporte-la-moi. Demain, si tu arrives à m'impressionner, et si tu me donnes une autre pièce, je partagerai mes livres avec toi. Et note bien ce que je te dis : je partagerai. Je ne te donnerai pas un livre contre un sou. Je ne suis pas un bouquiniste mais un librepenseur. Tu me paieras pour mes services, pour ma cervelle, pas pour mes fournitures. Pigé ? »

Comme d'habitude, je dis oui alors que je n'avais rien pigé, hochant la tête le plus sérieusement du monde pour dire que j'avais tout compris. Mais pour clarifier les choses, je ne pus me retenir de demander une dernière fois : « Alors, ça sera combien ?

— Un sou la page », répondit Chaïm.

La suite des événements m'apparut comme une sorte de magie, car Chaïm avait raison. Sur le chemin habituel du retour, passant par la place Chouflinski, je fis halte devant certaines boutiques qui n'avaient jusqu'alors jamais attiré mon attention. Fixant la devanture de la boucherie russe, je vis le mot *noga* et je compris que c'étaient des pattes de poulet. Chez le boulanger russe, je lus *bliny* et sus que c'était la pâtisserie que les garçons de notre voisine chrétienne demandaient à ma mère de préparer. Aux bureaux du journal *Bessarabets*, je parvins à déchiffrer là aussi quelques mots. Non loin de là, deux hommes discutaient de l'un des articles présentés en vitrine.

« On dirait bien que les syndicalistes juifs font du grabuge dans toute la région », disait l'un d'eux.

À peine avais-je entendu cela que je repérai la pièce à conviction sur la manchette. L'équivalent en russe de « syndicaliste » me coûta quelques efforts, mais quand je vis le mot *jid*, je sus instantanément qu'il voulait dire « juif ».

Comment était-il possible que je sache lire ces mots ? Je n'avais jamais essayé auparavant, du moins pas consciemment, mais à présent c'était aussi naturel que d'y voir clair. C'était exactement comme regarder un chien et penser le mot *chien*, ou un cheval et penser le mot *cheval*. Curieux que l'image d'une chose puisse posséder son reflet dans l'esprit. Ou peut-être s'agit-il plutôt d'une ombre : cette traduction qui manque de chair et de poids n'est qu'une silhouette faite de lettres, de lignes et de points qui représentent véritablement la chose elle-même.

Je m'émerveillai de tout cela jusqu'au soir, traînaillant sur la place Chouflinski la tête pleine des ombres projetées par les mots jusqu'à ce que le soleil ait quitté le ciel. Quand je rentrai enfin à la maison, je passai devant mes parents sans un mot.

« Quel fils traite sa maman de la sorte ? cria ma mère après moi, mais je poursuivis ma course sans ralentir.

— C'est de son âge », entendis-je mon père lui répondre.

D'habitude je m'attardais en cachette pour écouter mes parents chaque fois qu'ils se communiquaient leurs craintes à mon sujet, mais ce jour-là je grimpai l'escalier et allai m'enfermer dans la chambre où dormaient mes sœurs avant leur mariage. Là je me couchai par terre et écrivis tous les mots en russe dont je pouvais me souvenir sur une page blanche que Der

Lerer nous avait donnée pour les devoirs du soir. À côté de chaque groupe de lettres étrangères, j'inscrivis ce que je devinais être son équivalent en yiddish, puis en hébreu. Comment tant de mots différents pouvaient-ils vouloir dire la même chose ?

« Très bien, mon petit Itsik, me dit Chaïm en voyant ma liste de mots le lendemain. Tu vois tout ce que tu savais déjà sans savoir que tu le savais ? Ça, c'est quelque chose que Der Lerer ne t'apprendra jamais. Tu possèdes déjà en toi tout le savoir qu'il te faut pour vivre. Il s'agit juste de trouver la bonne clef, c'est tout. Les livres que je te donne seront les clefs de la sagesse tapie au creux de ta tête… Alors, où est passé le sou que tu me dois ? »

À la fabrique ce matin-là, j'avais eu du mal à tenir en place. J'étais la proie d'une telle excitation que j'en ressentais encore les effets, comme si le plaisir d'attendre ce que Chaïm allait m'enseigner dépassait la réalité du moment où la leçon fut dispensée. J'avais passé mes heures dans la salle de plumage à nettoyer la fiente en y traçant des formes qui épousaient celles des nouvelles lettres que je venais d'apprendre. Si les ouvriers russes remarquèrent que je couvrais le sol des caractères cyrilliques de leur alphabet, ils n'en dirent rien. En fait, ils semblaient à peine remarquer ma présence. Ce jour-là au moins la réciproque était vraie : tandis que je gravais des lettres dans la fiente accumulée aux pieds des plumeurs d'oie, c'était comme s'ils ne se tenaient pas là dans l'atelier mais debout sur une page blanche. Qu'étaient-ils sinon eux-mêmes des mots, des piles de lettres en bottines, qui vaquaient à leurs occupations aussi servilement que les propositions d'une phrase de ma composition ?

« Alors il vient ce sou, Itsik ? répéta Chaïm. Je ne dirai pas un mot de plus tant que tu ne m'auras pas donné le sou que tu me dois. »

Je le plaçai devant lui et il me sourit : « J'aime mieux ça. Et maintenant, tiens, voilà la première page de ton livre des secrets. » Plongeant la main au fond de sa poche, il en retira un bout de papier plié en un carré qui tenait dans la paume de ma main. « Vas-y, prends-le », m'enjoignit-il, et je m'en emparai comme j'aurais sauvé des flammes un papillon de nuit.

Lorsque je dépliai la page devant moi, je découvris un alignement sans fin de mystérieuses lettres russes. Ce n'est qu'après les avoir étudiées un moment que je remarquai le bord irrégulier d'un des côtés de la feuille.

« Qui donc possède tant de livres qu'il veuille bien en déchirer un ? demandai-je.

— Pas moi, je te le garantis, me dit Chaïm avec un large sourire. Cette page ne vient pas d'un des miens. Mais ne t'en fais pas, va, je l'ai prise à un endroit où personne ne s'en rendra compte. »

Encore aujourd'hui je n'en reviens pas qu'un gosse à qui l'on dit de ne pas s'en faire se contente de hausser les épaules et de ne pas s'en faire. Je pris le papier sur mon pupitre et l'approchai de mon visage.

« Qu'est-ce que c'est ? interrogeai-je en le reniflant prudemment.

— C'est une histoire.

— Une histoire ?

— L'histoire d'un homme qui tue une vieille femme et puis tombe amoureux d'une prostituée qui lui enseigne des choses sur Dieu.

— Une histoire comme dans la Torah ?

— Non. Une histoire de chrétiens. Une histoire russe.

— Une histoire pleine de secrets ?

— Il n'en existe pas d'autre sorte, déclara Chaïm en se détournant. Quand tu auras lu les deux côtés de cette page, je t'en donnerai une autre. Note les mots que tu ne comprends pas et je te les expliquerai au tarif d'un sou le mot.

— Encore des sous ? m'étranglai-je si fort que le reste de la classe faillit m'entendre, mais il doit bien y avoir deux cents mots que je ne comprendrai pas !

— Chut ! Un sou pour cinq mots, alors. Et ne viens pas me demander avant d'avoir essayé de comprendre par tes propres moyens. Hors contexte on ne comprend jamais rien. »

Ainsi s'écoula ce qu'il restait de la dixième année de mon existence. Le matin, je m'échinais à récurer le sol de la fabrique Gourodine. Après quoi, je passais le plus clair de mon temps en compagnie de mots alignés sur des pages déchirées. J'appris bientôt qu'elles étaient l'œuvre d'un certain Dostoïevski, mais au premier contact ce fut une pure révélation : des mots non pas écrits mais dispensés du haut des cieux. Je passai d'innombrables journées à les dévorer, réclamant bientôt cinq ou dix pages à la fois, finissant un ouvrage après l'autre. Chaïm me laissa entendre que je comprendrais mieux les livres si, après chaque péripétie importante, je rédigeais ma propre version de ce que je venais de lire. Je ne savais pas encore écrire couramment en russe, et j'écrivis donc en yiddish : quel bonheur intense de voir une telle histoire sortir de ma plume !

Pendant ce temps, je payais mon dû. Je n'achetais plus de bonbons avec ma paye, je ne mettais plus rien de côté. Le moindre sou revenait à Chaïm. À mesure que ma tirelire se vidait de ses pièces, ma tête se remplissait de pages. Je fis un rouleau de mon livre de secrets que je gardais enfermé dans le coin le plus sombre du placard de ma mère.

Mes parents ne pensèrent aucun mal de moi lorsqu'ils apprirent qu'à la *yeshive* je n'avais pas progressé au-delà du plus bas niveau. Mon éducation avait pris un tour inattendu, mais ils n'en savaient rien et se contentèrent de me plaindre. Car désormais mon précepteur et moi partagions le banc le plus froid de la salle d'étude, des volumes du Talmud ouverts devant nous pour former une muraille que Der Lerer n'osait prendre d'assaut, ou peut-être n'en avait-il cure. Malgré tout, je prêtais toujours une oreille à ses leçons, ce qui fit que, même quatre-vingts ans plus tard, Rashi n'existerait pas pour moi sans Raskolnikov, ni Rabbi Akiba sans Aliocha Karamazov. Raskolnikov, lui surtout je l'admirais pour la raison toute puérile que la vieille femme qui meurt victime de sa hache me rappelait notre voisine chrétienne. Chanceuse comme l'oie d'un boucher, c'est le cas de le dire !

Et pourtant je savais aussi que mon apprentissage secret se payait au prix fort. Comment pourrais-je oublier le labeur quotidien que j'ai enduré pour continuer à habiter ce nouveau château de l'esprit ?

Il devait bien y avoir un meilleur moyen de préserver ma place dans les pages que me fournissait Chaïm.

Lorsque je demandai à mon père comment je pourrais subvenir à mes besoins par la force de l'intelligence plutôt qu'à la sueur de mon front comme il avait lui-même appris à le faire, il me regarda dans un silence si pesant que je commençai à croire qu'il me faudrait travailler en courbant l'échine toute ma vie. Il était assis à table, buvant du thé en compagnie de Maman ; c'est seulement le regard implorant de celle-ci qui l'incita à me donner quand même une réponse :

« Le jour où tu auras suffisamment respiré l'odeur de la merde pour que ton intelligence soit forcée de montrer le bout de son nez, finit-il par me dire, alors peut-être tu trouveras comment faire. »

Ma mère avança le menton et haussa les sourcils, le pressant ainsi de continuer :

« En attendant ce jour, il faut que tu économises ton moindre sou, poursuivit-il. Tu peux dépenser un peu, naturellement, mais note bien toutes tes dépenses. Un jour, si jamais une idée te traverse l'esprit, tu auras sans doute besoin de quelques ressources pour la transformer en réalité. Retiens bien ce que je vais te dire, et tu éviteras de commettre les erreurs de ton père : si tu n'es pas maître des ressources, tu ne seras pas maître de ta propre idée. Répète après moi, que je sois bien sûr que tu as compris : Si je ne suis…

— Si je ne suis pas maître des ressources, repris-je d'un ton obéissant, je ne serai pas maître de ma propre idée.

— Très bien, Itsik, intervint Maman, je suis si fière de toi quand je te vois aller sans cesse dans le placard pour inspecter ta tirelire. On dirait que tu mets quelque chose de côté presque chaque jour, si ? Ton père et moi, on sait que tu réussiras dans la vie. »

Papa sourit en entendant Maman parler de ma tirelire, et poursuivit la conversation sur un ton plus détendu : « Et quelle sorte de ressources as-tu amassées, mon jeune entrepreneur ? Pourrions-nous le voir, ce trésor, ou bien est-il enterré dans ton coffre de pirate ? »

Il me regarda alors, le visage rayonnant de fierté, un visage qui disait : Peut-être que mon fils occupe le dernier rang de sa classe à la *yeshive*, peut-être bien que son intelligence ne montrera jamais le bout de son nez, mais il travaille dur, et il fera quelque chose de sa vie. Je compris alors qu'il s'attendait à ce que je lui montre ma tirelire, et le rouge me monta aux joues. Mes yeux, comme des créatures animées de leur propre volonté, se mirent à ciller de façon incontrôlée.

« Que se passe-t-il, Itsik ? me demanda Maman. Tu es tout rouge d'un seul coup… »

Les joues de ma mère pâlirent d'inquiétude, mais pas celles de Papa. En voyant ma réaction à son simple désir d'inspecter mes économies, il dut soupçonner ce que je n'osais pas avouer, car il abattit le plat de sa main sur la table avec une telle violence que son thé bondit hors de son verre :

« Montre-moi cette tirelire ! »

Le lendemain à la *yeshive* j'informai Chaïm que je n'allais plus pouvoir le payer.

« Mon père insiste pour conserver mes économies par-devers lui, lui expliquai-je.

— Et pourquoi donc ? me taquina Chaïm. As-tu été imprudent avec ton capital ?

— Il m'a demandé où était passé tout mon argent, dis-je à contrecœur, et je lui ai avoué que c'était toi qui l'avais.

— Et lui as-tu montré tout ce que tu as appris grâce à notre petit arrangement ? me demanda Chaïm en me jetant un regard perçant.

— Lui montrer ? Comment est-ce qu'on montre ce qu'on sait ?

— Il n'y a rien qu'on ne puisse montrer. Tiens, regarde. » Il sortit un petit calepin de la poche de son gilet et fit défiler des pages où s'alignaient chiffres et notes. « Ne va pas croire un instant que sous prétexte de mes inclinations littéraires, je ne tiens pas soigneusement mes comptes à jour, reprit-il. Chaque pièce que je gagne, chaque livre que je lis, chaque page que je te donne, tout est enregistré ici. Tu comprendras un jour que si tu te mets à noter ce que tu lis et ce que tu gagnes, ce que tu apprends au contact du monde extérieur, alors tu commenceras tout naturellement à prendre en considération tes propres actions, ce que toi tu produis. Peu importe ce que dit Der Lerer de ses livres sacrés. Tout ce dont un individu a besoin pour vivre une vie moralement irréprochable, c'est de tenir ses comptes correctement. Tu diras à ton père que c'est moi qui t'ai dit ça.

— J'ai bien peur que ce soit impossible, lui répondis-je, il m'a interdit de t'adresser la parole.

— Il va jusqu'à t'interdire de m'adresser la parole ! s'exclama Chaïm dont les joues s'empourprèrent sous sa barbe. Que lui as-tu raconté sur notre petit arrangement ? Tu lui as dit que tu me donnais tes sous librement et que tu recevais quelque chose en échange ? Ou bien lui as-tu laissé entendre que je te les volais au fond de ta poche ?

— J'ai essayé de lui expliquer, mais il n'a rien voulu entendre. Il a dit que si je payais pour des bouts de papier j'étais un imbécile et que toi, tu ne valais guère mieux qu'un voleur d'en profiter.

— Des bouts de papier ? ricana Chaïm avec mépris. Je t'offre un nouveau monde, et toi tu le laisses dire que c'est du pipi de chat ! C'est ça que tu penses, que je t'ai escroqué ? »

Je gardai le silence car en vérité, je ne savais pas quoi penser. Sur le moment, il ne me vint certes pas à l'esprit qu'on me demandait de choisir entre deux pères – celui de ma chair et celui de ce nouveau feu qui brûlait en moi – mais une partie de moi-même avait quand même dû le comprendre, car la complexité de la situation provoqua en moi une paralysie totale : je restai muet. Dire le moindre mot aurait été soit trahir la voix du sang, soit nier ma soif d'apprendre encore et toujours.

Et pourtant, Chaïm ne comprit pas le respect que mon incapacité à répondre signifiait ; en fait, mon silence parut l'offenser. Tandis qu'il s'abritait derrière un volume du Talmud après l'autre, ce fut comme si une porte se refermait lentement :

« Retourne à tes leçons de bébé, mon petit Itsik. J'avais commencé à croire que tu pourrais devenir un intellectuel, mais je comprends mon erreur à présent. Peut-être que si tu fais un gros effort, tu finiras par changer de rang pour te rapprocher de Der Lerer, hein ? La Chaise de Rashi t'attend. »

Les mémoires d'Itsik Malpesh

daled

Chaïm s'éloigna de moi non pas comme le soleil se couche, plein de couleurs chatoyantes et de chaleur diffuse, mais comme une bougie qu'on souffle. Des jours durant, j'allais dans le sillage de fumée qu'avait laissé sa flamme. J'errais le long des boutiques dont il m'avait d'abord mis au défi de lire les enseignes : la boulangerie russe, le boucher russe, et surtout les bureaux du *Bessarabets*, le journal qui avait causé tant de problèmes aux Juifs de Kichinev mais dont la devanture, pleine des gros titres de la semaine soigneusement découpés, brillait désormais pour moi comme le fanal de la connaissance interdite. Grâce à Chaïm, cette langue de chrétiens et d'antisémites m'offrait une vitrine sur le vaste monde. Planté là, je pleurais tout ce que j'avais apparemment perdu en même temps que l'amitié de Chaïm : la langue russe, les histoires russes. Comment expliquer la passion que j'éprouvais à présent pour tout cela ?

J'en étais là de mes pensées quand une sensation de picotement vint m'envahir la nuque. J'aperçus de la fumée flottant au-dessus de moi et compris qu'elle n'avait rien de métaphorique, car elle emplissait l'air d'une odeur âcre telle que les métaphores en produisent rarement. Et puis d'un seul coup, ce fut comme si on m'avait poignardé dans le cou avec un couteau de cuisine.

Pivotant sur mes talons, je me retrouvai nez à nez avec une bande de jeunes Russes. Combien ? Trois, quatre, cinq, dix... Leur chef était un peu plus petit que moi. Il tenait une cigarette écrasée entre le pouce et l'index. Je plaçai la paume de ma main sur ma nuque et sentis d'abord de la cendre, puis un trou dans ma peau, humide du liquide visqueux qui sourdait d'une blessure toute fraîche.

« T'es pas du bon côté de la rue », lança le chef. Autour de lui, ses camarades alternaient rictus et grands sourires d'amusement. L'espace d'un instant, ils fronçaient les sourcils et dilataient les narines pour donner l'impression d'être des sauvages, des hors-la-loi ; l'instant d'après ils gloussaient en sautillant sur place comme les sales gosses qu'ils étaient. Malgré tous leurs efforts pour jouer leur personnage, ils ne parvenaient pas à dissimuler leur joie mauvaise, car dans les rues de Kichinev aucune proie ne valait mieux qu'un jeune Juif sans défense.

« Si tu veux une feuille de chou, c'est là-bas que ça se passe pour toi. » Il désigna l'autre côté de la rue du bout de sa cigarette, puis tendit l'autre main pour m'allonger une gifle. La force du coup me brouilla la vue, mais je voyais quand même clairement la direction qu'il indiquait : une étroite porte dans un immeuble en brique où une enseigne peinte à la main disait *Fraye Yidishe Shtime*. « La Libre Expression juive ». J'avais arpenté cette rue des milliers de fois et croyais connaître tous les commerces juifs de la ville, mais il semblait bien que je n'avais pas remarqué ce pas-de-porte auparavant.

« Le journal des youpins, c'est de l'autre côté, poursuivit le chef de la bande. Mon père, il dirige le *Bessarabets*, et il veut pas que des youpins comme toi regardent sa vitrine. Pigé ? Alors tu ferais mieux de retourner de ton côté de la rue avant que… »

Les Russes resserrèrent leur cercle, mais j'avais déjà décampé. Dans leurs souvenirs, d'autres seraient restés pour la bagarre, et nul doute que si de tels souvenirs existaient par écrit, ils prévaudraient. Mais moi, je suis un poète pour qui la vérité est une compagne indéfectible, affectueuse et prompte à combattre à mes côtés : aussi pris-je la fuite pour échapper aux griffes de ces pogromistes en herbe, la fuite jusqu'au point exact qu'ils m'avaient indiqué. Quelle fierté tire-t-on d'un nez ensanglanté, d'une lèvre fendue ou d'un œil au beurre noir, après tout ? Pour le poète, il n'y a de fierté qu'à vivre pour raconter son histoire.

En un éclair, j'avais traversé la rue et ouvert la porte du *Fraye Yidishe Shtime* du même élan. Une fois à l'intérieur, mes sens furent si violemment assaillis que je manquai presque de repartir à toutes jambes dans l'autre sens.

Plus tard, l'odeur des bureaux d'un journal me serait aussi familière que ma propre peau. Elle a toujours eu quelque chose d'intimement organique : l'encre, le papier, la chaleur, la petite troupe d'hommes bourrus trop préoccupés des délais à respecter pour laver leurs habits ou leurs cheveux – tout cela formait ensemble une atmosphère reconnaissable entre toutes. C'est un puissant remugle, et cette première rencontre faillit me faire tourner de l'œil. Je commençai à battre en retraite, mais fus arrêté par une voix qui m'intima : « Qui es-tu ? Qu'est-ce que tu viens faire ici ? »

Un homme corpulent, affublé d'une moustache qui lui mangeait la lèvre et de lunettes cerclées de fer paraissant bien trop petites pour être perchées sur son nez proéminent, se tenait là, les mains couvertes d'encre posées sur son ventre ceint d'un tablier. Lui seul avait interrompu son travail pour prêter attention à moi. Les autres, six jeunes hommes également couverts d'encre, s'affairaient entre de hautes tables disposées ici et là dans l'échoppe.

Si je parvins à répondre aux questions du costaud moustachu, ce ne fut qu'un couinement, un couinement qui devait ressembler à « Malpesh ».

Il me jeta un regard de travers : « Est-ce que tu serais par hasard le fils de M. le Gérant Malpesh, de la fabrique de duvet ? »

Je fis oui de la tête, ce qui déclencha un examen encore plus approfondi : « Et que nous vaut le plaisir d'une visite du jeune prince des Juifs de Kichinev, hein ?

— Je ne savais pas qu'il y avait un quotidien yiddish dans cette partie de la ville, réussis-je à articuler en guise de réponse.

— On est nouveaux dans les affaires. Je suis le rédacteur en chef. On a ouvert nos bureaux en dehors du quartier juif pour pouvoir mieux informer sur les exactions des chrétiens. C'est risqué comme travail, mais il faut bien que quelqu'un le fasse… »

Sa voix se perdit tandis qu'il m'étudiait, comme s'il se demandait en son for intérieur si je valais la peine qu'il gaspille sa salive. Il parut décider que non, car il déclara : « Bah ! qu'est-ce que le fils du gérant y connaît au travail, hein ? Ton petit monde doit être bien rembourré de plumes.

— Je travaille, protestai-je. Deux heures tous les matins. Je nettoie le sol de la fabrique.

— Excusez mon impudence, maître Malpesh, répondit le rédacteur en faisant un geste de déférence de la main, et pardonnez aussi mon ignorance. Je n'ai jamais vu l'intérieur de la fabrique de duvet, alors je dois vous demander : vous nettoyez quoi, au juste ?

— La fiente des oies. »

Il eut un triste sourire puis se mit à rire : « Pauvres Juifs que nous sommes ! Même les riches de chez nous sont souillés par les excès des goyim !

— C'est un travail difficile, ajoutai-je. Je suis debout avant l'aube et je m'y casse presque les reins.

— Je n'en doute pas, je n'en doute pas, approuva le rédacteur, ne t'offusque pas mon jeune ami. Notre travail à nous n'est pas si différent. Tu ramasses la merde à la pelle, je ramasse les mots à la pelle. Viens, je vais te montrer ce que je veux dire. »

Il plaça sa grosse main sur mon épaule et me conduisit à l'une des tables dont une demi-douzaine emplissait la pièce. Quand il s'aperçut que j'étais trop petit pour voir ce qu'il y avait dessus, il me souleva et me tint en l'air comme un paquet sous son bras.

« Tu vois ? me dit-il. Toute la journée je déplace des lettres, une par une, de ce tas en désordre jusqu'au plateau d'encrage, ici. »

Comme je le voyais à présent, les tables de l'échoppe étaient couvertes d'éléments en bois de taille variée, chacun gravé d'une seule lettre : il s'agissait à la lettre des éléments de base permettant de construire les mots. Il y avait aussi des blocs gravés de tous les signes de ponctuation imaginables. Il en prit un arborant un « ! » comme dans une bande dessinée et me le mit dans la main.

« Tu as déjà contemplé un cri ? me demanda-t-il. Et une question, alors ? poursuivit-il, dénichant un "?" dans la pile de signes de ponctuation qu'il plaça dans ma main. Est-ce que tu savais que c'est comme ça qu'on construit un article ? Pouce après pouce, ligne par ligne ?

— Oh, les histoires ça me connaît, lui dis-je. J'en ai écrit plein, et j'en ai lu bien plus encore.

— Moi aussi j'ai grandi avec les histoires de la Torah… commença-t-il, mais je l'interrompis sur un ton plein de vantardise.

— Non, non ! pas seulement ces histoires-là. Je connais des histoires russes, aussi, des histoires de chrétiens, de crimes et de châtiments.

— C'est vrai, ça ? demanda-t-il en me reposant par terre avant de me regarder avec un intérêt renouvelé. Nous, on est toujours à la recherche d'histoires de ce genre. Peut-être que quand tu seras plus vieux, tu écriras pour nous. On a grand besoin de jeunes gars qui font profession de leur esprit. Viens me revoir le jour où tu auras une histoire à me raconter. »

De retour à la maison ce soir-là, je me replongeai dans les pages que Chaïm m'avait données, déplorant encore le fait qu'il ne serait plus mon guide pour en comprendre le sens. Mais à ma grande surprise, je m'aperçus que je n'avais plus besoin de guide. Retournant à Raskolnikov et *Crime et châtiment*, je découvris que je ne lisais plus de la façon hachée et pantelante qui était la mienne lorsque Chaïm m'instruisait. Désormais, lire ces pages tombant en miettes tenait moins de l'effort que de la respiration naturelle. Cela tenait de la pure et simple existence, car durant tout le temps que je lisais, j'étais moi-même le récit. Les pensées et les craintes de Raskolnikov étaient les miennes, ses crimes aussi étaient les miens. Comment était-il possible de vivre une autre vie aussi pleinement ? me demandai-je. Comment pouvais-je être à la fois un petit garçon de chair et d'os et un homme fait de mots ?

Je m'interrompis, perdu dans ces pensées juste le temps de me rendre à la cuisine pour dénicher un casse-croûte. Je pilai brusquement lorsque j'entendis mes parents discuter – ils discutaient, du moins me sembla-t-il au premier abord, de mon cas. Avant qu'ils aient remarqué ma présence, je me cachai derrière le rideau séparant la pièce en deux.

« Je crois que je devrais m'entretenir avec M. Gourodine au sujet de ce garçon qui embête Itsik, ce Chaïm, disait Papa. Je l'ai vu ces derniers temps à la fabrique. En compagnie de Gourodine, curieusement.

— Est-ce qu'il a donné du travail à ce gamin ? demanda Maman.

— Si c'est le cas, il n'a pas fait le bon choix. La fabrique peut bien se passer de l'aide de Chaïm.

— Peut-être M. Gourodine se sent-il le mieux placé pour savoir de quel genre d'aide il a besoin, rétorqua Maman.

— Eh bien moi, je crois que je suis le mieux placé pour savoir de quoi les Duvets Gourodine ont besoin. Le scandale, ça on n'en a pas besoin. Déjà des rumeurs circulent.

— Des rumeurs ? Tu ne vas quand même pas croire ce genre de choses ! Ce ne sont pas des rumeurs qui ont assombri la Pâque il y a dix ans de ça ?

— Les rumeurs on peut s'en accommoder. C'est ce qui vient généralement après qui m'inquiète : le sang.

— Le sang de qui ?

— De qui à tous les coups, hein ? grinça Papa. On ne gagnera rien de bon à laisser ce gosse se mêler des affaires de M. Gourodine.

— Et qu'est-ce qu'on gagne à mettre son nez dans celles des autres ? Si tu cherches les ennuis, tu les trouves. Laissons Gourodine se soucier de Gourodine pour une fois, et Malpesh de Malpesh.

— Tu te fais bien assez de souci pour nous tous. Ce n'est pas comme s'il pouvait me mettre à la porte. Ma réputation auprès de ses clients est trop bonne pour ça. Jamais personne n'a trouvé à redire contre moi. Tant que ça dure, je garde ma place et je suis libre de dire ce que je pense. »

Je ne pouvais voir leur visage pendant qu'ils discutaient, mais le silence de ma mère à ce moment précis était de ceux qui me faisaient blêmir. C'était le silence de la prophétie qu'on ne profère pas. D'après le temps que mon père mit à lui répondre, je compris qu'elle se tenait sans doute debout face à lui, les yeux clos, l'échine courbée par le poids de l'avenir qu'elle entrevoyait.

Finalement, mon père opta pour un ton enjoué, comme s'il avait le pouvoir de balayer les doutes de Maman : « Les hommes d'affaires ne voient pas les choses de la même façon que les femmes au foyer, Minah, lui dit-il. Je vais tout simplement lui demander quel intérêt il trouve à ce garçon et lui faire part de mes réserves. Il y verra une question de gérance, pas de jugement personnel. Et le sujet sera clos. »

Le lendemain matin, je n'entendis pas le détail de la réprobation qui accueillit la décision prise par mon père d'aller demander à M. Gourodine des explications sur Chaïm. Je n'en vis que les conséquences désastreuses : Papa traversant l'atelier au pas de charge et criant des ordres – « On travaille ! On accélère la cadence ! » – aux ouvriers qui levaient le regard. C'est seulement lorsque Papa eut disparu que M. Gourodine m'appela : « Malpesh Junior ! Viens par ici une minute, s'il te plaît ! »

Il se tenait au bas de l'escalier qui montait à ses bureaux. La main levée à hauteur de son épaule, on aurait dit qu'il faisait un signe d'adieu plutôt qu'un geste m'invitant à le rejoindre.

« Retrouve-moi dans mon bureau, me dit-il lorsque je m'approchai, j'ai un service à te demander… et des bonbons à t'offrir ! »

J'appuyai ma pelle contre le mur près du premier escalier et lui emboîtai le pas. Il n'y avait pas de cage d'escalier et les marches grimpaient à pic jusqu'à un balcon qui surplombait l'atelier. J'avais entendu mon père dire combien Gourodine aimait que ses ouvriers le voient en train de les observer : « Il se poste sur le balcon comme un pape, avait dit un jour Papa, comme si les plumeurs allaient s'arrêter de travailler pour l'acclamer en le voyant. Quand rien ne se passe, il se précipite en bas et se met à engueuler le premier qui lui tombe sous la main. »

La montée lui était apparemment bien plus pénible qu'à moi, et tout en grimpant derrière ses énormes jambes je me demandais pourquoi M. Gourodine acceptait que ce spectacle d'un homme obèse s'essoufflant au bout de dix marches puisse être contemplé par ceux dont il espérait obtenir le respect. Lorsque nous atteignîmes le balcon, l'arrière de son pantalon laissait voir des taches de transpiration. Je fis halte pour regarder en bas et fus soulagé de ne pas apercevoir la moindre trace de mon père.

Quand je pénétrai enfin dans le bureau, le patron était déjà installé à sa table, énorme carlingue de bois sombre qui faisait paraître même un homme de sa corpulence absolument minuscule. Je me tenais suffisamment près pour pouvoir y poser la main mais parvenais à peine à voir par-dessus. Le reste de la pièce n'était pas meublée avec moins d'opulence. La lueur feutrée de lampes en porcelaine se reflétait dans des plateaux en marbre perchés sur des pieds en chêne tourné. Un samovar richement décoré trônait sur un buffet comme un éléphant d'argent miniature. De lourds rideaux de velours séparaient la pièce d'un autre espace masqué à mes regards.

« Dis-moi, Malpesh Junior, commença Gourodine, sais-tu lire le russe ? »

Sa question me prit tellement de court que je ne sus comment réagir. Il prit mon silence pour une réponse négative, et je ne le détrompai pas.

« Ah, reprit-il, peut-être qu'un jour tu apprendras. Tiens, prends un bonbon. »

Il plongea la main dans une coupe à côté de lui et ses doigts boudinés éparpillèrent un arc-en-ciel de berlingots sur le coin du bureau, puis il trempa un porte-plume au manche d'ivoire dans un encrier et se mit à écrire sur une page blanche posée devant lui.

« Ceci ne prendra qu'un instant, dit-il. Je t'en prie, sers-toi. Ne sois pas timide. »

Tandis qu'il écrivait, je remarquai la gigantesque bibliothèque garnissant le mur derrière lui. Je parcourus du regard le dos des volumes, qui semblaient rangés par couleur plutôt que par auteur. Il y avait des séries de livres reliés de cuir rouge, de cuir brun, de cuir bleu et de cuir noir. Gourodine dut voir mon intérêt car il me dit : « Tu sais, nous ne sommes pas si différents l'un de l'autre, Malpesh Junior. Un garçon comme toi ne sait pas lire ces livres, et un homme comme moi n'en a pas le temps. On pourrait être amis, toi et moi, pas vrai ? »

Je continuais à observer les rayons. Tous les auteurs dont Chaïm m'avait parlé se trouvaient là. Reportant mon regard sur Gourodine, je vis qu'il avait repris ses écritures. Il faisait avancer sa plume avec fébrilité, s'arrêtant de temps à autre pour s'éponger le front de son mouchoir. Il se concentrait si fort sur son ouvrage que je m'enhardis, me rapprochant de la bibliothèque et me penchant pour regarder un volume qui avait attiré mon attention.

« Oui, oui, installe-toi par terre pour jouer, mon garçon, fit Gourodine, j'ai fini dans une minute. »

À l'abri des regards, je fis glisser son exemplaire de *Crime et châtiment* de l'étagère, curieux de l'inspecter. Quel plaisir inattendu ! C'était le livre que j'en étais venu à considérer comme mon premier amour, et pourtant je ne l'avais jamais vu sous sa couverture. Depuis un an maintenant, l'ouvrage n'était pour moi qu'un amas de pages en désordre au fond d'un bocal – forme tout à fait adaptée, songeai-je, au véritable chaos de l'existence qu'il donnait à voir. Qu'un récit d'une telle ampleur pût tenir entre deux morceaux de carton me fascinait littéralement. Comment tout un monde peut-il exister à l'intérieur d'un bloc de cuir et de bois mort ?

Mais en ouvrant le livre, je découvris qu'il ne s'agissait pas du tout de *Crime et châtiment*. En lieu et place du texte s'enchaînaient… des pages blanches. Des centaines de pages blanches. Chacune avait été découpée à la bonne taille et le tout pressé entre les pages de garde richement ornées pour donner au livre sa forme. Les pages manquantes, compris-je alors, se trouvaient dans mon bocal à la maison. Était-ce pour cette raison que Papa voulait avertir le propriétaire de la fabrique au sujet de Chaïm ? Savait-il que Chaïm avait massacré les livres de Gourodine pour m'en vendre les entrailles ?

« Et voilà », lâcha Gourodine d'une voix retentissante. Je parvins à remettre silencieusement le livre en place et me relevai pour lui faire face. Son visage dégoulinait comme s'il venait d'essuyer une averse. Se levant avec effort, il me tendit un papier à lettre plié.

« Porte ceci au *Bessarabets*, s'il te plaît, me dit-il. Tu sais où trouver le bureau du journal russe ?

— Oui, répondis-je en m'emparant de la lettre.

— Je suis sûr que ton père sera content de m'avoir aidé dans cette affaire, conclut Gourodine tandis que je prenais la sortie. Seulement, ne lui dis rien pour le moment. Si tu t'acquittes correctement de ta commission, il en résultera un grand bienfait pour la fabrique. Alors nous lui dirons que c'est toi le responsable, et il sera très fier. Mais pour le moment, il faut agir vite et sous le manteau. Tu comprends ? »

Je hochai vigoureusement du chef, puis sortis précipitamment et dévalai l'escalier. Dès que j'eus franchi les murs de la fabrique, loin de Gourodine et de ses regards, je dépliai la page. Je ne parvenais pas à déchiffrer tous les mots – l'écriture du propriétaire était incompréhensible, et il avait transpiré si fort que les lettres étaient brouillées en plus d'un endroit – mais je pus en lire suffisamment : « Juif », disait la lettre, « syndicat », « agitateur ». Un mot se détachait tout particulièrement parce que je ne l'avais jamais vu auparavant écrit en cyrillique : « Malpesh ».

Je compris sur l'instant que je ne devais pas apporter cette lettre au journal russe. À la place, je courus à la *yeshive*, où j'espérais trouver Chaïm, que j'implorerais de me lire son contenu. Avec ma compréhension imparfaite de la langue, je n'étais pas sûr, mais plus je la relisais, plus je croyais que la lettre disait des méchancetés sur mon père. Je croyais que M. Gourodine informait les rédacteurs du *Bessarabets* que M. le Gérant Malpesh était un organisateur des travailleurs juifs dans sa fabrique, et qu'à ce titre il représentait une menace pour la très chrétienne Kichinev. Si seulement je pouvais trouver Chaïm, je serais en mesure de confirmer mes soupçons.

Hélas, Chaïm n'était pas à la *yeshive*. Le rang du fond était vide, et les autres prétendirent ne pas l'avoir vu. Der Lerer me demanda de prendre ma place, merci, et de payer mon écot, mais je décampai pour rejoindre la rue, serrant toujours la lettre de Gourodine.

Était-il possible que tout cela soit vrai ? Non. Je savais que non. Lorsque j'atteignis la vaste étendue de la place Chouflinski, je déchirai la lettre en mille morceaux et l'éparpillai au gré du vent. Des morceaux de papier blanc s'envolèrent au ciel comme les plumes qui avaient salué ma naissance dans le récit qu'en faisait ma mère. Je savais bien ce qu'était un mensonge – comme tous les enfants ! – mais tomber sur cette preuve d'une mystification concoctée par un adulte m'avait donné la chair de poule. Je contemplai la lettre de Gourodine flottant au vent et me sentis soulagé d'en être débarrassé, comme si tous les mensonges pouvaient être anéantis en les révélant au grand jour.

Je rentrai à la maison tout fier du pouvoir secret m'ayant permis de déchiffrer la lettre de Gourodine, et de l'acte de bravoure qu'un tel pouvoir m'avait inspiré. J'en oubliai de retourner au travail ou à la *yeshive*, et pensai plutôt aux souffrances qui nous seraient désormais épargnées. Grâce à ma seule intelligence, la réputation de Papa ne serait pas ternie dans les pages du journal russe. Il resterait un personnage respecté ; le nom de Malpesh continuerait à être tenu en haute estime par les Juifs comme par les chrétiens.

Ma mère fut enchantée de me voir apparaître dans la cuisine bien avant l'heure accoutumée. Bien qu'elle ne sût évidemment rien des émotions de la journée, lorsqu'elle me servit une grosse part de pâté de pommes de terre avec de la crème, j'estimai que c'était là ma juste récompense.

Mais ce prix fut rapidement englouti, et bientôt même le souvenir de sa douceur m'abandonna. Car quand Papa rentra ce soir-là, il me donna une correction : « Pourquoi as-tu quitté la fabrique sans avoir fini ton travail ce matin ? voulut-il savoir. Je suis retourné dans la salle de plumage et j'ai trouvé ta pelle appuyée contre le mur et le sol toujours recouvert de fiente. Tu ne dois pas t'attendre à un traitement de faveur juste parce que tu es le fils du gérant ! »

Il m'asséna de tels coups sur la tête que je parvenais à peine à reprendre mon souffle, sans parler de pouvoir lui répondre. Ma mère hurlait que je n'étais qu'un enfant : « Tu devrais avoir pitié et ne pas passer tes malheurs sur lui ! lui cria-t-elle. Ta colère va lui briser le crâne. »

Comme sous l'effet de la honte à ces mots, Papa me fit basculer sur son genou pour me battre comme on corrige un enfant. La fessée terminée, il m'ordonna de monter dans ma chambre, mais non sans une dernière punition : « Et pas de lecture ! »

Qu'il aille au diable ! pensai-je en mon for intérieur. Je lui ai sauvé la peau quelques heures auparavant, et voyez comme il me paye de retour. Blotti dans ma chambre, j'ouvris mon bocal plein de pages, plus pour me prouver que j'en étais capable que parce que j'avais vraiment envie de lire.

J'étalai mes feuilles volantes par terre autour de moi, les disposant comme les rayons d'une roue dont j'aurais été le moyeu. Que Papa me découvre comme ça, pensai-je, et alors il verra ce que je fais de ses ordres. Espérant et craignant à la fois qu'il fasse irruption et me trouve en train de le défier, je rassemblai les pages du septième chapitre de *Crime et châtiment* et me mis à les relire. C'était un de mes passages favoris, car il contenait moins de ces réflexions philosophiques qui traînaient tellement en longueur pour le jeune lecteur que j'étais alors, et bien plus de ces épisodes pleins d'action rendant la lecture si chère à mes yeux. C'était le chapitre où Raskolnikov décide d'éliminer la vieille usurière, poussé par une force qui lui échappe.

D'habitude, les évocations du Saint-Pétersbourg de Dostoïevski suffisaient à me faire oublier mes soucis. Mais ce soir-là, à mesure que je tournais les pages, des questions me vinrent à l'esprit que d'autres se seraient peut-être posées plus vite. Tout en suivant Raskolnikov qui montait l'escalier menant à l'appartement de la vieille femme, la hache à la main, je me revoyais détruisant la lettre de Gourodine et me sentis soudain moins héroïque que ridicule. Au moment où la femme ouvre sa porte et trouve Raskolnikov qui l'attend, je me demandai ce que j'avais bien pu accomplir en éparpillant la lettre au vent. Ne pouvait-il pas tout simplement en écrire une autre ? Comment un petit garçon comme moi pouvait-il empêcher un gros bonhomme comme lui de faire quoi que ce soit ?

Quand Raskolnikov avait enfin pu entrer chez la maudite bonne femme, je savais ce qu'il fallait que je fasse.

La fabrique de duvet en pleine nuit était un endroit tout différent de la fabrique de duvet au petit matin. À minuit les fenêtres, qui au lever du jour se teintaient de rose comme des fleurs, étaient noires comme du cambouis. Dans la salle de plumage, les oies du lendemain dormaient dans leur caisse. Un ronflement général montait du coin de l'atelier où elles se reposaient. En passant devant elles, je ne pus m'empêcher de remarquer combien elles semblaient paisibles. Avaient-elles conscience d'être plongées dans de jolis rêves pour la dernière fois de leur vie ?

Je retrouvai ma pelle là où je l'avais laissée et m'en saisis. Je gravis l'escalier le plus silencieusement possible jusqu'au bureau de Gourodine. Malgré tous mes efforts, chaque marche grinçait aussi bruyamment qu'un vieux wagon rouillé. Sur le balcon, la porte était solidement fermée mais à cause du sifflement des oies qui résonnait dans tout le bâtiment, même moi je ne pus distinguer le couinement des gonds lorsque je m'introduisis dans les appartements du propriétaire.

À l'intérieur, les rideaux étaient ouverts mais le ciel chargé ne laissait pas pénétrer le moindre rayon de lune. Dans le noir complet j'avançais centimètre par centimètre, tâtant le sol devant moi d'un pied prudent avant de m'aventurer à faire un pas. À chacun de mes mouvements, j'éprouvais l'envie de faire demi-tour en même temps qu'une force irrésistible me poussait à continuer. Que disait le livre sur Raskolnikov ? Ah oui, voilà : *Au moment où il abattit sa hache, toute sa force lui fut rendue.*

Tandis que je rampais ainsi, un nuage devait avoir fait de même, car la lune éclairait à présent le bureau de Gourodine. Là, luisant dans ses rayons, je vis sa plume et son encrier… les armes dont il s'était servi contre mon père !

Je fis le tour du bureau et grimpai sur le fauteuil rembourré où Gourodine avait pris place pour concocter ses mensonges. Ma pelle pesait plus lourd qu'elle n'avait jamais semblé quand je ramassais la fiente, mais ce n'était rien. L'agrippant fermement, une main sur chaque endroit du manche usé par mon père au long de ses années de labeur, je levai la lame au-dessus de ma tête et l'abattis de toute la force que mes jeunes bras pussent rassembler.

Un monstrueux fracas s'ensuivit, et une gerbe de gouttelettes jaillit en l'air, m'aspergeant le visage. Du sang ? M'étais-je sectionné le pied ? Quelques gouttes coulèrent sur mes lèvres et je sortis ma langue pour y goûter. De l'encre. *Victoire !* pensai-je, avant de lever ma pelle et de l'abattre encore, et encore, et encore. D'un coup je brisai net le bec de la plume de Gourodine, d'un autre son manche d'ivoire, d'un troisième je réduisis en fine poussière de sable les éclats de l'encrier en verre. Gourodine aurait bien du mal à écrire d'autres mensonges sur Papa désormais.

Quelque part dans l'obscurité j'entendis un gros bruit sourd, et je compris trop tard que je n'étais pas seul. Dans un vif rayon de lumière, les rideaux de velours s'écartèrent : debout devant moi se tenait le propriétaire de la fabrique, éclairé par une lampe de chevet placée derrière lui, près d'un lit à baldaquin disparaissant à demi dans la pénombre. En plein jour l'homme en imposait déjà, son énorme figure engoncée dans un plastron, mais ce n'était rien comparé à ce corps nu, massif assemblage de membres laiteux qui se dressait devant mes yeux.

« Qui va là ? » cria-t-il.

Un instant plus tard, la peur qui me frappait se mua en stupeur absolue. Car tandis que Gourodine trébuchait pour atteindre un fauteuil où son pantalon était roulé en boule, je vis derrière lui les bras maigres et le torse creux de…

« Chaïm ! »

Bondissant hors du lit, mon ex-précepteur rassembla ses habits en quelques secondes. Du même élan, il attrapa au vol une pile de livres sur la table et se précipita vers la porte. Avant de quitter les lieux, il se retourna pour me regarder :

« Continue à lire, mon petit Itsik, me dit-il. Il n'y a pas de limites aux secrets que tu découvriras. »

Et il avait disparu.

Gourodine sautillait et jurait en essayant d'enfiler tant bien que mal son pantalon. C'était un de ces nouveaux modèles, avec bouton à la ceinture et fermeture éclair de l'entrejambe à la taille. Il fit entrer de force ses mollets et ses cuisses dans les jambes du pantalon comme de la chair dans un boyau à saucisse, mais son outil restait dressé, raide de sang assoupi, et refusait de se plier à l'intérieur. L'homme poussait et se penchait en tous sens mais ne pouvait dissimuler la chose. Il baissa le regard vers sa bedaine, puis sur les pans de sa braguette qui ne voulaient pas se rejoindre, et, constatant qu'il se trouvait dans une situation impossible, il poussa un soupir de défaite.

C'est seulement alors qu'il leva les yeux vers son bureau pour voir qui avait violé son intimité.

« Malpesh ! » hurla-t-il, et il força sa braguette à remonter avec une puissance qui m'aurait projeté jusqu'au plafond si son geste m'avait été destiné.

Quand les crans de la fermeture éclair mordirent la chair sur leur passage, Gourodine lâcha un cri qui dans le silence de la fabrique résonna à travers toute la salle de plumage et réveilla les oies. Jamais je n'oublierai le vacarme qui s'ensuivit.

Je dévalai les escaliers et me précipitai dans la rue. L'instinct me disait de courir à la maison me réfugier dans les bras de ma mère, mais au lieu de cela je me précipitai jusqu'aux bureaux du *Fraye Yidishe Shtime*, poussé par une puissance qui réduisait tous mes élans au silence. Malgré l'heure tardive, je trouvai le rédacteur en chef penché sur sa table de composition.

« J'ai une histoire », lui dis-je. Dans mon souvenir ce fut un cri, mais cela aurait pu n'être qu'un murmure. Quoi qu'il en soit, l'homme redressa la tête et me regarda de travers tout en s'essuyant les mains sur son tablier :

« Quoi, déjà ?

— Oui ! »

Fut-il convaincu par mon souffle pantelant, ou bien me passa-t-il mon caprice ? Je ne sais. Mais ce qu'il fit alors changea ma vie pour toujours, car il me tendit un crayon et une feuille de journal vierge en me disant : « Un garçon qui a une histoire doit écrire. » Je me rappelle distinctement ses mots tout simples. Aujourd'hui encore je me les répète quand je contemple une page blanche. *Un garçon qui a une histoire doit écrire.* Prononça-t-on jamais sentence plus juste ? Quelle pensée pouvait être aussi simplement déclarative et pourtant aussi puissamment impérative à la fois ?

Je me mis à écrire comme si une canalisation avait cédé. Un côté de la feuille se couvrit de lettres, puis l'autre. Lorsque j'eus terminé, je glissai ma page au rédacteur. Il la lut, la parcourant d'abord d'un œil distrait puis soudain beaucoup plus concentré tout en caressant sa moustache. « C'est vrai tout ça ? finit-il par me demander.

— Oui.

— Excellent mon garçon ! s'esclaffa-t-il. Ce gros porc va avoir la punition qu'il mérite. On va publier ton histoire tout de suite. Mais d'abord, il faut changer deux ou trois choses. » Il reprit mon texte et changea partout le nom du propriétaire de la fabrique, supprimant chaque fois les deux mêmes lettres.

« *Gourdin ?* demandai-je, car je n'avais jamais entendu ce mot-là.

— C'est de l'anglais, précisa le rédacteur, ou peut-être du hollandais. Ça veut dire un gros bâton, et donc un imbécile. On a recours à des pseudonymes parce que parfois la vérité est trop véridique. Si on publiait cette histoire à propos d'un homme aussi influent, il se servirait de ses relations pour nous faire mettre la clé sous la porte, ou pire encore. En revanche, si on publie une pochade en vers qui parle d'un pochard assez stupide pour se prendre le zob dans un étau, il n'osera jamais admettre qu'il s'agit bien de lui, mais tout le monde aura entendu l'histoire. »

C'est ainsi que ma première publication vit le jour le lendemain matin. Le rédacteur en chef saucissonna mes phrases en distiques et remplit quatre colonnes de la rubrique poésie d'une œuvre qu'il intitula

« Gourdin circoncis ». Tous les Juifs de Kichinev se demandèrent si ce Malpesh qui avait écrit des vers sur un ton si mordant était bien l'homme qui gérait la fabrique de duvet.

« Non, c'est son fils, expliquaient les je-sais-tout.

— Quel prodige ! » répliquaient les autres.

Mes parents n'eurent pas la même réaction. Ils ne parvenaient pas à comprendre pourquoi je voudrais attaquer le propriétaire, en actes ou en paroles. Lorsque je tentai de leur parler de la lettre rédigée par Gourodine, Maman me supplia de ne pas raconter d'histoires et Papa me mit en position sur ses genoux. Il espérait arranger les choses avec son employeur, mais Gourodine ne montrait plus le bout de son nez à la fabrique. Papa fumait en silence à la table de la salle à manger.

À la *yeshive* cette semaine-là, les grands me considérèrent avec un respect inédit et me poussèrent à prendre d'assaut la Chaise de Rashi. Mais moi, je me contentai de déplacer mon siège de l'autre côté de l'allée pour prendre la place de Chaïm, qui avait quitté la ville sans laisser la moindre trace derrière lui. À l'époque, je ne comprenais pas ce que j'avais vu quand Chaïm avait bondi hors du lit de Gourodine, mais je me rendis bien compte, dans mon innocence, que les livres que j'achetais un sou la page avaient été acquis moyennant un prix beaucoup plus fort.

Si l'on m'avait dit alors que je retrouverais mon précepteur bien des années plus tard de l'autre côté de la planète, je suis sûr que je n'en aurais rien cru. Même si Chaïm était un garçon plein d'imprévu, je pensais que je ne serais jamais aussi proche de lui qu'en ce matin où j'allais occuper la chaise qu'il avait laissée vide.

Les circonstances m'empêchèrent toutefois de l'occuper bien longtemps. Quelques jours à peine après la publication de mon poème, le *Bessarabets* fit paraître une histoire de l'invention de Gourodine, le même tissu d'affabulations qu'il m'avait demandé d'aller porter. Que j'aie pu croire qu'en détruisant un nécessaire à écrire et en réduisant son bureau en miettes je l'empêcherais de colporter des mensonges sur mon père, cela dépasse aujourd'hui mon entendement, mais le fait est que j'y ai cru, vraiment cru.

Au bout du compte, mes actes eurent pour seul résultat de faire ajouter à Gourodine un nouveau personnage dans son histoire. Le quotidien russe rapporta que le syndicaliste juif Abram Malpesh n'avait pas seulement tenté de prendre le contrôle des Duvets Gourodine, mais qu'il avait envoyé son fils – « une brute qui travaillait depuis l'enfance à l'atelier » – pour occire le bon chrétien propriétaire de la fabrique.

La renommée qui s'ensuivit n'apporta ni applaudissements, ni admiration, mais rien de plus qu'un coup frappé à notre porte tôt le lendemain matin. Quand le policier de service, le capitaine Kolikov, se rendit compte que la menace qu'il venait interroger avec ses adjoints était en fait un garçonnet, ils se contentèrent d'arrêter mon père.

Ma mère s'insurgea et déclara qu'il s'agissait d'un horrible malentendu, que la mise à sac du bureau de Gourodine n'était qu'une farce de gamin et non pas une tentative de meurtre. Kolikov lui accorda que tel était peut-être le cas, et lui dit qu'elle devrait remercier le Ciel qu'il soit lui-même père d'un garçon. Puis il suggéra qu'il vaudrait mieux que je quitte la ville, et que j'aille peut-être vivre à la campagne dans la famille.

« Ce ne sera bientôt plus un enfant, lui dit-il, et on ne peut pas prévoir ce qu'il adviendra d'un jeune homme qui agit sans réfléchir.

— Si c'était le cas ! gémit ma mère. Mais en fait, il réfléchit trop.

— Ça revient au même », rétorqua le capitaine.

Et pendant tout ce temps je restai entre eux deux, caché dans le tablier de ma mère. Je risquai juste un œil pour dire au revoir à Papa et fondis en larmes quand je découvris qu'il avait déjà disparu.

Le capitaine Kolikov se pencha et me tapota l'épaule aussi affectueusement que la situation le permettait.

« J'ai entendu dire que tu étais un vrai poète, me dit-il, et les mots me brûlèrent si fort qu'ils asséchèrent mes larmes.

— Oui, admis-je, c'est vrai. »

Note du traducteur

Les historiens contesteront sans doute un certain nombre de détails dans le récit que fait Malpesh des premières années de son existence, et ils n'auront pas tort. Se considérant comme un poète plutôt qu'un chroniqueur, il ne s'est guère préoccupé de l'importance que ses souvenirs pourraient revêtir en tant que témoignage direct des événements de l'époque. Ceux qui voudraient lire ses mémoires comme source primaire sur la vie des Juifs dans la Russie tsariste devraient garder constamment à l'esprit qu'Itsik Malpesh, aussi bien en tant qu'écrivain qu'en tant qu'homme, semble n'avoir jamais été gêné par ses propres incohérences.

En la matière, le problème concerne tout particulièrement le tableau contradictoire qu'il fait de Kichinev, qui est à maintes reprises dépeinte comme un grand centre urbain relativement moderne, mais qui en d'autres occasions paraît être une bourgade hors du temps – tenant plus du *shtetl* que de la *shtot*, dirait-on en yiddish. Pourtant, un rapide coup d'œil à l'histoire de la fin de l'Empire russe suffit à montrer que Kichinev était bel et bien une grande métropole en pleine expansion. Aujourd'hui appelée Chisinau, la capitale de la Moldavie est un important carrefour commercial abritant trente-six universités, et compte parmi les destinations touristiques les plus prisées de l'ex-Union soviétique. À l'époque où le poète y vécut (1903-1914), chacune de ces activités (commerce, enseignement, tourisme) existait déjà de façon embryonnaire. En lisant attentivement l'œuvre de Malpesh, on comprend qu'il ne tentait nullement – du moins pas de façon consciente – de dissimuler cette réalité. Comme il le remarque dès le début, la population de Kichinev dépassait les cent mille habitants au moment de sa naissance. Ailleurs, il signale que la ville était assez importante pour comprendre plusieurs églises (« Tu ne sais pas quelle église porte le nom d'une sainte et quelle autre celui d'un saint ? »), des industries exportant à l'international (« Le Duvet Gourodine est devenu le dernier cri de Paris »), ainsi qu'un quartier d'affaires bourdonnant d'activités qui comprenait à la fois le quotidien russe *Bessarabets* et au moins un périodique, *La Libre Expression juive*, écrit spécialement pour la substantielle communauté juive.

Et pourtant, bien qu'il ne cache rien de tout cela, le paysage décrit par les souvenirs de Malpesh n'en donne pas moins l'impression d'être limité à quelques rues, comme si la ville tournait autour d'un axe reliant le domicile des Malpesh dans la rue Aleksandrov à la fabrique de duvet d'oie toute proche. Le centre de cet univers est peut-être le manège de la place Chouflinski, le mât autour duquel tourne la saga du jeune Itsik – même si curieusement, il ne dit nulle part avoir lui-même fait un tour de chevaux de bois.

Les différences entre la Kichinev historique et celle des mémoires de Malpesh peuvent s'expliquer par cette vérité toute simple : les souvenirs d'un homme qui se rappelle son enfance sont le plus souvent les souvenirs d'un enfant. Ce sont les souvenirs d'une période complexe et dangereuse passés d'abord au filtre d'expériences que l'individu est trop jeune pour comprendre véritablement, puis tamisés à travers la volonté qu'a le poète de donner du sens à ce qu'il a vu, et d'en faire une œuvre d'art.

C'est seulement à l'occasion que j'ai mentionné de telles préoccupations lors de mes conversations avec Malpesh. En raison de mon ignorance relative lorsque j'ai abordé son travail, je n'ai pas fait allusion devant lui aux grandes questions de véracité que je viens d'esquisser, mais me suis contenté de relever certains incidents qui, à mes yeux, risquaient de mettre à mal la confiance de ses lecteurs en sa fiabilité.

Pour donner un seul exemple : dans son récit des heures menant à sa naissance, Malpesh raconte que sa mère mordait à pleines mâchoires dans un petit livre tandis qu'elle endurait les souffrances du travail. « Maman avait carrément transpercé le livre de prières de Grand-mère, écrit-il, et n'avait plus rien à se mettre sous la dent pour étouffer ses hurlements. » L'original n'indique pas si ce livre de prières était le très populaire recueil de poèmes et de contes bibliques en yiddish connu sous le nom de *Tsene-Rene*, ou bien un *sider* comme celui dont la famille Malpesh se servait peut-être à la synagogue, mais il s'agissait probablement de l'un ou de l'autre. Dans les deux cas, à en juger d'après des exemplaires de l'époque, le livre aurait été relié plein cuir et épais d'au moins cinquante à soixante pages. Même si l'on admet que les inventions sont inévitables dans le récit d'événements survenus avant qu'un narrateur soit venu au monde pour en témoigner, j'ai dû avouer que la scène où sa mère mord à travers un tel livre semblait difficile à avaler.

Malpesh balayait de telles objections d'un geste. J'ai enregistré sa réaction à cette question bien précise parmi mes notes de traduction car elle était typique du dédain dont il faisait preuve pour écarter le doute : « Je n'ai jamais vu de femme en plein travail, mais on m'a dit que ce n'est pas sans rapport avec le processus par lequel on met au monde un livre. Dans les deux cas, la vie de l'individu qui porte le fardeau se transforme à tel point que toutes les données en sont changées. Dans la composition de mon livre, j'ai moi-même été conduit à briser tous les commandements de Dieu. Tous sans exception. Si la Loi elle-même a pu être mise en pièces par les affres de la création, croyez-vous que la reliure en cuir d'un livre de prières ait pu être épargnée ? »

Comme souvent lors de mes séances de travail avec Malpesh, ces paroles furent les dernières sur le sujet.

Puisque j'ai abordé la question des ouvrages dévotionnels en yiddish comme en hébreu, cela me rappelle qu'il y a deux ou trois choses à dire encore sur cet autre livre de prières, celui que Clara Feld avait découvert dans un carton détrempé sur le quai de déchargement de l'entrepôt au cours de l'été précédant l'entrée de Malpesh dans ma vie. Cela paraîtra sans doute étrange, mais ce livre aussi a joué un rôle dans l'exécution de la présente traduction. En fait, si cet autre livre n'avait pas existé, il est peu probable que celui-ci aurait pu venir au monde.

Depuis le jour où elle l'avait découvert, Clara gardait sur elle ce qu'elle appelait son « joli petit livre de prières » en toutes circonstances. Quand nous prenions place à l'une des tables de pique-nique donnant sur le canal, elle tenait délicatement le livre sur ses genoux. Si je lui suggérais qu'il faudrait lui trouver une place dans les rayonnages, elle se contentait de dire « Oui, oui, bientôt », et de le glisser dans son sac à main. Les chances qu'elle l'abandonne un jour s'amenuisèrent encore lorsqu'elle se mit à l'utiliser pour y garder les photocopies des lettres de son arrière-grand-mère. On aurait dit que dans son esprit, lettres et livre allaient de pair. Les mots de son aïeule étaient tellement patinés par le temps et si particuliers que Clara s'était résignée à ne jamais pouvoir en déchiffrer le sens, mais la progression bien ordonnée des prières dans le livre renfermait la promesse qu'elles, on pourrait les comprendre. Elle ne savait lire que quelques mots par page mais cela lui était complètement égal. À ses yeux, le livre fleurait bon toute une tradition perdue par sa famille, et cela lui suffisait. Elle aimait faire courir ses doigts sur les lignes de caractères hébraïques et dire ses propres prières en silence, des prières qu'elle imaginait très semblables à celles que d'autres avaient dites en caressant les mêmes pages sacrées.

À ce stade, je n'avais pas encore découvert Malpesh ni la tendresse qu'il éprouvait pour un bocal rempli de chapitres arrachés à Dostoïevski, mais je comprends soudain aujourd'hui que l'attachement de Clara à son livre de prières était sans doute le fruit d'un désir similaire, celui d'accéder à un monde nouveau, à une façon de vivre et d'être totalement étrangère à son éducation. Comme elle est étrange, l'histoire de « notre peuple » : des prières dans une langue juive étaient à présent aussi exotiques pour une championne de tennis originaire du New Jersey devenue adepte du *baal techouva* que l'avaient été autrefois des histoires dans une langue chrétienne pour un *yeshive bokher*. À la différence près, bien entendu, que Malpesh parvint à lire le russe couramment tandis que Clara avait encore du mal à distinguer la troisième lettre de la quatrième dans l'alphabet hébreu.

Et pourtant, si moi je jouais le rôle de Chaïm et elle celui de Malpesh, ce ne fut pas vraiment une réussite. Étant donné tout ce que le livre de prières semblait représenter à ses yeux, il me fallut un temps déraisonnablement long pour avoir accès à ce qu'il contenait. C'était en partie parce qu'elle ne s'en séparait que rarement, mais aussi, je dois l'avouer, parce que cela me plaisait de savoir que je pouvais le lui expliquer, mais que je ne le faisais pas. Cela ressemble à de la manipulation, sauf que la situation lui plaisait à elle aussi. En fait, nous en fîmes un petit jeu entre nous. Traduire peut effectivement être un acte intime, comme me l'avait dit Malpesh, mais il semblerait que le refus de traduire puisse l'être aussi. Chaque fois que Clara ouvrait le livre en ma présence, elle jouait ostensiblement à refuser de demander mon aide, attendant jusqu'à ce que je lui dise : « Tu veux que je regarde ça de plus près pour t'aider ?

— Oh, ne me fais pas le coup du Grand Rabbin, s'il te plaît ! répondait-elle.

— Mais pas du tout, m'esclaffais-je, je dis juste que si tu butes sur tel ou tel mot je…

— Je m'en souviendrai », disait-elle, et nous restions assis en silence quelques minutes avant qu'elle se décide à me lancer un appel au secours : « Bon d'accord, si tu insistes pour m'aider… », et là elle me demandait une définition, une prononciation, ou le rappel d'une règle de grammaire.

C'était comme une danse de séduction linguistique, une parade que nous exécutions sur une musique découverte parmi les livres. Les cartons comprenaient un assez grand nombre d'enregistrements, aussi bien des cassettes que des galettes de cire du temps jadis, qui nous permettaient d'écouter une interminable bande-son en yiddish tout en lisant ou en bavardant. Il y avait les dialogues comiques des duettistes Shimon Dzigan et Israel Schumacher, stars de la *Borscht Belt*[1], les rengaines stupides de la reine des music-halls du Lower East Side, Molly Picon, sans oublier bien sûr le grand succès du swing version bilingue par les Andrews Sisters, leur ode au flirt par traduction approximative interposée :

Bay mir bistu sheyn
Laisse-moi t'expliquer.
Bay mir bistu sheyn
Ça veut dire mon biquet.

1. Circuit des théâtres et music-halls de la communauté juive de la côte est des États-Unis, principalement situés dans les monts Catskills. (*N.d.T.*)

C'était justement la chanson qui passait le jour où Clara me dit : « OK, monsieur je-sais-tout, parle-moi de ce mot-là. Ça s'écrit *Alef mem tof*…

— Et ?

— Eh bien pour commencer, c'est de l'hébreu ou du yiddish ?

— Tout dépend du contexte. C'est en *loshn-koydesh*. Tu te rappelles ce que ça veut dire ?

— Langue sacrée ?

— C'est ça. Et donc c'est un mot tiré des Écritures qui peut aussi s'employer avec un sens courant. En hébreu on le prononce *emet* et en yiddish c'est *emes*, c'est un mot qu'on peut dire quand on est d'accord avec quelqu'un, ou si on veut marquer le fait que quelque chose est vrai.

— Et ça veut dire quoi en hébreu ?

— Je veux bien te le dire si tu m'autorises à t'inviter au restaurant.

— T'es dur en affaires.

— *Emes* », lui répondis-je.

En sortant du travail ce soir-là nous décidâmes d'aller chez Kronbloom, le seul restaurant casher accessible en voiture depuis l'entrepôt. Une fois la réserve fermée à clef et l'alarme mise en route, Clara et moi descendîmes l'escalier. C'était encore le mois d'août mais la chaleur des semaines précédentes avait presque entièrement disparu du bâtiment. Même depuis le dernier étage, nous sentions que quelqu'un avait laissé une porte ouverte en bas des marches. Une brise pleine de fraîcheur nous enveloppa, faisant voleter de petites mèches sur le visage de Clara. Lorsqu'elle leva sa main gauche pour remettre ses cheveux en place derrière son oreille, je fis un geste vers sa main droite. Les phalanges de nos doigts se frôlèrent. Elle n'était pas religieuse au point, m'avait-elle dit après notre premier baiser, d'éviter tout contact physique avec le sexe opposé. À présent, tandis que je remarquais le petit sourire qui ourlait ses lèvres, je fis le geste de prendre sa paume dans la mienne. Mais elle tenait déjà quelque chose à la main. Le joli petit livre de prières.

« Oups ! Désolée, dit-elle, parfois j'oublie que je le tiens. C'est drôle, poursuivit-elle après avoir rangé le livre dans sa poche et enlacé mes doigts, de voir à quel point j'y suis attachée. Ça t'est déjà arrivé de laisser un livre faire partie de ta vie ?

— Pas un livre que je ne sais pas lire.

— C'est méchant de dire ça ! rétorqua-t-elle, et elle retira sa main de la mienne. Elle paraissait toujours sourire, mais plissait les yeux comme si je l'avais giflée. Je ne savais pas trop si elle avait pris ma réponse comme la blague que je voulais faire ou la pique que je ne voulais pas lancer, mais avant que je puisse lui poser la question, ou m'excuser, nous entendîmes une voix haut perchée derrière nous, portée par la brise depuis le pied de l'escalier.

« Qui est méchant ? disait la voix, quelqu'un est méchant ? »

Nous échangeâmes des regards surpris et gênés. Arrivés en bas, nous vîmes que la voix appartenait à l'une des dames vietnamiennes travaillant à la boutique de retouches, celle que je croyais depuis le début être la propriétaire. Elle portait son costume habituel : pantalon noir moulant, haut rose vif et entrelacs de colliers en plastique.

« Bonsoir, les Juifs ! Je me disais bien c'était vous. »

Sa voix montait comme un refrain enjoué, chaque mot la hissant d'un demi-ton sur la gamme. Nous la saluâmes d'un signe de tête mais poursuivîmes notre chemin pour rejoindre rapidement le parking.

« Ça fait moment j'espérais tomber sur vous, dit-elle sur nos talons, je voulais vous donner une… euh, une livre dessiné. Livre dessiné de mon église.

— Livre dessiné ? demandai-je.

— Votre église ? » fit Clara.

Elle me fourra dans la main trois prospectus pas plus grands que des cartes de jeu à gratter. Je les examinai et vis qu'il s'agissait de brochures évangéliques en version bilingue, l'anglais en lettres rouges, le vietnamien en bleu. L'une d'entre elles s'intitulait « Le Peuple élu de Dieu » et montrait Jésus et cinq rabbins barbus au crâne garni d'une kippa, assis en cercle. Lorsque la femme s'apprêta à sortir une autre liasse, Clara serra son livre de prières sur sa poitrine et secoua la tête, non, non, non. La dame haussa les épaules.

« Bon d'accord, vous lisez ça ! » entonna-t-elle. Puis elle se hâta de regagner sa voiture. « Venir à l'église un jour ! Adresse au dos ! » Une minute plus tard elle nous faisait signe de la main par la vitre de sa Lexus : « Vous bienvenus !

— Je ne comprends vraiment rien aux chrétiens, dit Clara. Comment osent-ils dicter aux gens ce qu'ils doivent croire ?

— C'est une évangéliste, répondis-je, dicter aux gens ce qu'ils doivent croire, c'est justement tout le propos.

— Mais c'est des vrais… prédateurs ! chuchota-t-elle, comme si nous étions dans une pièce truffée de micros. Ils sont tout le temps là, genre à t'épier et à t'attendre au coin de la rue pour te sauter dessus. Et nous on fait quoi ? On se sauve ? On se cache ? On se bat ?

— On va manger. »

*

Chez Kronbloom, Crémerie Casher, la salle mal éclairée donnait l'impression, tout comme la clientèle qui dînait là, d'avoir connu des jours meilleurs. Le quartier de la ville où se trouvait cet établissement avait été un bastion de l'immigration à l'époque où les Juifs, derniers arrivants, occupaient le bas de l'échelle. Les murs du restaurant s'ornaient encore des photographies en noir et blanc de ces temps héroïques. Pour les ouvriers des usines alentour, c'était le seul endroit où aller s'il leur importait de manger casher. Mais à mesure que le niveau de vie de sa clientèle s'améliorait, ses affaires périclitèrent. À en croire Mme Kronbloom (fidèle au poste après toutes ces années), la plupart des habitués étaient soit décédés, soit partis en Floride.

Clara adorait l'endroit pour toutes ces raisons-là. Si les tables n'avaient pas été bancales et les coussins déchirés, elle ne l'aurait pas pris au sérieux. Mieux j'apprenais à la connaître, plus je comprenais que sa religiosité recommençante ressemblait à un trésor repêché au fond de l'eau. Elle s'attendait à ce que le décor de sa nouvelle vie dégage un puissant arôme de redécouverte.

Notre choix se porta sur un box près de la fenêtre et sur un kugel arrosé de café. Quand la serveuse eut apporté le café, Clara me demanda : « Elle ne devrait pas être bouddhiste ou un truc du genre ?

— Qui ça ? La serveuse ?

— Non. Cette bonne femme sur le parking. On ne dirait pas qu'elle est chrétienne, à la voir comme ça. Je veux dire, c'est surprenant, non ?

— Parce qu'elle est vietnamienne ?

— Oui.

— Moi non plus je n'aime pas trop ce genre de chrétiens-là, mais bon, elle a le choix en fait.

— Le choix ?

— Ben oui. Elle peut bien être chrétienne si ça lui chante.

— Moi je pense que les gens doivent être ce qu'ils sont. »

Je ne pouvais pas lui avouer que cette rencontre – cette situation bizarre où quelqu'un essayait de me convertir à une religion proche de la foi de mes origines – m'avait mis tellement mal à l'aise que je l'avais immédiatement chassée de mon esprit. Mais Clara insistait pour y revenir sans cesse. On aurait presque dit que ça l'amusait. Brève et sans conséquence, l'occasion n'en était pas moins la première peut-être où ses convictions religieuses avaient été attaquées, et elle se délectait de cette expérience.

Le sujet alimenta notre conversation en boucle pendant près d'une heure. La collation fut servie, puis engloutie, on débarrassa la table, et nous continuions chacun à défendre une opinion qui reflétait très exactement notre situation particulière. Clara évoquait en termes généraux l'importance de la tradition, le besoin de retrouver des façons oubliées de mener une vie simple, tandis que moi je parlais en termes généraux de l'importance de faire son choix en la matière et de tracer sa propre voie. Je savais bien que chacune de mes paroles servait à justifier le genre de personne qu'elle cherchait à devenir, tandis qu'elle me croyait en train de me faire l'avocat du diable, plaidant l'abandon de toutes les vieilles coutumes. Après tout, ma profession n'était-elle pas de sauvegarder l'histoire de notre peuple ?

Lorsqu'elle mit cet argument en avant, je ne dis plus rien : c'était un terrain trop glissant pour que je fasse un pas de plus. Elle commanda un milk-shake pour fêter sa victoire. Je demandai l'addition.

Finalement, Clara décida qu'il était temps pour elle de me confier quelque chose qui pourrait expliquer sa ferveur : « Excuse-moi d'avoir mis si longtemps à parler de ça, me dit-elle. C'est juste que je ne savais pas ce que tu en penserais… »

Voici ce qu'elle me raconta : elle avait un frère, un frère aîné qu'elle admirait depuis toujours. Il était d'abord parti à la fac – « Dans l'Utah, nous on avait trouvé que c'était un peu loin, mais bon… » – et puis, comme beaucoup de jeunes, il était revenu au bout de sa première année et sa personnalité avait subi de légers changements.

« Il était devenu mormon ! lança Clara. Il nous raconte qu'il a rencontré une fille, qu'il s'est mis à aller à l'église, et hop ! voilà mon frangin qui s'habille en chemisette blanche sagement boutonnée et qui parle d'aller accomplir une mission. »

Clara aspira une grande goulée de son milk-shake, tirant sur la paille jusqu'à ne plus remonter que de l'air.

« Une mission ! répéta-t-elle. A-t-on jamais vu un Juif partir en mission ! Un jour je l'ai même entendu au téléphone dire à un de ses copains de l'Utah : “Avant, j'étais juif.” À peine avait-il raccroché que je lui ai dit : “Michael, c'est quoi ces conneries ! Avant ? Avant, j'étais juif ?” Et lui il me fait : “Clara, s'il te plaît, fous-moi la paix.” Je ne lui ai plus jamais adressé la parole.

— Et tes parents dans tout ça ?

— Quoi mes parents ?

— Ils lui parlent encore ?

— Pas la moindre idée. Je ne leur parle pas non plus. »

Je commençais à comprendre que Clara avait plus de problèmes à régler que je ne le croyais. Je l'avais plus ou moins prise pour une citoyenne à part entière du nouveau monde que je venais de découvrir. Et voilà qu'à présent, elle se révélait être une exilée de plus.

« Pourquoi tu ne parles pas à tes parents ?

— Parce que c'est de leur faute ! Peut-être que s'ils avaient donné à Michael une raison de croire en quelque chose, il n'aurait pas eu besoin d'aller fricoter chez les Mormons. Mais eux, ils ne savent rien de nos origines. Pour eux, on est juste des gens du New Jersey, point barre. »

Nous restâmes quelques minutes sans rien dire, son éclat de colère planant entre nous deux. Puis elle reprit : « C'est ça que j'aime chez toi. Tu es le genre de Juif qui sait comment se comporter en vrai Juif. » C'est à ce moment-là qu'elle tendit la main pour s'emparer de la mienne : « On va chez toi, d'accord ? »

Bien souvent dans ces notes du traducteur, j'ai cité les maximes de Malpesh en personne, telles qu'il me les a formulées ou bien telles que je les ai traduites à partir des déclarations trouvées dans ses carnets. Sans doute aurait-il eu un aphorisme approprié pour décrire un homme qui séduit une femme en faisant semblant de partager la foi à laquelle elle aspire. Malpesh avait l'œil pour repérer les gens qui se lancent à corps perdu dans des entreprises dont le but ultime est de se sentir coupable. Mais à ce moment-là, tandis que je ramenais Clara Feld à mon appartement pour la première fois, je n'avais encore rien lu de ses écrits. Et donc, les mots qui me vinrent à l'esprit ce soir-là furent ceux d'un autre mémorialiste plus connu : « Seigneur préserve ma chasteté... mais pas tout de suite. » Je les prononçai à voix haute sur le chemin du retour.

« Qu'est-ce que tu dis ? me demanda Clara.

— Tu m'as entendu ?

— Je suis assise juste à côté de toi.

— C'est rien, juste un truc que disait saint Augustin.

— Et pourquoi tu dis ça maintenant ?

— Eh bien, commençai-je en tentant vaguement de rattraper la situation, tu essayes de renouer avec tes racines religieuses, pas vrai ? Tu es censée faire techouva. *Baal techouva*, tu sais ce que ça veut dire littéralement ?

— Maître du retour, répliqua-t-elle.

— C'est ça. Je me demande juste si tout ça ne va pas ralentir ton retour...

— Laisse-moi me préoccuper de mon retour comme une grande fille, d'accord ? »

Dans mon appartement, Clara fonça droit sur mes étagères et me reprocha vivement de l'avoir culpabilisée quand elle avait pris le joli petit livre de prières à l'entrepôt. Au fil des mois, j'avais maintenant rassemblé une petite bibliothèque de livres en yiddish pour mon usage personnel. À la vérité, ma collection pouvait sans doute rivaliser avec celles de la plupart des universités de la région : je possédais les œuvres complètes de Sholem Aleichem, des numéros d'obscures revues littéraires publiées à Varsovie quand la Pologne comptait encore des Juifs, ainsi qu'une série d'ouvrages en anglais qui comblaient les lacunes du savoir que j'étais parvenu à glaner en lisant une langue que j'avais toujours bien du mal à comprendre. Parmi ceux-ci, *Le Monde de nos pères* d'Irving Howe, un livre de Ruth Wisse, professeur de littérature yiddish à Harvard, les nouvelles complètes de Bernard Malamud. Clara passa en revue tous les livres et dit qu'ils étaient magnifiques.

« Toi aussi, tu es magnifique », lui dis-je.

Et là, oubliées les raisons de notre petite querelle une heure auparavant ! Oubliés l'évangéliste du parking, le frère mormon de Clara et les parents à qui elle n'adressait plus la parole ! Quand elle me tomba dans les bras, tout en me poussant vers le lit avant de m'y clouer, je m'oubliai moi-même :

« En yiddish ! roucoula-t-elle.

— Quoi ?

— Dis-le en yiddish !

— Que je dise quoi ?

— Que je suis magnifique… s'il te plaît ! »

Passant en revue mon vocabulaire limité, je retrouvai seulement la chanson des trois sœurs Andrews, alors je la lui chantai, le visage à demi enfoui dans sa chevelure :

« *Bay mir bistu sheyn… Laisse-moi t'expliquer…*

— Et comment je dis *Oui ! Oui !*

Ça c'était à ma portée : Yo ! criai-je, yo !

— Yo-yo ?

— “Oui”, ça se dit “yo”.

— Oh ! »

Elle me mordilla le menton, elle me mordilla le cou, et nous roulâmes dans les bras l'un de l'autre, excités à la perspective d'une baise en yiddish. Je lui pétris le *tukhes*, lui embrassai le *pupik*. Je lui donnai des leçons de *loshn-koydesh* jusqu'à ce qu'elle rugisse de plaisir.

Être amoureux d'une croyante ne transforme pas aussi profondément votre vision du monde que devenir croyant, mais allongé aux côtés de Clara cette nuit-là, je me demandai si cela n'était pas presque la même chose. Cela faisait plus d'un an que je n'avais pas prié mais, une fois qu'elle se fut assoupie, je remerciai Dieu pour le joli petit livre de prières de Clara. Il nous avait réunis, et j'étais heureux.

Les mémoires d'Itsik Malpesh

hay

Enfant, j'entendis mon père parler maintes fois de la crainte qui avait hanté sa propre jeunesse : celle d'être arraché à sa famille par les gnomes tapis dans les ténèbres. Il n'était pas plus superstitieux dans ses jeunes années qu'à l'âge adulte, soulignait-il, et à la vérité il avait eu raison d'avoir alors vécu dans la peur.

À cette époque-là, il existait un funeste arrangement entre le tsar et les Juifs. Les troupes impériales avaient besoin de trognes pour combler l'espace vide entre leurs épaulettes et leurs calots, et tout le monde s'accordait à penser que parmi la populace, les Juifs disposaient d'un abondant vivier de trognes. Dans chaque ville, la communauté juive était tenue de livrer un certain nombre de jeunes hommes pour remplir les quotas des bataillons. Une fois tous les jeunes enrôlés, des gamins qui n'avaient même pas l'âge de chanter leur *alef-beys* furent enlevés à leurs parents.

Naturellement, aux yeux d'un garçonnet les terreurs d'un père peuvent passer pour une pure bouffonnerie. Comme avec les autres détails de sa vie avant ma naissance, je ne pris jamais au sérieux les fables qu'il me contait sur les *khapers* voleurs d'enfants. À mes oreilles, c'étaient des histoires pour s'endormir, peu importe l'heure du jour où il les racontait.

« Itsik, ce n'est absolument pas drôle », me dit-il un jour. Sans m'en rendre compte, j'affichais un sourire béat au seul son de sa voix, dont les riches inflexions résonnaient comme un kaddish au fond d'un tonneau tandis qu'il se remémorait les camarades de jeu qui avaient disparu de la cour de récréation. Papa avait toujours été un homme sérieux, mais là il semblait transfiguré en évoquant les noms par lesquels il se rappellerait à jamais les amis de sa jeunesse : Baruch la Balance, Shmuel le Chicos, Dovid la Déguenille…

Lorsqu'il vit l'expression que m'inspirait la combinaison de sa voix profonde et de ces surnoms puérils, il me saisit brusquement le poignet : « Ne souris pas bêtement à l'évocation d'enfants disparus, me gronda-t-il, ils vivaient leur vie et faisaient des rêves comme toi, même si ça fait une génération qu'ils ont rendu leur dernier souffle. »

De tels avertissements semblaient conçus tout exprès pour renforcer l'aspect théâtral de son récit. Après tout, mon père était un homme à l'imagination inspirée. Sa déplumeuse ne lui était-elle pas apparue au cours d'une vision ? Ses histoires de jeunes garçons enlevés à leurs parents me paraissaient avoir la même origine. J'étais convaincu que les *khapers* qu'il décrivait avec un tel luxe de détails avaient été créés pour mon seul amusement.

« Ma famille vivait dans le dénuement à l'époque, alors je courais un très grand risque, me raconta-t-il. Les membres les plus riches de la communauté payaient des bandits pour kidnapper les enfants des plus pauvres. Quand les hommes du tsar arrivaient à la recherche du nombre d'enfants juifs dont ils avaient besoin, les petits va-nu-pieds étaient rassemblés sur les marches de la synagogue, et des mères de toutes les conditions gémissaient devant ce spectacle : des gamins – des petits garçons de ton âge, Itsik ! – au crâne rasé jusqu'au cuir chevelu, leur petit corps habillé pour aller faire la guerre. Vingt-cinq ans de service obligatoire. On ne les revoyait jamais.

« Les plus chanceux mouraient, ajouta-t-il, les autres étaient perdus d'une autre façon. »

Encore des blagues, songeai-je. Quel destin était donc pire que la mort ?

« Ils étaient convertis, poursuivit Papa, et bientôt ils n'avaient plus la moindre notion de leur identité, ni de leurs origines. Mais c'est égal. Disparus comme ça ou autrement… »

À cette pensée, Papa prit un air lugubre, les yeux clos et les lèvres pincées enfouies dans sa barbe. Il relâcha son étreinte sur mon bras.

« Avant que le *khaper* ne lui mette le grappin dessus, reprit-il, Dovid la Déguenille disait qu'il serait heureux de rejoindre les rangs. “Abram, il me disait, ça sera drôlement rigolo d'avoir un cheval et une épée !” Nous on savait que son plus cher désir c'était d'avoir des habits neufs, quelque chose qui mette ses genoux maigres à l'abri des courants d'air. Il a hurlé après sa mère le jour où ils l'ont pris. »

Mon père ne concluait jamais de tels souvenirs en insinuant qu'il fallait que je sois un gentil petit garçon sinon ce serait mon tour d'être emporté par le *khaper*, mais la sinistre leçon allait de soi. Comme toutes les sinistres leçons de ce genre, il était facile de l'ignorer. J'étais bien plus intéressé par d'autres détails.

« Papa, est-ce que tu avais un surnom quand tu étais petit ? »

Sous son épaisse barbe, ses joues prirent la teinte de deux roses rouges.

« T'en avais un ! T'en avais un ! m'écriai-je. C'était quoi ?

— Rien du tout. L'humour imbécile des enfants.

— Dis-le-moi ! »

Dans un grand soupir, il me demanda : « As-tu jamais imaginé quels mots on pouvait former avec différentes parties de ton nom ?

— Itsik ?

— Non, ton patronyme. *Malpesh*. Aucun de tes petits camarades n'a essayé de te persuader qu'ils en connaissent la véritable origine ? »

Je secouai la tête, et Papa remarqua en haussant les épaules : « Les enfants de nos jours sont moins malins, ou alors moins cruels. » Il parut satisfait d'en rester là, mais alors il me demanda, comme ému par mon ignorance : « Tu sais ce que c'est qu'un *malpe*, oui ?

— Bien sûr ! je m'en rappelle dans mon livre d'images ! fis-je en gonflant les joues et en me décollant les oreilles pour imiter le chimpanzé.

— Oui, oui, c'est bien ça. Bon et maintenant, poursuivit-il en baissant la voix jusqu'au murmure, qu'est-ce qui remplit le seau quand c'est le moment de faire pipi ? »

Je n'osais pas répondre. Maman m'avait donné une gifle pour avoir prononcé des mots pareils devant elle. N'ayant jamais entendu ce mot-là franchir les lèvres de mon père, je craignais d'être attiré dans un piège.

Finalement, je parvins à articuler dans un souffle : « De la *pish* ?

— Oui, approuva-t-il avec gravité, il vaut mieux le dire à voix basse, pour que Dieu n'entende pas. »

Un long silence s'établit entre nous. Papa étudiait mon expression comme s'il guettait les signes des rouages de la pensée s'activant derrière mon regard. Mes parents observaient sans fin leur fils dans l'espoir de voir surgir en lui quelques lueurs d'intelligence. Ils ne savaient pas encore que chez certains fils, la connaissance pouvait équivaloir à la perdition.

Je l'ignorais moi aussi. Personne ne se met en devoir de détruire sa propre famille dans le but de se découvrir soi-même, pas plus qu'on ne bricole avec des lettres afin de trouver en elles une signification cachée. Pourtant c'est parfois ce qui se produit, tout simplement : soudain, on comprend que des mots et des hommes qui semblent reliés pour toujours peuvent facilement se séparer, tandis que ceux qui n'ont rien à voir les uns avec les autres peuvent être réunis pour remodeler le monde.

Les sons et leurs sens résonnaient dans toute ma cervelle. *Malpe... pish... malpe pish...* S'ils étaient effectivement mis en branle par des rouages de la pensée, alors lesdits rouages entraînaient un tapis qui convoyait les mots le long d'une chaîne de démontage, les déplumant pour bourrer de leurs lettres des sacs de grosse toile : *malpe... pish...* Mis ensemble, les deux mots constituaient une entité totalement neuve mais bizarrement semblable à ce qu'étaient auparavant ses éléments constitutifs. *Malpe... pish...*

« Singe Qui Pisse ! m'écriai-je, Singe-Qui-Pisse ! Dans Malpesh, on peut comprendre *malpe* plus *pish !* C'était ça ton surnom ?

— C'est vrai, admit mon père, tout le monde m'appelait Abram Singe-Qui-Pisse. »

Incapable de réprimer mes gloussements, je roulais sur le flanc. Peu après, la gorge serrée de mon père laissa place à un grand rire à pleins poumons.

« Est-ce que tous les garçons disaient ça ? lui demandai-je.

— La plupart, oui.

— Shmuel le Chicos ?

— Mais oui ! dit Papa, riant si fort que des larmes vinrent rouler sur ses joues.

— Et Baruch la Balance ?

— Ils m'appelaient tous comme ça ! Impossible d'y échapper !

— Et même Dovid la Déguenille ? Il t'appelait Singe-Qui-Pisse ? »

En m'entendant prononcer ce nom, Papa s'étouffa dans son rire, mais il ne put le contenir tout à fait : « C'est la dernière chose qu'il m'ait dite ! Que Dieu me vienne en aide, j'entends encore sa voix. On causait tous les deux en traversant le marché quand ils l'ont attrapé. Une charrette de marchand pareille à toutes les autres s'est engouffrée entre les étals, et hop ! il avait disparu.

« La seconde d'avant, on était l'un à côté de l'autre. Lui me mettait au défi de voler une pomme à l'étal d'un marchand des quatre-saisons. Comme moi je refusais, il a déclaré qu'il allait se servir lui-même. Il s'est éloigné pour traverser la rue et l'instant d'après on l'emportait dans les airs, et il hurlait. *Singe-Qui-Pisse, au secours ! Va chercher ma maman, Singe-Qui-Pisse !* Singe-Qui-Pisse. J'avais horreur de ce surnom et j'étais gêné de l'entendre crié de la sorte. J'ai honte de le dire, mais quel soulagement une fois la charrette disparue au coin d'une rue et sa voix envolée ! »

Papa se frotta les yeux puis fit glisser ses doigts le long de ses joues et de son menton, barbouillant le taillis sombre de sa barbe de larmes luisantes.

« Bien des fois je me suis demandé ce qu'il serait devenu si j'étais allé voler la pomme à sa place. Et ce que moi je serais devenu. »

Bon élève du *kheyder* que j'étais, je sentis bien que cette histoire avait une morale et voulus montrer que je l'avais comprise : « Comme Adam il a été puni, alors ? Pour avoir pris le fruit ? »

Papa secoua la tête : « Les Écritures ne doivent pas servir à expliquer le sort qui nous est réservé, soupira-t-il. Dovid la Déguenille n'était qu'un pauvre diable affamé. Si le Créateur nous punit pour avoir assouvi la faim qu'Il a lui-même créée, nous sommes damnés depuis le sein. Cette perspective, je ne peux pas l'accepter. Non, les *khapers* qui l'ont enlevé n'avaient rien à voir avec la Loi divine. C'étaient simplement des démons, et les démons s'emparent de tout ce qu'ils trouvent sur leur passage. »

Ainsi allait la mythologie qui abreuva mon enfance. Instruit de la sorte, ce fut avec le sentiment de n'y rien comprendre que je découvris par la suite que les membres de l'espèce contre laquelle mon père m'avait si souvent mis en garde n'étaient pas de véritables démons, mais bel et bien des hommes. Cette connaissance me fut révélée – le rire de Dieu résonne à l'infini – peu après ce jour fatal où j'avais vu mon père emporté loin de chez nous. Il me vient seulement aujourd'hui à l'esprit que, au moment où la police de Kichinev l'arrachait au confort de notre salon, Papa se disait peut-être que les gnomes de son enfance l'avaient enfin attrapé.

Une fois qu'il eut disparu, tandis que l'odeur de tabac laissée par Kolikov flottait encore entre nous, Maman me dit que le capitaine de police avait raison : il fallait que je parte ce matin même. C'était, m'avait-elle dit, le seul moyen de convaincre M. Gourodine d'avoir pitié de son fidèle gérant :

« Quand tu seras grand, tu sauras à quoi tient la fierté d'un homme, et tu comprendras quelle sorte de blessure tu as infligée, me dit-elle. Pour l'instant, fais confiance à ta mère pour savoir ce qui est le mieux. M. Gourodine n'est pas un imbécile. Il sait très bien que sans ton père, sa fabrique périclitera, mais le simple fait de poser les yeux sur toi le mettra dans une fureur telle qu'il en perdra tout jugement. »

Elle me mit entre les mains un baluchon contenant du pain et du fromage. Puis elle se retira dans sa chambre et revint, une enveloppe beige à la main :

« Parmi tous ceux qui ont fui Kichinev ces dernières années, je n'ai eu de nouvelles que de quelques-uns. Tu n'as jamais connu la famille de Moishe Bimko, le boucher, mais eux ils t'ont connu. Le jour de son départ, la veuve Bimko t'a pris dans ses bras et a pleuré toutes les larmes de son corps parce qu'elle aurait tant voulu te voir grandir. Peut-être qu'aujourd'hui elle pourra réaliser son souhait.

« Il y a dix ans, poursuivit-elle après avoir glissé l'enveloppe dans la poche de mon paletot, elle est partie avec sa fille pour la Palestine ; elle n'a jamais dépassé Odessa. Va la trouver, me dit Maman en essuyant ses larmes, puis ses mains sur sa robe. J'ai un jour protégé sa fille Sasha. Désormais c'est elle qui te protégera. »

Je ne savais pas alors que c'était la dernière fois que je verrais ma mère, mais aujourd'hui je le sais, au moment de l'écrire. Les années me permettent donc ce que cet instant ne m'avait pas autorisé, la possibilité de laisser mon regard s'attarder sur elle, de prendre ses mains entre les miennes et de les serrer, de refuser de les lâcher. Comme il est apaisant, le baume de la mémoire : de son vivant, ma mère avait des mains plus calleuses que celles d'un homme. Le bout crevassé de ses doigts était souvent si sec que la peau craquait et le sang perlait. Mais quand je lui tiens aujourd'hui les mains dans mon souvenir, ses doigts sont doux et chauds. Et même si je sais qu'elle m'a dit ce jour-là, « Va-t'en, Itsik. Va-t'en et mets fin au malheur qu'a apporté ta vie à cette famille depuis l'horrible jour de ta naissance », dans mon esprit elle a trouvé les mots qui m'ont alors donné le courage de tourner les talons et de franchir la porte.

Avec les victuailles et la lettre de la veuve Bimko, elle m'avait aussi donné un pécule suffisant pour prendre le train à destination d'Odessa. Parce que j'étais jeune et pensais avoir appris une ou deux choses sur la valeur d'un sou à l'occasion de mes tractations avec Chaïm, je crus plus avisé de garder mes pièces au fond de ma poche. Une fois à la gare, je demandai la direction d'Odessa et me mis en route à pied.

L'été resplendissait, la route était bordée de crocus en fleur. Le cœur lourd de culpabilité pour le triste sort qu'avait subi ma famille, je traversai un paysage vide de tout sauf de l'orphelin qui cheminait lentement vers le sud. Orphelin, dis-je, car bien que mon père respirât encore quelque part dans le tréfonds des geôles de Kolikov, et que ma mère soupirât encore dans son salon désormais silencieux, je me voyais déjà entièrement livré à moi-même. Dans mes souvenirs, je me revois aujourd'hui comme si j'étais distinct de l'homme que j'allais devenir : de là-haut, je distingue ce gamin solitaire qui traîne les pieds sur une route couleur de poussière, la casquette noire sur son crâne comme la plume d'un stylo traversant une page blanche.

Pour toute compagnie ne me restait que cette certitude encore naissante : je n'étais pas seulement un gamin portant le deuil de sa famille mais un poète en exil, comme le confirmait la coupure de presse dans ma poche. En cette qualité, même un monde brouillé de larmes offrait des possibilités. Peut-on trouver plus grande consolation que celle des mots justes pour désigner les épreuves que l'on traverse ? À la tombée du premier jour de mon exil, j'avais découvert que nommer les oiseaux en plein ciel conférait une puissance plus grande encore que de les abattre d'un coup de fusil, puisque le poète ne possède pas leur vie mais leur vol, pas une pauvre carcasse mais le vent qui fait voguer toutes les ailes. L'esprit plein de telles pensées, je marchais des lieues durant en composant des poèmes, la cadence de mes pas marquait celle de mes vers, et l'air s'ouvrait devant moi pour seule page.

Parmi les pourpres fleurs
j'allais durant des heures
jusqu'à ce que la lune ait grimpé
au ciel de fleurs empourpré.

C'étaient des vers de mirliton, certes. Mais ils m'occupaient si bien l'esprit qu'une journée et une nuit entières parurent passer comme un éclair.

C'est seulement en me réveillant le lendemain matin que je compris la situation : il ne s'agissait pas d'une merveilleuse aventure. Je me retrouvai à l'ombre d'un tilleul, le gosier sec comme un désert de pierres, surpris de ne pas m'éveiller pour la première fois dans le confort douillet d'un édredon de Duvet Gourodine. Même lorsque je tentai de transformer ma détresse en poésie – *J'abandonnai mon lit de rosée / où Dieu ses larmes avait versé / Il retira alors sa main / ne laissant que peurs sur mon chemin* – je sus que j'étais seul au monde.

Je caressai rapidement l'idée de rebrousser chemin jusqu'à la maison pour supplier ma mère de me laisser reprendre ma vie sans histoires. Mais où était la route menant chez moi ? Je me tournai pour faire face au soleil levant, puis de nouveau vers l'arbre monumental qui m'avait abrité durant la nuit. Quelle était leur position respective, hier ? Les branches du tilleul pointaient-elles vers le nord ou vers le sud ? Mon ombre devait-elle à présent me suivre ou me précéder ?

La carriole d'un marchand s'annonça à grand bruit derrière moi. Je revois la scène très distinctement aujourd'hui, mais sur le moment mes yeux étaient encore embrumés de sommeil et je contemplais le monde comme à travers des lunettes maculées de graisse : dans le vacarme métallique d'une ribambelle de casseroles suspendues de part et d'autre, la carriole bringuebalait à chaque tour de roue. Une femme plus jeune que ma mère, les cheveux dissimulés sous un foulard vert, houspillait un unique cheval du haut de son banc de bois grossier. À ses côtés était assis ce que je pris pour un enfant monstrueusement obèse. Impossible de distinguer son âge, ni s'il s'agissait du fils ou de la fille de cette femme. La silhouette corpulente disparaissait sous tant de châles et de couvertures que cela aurait pu être un golem fait du linge sale de la semaine.

« Tu ferais mieux de te sauver, mon gars, m'apostropha la femme, le *khaper* est en chasse.

— Le *khaper ?* » répliquai-je. Jusqu'à ce jour, j'avais seulement entendu ce mot de la bouche de mon père. Se pouvait-il que ce fût lui qui ait envoyé cette femme ? S'agissait-il d'un mot de passe qu'il avait inventé afin que je reconnaisse son émissaire ?

Comme la carriole s'approchait, le cheval voulut faire halte, tournant sa grosse tête vers moi. Mais la femme n'avait nullement l'intention de s'arrêter ; elle fit claquer les rênes pour accélérer la vitesse de son étalon.

« Oui, le *khaper*. Alors prends tes jambes à ton cou ! Va-t'en ou il t'emportera en laissant tes deux bottes sur place !

— J'aimerais bien mieux me faire emporter que de rester planté là.

— Ne compte pas sur moi pour t'emmener. Ma pauvre tantine est malade, et nous n'avons pas le temps de nous attarder. »

J'inspectai la carriole pour déceler d'autres signes de vie que la femme et son rejeton replet, mais n'en aperçus aucun. C'est seulement alors que je le remarquai : la silhouette n'était pas vêtue seulement de couvertures mais d'une jupe paysanne à l'étoffe grossière recouvrant ses pieds qui pendaient dans le vide. Elle portait un fichu de deuil serré autour de la tête. Au fond du trou noir que formait le fichu, il me sembla distinguer plus de deux yeux (trois ? quatre ?) qui me regardaient fixement.

« Votre tante ? » demandai-je.

La femme se détourna pour scruter la route derrière elle, où un nuage de poussière annonçait l'approche d'une seconde carriole. Elle jeta une couverture de plus sur son passager, à présent totalement dissimulé aux regards. Mais la tante, ou l'enfant, ou qui que ce fût, ne parut guère apprécier cette couche supplémentaire. La forme commença à agiter bras et jambes jusqu'à ce que la couverture glisse, puis le fichu. Le visage de deux garçons apparut alors, suffoquant, la bouche grande ouverte tendue vers le ciel comme deux poussins au nid.

« Le diable t'emporte si tu craches le morceau, siffla la femme. Le *khaper* peut bien t'attraper, mais il ne me prendra pas mes garçons. » D'un cri, elle lança son cheval au grand trot.

L'instant d'après, j'étais de nouveau seul sur la grand-route, point fixe entre deux panaches de poussière en mouvement. Tandis que toute trace de la femme et de ses deux enfants déguisés s'évanouissait vers l'est, un nuage de plus en plus gros venait de l'ouest et bientôt j'entendis des hommes crier et le tonnerre des sabots battre le sol.

Je courus me cacher à l'abri d'un bosquet à quelques mètres de la route, puis observai le passage d'une carriole tirée par un attelage de juments. Il y en avait six, six des plus terrifiantes créatures que j'avais jamais vues, et si je me demandai pourquoi il en fallait tant, cela ne dura que l'espace d'un instant. Comme la carriole passait en trombe, je vis quelle sorte de marchandise ses conducteurs transportaient. Sur le plateau, une cage à bestiaux. Une main pas plus grande que la mienne passait à travers une fente dans les lattes de bois.

*

Il est impossible d'écrire de mémoire sans vouloir expliquer à chaque trait de plume tout ce qui demeurait jadis inconnu. Comment expliquer nos plus extravagantes méprises, les décisions absurdes qui risquent de nous exposer à la réprimande, sinon en déclarant que nous étions ballottés au gré des vagues de l'histoire et n'avions pas le temps de nous prélasser sur le rivage ? Non, au gré des vagues n'est pas la bonne image. Les mots que j'écris aujourd'hui ne sont guère que des bribes arrachées au courant sous-marin de l'histoire.

Il se trouve que peu de temps avant mon départ de Kichinev, un homme fut abattu à Sarajevo, que la Russie se retrouva donc de nouveau en guerre et qu'il allait falloir recruter bien des hommes pour aller au feu. La nouvelle ne nous était pas encore parvenue, mais la conscription, qui avait disparu depuis des décennies, revenait à l'ordre du jour. Comme dans la jeunesse de mon père, les jeunes garçons étaient arrachés aux pupitres de leur *kheyder* et scellés dans un uniforme comme dans une tombe de grosse laine verte.

Cette fois-ci, l'appel sous les drapeaux allait être si général que les quotas des générations précédentes ne voulaient plus rien dire. Néanmoins, dans certains cercles peu recommandables, la spéculation allait bon train sur le marché d'avenir que représentaient les Juifs susceptibles d'être enrôlés.

Tandis que j'observais, comme je le compris alors, la carriole d'une troupe de *khapers* s'éloigner à grande vitesse, j'ignorais tout des trésors d'ingéniosité que ces gens-là avaient su déployer ; je savais simplement qu'il valait mieux les éviter. Plutôt que de reprendre la route dans un sens ou dans l'autre, je décidai qu'il était peut-être temps pour moi d'accorder un peu plus d'attention à l'endroit où j'essayais de me rendre.

Bien que toujours au fond de ma poche depuis mon départ, l'enveloppe donnée par ma mère était imprégnée de la rosée du matin. Ramollis par cette humidité, les coins se déchirèrent quand je l'ouvris pour en sortir les documents que l'on m'avait confiés.

Voici ce qu'elle contenait : une lettre datée de l'automne précédent, octobre 1913, et la photographie d'une femme et d'une jeune fille assises sur un divan décoré de pampilles. Le contenu intégral de la lettre m'échappe – il s'agissait peut-être de meilleurs vœux ; je suis certain qu'il y avait une adresse postale à Odessa. À part cela, que peut-on bien dire au sujet de mots perdus à jamais ? On les avait conçus, enregistrés, transportés, reçus, peut-être appréciés… pensées gelées comme un écho qui se répercute sans fin, et puis ils avaient disparu. Ainsi va le destin de tous les mots, même un poète doit l'admettre.

Au contraire de cette pauvre lettre, cependant, la photographie je la possède encore aujourd'hui. Elle montre une femme et une jeune fille vêtues des robes luisantes et boutonnées de la bourgeoisie. Leurs deux visages pourraient être le reflet l'un de l'autre, deux orbes pâles encadrés d'une chevelure si noire qu'elle se mêle au rideau noir qui sert de toile de fond à la photographie. La mère comme la fille ont des lèvres fines qui esquissent l'ombre d'un sourire ; elles tiennent le menton assez relevé pour mettre en valeur un long cou gracieux. Les seules différences tiennent à l'âge et à l'expression du sentiment. Les yeux de la mère, marqués de pattes d'oie, baissent le regard ; la fille quant à elle fixe droit l'objectif, comme si elle regardait au-delà du cadre de la photo, comme si elle étudiait quiconque aurait l'audace de la dévisager. Au dos de l'image, une inscription : « Vois comme ma Sasha grandit ! Elle a quinze ans et c'est une vraie demoiselle. »

Je n'avais jamais vu une demoiselle pareille. Kichinev ne manquait certes pas de beautés, mais avant cet instant je n'avais jamais eu l'occasion de contempler la beauté dans tout ce qu'elle recelait de risque et de possibilité. Or, comme je n'avais pas douze ans mais que les circonstances m'avaient fait mûrir, j'étais libre de fantasmer sans craindre qu'on le remarque ni qu'on me punisse. Incapable de mettre des mots sur les sentiments qui m'agitèrent à la vue de cette image, je me levai et me mis simplement à marcher. Tenant la photo devant moi au bout de mon bras tendu, je chantais à voix haute l'adresse indiquée dans la lettre – *Au numéro vingt-quatre de la rue Iapontchik / je trouverai la fille qui m'attend, moi Itsik !* – suivant les inflexions de ce nom comme si savoir où j'allais suffirait à me donner les instructions nécessaires pour y parvenir.

Hélas, il n'en fut rien. À mon ignorance de la portée historique et politique des temps que je traversais, il faut ajouter un sens déplorable de la géographie. Il ne me vint pas du tout à l'esprit qu'Odessa pût se trouver à une distance bien plus grande de Kichinev que ce qu'un gamin pouvait parcourir à pied en un seul jour, ni même en quatre ou cinq. Tandis que le soir tombait pour la deuxième fois sur mon exil, le froid se fit vif et piquant. Mon humble viatique de pain et de fromage n'était plus qu'un petit tas de miettes. Mes pieds me brûlaient d'avoir aligné dix mille pas. Incapable de poursuivre ma route, peu désireux de m'effondrer au pied d'un tilleul comme la veille, je n'avais pas la moindre idée de ce que je devais faire. Je tentai de me changer les idées par un nouvel exploit poétique – *Mots, nourrirez-vous ma bouche / quand mon sac sera plein de pierres ? / Chants, serez-vous donc ma couche / quand finira le jour amer ?*... mais sans grand succès.

Les gargouillis de mon estomac parvinrent à noyer les provocations de ma muse nouvellement découverte. Même si je parvenais encore à discerner au clair de lune les traits de la fille aux yeux noirs dans la robe luisante, le réconfort que je l'imaginais me procurer ne me faisait sentir qu'avec plus d'acuité tout ce qui me manquait, tout ce que j'avais perdu.

Au moment où l'accablement faillit m'engloutir tout à fait, j'aperçus une mince lueur d'espoir. Au sens propre, car à l'écart de la route, à demi caché dans un bosquet de bouleau, je voyais brûler un petit feu de camp.

Mes sens s'aiguisèrent à mesure que je m'approchais : l'odeur de la viande grillée. Le bruit métallique d'une marmite. Un chuchotis de voix. Les bouleaux dressaient leur tronc gris clair dans le rayon de lune : tandis que le feu clignotait au milieu du bosquet, on eût dit les côtes d'un homme protégeant son cœur palpitant.

Parvenu aux abords du bois, je fus soulagé d'apercevoir une carriole familière. Avec son assortiment de casseroles et d'ustensiles, je compris qu'il devait s'agir du wagon de la femme aux deux enfants qui m'avait averti de l'arrivée du *khaper* un peu plus tôt dans la journée. Son cheval solitaire se tenait, sans longe me sembla-t-il, près d'un bouleau. Il grattait la terre et pressait son museau contre la pile de couvertures et de châles qui avait servi à la femme pour cacher ses deux fils, que je ne voyais nulle part toutefois. Quand la bête me regarda, ses naseaux étaient maculés de rouge, comme si elle avait trouvé des baies savoureuses à se mettre sous la dent.

Je me précipitai vers le feu de camp, sûr et certain que la femme ne me renverrait pas maintenant que les *khapers* avaient disparu. Pour tout accueil je n'eus droit qu'à un immense nuage de fumée, tellement épais que le foyer avait désormais presque totalement disparu.

M'approchant du campement, je me mis à crier : « Je ne cracherai pas le morceau ! Je ne cracherai jamais le morceau ! S'il vous plaît, donnez-moi un peu de haricots ! »

À ce moment précis, le vent se leva et la fumée se dissipa comme si les arbres l'avaient inhalée. Assis sur des souches devant le feu, deux hommes, des vagabonds à en juger par leur mine. Le premier était un grand barbu, la casquette enfoncée jusqu'aux yeux. Le second, glabre et mince comme une lame, avait les joues si maigres que ses oreilles paraissaient deux pièces de monnaie plantées de chaque côté d'une carotte.

« Dieu soit loué, encore un ! » déclara l'homme aux joues glabres.

Le barbu laissa échapper un rire sonore. Il s'adressa en russe à son acolyte : « Je comprends pas pourquoi on se crève la paillasse à leur courir après s'ils se mettent à nous tomber tout rôtis dans le bec.

— Va pas lui faire peur, toi », rétorqua le premier. Un large sourire lui distendit les joues, et il releva sa casquette pour que je voie ses yeux larmoyants. Sur sa poitrine reposait une croix de bois noir au bout d'une cordelette de chanvre. Il posa une main dessus, puis m'apostropha en yiddish : « Salut, mon garçon ! Tu m'as tout l'air d'un voyageur comme nous autres ! Tu es loin de chez toi ?

— Oui.

— Et tu vas où comme ça ?

— À Odessa. Il faut que j'arrive jusqu'à Odessa.

— Mais c'est très loin, surtout la nuit. Repose-toi auprès de notre feu ! Tu pourras repartir demain matin. »

À travers les arbres me parvint une berceuse chantée par le vent. Là-bas près de la route, j'entendis hennir le cheval abandonné. Puis les casseroles et les cuillers s'entrechoquer et sonner comme des cloches. Derrière moi l'obscurité totale, devant moi la lumière et rien d'autre.

« Je m'appelle Dov, me dit l'homme glabre, et mon compagnon c'est Wolf, mais on ne ferait pas de mal à une mouche. Assieds-toi et viens te réchauffer ! »

À peine m'étais-je installé devant le feu que je m'assoupissais, marmonnant des prières pour remercier Dieu de ne jamais abandonner les orphelins.

Les mémoires d'Itsik Malpesh

vov

Avant même que mes yeux aient fini de se fermer, je commençai à rêver. Dans mon rêve, mon corps décollait du sol et s'élevait dans les airs, aussi rapide qu'un bouchon de liège remontant du fond de l'eau, pour atteindre les cieux. Devant moi rougeoyait une chaude et vive lueur qui ne pouvait être que la *shkhine*, l'esprit vivant du Tout-Puissant. Comme portée par un fort courant d'air, la flamme divine vacillait et bondissait, tandis que moi, porté par le même vent, je commençais à m'éloigner en flottant loin de sa chaleur. L'air alentour devint sombre et froid, et le ciel à travers lequel j'avais glissé sans effort offrait désormais la résistance d'une route cahoteuse. À chaque secousse, un rappel de la lumière sacrée que je venais de contempler semblait se briser sous mon crâne et s'épancher par mes oreilles. Des tessons de mémoire tombaient au sol comme de la grêle, martelant le dessus de mes chaussures avant de disparaître dans l'abîme qui s'ouvrait en contrebas.

Bientôt, je dérivais dans le noir absolu. J'appelai dans le vide autour de moi : « Qu'ai-je donc perdu ? » Puis je criai encore et encore : « Qu'ai-je donc perdu ? Qu'ai-je donc perdu ? »

Une main vint me bâillonner.

Pas une main dans mon rêve mais une main en chair et en os, qui me gifla les lèvres et les joues si fort que mes dents en furent ébranlées. Allongé sur le dos, j'ouvris les yeux pour découvrir une enfilade de visages déformés qui aboyaient des ordres tous ensemble :

« Ta gueule !

— La paix !

— Du calme ! »

Je me débattis pour me redresser, jouant des poings jusqu'à ce que les ordres s'arrêtent et que les visages s'écartent pour éviter mes coups. Alors seulement, je vis que les voix étaient celles de jeunes garçons de mon âge.

Ils étaient peut-être une douzaine, tous installés sous une bâche de toile tendue entre deux parois de planches à peine plus hautes que moi en position assise. La lumière jetait ses rayons à travers des trous et des accrocs dans la toile, de sorte que le plancher de bois paraissait éclaboussé de peinture dorée. Parmi les plus grands garçons, quelques-uns gardaient la tête rentrée dans les épaules, comme des tortues, ou bien restaient pelotonnés, le visage enfoui entre les genoux. Les plus petits en revanche semblaient pouvoir se déplacer rapidement sans se cogner la tête, et se tenaient confortablement installés aux endroits de leur choix.

L'exiguïté de ce gourbi semblait avoir inversé la hiérarchie car, après la première salve de menaces et d'ordres chuchotés à mon intention, ce fut le plus petit des garçons qui s'adressa d'abord à moi. Comme quelques autres, il arborait les favoris et le chapeau noir des hassidim qui vont bientôt faire leur bar-mitsva. Malgré sa petite taille, dcs poils de barbe lui poussaient çà et là sur le menton. À moitié debout, il se pencha tout près de moi : « Où est-ce qu'ils t'ont capturé ?

— Qui m'a capturé ? » Pour ce que j'en savais, je m'étais juste réveillé dans des circonstances un peu bizarres. Je n'avais souvenir d'aucune capture.

« Les deux types qui t'ont enfermé là-dedans. C'est où qu'ils t'ont capturé ? On est où ?

— Ils ne m'ont pas capturé, persistai-je, j'ai vu leur feu de camp à travers les arbres, alors je leur ai demandé à manger.

— Tu veux dire que t'es allé tout droit jusqu'à eux ? » Il en resta bouche bée ; ses favoris pendouillaient de part et d'autre de sa bouche comme des rideaux ouverts pour révéler une scène vide. Interprétant cette expression comme une marque de respect envers ma bravoure, je repris : « Mais oui, exactement.

— Un imbécile de plus, comme si on avait besoin de ça, murmura-t-il en se retournant vers ses camarades.

— Je ne suis pas un imbécile ! m'écriai-je, je suis un poète. »

Il allongea le bras pour me donner une gifle : « Tu seras un poète mort si tu ne la fermes pas. Tu sais vraiment pas où t'es ? »

Je parcourus du regard nos quartiers exigus. Un fin tapis de paille et de terre s'étalait sous nos pieds, et des boîtes en fer-blanc mangées par la rouille s'entassaient dans un coin de l'enclos. À part cela, vu dans le noir on aurait dit une caisse en bois remplie à ras bord de jeunes garçons. Comme mon cœur ne battait plus la chamade, je pris conscience du mouvement. La route cahoteuse n'était donc pas un rêve, compris-je alors, mais une véritable sensation. Les secousses et les soubresauts des parois et du plancher se répercutaient le long de mon échine, ébranlant tous mes os.

« Dans une espèce de carriole ? répondis-je.

— De la pire des espèces, confirma le jeune hassid. C'est les *khapers* qui t'ont capturé. T'es pas au courant ? Une guerre se prépare, et ils veulent des Juifs pour envoyer au front. Ils ont l'intention de nous vendre dès la prochaine ville.

— Les *khapers ?* Mais les hommes que j'ai vus autour du feu de camp, c'étaient des Juifs !

— Et moi je suis la tsarine.

— Il y en avait un qui parlait yiddish, c'est pas des blagues !

— Et le diable chante des psaumes. Celui qui s'appelle Dov, il parle yiddish mais il porte une croix. C'est quoi comme genre de monstre, tu crois, hein ? »

Je retournais cette énigme dans ma tête pendant un bon bout de temps. Jusqu'à ce moment-là, la possibilité que la langue de notre peuple pût être séparée de l'alliance qui nous liait à Dieu ne m'était jamais venue à l'esprit. On disait qu'au Ciel toutes les âmes savent le yiddish, mais que sur terre seuls les Juifs sont assez versés dans les choses de l'esprit pour parler cette langue. Même sur le marché, où un vocabulaire partagé était nécessaire pour les affaires, on parlait aux Russes par signes et gestes. Ils comprenaient sans doute quelques mots de notre langue, et la plupart des Juifs connaissaient très bien la leur, mais toutes les parties concernées faisaient comme s'il était dans leur intérêt de maintenir une distance linguistique, croyant que le mélange des mots pouvait corrompre autant que le mélange du sang.

À mesure que la carriole poursuivait sa route cahoteuse, la lumière du jour progressait et pour la première fois je pus voir distinctement le visage des garçons avec qui je partageais cette prison roulante. Tous m'étaient inconnus, mais auraient aussi bien pu être arrachés aux rues de Kichinev. Le jeune hassid fit les présentations, pour ainsi dire. Désignant un gamin si maigre que son pauvre petit cou semblait faire un effort pour soutenir le poids de sa tête, il me dit : « Celui-là, je l'appelle "Pipke Perche de Potiron". D'un garçon aussi large que moi j'étais grand, il déclara : « "Graub le Gros Lard". »

Tous les surnoms qu'il donnait n'étaient pas aussi tarabiscotés. Un jeune type plutôt beau garçon par ailleurs, mais qui se grattait constamment le nez, s'appelait tout simplement « Tarin », tandis qu'un grand dégingandé à côté de lui, qui ne pouvait s'empêcher de se triturer les oreilles, était surnommé « Oreilles ». Son nom à lui, me dit le jeune hassid, était Meyer la Grosse Brute, et il me frappa une nouvelle fois pour que je m'en souvienne.

Pendant tout ce temps-là, et en fait depuis le moment où j'avais ouvert les yeux pour me retrouver en compagnie de Meyer, Pipke, Oreilles et Tarin, était assis en face moi, adossé à la paroi, un autre garçon à favoris, qui priait comme à la *shul*. Il avait le nez crochu comme un bec d'aigle et les yeux indolents d'une tortue, mais aucun de ces deux traits n'avait joué un rôle dans son surnom.

« Celui-là, il arrête jamais avec ses prières, reprit Meyer. Il a pas quitté son coin depuis des jours. Il reste assis là et *daven, daven*, il prie comme s'il attendait le messie. Pas vrai Hershl Shvayg ? »

Le garçon leva brièvement les yeux mais n'interrompit pas ses dévotions. Ses lèvres remuaient comme celles d'un gosse plus jeune perdu sur la place du marché, répétant à l'infini l'adresse de chez ses parents.

« Hershl le Silencieux ? m'étonnai-je, c'est vraiment son nom ?

— Mais non ! c'est moi qui l'appelle comme ça. Tu trouves pas qu'il a tout l'air d'un Hershl Shvayg ? »

Comme pour prouver qu'il n'était pas toujours silencieux, le garçon qui s'appelait Hershl se mit alors à chanter un air sans paroles, un *nigun* comme ceux que chantaient les grands rabbins lorsqu'ils voulaient atteindre les hautes sphères de l'esprit. Il avait peut-être un ou deux ans de moins que moi, et pourtant il émanait de lui quelque chose de véritablement sacré. Le son de sa petite voix, aux intonations si lancinantes et sincères, fit taire Meyer lui-même. C'était comme si sa voix suffisait à rappeler aux autres notre triste sort, et qu'on nous entraînait malgré nous loin de la vie et des lieux que nous avions connus.

La lumière changea encore et fit pénétrer un rayon dans le coin le plus obscur de la carriole. Là, enlacés l'un à l'autre, se tenaient les deux frères que j'avais vus la veille tels des poussins affamés dans un nid de vêtements féminins.

« Je ne vous ai pas vus, hier ? leur chuchotai-je. Votre maman vous avait déguisés, oui ? Moi, je suis celui qu'elle a laissé sur le bord de la route. »

Pas de réponse des poussins.

« Sans rancune, repris-je, on est tous dans le même bateau. »

Regards fixes, point c'est tout.

« Où elle est, votre maman ? Partie chercher du secours ? »

L'un des deux frères finit par se jeter à l'eau : « Ils nous ont dit qu'elle attendrait avec le cheval. »

D'un seul coup l'image du cheval aux naseaux barbouillés de rouge prit tout son sens. Ce n'était pas juste une pile de vêtements et de couvertures que je l'avais vu inspecter, pas simplement des baies qui avaient constitué son déjeuner. Je ne pouvais supporter l'idée de partager cette image avec eux, alors je me contentai de leur dire, « Je suis sûr qu'elle vous attend », et nous poursuivîmes notre route au son des chants d'un gamin dont le surnom évoquait le silence.

Bercés par les rythmes de mélopées hassidiques et le balancement de la carriole des *khapers*, nous alternions veille et sommeil, ne prenant conscience du passage des jours que grâce aux rayons de lumière qui traversaient le plancher avant de disparaître.

De temps en temps nous appelions nos ravisseurs : « Où est-ce qu'on va ? On a faim, on a soif ! Quand est-ce que vous allez nous laisser sortir de là ? » La plupart de nos appels demeuraient sans réponse. Une seule fois la trappe à l'avant de la carriole s'ouvrit. Le vagabond glabre que j'avais rencontré près du feu de camp scruta l'obscurité pour nous observer, un large sourire aux lèvres comme s'il inspectait des oiseaux dans un pigeonnier.

« Dov, pitié ! l'implora Meyer la Grosse Brute, on sait bien que tu veux pas qu'on meure tous dans ce trou.

— Soyez sans crainte, mes petits Juifs chéris, répondit Dov dans un yiddish impeccable, nous accomplissons l'œuvre du Seigneur.

— Et on aura droit à quelques roubles dans l'affaire », s'esclaffa Wolf en russe.

Quand la trappe se referma aussi brutalement qu'elle s'était ouverte, et que les deux compères continuèrent à discuter de notre sort, nous n'eûmes plus rien à faire qu'à nous rendormir pour reprendre des forces. Au réveil, nous reprîmes nos protestations :

« On a faim !

— On a soif !

— Pitié !

— Assez ! »

Nous nous étions cassé la voix quand la trappe s'ouvrit et qu'on nous déversa sur la tête une gamelle de haricots qui allèrent rouler à nos pieds. Nous nous jetâmes instantanément sur cette nourriture, oubliant nos réclamations communes le temps de nous décocher force coups de pied et de coude et de nous étrangler l'un l'autre pour une bouchée de haricots pourris. D'autres cris amenèrent d'autres mets succulents : pain rassis, viande desséchée, fruits farineux. À quatre ou cinq reprises, les *khapers* déversèrent chichement la nourriture à travers la trappe. Chaque fois, Meyer la Grosse Brute, plus prompt que tous les autres à jouer des poings, des pieds et de sa langue, commençait par s'arroger sa part avant de superviser la distribution générale. Le même système prévalut lorsqu'un pichet plein d'eau tomba avec un bruit sourd parmi nous.

S'ensuivirent alors des disputes sporadiques : l'un n'avait qu'une miette par rapport au quignon de l'autre ; celui-ci prenait une grosse gorgée d'eau alors qu'on lui avait expressément dit de s'humecter seulement les lèvres. Le ton ne montait jamais très haut, tempéré par notre triste sort et par le fait qu'avant que les querelles ne s'enveniment au sujet de l'eau ou de la nourriture, leur objet avait invariablement disparu, gobé par l'une des dix ou douze bouches affamées.

Combien de temps s'écoula ainsi ? des jours ? des semaines ? des mois ? Je ne saurais le dire. Le temps perdit tout son sens. Mon seul réconfort me fut procuré lorsque je tirai de ma chemise l'enveloppe confiée par ma mère. À la maigre lueur disponible, j'examinai une nouvelle fois la photo de Sasha Bimko.

Qui était cette fille ? Mystère. Pourquoi me regardait-elle ainsi ? Et cette cicatrice au-dessus de l'œil ? Mes propres malheurs me paraissaient sans importance quand j'imaginais le mal qu'on avait pu lui faire, même si cela s'était produit il y a si longtemps qu'aujourd'hui il n'en restait qu'une petite trace. Ma mère m'avait dit que Sasha était là lors de ma naissance et qu'elle avait reçu une blessure le même jour. Mais quand nous nous rencontrerions, verrait-elle en moi un enfant ? Après tout, j'avais simplement l'âge de sa cicatrice.

Ces pensées et d'autres encore, toutes tournées vers Sasha Bimko, m'occupèrent durant les longues périodes d'obscurité et les soudains éclats de lumière. Tandis que je cheminais sans rien d'autre que les mélodies hassidiques d'Hershl Shvayg pour me distraire, chants et pensées s'associèrent dans mon esprit. Des chansons pleines de désir et de nostalgie, d'exil longtemps enduré et de retour longtemps promis.

Peut-être adressait-il ses chants à Dieu. Les apprenant pour les chanter à mon tour au rythme bringuebalant de la carriole qui roulait vers notre destinée, je ne les adressais qu'à elle seule.

*

« Debout, debout, mes petits Juifs chéris ! »

Nous ouvrîmes les yeux aux cris provenant de la grille ouverte. Nous approchions de notre destination, disait Dov. Les deux comparses souhaitaient que nous nous fassions propres.

« Mais si vous tentez quoi que ce soit, ajouta Wolf, on vous réduit en miettes. »

C'était l'aube, semblait-il, mais nous étions enfermés dans le noir depuis si longtemps que toute lumière nous aurait paru éblouissante. Tirés un par un hors de la carriole, nous voici debout dans une clairière auprès du cours paresseux d'une rivière. Des crocus embaumaient l'air, que j'inspirai à grandes goulées, prenant seulement maintenant conscience de l'atmosphère confinée qui régnait dans la carriole.

« Dépêchez-vous, à la rivière, nous dit Wolf, qui ramassa une longue et fine branche par terre pour en fouetter l'air comme une cravache. Si vous êtes couverts de vermine, votre peau ne nous rapportera pas un kopeck. »

Fuyant devant lui, nous courûmes à l'eau, et nous aurions traversé la rivière pour filer de l'autre côté si les premiers arrivés au bord n'avaient pas poussé un hurlement : « Elle est froide ! Elle est trop froide ! cria Pipke Perche de Potiron.

— On va mourir gelés ! acquiesça Oreilles.

— Oh ! Trop faim, trop soif, trop froid, couina Wolf en se moquant. Allez ouste, à l'eau ou je vous flanque une correction ! »

Obéissant, chacun s'agenouilla et commença à s'asperger le visage et les bras d'eau glacée. C'était si revigorant que j'espérais pouvoir m'éveiller de cet horrible rêve, lever les yeux de mes mains remplies d'eau et me retrouver dans la cuisine de ma mère, en train de faire ma toilette dans son baquet d'étain gris avant le dîner. Mon père serait-il là lui aussi ? me demandai-je.

Wolf m'enfonça la tête sous l'eau : « On se mouille complètement ! aboya-t-il. On ôte la chemise ! Le pantalon ! On se frotte ! »

Quand Wolf fut satisfait de notre propreté, il nous laissa sortir de l'eau. Quel pitoyable spectacle nous devions offrir ! Douze gosses dénudés comme les arbres qui grelottaient sur la rive boueuse, les pieds maintenant plus sales qu'auparavant. Hershl Shvayg avait les favoris collés sur la figure. Tarin retira le doigt de son nez et un filet d'eau lui dégoulina de la narine au menton. Graub le Gros Lard avait placé deux mains penaudes sur sa poitrine féminine.

« C'est bien, c'est bien, lança Wolf, séchez-vous au vent. »

Pendant ce temps-là, Dov avait fait du feu et mis de l'eau à bouillir dans une casserole. Il nous permit de nous agglutiner autour de la flamme pour boire du thé, partagé dans une seule tasse.

Wolf grimaça devant cette générosité chichement accordée : « Pourquoi on gâcherait notre thé ? Tu deviens gaga ou quoi ?

— Non, je sais jusqu'où ils peuvent résister, c'est tout, répliqua Dov. Je sais qu'un peu de thé, ça les empêchera de s'enfuir dans les bois ou de traverser la rivière. Je sais que maintenant la plus petite faveur, ça vaudra plus que toutes les souffrances qu'ils ont endurées.

— Tu te prends pour le cerveau de toute l'opération, hein ? Comment ça se fait que tu sais si bien ce qu'ils pensent, nos petits Juifs ?

— Je le sais parce que je les connais, leurs peurs. Quand j'avais leur âge, on m'a capturé moi aussi.

— Toi, capturé ?

— Avant, j'étais juif.

— Toi, Dov ? Non !

— Me faire capturer, c'est la meilleure chose qui me soit arrivée dans la vie. L'instant d'avant je volais des pommes dans les rues de Kichinev, l'instant d'après j'étais devant le sergent recruteur, on me baptisait et on me donnait un fusil. »

D'un seul coup – de la même manière que des lettres se rejoignent pour former un mot, une phrase, un poème – je fus certain de connaître l'identité de mon ravisseur. Son seul nom ne m'avait pas fourni d'indication (Dov, c'était très courant), ni la mention de sa ville d'origine. Si mon père avait eu raison, d'innombrables garçons avaient été emportés loin de notre cité. Non, c'était le fait qu'il avait à ce moment-là une bonne grosse déchirure à la cuisse de son pantalon, laissant voir la peau blanche en dessous. Peut-être était-ce mon jeune âge, mon estomac vide, mon délire, mais il ne m'effleura pas l'esprit qu'en guise de preuve d'identité, une déchirure dans le pantalon n'était guère unique et certainement pas de nature à traverser les décennies. Mais il n'empêche, j'étais sûr de mon fait.

« Dovid la Déguenille ! m'écriai-je. Je sais qui vous êtes ! Vous êtes Dovid la Déguenille !

— Qu'est-ce qu'il dit ? demanda Wolf en se tournant vers Dov.

— Dégueu je ne sais quoi, répondit Dov.

— Guenille ! m'époumonai-je. Guenille ! »

Dov me fixa sans rien dire, fronçant les sourcils lorsque je plantai mon regard dans le sien.

« Mon père s'appelle Abram Malpesh ! Il vous a vu vous faire emporter par les *khapers*, arraché à vos souliers ! »

Il se taisait, me scrutant le visage.

« Vous le connaissez ! insistai-je. Vous le connaissez !

— Qu'est-ce qu'il baragouine, ce petit énergumène ? demanda Wolf.

— Pas la moindre idée, répliqua Dov.

— Singe-Qui-Pisse ! hurlai-je. Singe-Qui-Pisse ! »

Les autres garçons assistaient à la scène, leur torse rachitique dénudé dans la lumière du matin.

« Singe-Qui-Pisse ! » Je lançai ce nom de toutes mes forces, croyant que je pourrais lui faire entrer le sens dans le crâne en augmentant le volume : « Singe-Qui-Pisse !

— Ce garçon raconte n'importe quoi, dit Dov en s'avançant sur moi, il ferait mieux de se taire quand viendra le moment de le vendre. Les sergents recruteurs n'ont rien à faire de fous furieux dans les troupes.

— Les muets ça leur est égal, ajouta Wolf. S'il ne tient pas sa langue, je m'en vais la couper et la donner à manger au chien.

— Allons, allons. Pas besoin d'en arriver là. On est là pour les sauver, tu te rappelles ?

— Toi peut-être. Moi, je suis là pour me mettre quelques pièces dans le fond de ma poche. »

L'instant d'après, Dov m'arrachait de terre et m'emportait sous son bras. Je vis alors le monde comme si je planais dans les airs, mais impossible de confondre avec mon rêve de vol céleste. Dov m'envoya valdinguer dans le fond de la carriole si brutalement que tout devint noir.

Quand je rouvris les yeux, j'étais environné par les autres enfants. Mes camarades de cellule me regardaient à peine.

« Ils nous ont dit qu'on n'aurait plus rien à manger, à cause de toi, me dit Meyer la Grosse Brute. Si on s'en sort vivants, je te tuerai. »

Fidèles à leur parole, les *khapers* ne soulevèrent plus la trappe, pas même pour un pichet d'eau, durant tout le jour interminable qui suivit. Sans motif de dispute, il n'y avait pas grand-chose à dire. Le seul bruit provenait des roues de la carriole et des occasionnelles psalmodies d'Hershl Shvayg, qui chantait des airs sans paroles aussi interminables que paraissait notre voyage.

Quant à moi, je passai les heures qui suivirent à étudier ma photographie de Sasha Bimko. Se pouvait-il que je ne rencontrerais jamais cette fille qui en était soudain venue à occuper à jamais toutes mes pensées ? Fut-ce alors que, quelque part au plus profond de mon cœur, je commençai à composer mon premier poème à son intention ? Ballotté par les cahots de la carriole des *khapers*, je trouvai dans cette prison roulante un rythme me permettant d'unir souvenir et désir, car son visage se mit à refléter toutes mes pertes et tous mes espoirs. Son visage était la clef ouvrant l'œil du poète, car j'y voyais à quel point choses perdues et choses retrouvées se ressemblent, dans la nature fugace de l'instant sinon ailleurs.

« Hé ! Macaque-Qui-Pète ! lança la petite frappe à mon adresse, Macaque-Qui-Pète ! » Il ramassa un caillou et le jeta dans ma direction, le faisant rebondir sur mon front. « Macaque-Qui-Pète, je te cause !

— Je m'appelle pas Macaque-Qui-Pète.

— Tu t'appelles comme je veux. C'est quoi que t'as là ? demanda-t-il en désignant mes mains, au creux desquelles j'abritais la photo de Sasha et de sa mère.

— Une photographie.

— Je vois bien que c'est une photographie, Macaque-Qui-Pète. C'est qui ?

— Ma muse, répondis-je tristement.

— Ta shmuse ? » Il m'arracha la photo des mains. « Muse !

— Ta buse ?

— Muse ! !

— Ah… *muse !* fit-il, pardon, pardon. Dites-moi, monsieur Singe-Qui-Pisse… » Il fourra la photographie dans le devant de son pantalon. « … ça t'ennuie si je fais *mumuse* avec ta *muse ?*

— Ne parle pas d'elle comme ça !

— Oh, du calme. Je fais passer le temps, c'est tout… » Il ressortit la photo de son pantalon et la regarda. Ses yeux s'écarquillèrent : « Eh ben, Singe-Qui-Pisse ! Elle est vachement bath…

— Et m'appelle pas Singe-Qui-Pisse ! beuglai-je.

— Boucle-la. Tu peux pas empêcher les gens de t'appeler comme ils veulent. Et ça te va comme un gant. Je regrette de pas avoir eu l'idée moi-même, tiens ! Comment ça rebondit sur la langue… Singe-qui-pis-se… Singe-qui-pis-se… Singe-qui-pis-se… »

Meyer se mit à le chantonner en rythme, martelant chaque pulsation du poing sur ses genoux.

« Shah ! » criai-je sans résultat. Rien ne réjouit plus un groupe de garçons, évidemment, qu'un refrain qui fait enrager l'un des leurs, et tous le chantaient à présent :

« Singe ! Qui ! Pisse ! Singe ! Qui ! Pisse ! Singe ! Qui ! Pisse ! »

Ou presque tous. Le seul qui se taisait, c'était Hershl Shvayg. Silencieux, il me regardait en souriant. Ayant arrêté de chanter, par crainte peut-être d'associer sa douce mélopée à ce rude chorus, il arborait un air d'une innocence si muette et stupide que je me demandai si ce n'était pas une sorte d'ange, dépouillé de ses ailes.

Sans la moindre raison, c'est contre lui que je dirigeai toute ma rage. Qui était ce garçon pour s'apitoyer sur mon sort ? Nous étions tous prisonniers, kidnappés par des *khapers*, convoyés vers le front, sans doute vers la mort. Et pourtant il me fixait les yeux écarquillés par la compassion, comme si mon sort en butte à une troupe de gosses effrayés méritait qu'on se lamente.

Sans crier gare, je lui collai une beigne, lui écrasant le nez de façon si brutale que le refrain autour de moi s'arrêta sur-le-champ.

Tarin retira son petit doigt, Oreilles son pouce. Pipke Perche de Potiron tendit le cou pour jeter un œil dégoûté. Les deux poussins affamés piaillèrent d'une seule voix : « Hé ! Qu'est-ce qu'il t'a fait ? »

Même Meyer la Grosse Brute en resta bouche bée d'indignation. Il m'avait déjà charrié une bonne douzaine de fois mais n'en cracha pas moins : « Singe-Qui-Pisse, qu'est-ce qui te prend ?

— Tu m'appelles encore une fois Singe-Qui-Pisse, je t'arrache tes mèches et je t'en fais des nœuds autour du cou ! »

Je m'effrayai moi-même. D'où provenait toute cette fureur ? Hershl Shvayg ne la méritait certes pas, mais quand j'aperçus la main de Meyer qui agrippait la photographie de Sasha Bimko, la sueur sur mon front chauffa jusqu'à s'évaporer. Un bras levé le poing en l'air, je lui arrachai la photographie de l'autre main, puis retombai hors d'haleine. Juste en face de moi, à moins d'un mètre de distance, Hershl Shvayg se protégeait le visage et sanglotait.

Caché derrière le creux de ses mains il articula le premier mot que nous l'avions entendu dire durant des jours entiers de captivité – « Pourquoi ? » – prononcé dans un tel désir de comprendre ce qui lui était arrivé qu'on aurait pu croire l'expression ardente de tous nos cœurs réunis, même si seul son menton à lui était barbouillé de vert et de rouge, plein de morve et de sang.

C'est alors que la carriole s'immobilisa brutalement.

« Ça y est, c'est ta faute, me dit Meyer. Maintenant ils vont nous tuer. »

Dehors, j'entendais des voix mais ne distinguais aucun mot, juste le murmure de la rue et du commerce. Avant que l'un d'entre nous ait pu hurler à l'adresse du premier passant venu, la carriole s'emplit de lumière éblouissante. La bâche venait d'être relevée à l'arrière, et la grille grande ouverte. Aucun d'entre nous ne bougea. Puis le visage émacié de Dov se matérialisa, silhouette noire dans la lumière blanche.

« Pas un bruit, chuchota-t-il durement. Vous allez tous bientôt sortir d'ici si vous la fermez. » Là encore, il avait parlé en yiddish. Comment la langue de nos mères pouvait-elle continuer à nous trahir ?

Quand il fut reparti, nous restâmes assis en silence à écouter le monde bruire derrière les parois de notre prison de toile et de bois. Aucun d'entre nous ne reconnaissait de bruits familiers. Meyer la Grosse Brute m'obligea à me baisser et grimpa sur mes épaules pour jeter un œil par une fente de la bâche. Nous tendions l'oreille pour entendre tandis qu'il nous racontait ce qu'il voyait.

« Il y a un type en uniforme qui descend les marches.

— Bonjour, monsieur le Sergent Recruteur, entendis-je dire l'un de nos ravisseurs.

— Wolf lui parle, dit Meyer. Et maintenant, c'est Dov.

— Nous sommes des commerçants et ça nous intéresserait de vendre notre marchandise… avec une grosse ristourne… à l'armée du tsar.

— Des patriotes, hein ? Et qu'est-ce que vous avez à vendre ?

— Avant de parler affaires, je me demandais si vous pourriez trancher un petit différend entre mon camarade et moi. De façon hypothétique, monsieur le Sergent Recruteur, quelle sorte de récompense offririez-vous pour une douzaine de conscrits ? »

Meyer murmura alors : « Seigneur ! On est fichus ! » Sa jambe glissa le long de mon épaule et il s'affala par terre. J'en profitai pour échanger nos rôles et m'agenouillai sur son dos, me hissant pour jeter un œil par le trou.

Voici ce que je vis : l'officier, qui arborait pince-nez, moustache blanche et casquette, semblait étudier le visage de nos deux ravisseurs. Ils auraient pu trouver mieux que de se faire passer pour des marchands, ou au moins se débarbouiller un peu pour être crédibles. Les colporteurs sont loin d'être élégants, certes, mais nos deux acolytes avaient de l'herbe plein les cheveux.

« Offrir une récompense pour des conscrits, ça n'est pas si simple, reprit l'officier. Imaginez qu'ils aient déjà été enrôlés ? En ce cas, cela reviendrait à vendre des biens volés. De tels biens, s'ils existaient, seraient immédiatement confisqués, et quiconque aurait tenté d'en profiter aurait toutes les chances d'être jeté en prison. De façon hypothétique.

— Certes, certes, fit Dov. C'est exactement ce que je disais à mon camarade ici présent. Mais ne diriez-vous pas que l'important, c'est que ces garçons puissent servir l'armée, quel que soit le moyen utilisé ? Moi-même j'ai été conscrit dans ma prime jeunesse et j'en suis reconnaissant pour l'éternité. Sans cela, j'aurais vécu la vie d'un Juif jusqu'à ma mort au lieu d'être le chrétien que vous avez sous les yeux. Alors vous comprenez, mon seul espoir c'est simplement d'aider ceux qu'on méprise à trouver le réconfort qu'offrent le tsar et Notre Seigneur.

— Oui, une bien noble cause, je n'en doute pas, rétorqua l'officier, mais croyez-moi, messieurs : nous ne désirons en aucun cas encourager les rapts comme ceux qui se pratiquaient à la précédente génération. L'armée du tsar parvient fort bien à ajouter de nouvelles recrues à ses rangs, sans avoir recours à des mercenaires. Alors, avez-vous des marchandises à me montrer dans votre carriole ? »

Les deux *khapers* échangèrent un regard : « Non, monsieur, non, dit rapidement Wolf, rien qui vous intéresserait, j'en suis sûr.

— C'est moi qui vais en juger, d'accord ?

— Permettez-nous de mettre la marchandise en ordre.

— Allons, allons ! Nous avons une guerre à gagner, pas de temps à perdre en détails superflus. »

Une fois de plus la carriole fut inondée de lumière. L'officier nous dévisagea un instant, puis pivota brusquement sur ses talons et se mit à souffler dans un sifflet de métal.

Trriii ! Trriii ! Trriii !

La trappe se referma et nous fûmes derechef plongés dans l'obscurité. Au-delà des parois de toile, nous entendîmes des pas claquer sur le sol, des cris, puis le fond de la carriole parut se dérober brutalement sous nos pieds. Je dégringolai des épaules de Meyer, et nous roulâmes tous les deux contre les autres. Les gamelles vides s'éparpillèrent en s'entrechoquant dans un tel fracas qu'on aurait dit le lourd cliquetis de prisonniers enchaînés.

Soudain des voix criaient en russe tout autour de nous : « Stop ! Stop ! »

Des détonations claquèrent, provenant d'abord de fusils puis de moteurs à explosion : « Vous entendez ça ? s'écrièrent les deux poussins affamés, ils nous poursuivent ! On est sauvés !

— L'armée du tsar est à nos trousses, s'exclama Meyer, et vous croyez qu'on est sauvés ? »

La voix de Wolf à l'avant de la carriole se désespérait : « On va jamais les distancer si on perd pas un peu de poids ! Grimpe à l'arrière et jette-les dehors !

— Mais moi j'espérais les sauver ! répliqua Dov.

— Fous-les dehors ou on sera tous perdus ! »

D'un coup sec, Dov arracha la bâche fixée aux parois lattées, nous exposant au grand jour. Pendant que Wolf conduisait l'équipage de plus en plus vite, il bondit parmi nous : « Désolé, mes petits Juifs chéris ! J'avais espéré vous faire entrer dans l'armée, où vous auriez pu être sauvés comme moi je l'ai été. J'ai bien peur que vous deviez trouver un autre chemin ! »

Il s'empara des deux garçons les plus proches de lui chacun par un bras, et avec une force surprenante pour un homme aussi mince que lui, les lança l'un après l'autre dans les airs, par-dessus bord comme si nous étions un navire qui tente désespérément de se maintenir à flot.

« Allez hop ! Suivez les voies du Seigneur ! leur cria-t-il. À qui le tour ? »

Les deux poussins affamés suivirent. Puis Pipke, Graub, Tarin et Oreilles, tous appelant leur maman au secours tandis que le *khaper* les jetait hors de la carriole.

Derrière nous, le gros monstre vert d'un véhicule militaire nous poursuivait lourdement. Il fit un écart pour éviter les garçons qui avaient atterri au beau milieu de la route.

Je savais que mon tour approchait, mais je ne pouvais m'empêcher de regarder mes camarades d'infortune s'envoler dans les airs. La tête de Pipke rebondit sur les marches d'une banque ; Graub alla s'avachir dans la boue d'une courette, où un pneu lui roula sur les deux jambes.

Pour finir, Meyer la Grosse Brute s'envola à son tour, pauvre avorton qui ne présentait de toute évidence plus aucune menace pour moi ni personne d'autre. Dov le souleva telle une miche de pain et l'envoya promener comme s'il nourrissait des canards.

« Allez ouste ! cria-t-il, ouste ! »

J'étais apparemment le dernier, et à l'air gourmand de Dov je compris que c'était ce qu'il croyait lui aussi. C'est alors que, derrière lui, je remarquai un garçon tassé immobile dans un coin, aussi silencieux que son nom. Hershl Shvayg, blotti après mon coup de poing, paraissait désormais inconscient. Ou bien faisait semblant de l'être. Quoi qu'il en soit, il ne bougeait pas. Je ne parvenais pas à imaginer que mon poing ait pu faire de tels ravages, mais la preuve était là derrière les jambes de Dov.

« Pardon, Hershl Shvayg », dis-je.

Et d'un bond, j'appris à voler.

Avant d'atterrir, j'entendis un dernier cri lancé par le *khaper* tandis que la carriole s'éloignait dans un épouvantable fracas : « Au revoir, Singe-Qui-Pisse ! hurla Dov, n'oublie pas de remercier ton père pour le salut de mon âme ! »

Note du traducteur

Par un beau jour de début septembre, je déballais des cartons avec Clara quand le téléphone sonna à l'autre bout du bâtiment. Je courus décrocher, mais trop tard. Il n'y avait personne au bout du fil.

Là-bas parmi les livres, Clara était assise sur un carton encore fermé et caressait du bout des doigts le livre de prières posé sur ses genoux. L'année universitaire ayant repris, elle avait ajouté plusieurs cours d'études judaïques à son éducation autodidacte dans l'entrepôt. Elle s'était aussi mise à voir la femme d'un rabbin loubavitch au Centre Habad de la ville, pour avoir un aperçu de première main sur le rôle des femmes dans la pratique des Juifs orthodoxes. Comme il y avait surabondance de textes juifs dans sa chambre d'étudiante, elle avait décidé de laisser son livre de prières à l'entrepôt, se disant que, chaque fois qu'elle le verrait, elle en comprendrait un peu plus.

Faisant courir son pouce sur les lettres du dos, elle lut lentement à voix haute : « *Der Bris Hadash.* » Elle leva les yeux, fière de sa prouesse, car elle venait de prononcer les mots plus ou moins sans faute. « Comme "bris", c'est ça ? Circoncision ?

— Oui, mais *bris* ça veut dire en fait “alliance”. L’idée, c’est que quand un bébé est circoncis, il entre dans une alliance avec Dieu.

— Je vois… fit-elle en hochant la tête d’un air sérieux. Et l’autre mot, ça ressemble à *kodesh*, “sacré” ?

— Presque. Ça n’est pas *kodesh* mais *hadash*. Nouveau. Le titre veut donc dire “La Nouvelle Alliance”.

— *La Nouvelle Alliance*, répéta-t-elle d’un ton rêveur, presqu’en chantant les mots. On dirait qu’il s’agit de moi ! Sauf que j’ai pas besoin de me faire circoncire, j’ai juste à porter des jupes longues ! »

C’est bizarre, pensai-je, mais je n’avais jamais prêté attention au titre du livre de prières, ou alors je n’y avais pas accordé beaucoup de réflexion. Mais maintenant, il y avait quelque chose dans le son de ces mots qui me poussait à vouloir passer outre notre protocole de traduction comme jeu de séduction.

Clara fit défiler quelques pages en silence, s’attendant sans doute à ce qu’au bout de quelques instants je lui demande négligemment si elle avait besoin d’aide. Mais au lieu de cela, je m’approchai et lui pris le livre des mains : « Il est grand temps que je regarde ça de plus près, je crois », lui dis-je.

C’était vraiment un joli petit livre. Mais c’est alors que je remarquai quelque chose d’inattendu. Pour autant que je pouvais voir, les quatre premiers chapitres s’intitulaient, en yiddish, *Matti, Markus, Lukas, Jonan*. Je revins à la première page du quatrième de ces chapitres et lut à voix haute : « *In onheyb iz geven dos vort*. » Au commencement était le verbe.

Rejetant la tête en arrière, j’éclatai de rire et lui tendis le livre.

Clara sourit, désireuse de partager la blague : « Quoi ? C'est un livre de prières comique ?

— Je suis désolé de te l'avouer, mais ça n'est pas du tout un livre de prières. Du moins, pas le genre qu'on croyait. »

Elle baissa les yeux, puis les leva de nouveau, les baissa encore une fois, l'air égaré : « C'est quoi, alors ?

— Je crois que c'est une traduction en yiddish du Nouveau Testament. »

Le visage de Clara perdit toutes ses couleurs. Elle fixa le livre entre ses mains comme si c'était l'arme d'un crime, un poignard couvert de sang, un pistolet encore fumant. Elle ne connaissait pas beaucoup de yiddish, mais à ce moment précis les mots lui vinrent : « *Shlekhte bukh ! Shlekhte bukh !* » aboya-t-elle. Mauvais livre ! Mauvais livre !

Sans hésiter, elle enroula le bras qui avait fait de son service la terreur des courts de tennis dans les écoles du New Jersey, et *Der Bris Hadash* alla voltiger dans les airs, s'élevant pages en bataille au-dessus des rayonnages. Il avait dû se faire prendre dans un courant d'air issu des gros ventilateurs car il parcourut toute une moitié de l'entrepôt avant d'aller finir sa course au sol.

« Un livre chrétien, ici ! N'y a-t-il donc aucun abri sûr ?

— Ça va, ça va ! C'est juste un livre.

— Pas du tout ! Tu ne comprends donc pas ? Ils sont partout ! On ne peut pas leur échapper ! »

Ils ? pensai-je. *Nous ?*

Je retrouvai *Der Bris Hadash* et l'époussetai en revenant vers la zone de déchargement. Vérifiant la page de titre pour voir quel rayonnage pourrait l'accueillir, je vis que la traduction avait été réalisée par un certain « Rév. Hershl Shvayg ».

« C'est peut-être un livre chrétien, dis-je alors, mais je parie que le type qui l'a traduit était juif. »

Clara me regarda comme si j'avais dit quelque chose défiant toute logique : « Comment est-ce possible ? »

Ce soir-là, nous nous retrouvâmes chez Kronbloom. Au lieu du bavardage ininterrompu de la fois précédente, nous restions assis en silence sans toucher au café ni aux *knishes*. Au bout de dix minutes, Clara s'excusa pour aller aux toilettes. Quand elle revint, on aurait dit qu'elle avait lu une inscription à mon sujet sur le mur : « Comment se fait-il que tu connaisses si bien le Nouveau Testament ? » me demanda-t-elle.

Me vit-elle rougir ? Fus-je pris de bégaiement en lui répondant ?

« Je ne le connais pas si bien que ça », répondis-je. Et c'était la vérité. Vraiment. Bon, j'en avais lu des morceaux en grec, mais jamais plus de quelques lignes à la fois. J'étais très loin de l'avoir lu en entier. Même à l'époque où je pensais être croyant, je n'avais jamais vraiment supporté le baratin illuminé de l'Apocalypse. Je tentai d'expliquer tout cela à Clara, sauf la mention de « l'époque où j'étais croyant », mais elle n'en croyait pas un mot.

« Tu as regardé une seule page et tu as su de quoi il s'agissait. J'en serais incapable, me dit-elle en me fusillant du regard avant de détourner les yeux.

— J'ai étudié la religion, comme toi aujourd'hui.

— Moi c'est pas la religion que j'étudie. J'apprends à connaître Dieu ! »

Après le repas, nous rentrâmes à mon appartement, où Clara se demanda à voix haute si je n'étais pas trop laïque pour elle. C'était le terme qu'elle employa, « laïque », comme si sa religiosité naissante était freinée dans son envol céleste par ma fréquentation de choses aussi profanes que les œuvres de Bernard Malamud ou l'Évangile selon Jean. Avant de m'endormir, je reconnus que c'était peut-être exact. Plus tard dans la nuit, je me glissai hors du lit. À la salle de bain, je m'observai dans la glace et pensai : Si par « laïque » elle veut dire menteur, elle t'a bien coincé. Quand je regagnai la chambre, elle était assise à côté de la bibliothèque.

« Tu es réveillée ? »

Elle gardait les yeux rivés sur ses genoux, où ses mains tremblaient. Au creux de ses paumes elle tenait une petite image de Jésus, le doigt pointé sur son sacré-cœur. L'image devait être glissée dans l'un de mes livres. Au dos, je le savais, étaient imprimés le Notre Père et le nom de ma grand-mère paternelle.

« C'est quoi, ça ? » demanda Clara.

Sans doute y avait-il une façon d'expliquer. Sans doute un étudiant en théologie devenu collectionneur de vieux livres juifs avait-il amassé au fil des ans d'autres objets hétéroclites. Sans doute le fait que les images de Jésus fussent devenues des colifichets à trois francs six sous pouvait-il me sortir de cette situation délicate. Mais au beau milieu de la nuit, posté tout nu dans l'embrasure d'une porte noire comme un ventre maternel, qui pourrait renier son passé ? Qui a la force de mentir ?

« Ça vient de l'enterrement de ma grand-mère », répondis-je.

Elle regarda de nouveau Jésus, qui tremblait maintenant entre ses doigts : « Ta grand-mère ! ? »

Avant que j'aie pu m'expliquer, elle s'était habillée et avait passé la porte.

Le lendemain à l'entrepôt je ne pus m'empêcher de reprendre *Der Bris Hadash* où je l'avais laissé, et, à ma grande surprise, je découvris qu'il s'agissait d'une traduction littéraire plutôt recherchée. D'après la structure de certaines phrases et le choix du lexique, j'en conclus que le traducteur avait travaillé à partir de l'original en grec, ce qui en faisait un objet de collection intéressant, à défaut d'être autre chose.

Me demandant quand un tel livre aurait pu être publié, je parcourus les pages à la recherche d'une date. Aucune année indiquée sur les pages liminaires, et je ne trouvai pas plus d'indication sur l'âge du livre en allant voir à la fin. Je découvris cependant une chose – douillettement nichée entre deux pages des Actes des Apôtres, une des lettres de famille appartenant à Clara, sans doute oubliée là lorsqu'elle avait envoyé valdinguer le livre. « Truc-machin-bidule-chose, déchiffrai-je, ce petit bébé a tellement grandi… »

Juste à ce moment-là le téléphone sonna. C'était Elaine, du service du personnel. La femme qui m'avait embauché. On s'était bien entendus, croyais-je, mais les mois avaient passé et on avait eu très peu de contacts. Au son de sa voix, je compris immédiatement qu'elle ne m'appelait pas juste pour dire bonjour. Clara avait téléphoné, me dit-elle.

« Elle est malade ? » demandai-je.

Elle a démissionné, m'apprit Elaine, se demandant si je savais pourquoi.

« Non, mais ça me fera de la peine de la voir partir.

— Elle disait des choses bizarres. Vous pourriez peut-être faire un saut au bureau, et on en discutera ?

— C'est qu'il y a pas mal de boulot ici, mais bon, je vais voir ce que je peux faire. »

Elaine prit une inspiration bruyante et je retins mon souffle, m'attendant à la suite logique, à ce qu'elle m'annonce que Clara avait tout raconté, lui avait dit que j'étais un menteur et – oh, merde ! j'étais son supérieur, non ? est-ce qu'elle était techniquement mon « employée » ? – coupable de harcèlement sexuel, et que pour couronner le tout j'étais sans doute un missionnaire chrétien. Juste à ce moment-là, la seconde ligne téléphonique se mit à sonner. Un autre appel pour moi.

« Vous pouvez patienter une minute, Elaine ? »

Je pressai un bouton clignotant indiquant le chiffre 2 sur le combiné. Avant de pouvoir dire quoi que ce soit, j'entendis une rafale de toux sifflante.

« Allô ? »

Je perçus alors la voix d'un homme, distante et enrouée.

« Je les ai, dit la voix.

— Allô ?

— Je vous les ai mis de côté. Mais il faut venir vite.

— Pardon ? »

Je distinguai ce qui ressemblait à une longue goulée d'air qu'on inspire, puis un bruit de succion tandis que la voix se rassemblait.

« Excusez-moi. Je cherche les gens qui viennent pour les livres.

— Oh ! Oui, vous êtes au bon numéro. Vous pouvez patienter un moment ?

— Mais… »

J'appuyai sur le bouton indiquant 1 et demandai : « Elaine ?

— Je suis toujours là.

— J'ai un appel pour des livres à donner, je peux vous rappeler ?

— Je préfère attendre. »

Lorsque je revins sur l'autre ligne, le type n'avait apparemment pas compris que je l'avais mis en attente. Il était en plein milieu d'une phrase et s'exprimait avec excitation, comme s'il ne s'était pas arrêté de parler suffisamment longtemps pour comprendre que j'avais quitté la ligne.

« … et c'est pour ça que je ne peux pas les déplacer, disait-il, il y en a des milliers, et moi je suis vieux.

— Des milliers ? Des milliers de quoi ?

— Des milliers de livres, je vous l'ai déjà dit !

— C'est une sorte de bibliothèque ?

— Non ! Tout à l'heure je vous l'ai dit. Pas une bibliothèque. Des bureaux. Knobloch. »

Les bureaux en question, m'expliqua-t-il, peut-être pour la seconde fois, se trouvaient à Baltimore, et il fallait que je vienne chercher les livres immédiatement.

« Ils font une construction, demain, après-demain, les livres auront disparu, poursuivit-il en me donnant une adresse avant de répéter combien il fallait faire vite.

— Baltimore c'est assez loin d'ici, monsieur.

— Pour ces livres ça vaut vraiment le coup. Si vous ne les prenez pas, ils iront à la décharge. »

Le voyant du téléphone clignotait toujours, Elaine était encore au bout du fil. C'est alors que l'idée me vint : soit je prenais la route pour la journée, soit je subissais un interrogatoire au bureau du personnel.

« D'accord. Je pars tout de suite.

— Oui. Il le faut.

— Pouvez-vous patienter à nouveau, monsieur Knobloch ? J'ai un autre appel en cours, mais j'ai besoin que vous me donniez quelques détails supplémentaires. » J'appuyai sur le bouton clignotant et entendis le souffle d'Elaine : « Je ne peux pas venir aujourd'hui, Elaine.

— Il faut qu'on parle. En tête-à-tête. Clara prétend un certain nombre de choses qui, si elles sont vraies, nous conduiront à revoir votre… »

Avant qu'elle puisse ajouter un mot, je lançai la phrase que personne n'osait contester dans notre association : « Sauvetage de livres en urgence. Il faut que je parte à l'instant. On se rappelle quand je rentre, d'accord ?

— Quand exactement ?

— Dès que possible. »

Je revins à la voix toussotante et crachotante qui attendait toujours, m'ayant apparemment accordé un sursis provisoire : « Monsieur Knobloch ?

— Pas Knobloch !

— Vous n'êtes pas M. Knobloch ?

— Les livres sont dans les bureaux de Knobloch, mais Knobloch est mort.

— Dans ce cas, qui est à l'appareil ?

— Je m'appelle Malpesh, fit la voix. Je suis… le poète… Itsik Malpesh… »

Un silence s'établit, durant lequel j'attendis que l'homme poursuive. Un silence si long que je crus qu'il reprenait son souffle, et pendant tout ce temps je jetai de nouveau un œil sur le livre de prières abandonné par Clara et sur sa lettre en yiddish, que je tenais toujours à la main.

« Itsik Malpesh », répéta-t-il. Puis il se racla la gorge et donna une inflexion pleine d'espoir à sa voix lorsqu'il posa la question dont je comprendrais plus tard qu'elle signifiait tout à ses yeux : « Peut-être connaissez-vous mon nom ? »

Les mémoires d'Itsik Malpesh

zayn

J'allai cogner l'implacable dureté du parvis de l'église avec une violence telle que cela fit sonner les cloches au-dessus de ma tête. C'était l'angélus de midi, qui résonnait du haut d'une gigantesque sentinelle surplombant une étendue de pavés gris comme un phare au bord d'un océan sans fin. Sauf qu'au lieu de rayons de lumière, cette tour-là lançait une alarme à vous retourner les entrailles que je n'ai jamais pu associer même de très loin à la prière. C'était le même son que celui qui avait rythmé ma jeunesse à Kichinev, un son qui nous rappelait toutes les heures à quel Dieu appartenait l'air.

Je composai une ode à ces cloches au moment même où ma tête s'emplit de leur résonance et mon derrière rencontra le sol :

Les cloches des chrétiens et des chrétiens les cailloux
vrillent des Juifs les oreilles, brisent aux Juifs le cou.
Quel son régnera donc jusqu'à la fin des temps
quand tout bien sera de cette terre absent,

quand sera foulée même l'espérance des enfants ?
Ding dong ding dong ding dong ding dong.

Ce fut le dernier son que j'entendis alors que je levais les yeux vers un ciel aussi bleu que la faïence de ma mère. Et puis tout devint noir.

Je m'éveillai parcouru d'une sensation dont je découvrirais bientôt qu'elle était courante dans la cité où j'avais atterri : des mains allaient et venaient dans mes poches, secouaient mes pieds pour voir si des pièces ne glisseraient pas de mes chaussures, puis débouclaient ma ceinture pour vérifier si je n'avais pas empaqueté quelques roubles près des bijoux entre mes cuisses.

Rappelez-vous que je n'avais pas encore l'âge de réclamer un contact plus intime dès qu'on venait me frôler l'entrejambe. Non, j'étais encore un petit garçon, et je me redressai d'un bond, tirant d'un geste sec sur les pans de ma culotte pour les remettre en place.

C'est alors seulement que je vis deux femmes accroupies à la hauteur de mes genoux, la chevelure enveloppée dans un fichu noir, la peau marquée par les rides de l'âge. Elles se mirent à ricaner et à échanger des petits coups de coude en me voyant, comme surprises et amusées de découvrir que j'étais en vie.

« Pardon, fiston, caqueta l'une des deux sorcières, on croyait que t'étais mort !

— Je t'avais bien dit qu'il respirait ! intervint l'autre.

— Même un macchabée a le droit à quelques goulées avant la fin. »

Je me carapatais en traînant les fesses par terre, mes doigts reboutonnant à la hâte mon pantalon. Les sorcières me poursuivirent, toujours accroupies, un large sourire aux lèvres.

« Pas de panique, mon petit ! On va pas te faire de mal. On fait jamais de mal à personne ! On n'est pas des loups, voyons.

— Non, non, pas des loups. Tu peux bien comprendre notre erreur : des fois les gens, ils déposent des morts devant l'église…

— Pour que l'enterrement soit digne de ce nom.

— … et nous on allège le fardeau des prêtres.

— Pas du tout des loups, non ! Nous ce qu'on aime, c'est juste les os.

— On t'a pas pincé du tout, hein ?

— On a bien fait attention à pas trop te bousculer.

— On est comme ça, nous autres, on fait très très attention. »

Elles vinrent me poser chacune une main sur le dos, comme pour m'apaiser, ou peut-être m'aider à me remettre debout. Il me fallut un moment pour comprendre qu'en fait elles poursuivaient leur fouille, me tâtant à la recherche de poches de richesse qu'elles auraient laissé échapper.

« Très très attention, reprirent-elles tandis que leurs mains osseuses me massaient les épaules. Très très attention. On était pas obligées d'être si gentilles. T'aurais pas une pièce ou deux pour notre service ?

— Je n'ai rien du tout ! criai-je. Je ne sais même pas où je suis ! »

D'un seul coup, la vérité de cette déclaration me submergea. J'avais été kidnappé par les *khapers* à un jour de marche de Kichinev. J'avais voyagé dans leur prison roulante pendant quoi, quatre jours ? Cinq ? Avions-nous mis cap au nord ou au sud ? À l'est ou à l'ouest ? Ce n'était que le début de mes interrogations. La grande église de pierre qui se dressait au-dessus de moi était deux fois plus haute que toutes celles que j'avais jamais vues ; elle était en marbre blanc, qui me paraissait sculpté dans les nuages. J'aurais pu me trouver à Paris ou à Rome, vu mon expérience du vaste monde.

Les deux sorcières me regardaient en plissant les yeux. L'une d'elles fripa la bouche comme une rose fanée : « Pauvre petiot, il sait pas où qu'il est !

— Et après ? Odessa, c'est Odessa.

— Odessa ? demandai-je.

— Bien sûr, Odessa ! Où donc ? »

Odessa ! Je vous entends protester : impossible, les chances sont trop minces. Et pourtant, s'il paraît peu probable que les *khapers* m'aient fait parvenir à l'endroit exact où ma mère m'avait envoyé, je dois vous rappeler que si tel n'était pas le cas je ne serais pas en train de vous raconter cette histoire. Existe-t-il combinaison plus artificielle que la vie elle-même, après tout ? Qui peut se remémorer le déroulement de sa propre vie sans y voir une suite de coïncidences impossibles ? Même avant que tout ne s'enclenche : quelles sont les chances pour que votre mère ait pu rencontrer votre père ? Question idiote, puisque c'est tout bêtement ce qui s'est produit, si c'est bien le cas, et que du coup vous existez, si c'est bien le cas. Rien à voir avec la chance.

Il en va de même pour mon arrivée à Odessa. Comment et pourquoi aurais-je atterri ailleurs ? Quel autre lieu correspond mieux à un écrivain yiddish né dans l'Ancien Monde et destiné à rejoindre le Nouveau ? Odessa, avec son interminable escalier qui descend vers le port telle la cambrure d'une femme. Odessa, ville de larges boulevards où les langues palpitent par douzaines, comme si le sang parcourant ses artères était fait de mots. Odessa, à la fois nombril de l'Europe et téton de l'Asie : rien ne surpassait l'excitation d'aller à sa découverte, et pourtant chacun savait qu'à son contact il pouvait soit boire avidement, soit tomber dans les entrailles de la terre. Aucune autre ville n'a jamais paru convenir si bien aux Juifs, ne serait-ce que parce qu'aucun pays, aucun continent, aucun dessein supérieur n'a jamais pu affirmer qu'Odessa lui appartenait.

Mais quand même, j'étais abasourdi de me retrouver là. Je regardais à droite puis à gauche, croyant que je verrais la veuve Bimko et sa belle Sasha se diriger vers moi sur la grande étendue du parvis de l'église. Elles seraient habillées exactement comme dans ma photographie, vêtues de noir, mais sans tristesse. Non, la joie se lirait dans leurs yeux, et elles porteraient avec elles le réconfort comme si une telle chose pouvait être soulevée et apportée à ceux qui sont dans le besoin. Ma bonne étoile avait eu la bonté de me déposer juste à l'endroit auquel j'avais aspiré : pourquoi donc mes hôtesses ne m'attendraient-elles pas, peut-être avec un plat de *tsholnt* fumant ?

Mais même en cherchant bien, je ne vis naturellement aucune trace d'elles. Seuls personnages en vue, un grand nombre de prêtres déchargeaient une charrette de fagots qu'ils portaient dans leur église.

Plus loin, à l'autre bout du parvis, je crus apercevoir un garçon de la même taille que moi, également affalé sur les pavés. Un autre captif des *khapers* jeté par-dessus bord comme du lest ? J'essayai de me rappeler qui avait été éjecté juste avant moi de la carriole, et le visage qui m'apparut fut celui de Meyer la Grosse Brute. Il semblait avoir eu moins de chance que moi dans sa chute. Il ne bougeait pas du tout, étendu par terre comme un amas de chiffons à brûler.

Les deux sorcières le repérèrent en même temps que moi : « Encore un autre ! » s'exclamèrent-elles, et elles coururent lui faire subir leur fouille.

Rassemblant mes esprits et me relevant enfin à grand-peine, je fus saisi d'angoisse en découvrant que j'avais perdu la lettre de la veuve Bimko. Je tâtai mes poches, vérifiai mes chaussures, ma casquette. Pas de lettre. Fort heureusement, ma photographie de Sasha Bimko était toujours là où je l'avais cachée, dans les plis de ma chemise où les sorcières n'avaient pas eu le temps de chercher. C'est seulement parce que j'avais fixé l'adresse dans ma mémoire sous la forme d'un petit poème que je savais où je devais me rendre, même si je n'avais pas la moindre idée du chemin à emprunter.

Mais il n'est pas inutile d'être un peuple confiné dans les ghettos : à cette époque-là, dans ce monde-là, rencontrer un Juif c'était les rencontrer tous. Se retrouver seul Juif égaré loin de la communauté, c'était être attiré comme sous l'effet de la gravité pour en rejoindre le giron. Aujourd'hui encore, même si je n'ai pas mis une seule fois les pieds à la synagogue en plus de cinquante ans, passer devant telle ou telle *shul* – toujours située sur le trottoir d'en face – c'est se sentir happé par les anciennes attaches.

Ainsi attendais-je que ce sentiment naisse en moi à Odessa. Lorsqu'il tarda à se manifester, j'eus recours à une tactique de la dernière chance. Si rien ne marchait, il était toujours possible de demander son chemin aux goyim, qui n'avaient de cesse qu'ils nous disent où nous ferions mieux d'aller.

J'aperçus un prêtre qui s'attardait près d'une charrette fraîchement déchargée devant les massives portes en bois de son église. Vêtu de noir de la tête aux pieds et affublé d'une barbe noire assortie, il n'était pas sans ressembler aux hassidim de Kichinev, même si je savais bien sûr qu'il n'avait rien à voir avec eux sur tous les points essentiels. En temps normal, je n'aurais jamais osé approcher un tel personnage, mais il était apparemment le seul individu dans les parages. Je m'adressai à lui en russe : « S'il vous plaît, excusez-moi de vous importuner mais pourriez-vous me dire où habitent les Juifs ?

— Pas ici, Dieu merci !

— Dans le quartier ?

— Loin de la vérité.

— Dans quelle direction dois-je aller ?

— Loin de votre salut, si c'est le chemin que vous voulez emprunter. »

Ce dialogue se poursuivit un petit moment et point n'est besoin de le répéter ici. Il suffira de dire qu'en réponse à ma simple demande de renseignements, ce bonhomme plein de zèle me gratifia d'une leçon de foi chrétienne comme je n'en avais jamais reçu. À Kichinev, les chrétiens restaient entre eux sauf quand il s'agissait de recruter des Juifs pour l'armée ou de les massacrer en pleine rue. À Odessa, les choses semblaient aller différemment.

Le prêtre continua son sermon tandis que je m'éloignais. Mais ma bonne étoile m'accompagnait toujours. Il ne me fallut pas longtemps pour repérer un Juif qui cheminait le long des rues. Avec sa capote noire et ses favoris, je supposai qu'il ne se dirigeait pas vers le quartier juif, mais qu'il s'en éloignait, et que ce n'était qu'une question de temps avant qu'il s'en retourne : je lui emboîtai donc le pas.

Quand je finis par rassembler suffisamment de courage pour l'arrêter et lui demander comment je pourrais rejoindre l'adresse de la veuve Bimko, il me fixa d'un œil triste et me dit gravement : « Le Très Saint, béni soit-Il, se lamente pour le monde qu'un enfant veuille retrouver un tel lieu le soir de shabbat. »

Mais il ne m'en indiqua pas moins la bonne direction.

« Comment pourrais-je éviter l'endroit sans savoir où il se trouve ? » me dit-il.

Si l'auberge sise au 24, rue Iapontchik avait jadis été le bel établissement que la veuve Bimko décrivait dans ses lettres à ma mère, ses jours de gloire n'étaient plus à l'époque qu'un vieux souvenir. Des vagabonds s'entassaient en haut de l'escalier de pierre qui conduisait à son entrée en sous-sol, où une porte à la peinture écaillée tenait à peine sur ses gonds. Peut-être en des temps reculés s'était-il agi de l'ultime seuil franchi par des voleurs conduits au cachot ou à la chambre de torture, car la porte était placée de telle sorte qu'elle paraisse volontairement dissimulée aux activités de la rue. Même dans la vive lumière marine d'un après-midi d'été, j'y vis un point d'accès à une froide et humide géhenne où des démons perpétraient leurs pires crimes. Je descendis à une profondeur qui atteignait presque deux fois ma taille ; seule preuve tangible du monde supérieur, des morceaux orange et bruns provenant des tuiles du toit jonchaient les marches ; même ces dernières ressemblaient aux dents cassées du diable.

L'intérieur n'était guère plus avenant. Des soupiraux brisés laissaient pénétrer une chiche lumière, immédiatement étouffée par des nuages de fumée émanant de clients absorbés par leur cigarette et leur verre de schnaps.

En fait, le 24 rue Iapontchik n'avait rien d'une auberge mais tout d'un vulgaire débit de boisson. Vendredi soir approchait à grands pas et, tandis que même les impies mettaient en général un point d'honneur à s'affairer comme s'ils avaient l'intention de se précipiter chez eux pour shabbat, la taverne n'en était pas moins bondée. La moitié des clients étaient accoudés à un bar de bois sombre, l'autre occupait des chaises alignées le long du mur opposé. Entre ces deux groupes s'ouvrait une étroite bande de plancher.

Je rassemblai mon courage et me préparai à faire un pas pour demander si c'était bien ici que je trouverais les membres restants de la famille Bimko. Mais à peine avais-je levé le pied qu'une voix résonna depuis le bar : « Choisis ton camp, mon gars ! » fit-elle.

Ma jambe resta suspendue en l'air, ma chaussure à quelques centimètres du plancher. C'est alors seulement que je le remarquai : comme le bar, les tables et même les épaules de quelques clients, le couloir de larges planches qui s'ouvrait devant moi était recouvert d'une épaisse couche de poussière sale. Sans sa teinte bleu foncé, on aurait dit de la neige poudreuse. Je jetai un œil à gauche, un œil à droite : des regards allèrent de mon pied au sol et retour, chacun attendant de voir si j'allais oser faire un pas sur un chemin qui semblait ne pas avoir été emprunté depuis fort longtemps.

La voix venue du bar reprit dans un yiddish aux rudes inflexions mâtinées de russe : « Comment tu peux aller au bal de deux mariages si tu peux tortiller d'un seul cul à la fois ?

— Je ne comprends pas, répondis-je.

— Dans Le Souterrain, dit-il, tu peux seulement être d'un côté ou bien de l'autre, pas entre les deux. »

Une explication supplémentaire me parvint de l'autre partie de la salle, sous la forme d'une kyrielle de sons intrigants et familiers à la fois provenant de la barbe d'un bonhomme trapu portant une casquette de marin en toile noire. Il tendit une main pleine de doigts boudinés et jaunasses, m'offrant sa paume comme si je gagnerais son amitié à jamais si seulement j'allais dans sa direction. J'hésitai, surtout parce qu'il me fallut un moment avant de saisir que l'homme parlait en hébreu, comme s'il implorait les fidèles du haut de la bima : « *Bakharou lakhem hayom et mi taavdoun.* »

Avait-on jamais entendu la *loshn-koydesh* hors de la *yeshive*, de la *shul* ou de la table pour le shabbat ? Le seul fait d'y penser – de l'hébreu dans une taverne, et une taverne crasseuse par-dessus le marché – me paraissait incongru, pour ne pas dire scandaleux. Et ce d'autant plus lorsque je me repassai ce qu'il venait de dire dans ma tête et compris qu'il avait récité un passage des écritures : « Choisissez aujourd'hui qui vous voulez servir. »

L'homme accoudé au bar éclata de rire comme une chèvre qui bêle. Il n'était d'ailleurs pas sans ressembler à cet animal, en fait, avec son menton pointu et ses vaillants efforts de jeune homme pour y faire pousser une barbe.

« Carre-toi la Torah dans le cul, Zinnenoff ! grogna-t-il. Personne n'est dupe de ta révérence en toc. Tout le monde voit bien où tu te trouves le vendredi soir. »

Sur ma gauche, l'homme qui s'était exprimé en hébreu passa brusquement au yiddish et cracha pour toute réponse : « Fais gaffe, Shmolnik, ou quand viendra le soir de *shabes*, j'irai piétiner ta tombe.

— Et le matin de *shabes*, moi je me réveillerai dans les bras de ta femme ! » rétorqua Shmolnik.

L'aîné des deux hommes ouvrit et referma la bouche dans l'espoir d'y faire surgir une réponse, ou bien que personne ne remarquerait son silence s'il se contentait de bouger les lèvres.

« Et je la laisserai sans voix, elle aussi ! s'esclaffa Shmolnik. Je parie qu'aucune vraie plume yiddish n'a jamais trempé dans son encrier. »

Zinnenoff frappa du pied et se retourna vers les hommes qui l'entouraient : « Vous voyez ça ? Insultes et fornication ! Sa "langue maternelle" n'est bonne qu'à ça !

— Mieux vaut la fornication que la constipation ! cria Shmolnik. L'hébreu de Zinnenoff vous bouchera les intestins et vous laissera aussi bouffi que lui ! Méfiez-vous comme de la peste d'une langue où il n'y a pas de verbe pour dire "déféquer" !

— Si, on a un mot ! protesta Zinnenoff, on a un mot !

— Et où est-il dans les écritures ou les gloses ? s'enquit Shmolnik.

— *Peresh ! Charey-yowniym !*

— Des substantifs, rien de plus. Et zoologiques, par-dessus le marché ! Bouse de vache et fiente de pigeon. Mais le verbe qui désigne ce que font les humains ? Si tu ne le trouves pas dans la tombe d'où tu extirpes ton lexique, comment pourras-tu le rembourrer de paille et le mettre en vitrine ?

— Taxidermiste ! hurla un petit bonhomme aux côtés de Shmolnik, Embaumeur ! » Il semblait prêt à vouloir en rajouter, mais Shmolnik leva une main pour le faire taire : « Ça suffit ! Laisse parler le momificateur.

— Tu sais comme moi que nos experts linguistes créent des nouveaux mots tous les jours ! Même des mots pour les usages grossiers que tu décris. Depuis la dernière réunion du Comité pour la Langue Hébraïque, nous en avons plusieurs !

— Quel soulagement ! Ça fait depuis ce matin que je me retiens ! s'exclama Shmolnik. Vite, dis-les nous ! »

Zinnenoff ouvrit la bouche pour répliquer mais se mit à rougir comme le vin de kiddush sous sa barbe : « Je ne m'en rappelle pas sur l'instant, admit-il, mais je peux t'assurer que ce sont des néologismes tout à fait élégants, et très utiles !

— Voyez le dilemme de l'hébraïsant ! déclara Shmolnik. Même lui ne connaît pas les mots pour décrire le sac plein de merde qu'il est en réalité. »

Zinnenoff frappa du poing sur sa table. Son verre de schnaps fit un bond, lui aspergeant la main d'un alcool transparent qui sembla mettre à l'épreuve sa capacité à ne pas porter ses doigts à sa bouche. Il finit par les goûter, et comme sous l'effet revigorant de l'alcool il trouva les mots pour répondre : « Et le yiddishisant, lui il se vautre comme un porc dans la bauge du shtetl ! »

Des deux côtés de la taverne, les hommes bondirent sur leurs pieds ; ceux qui étaient déjà debout levèrent un bras indigné. Sur ma droite, parcourant la rangée des buveurs du bar, j'entendis des insultes en yiddish à faire rougir un gangster (« Une oreille collée à mon cul entend un discours plus éloquent que le tien ! ») ; sur ma gauche, venues des tables le long du mur opposé, je saisis des invectives en hébreu qu'on aurait crues tirées de la bouche des prophètes. (*« Lekh le azazel, ben zona ! »* Brûle en enfer, fils de pute !)

Deux Juifs, trois avis, selon le dicton. Multipliez cela par deux douzaines de types entassés dans la grotte de cette taverne souterraine, et vous aurez une petite idée de l'atmosphère volatile régnant sur la scène. Pourquoi tant de rancœur entre les Juifs ? Il faut que je vous explique. Il vint un temps où, dans son histoire en tant que langue et âme de notre peuple, le yiddish fut perçu par certains comme un argot vulgaire, et par d'autres comme une affirmation politique. Le monde était alors en proie à la folie des nationalismes : chaque tribu se déclarait nation et appelait de ses vœux sa langue nationale pour se distinguer du reste. Pour les Roumains et les Moldaves, c'était facile : les Roumains parlaient roumain, les Moldaves parlaient moldave. Mais pour les Juifs ? Qui déciderait si le yiddish ou l'hébreu, l'araméen ou le ladino devait être la voix unificatrice du peuple juif ? Comment les Juifs résolvent-ils la moindre difficulté ? En poussant des cris comme on n'en a pas entendu depuis Babel.

En fait, le jour où je pris connaissance de ce fossé linguistique, les deux factions furent tellement absorbées dans leur querelle qu'elles en oublièrent bientôt la présence du jeune garçon pris dans leur tir croisé, garçon qui parvenait à éviter les coups on ne sait trop comment tout en gardant l'équilibre sur une jambe, car il ne voulait pas choisir son camp. Mon pied gauche restait bêtement suspendu au-dessus de la zone dégagée du plancher qui séparait une langue de l'autre. Pendant deux, trois, quatre minutes je me crispai pour maintenir cette posture ridicule, jusqu'au moment où mes muscles se firent douloureux et des gouttes de sueur vinrent me piquer les yeux.

Enfin, dans un grand soupir de soulagement, j'abaissai le pied. La semelle de ma chaussure se posa aussi doucement qu'une plume en plein milieu de leur no man's land. J'aurais moins attiré l'attention si j'avais frappé de toutes mes forces sur un gong.

Une fois de plus, toutes les voix s'adressèrent à moi :

« Choisis ton camp !

— L'un ou l'autre ! Tu es de quel côté ?

— *Ivri, dabber ivrit !* » beugla Zinnenoff. Hébreux, parlez l'hébreu !

« Les Juifs vivants devraient parler une langue vivante ! cria Shmolnik.

— Tu dois choisir !

— Laissez-le tranquille », retentit une voix au-dessus du vacarme. Le silence se fit instantanément dans la salle.

L'homme qui avait tonné derrière le bar était un vrai colosse : pas étonnant qu'il pût imposer le silence à tous ceux qui se trouvaient là, mais à la vérité il semblait que son autorité ne découlait pas de sa corpulence. À la différence des autres qui étaient nombreux à porter l'uniforme indiquant leur allégeance à l'une des deux causes – Shmolnik en archétype du révolutionnaire avec sa chemise noir et rouge, Zinnenoff en sioniste au foulard de pionnier dépassant de sa poche – l'homme derrière le bar était vêtu de telle façon qu'il aurait pu tout aussi bien être un Juif pieux qu'un libre penseur athée. Gardait-il sa barbe blanche longue et fournie en hommage à Moïse, ou plutôt à Karl Marx ? Son lourd chapeau de feutre noir cachait-il une kippa, ou simplement une calvitie naissante ? Impossible de le dire. Il émanait de lui une présence et une prestance qu'on voulait examiner de près, ne serait-ce que pour en tirer une conclusion sur l'homme lui-même.

Il continua à me défendre en faisant la leçon à la foule ramenée à la raison : « Où en serez-vous tous si toute cette agitation de Juifs fait fuir le premier garçon juif qui franchit cette porte ? Je vais vous le dire. Vous en serez là où vous êtes depuis toujours : en train de pousser vos enfants à l'exil une fois de plus. Ne faites pas payer à un enfant les mesquines disputes qui divisent les hommes !

— Minkowski, cria Zinnenoff, tu le sais mieux que tout le monde : c'est pour nos enfants que nous nous battons… pour l'avenir !

— Quel genre de père laisserait ses enfants parler une langue antique à l'époque d'aujourd'hui ? fulmina Shmolnik. Tu créeras une génération de golems, animés par des mots que le reste du monde ne comprend pas !

— Encore un seul mot de l'un de vous deux, et vous ne remettez plus jamais les pieds ici », rugit l'homme à la barbe blanche dont le nom était Minkowski. Puis se tournant vers les deux camps il leur déclara : « Retournez à vos verres ou je ferme plus tôt que d'habitude ! Si vous voulez vous disputer pour des absurdités, allez traîner vos guêtres à la synagogue. »

Les chaises grincèrent, les verres trinquèrent. Peu après, une fois le brouhaha habituel d'une taverne revenu, Minkowski me toisa du regard : « Nous ne voulons pas de mendiants ici, mon garçon. »

Issu d'un milieu relativement privilégié parmi les Juifs de Kichinev, je n'avais jamais été traité de la sorte, et je n'aimais pas beaucoup cela.

« Je ne suis pas un mendiant », dis-je d'un ton vindicatif.

Il me jaugea d'un œil si sévère que je fus bien obligé de faire de même, me retrouvant alors gêné par le spectacle. Comme il était tombé bien bas, le fils du gérant d'usine ! Mes souliers étaient crottés, mon pantalon déchiré aux genoux par ma chute sur les pavés devant l'église, les poches et le col de ma veste arrachés par les deux sorcières. D'un geste je voulus rajuster mon couvre-chef et découvris de la paille restée accrochée à mes cheveux depuis mon séjour dans la carriole des *khapers*.

« Ma foi, tu as tout l'air d'un mendiant, reprit Minkowski.

— Mais pas du tout ! insistai-je. Je suis un poète !

— Les poètes on en veut encore moins que des mendiants. » Il lança à la cantonade : « Qui est un poète dans cette salle ? »

Des mains et des cris s'élevèrent des deux côtés de la brèche.

« Toi, un poète, Shmolnik ? ricana Zinnenoff. Tu écris de la littérature pour dames, des contes de grand-mère. Rien pour les hommes sérieux !

— Et toi tu écris en hiéroglyphes, rétorqua Shmolnik, une langue morte faite de mots morts pour des lecteurs morts et enterrés dans le sable. »

Zinnenoff lança son verre à une telle vitesse qu'il siffla en passant sous mon nez avant de s'écraser contre le bar. Une gerbe d'esquilles cristallines reflua et vint blanchir mon épaule, me brûlant la joue. Shmolnik me vit grimacer.

« Pour nos enfants, Zinnenoff ? demanda-t-il en agitant le poing en l'air.

— Escroc ! Menteur ! Pogromiste ! » l'invectiva le petit bonhomme à ses côtés.

Il fut le premier à franchir la brèche, et d'autres le suivirent immédiatement. Shmolnik souleva une chaise et la porta d'un côté à l'autre de la taverne, la brandissant au-dessus de sa tête comme s'il enlevait une mariée. Puis il l'abattit avec fracas sur le dos de Zinnenoff.

Minkowski surgit de derrière le bar et me saisit par la peau du cou en me poussant devant lui.

« Tu vois ce que tu as déclenché, monsieur le Poète ? »

Il me fit franchir une porte et me conduisit en lieu sûr, m'ordonnant de m'accroupir sur le seuil d'un débarras sans fenêtre, plongé dans l'obscurité au-delà de la faible lumière qui filtrait depuis la taverne. Ce fut seulement alors qu'il vit mon air effaré : avais-je vraiment déclenché cette émeute ?

« Ne t'inquiète pas. En vérité, tout ça n'a rien à voir avec toi, m'assura-t-il. Le désaccord qui oppose Zinnenoff à Shmolnik se ravive une fois par semaine. Il culmine le soir de shabbat : quand le jour profane rencontre le jour sacré, les défenseurs de chaque faction se sentent jugés.

— Je n'ai jamais imaginé que des hommes puissent en venir aux poings pour une question de jour, lui dis-je.

— Je parle métaphoriquement, mon garçon. Il ne s'agit pas de jours de la semaine, même si ça pourrait bien être le cas. » Il se tordit le cou pour regarder une fois de plus vers l'assemblée en pleine bagarre, toujours bouillonnante comme de l'eau dans une marmite.

« Ce sont des journalistes, m'expliqua-t-il. La moitié d'entre eux écrit en yiddish, l'autre moitié en hébreu. Une moitié est sioniste, une moitié socialiste. La moitié d'entre eux sont religieux, ceux de l'autre moitié se considèrent libres penseurs. Une moitié est née ici, et ceux de l'autre moitié sont venus, selon le proverbe, vivre comme Dieu à Odessa. Parmi ceux-là, la moitié croit en Dieu et l'autre moitié non, ce qui fait que je me demande s'ils ont l'intention de vivre à l'image de quelqu'un qui n'existe pas. Évidemment, la moitié des hommes ici présents ne sait pas de quoi elle parle. La moitié le sait. La moitié pourrait le savoir, ça dépend la quantité de boisson qu'ils ont absorbée. Et la moitié ne le saura jamais.

— Ça fait beaucoup de moitiés !

— Tu comprends pourquoi il y a foule. Autant de factions ne font pas bon ménage même dans un seul homme. J'appelle ce bar Le Souterrain pour la simple et bonne raison qu'il est sous la terre, et pourtant nombreux sont ceux qui viennent ici en croyant qu'ils feront connaissance de camarades avec l'aide desquels ils pourront faire sauter leurs ennemis à la surface. Chaque jour une nouvelle espèce de croyant se présente à ma porte : sionistes socialistes, yiddishisants socialistes, hébraïsants socialistes, sionistes yiddishisants, hébraïsants socialistes sionistes et athées. La seule combinaison que je n'ai encore jamais rencontrée, c'est un type qui se dit à la fois croyant et non croyant. »

Minkowski se redressa non sans peine, la respiration aussi lourde que ses membres avaient l'air de l'être, puis il poursuivit :

« Mais qu'est-ce que j'en sais moi, de toutes ces questions ? Je ne suis qu'un pauvre tavernier, mon intérêt c'est d'être tout pour tout le monde. De voir une logique dans l'argument de chacun. Mais pour mes clients, les choses sont différentes. »

Dans la salle, l'échauffourée avait pris fin mais le débat faisait toujours rage.

« La révolution passe d'abord par le langage ! lança Zinnenoff. Chaque conversation que nous autres Juifs tenons en yiddish ou en russe repousse le jour où nous parlerons tous la langue sacrée en Terre promise !

— Langue sacrée ! Bah ! Cette seule idée est un fléau, le rembarra Shmolnik, et ta Terre promise n'accordera ses promesses qu'à une élite. La langue de la révolution, c'est la langue du peuple ! »

Minkowski se retourna vers moi : « Mais alors, que viens-tu faire ici ? Tu es trop jeune pour un verre de schnaps. Ou pour faire la révolution.

— Je cherche la veuve Bimko, et sa fille Sasha. »

Il me scruta d'un regard pénétrant.

« Et qu'est-ce que tu leur veux ? »

Qu'est-ce que je leur voulais ? Je n'en étais pas entièrement sûr. Il y a des moments dans l'écriture de cette histoire où je suis bien forcé de l'admettre : les événements que je décris étaient vécus par un garçon ballotté au gré des caprices et des intentions des autres, parfois bienveillantes, et parfois beaucoup moins. Que voulais-je donc à la famille Bimko ? Je racontai à Minkowski tout ce que je savais à ce sujet, espérant que parmi ce récit je découvrirais une réponse pour moi-même.

« Ma mère m'a envoyé, commençai-je. Il fallait que je quitte Kichinev, et ma mère, elle dit que ceux qui ont le malheur en partage sont les compatriotes d'un pays sans frontières. Elle m'a dit qu'un jour elle avait protégé Sasha, et que maintenant Mme Bimko doit me protéger moi. Elle dit que Sasha était là le jour de ma naissance et que maintenant je dois la retrouver !

— Kichinev, tu dis ? La conscription est venue jusqu'à Kichinev ? Ils enlèvent les petits garçons ? »

Il supposait que je m'étais enfui de l'armée, ce qui était partiellement vrai mais pas totalement. Je décidai de laisser perdurer cette erreur. La saga impliquant Chaïm et Gourodine ainsi que l'emprisonnement de mon père était un fardeau tout autant qu'un souvenir récent : il n'en serait que plus lourd à porter si j'en disais un mot en guise d'explication.

« C'est une bonne idée d'être venu jusqu'à Odessa, reprit Minkowski. Ici, un enfant pourrait se cacher du regard de Dieu, alors ce ne sera pas un problème d'éviter l'armée du tsar. Viens. »

Je le suivis qui grimpait un étroit escalier, chacun de ses pas pesants geignant comme une oie tandis que le bois grinçait sous l'effort. Son souffle s'alourdit, et la cage de l'escalier retentit d'une telle symphonie de couinements, grincements et sifflements que nous aurions pu nous croire en train de traverser une cour de ferme.

« Alors comme ça, c'est à vous la taverne ? demandai-je.

— Oui.

— Et l'auberge est à l'étage ?

— L'auberge ? Ça fait longtemps que ce n'est plus une auberge. Personne n'habiterait plus ici maintenant si la veuve Bimko n'avait pas besoin d'un toit.

— Et Sasha ? » demandai-je. Je sentis les poèmes que j'avais commencé à composer pour elle me transpercer le cœur de leur brûlure.

« Mieux vaut poser à Mme Bimko les questions qui concernent la famille Bimko. »

Parvenu au sommet des marches, Minkowski frappa doucement à une porte en bois sombre puis l'ouvrit, bien que je n'eusse entendu aucune réponse.

« Sois bref, elle ne va pas très bien », me dit-il.

Dans la pièce, une femme était assise seule près d'une fenêtre garnie de rideaux, unique source de lumière disponible. Elle écartait un pan du rideau comme pour scruter la rue.

« Madame Bimko ?

— Qui est là ?

— Itsik Malpesh, fils d'Abram et de Minah Malpesh. »

En entendant mon nom, elle détourna le regard de sa fenêtre et m'observa depuis l'autre bout de la pièce. C'est seulement alors que je pus voir la veuve Bimko distinctement. C'était une femme à l'air grave, la peau tirée sur les os. La flamme qui animait son regard était logée si profond dans son crâne famélique qu'on aurait pu croire une allumette brûlant au fond d'un puits. D'après ce que m'avait dit ma mère, jadis à Kichinev elle était rondelette et joyeuse – c'était l'épouse d'un boucher, après tout. À Odessa, elle avait l'air de manger seulement quand la nourriture lui tombait dans la bouche. Les lettres qu'elle nous adressait n'avaient laissé entendre ni malheur ni maladie. « Souliers d'émigrant deviennent lingots d'or », comme dit le proverbe. Qui irait raconter son infortune dans ses lettres quand les bonnes nouvelles coûtent la même modique somme que la vérité ?

« La ruine de Kichinev s'étend même jusqu'ici », finit-elle par déclarer sans le moindre mot de bienvenue. Puis elle reprit son observation à travers la fente des rideaux.

L'image de sa veille solitaire marqua mon âme d'un fer si rouge que des décennies plus tard je composai un poème sur le sujet, même s'il s'agissait alors tout autant de ce que j'avais moi-même perdu. Je l'écrivis comme si elle était toujours là, assise devant moi :

À la fenêtre dans la pénombre
une âme attend tout esseulée,
qui scrute avidement les lointains

espérant que revienne l'amour.
Et pourtant même les ombres
de tous les coins sont délogées
quand ses yeux noirs brûlent sans fin,
éclairés par ce fardeau si lourd.

Mais un petit garçon n'est qu'un petit garçon. À l'époque, j'étais incapable de voir plus loin que le bout des planches dans la pièce où je me tenais : je supposai qu'elle regardait par la fenêtre dans l'espoir de me voir arriver moi, et moi seul.

« C'est ma mère qui m'envoie, repris-je, elle espère que je puisse habiter ici pendant quelque temps. »

C'est seulement en prononçant ces paroles et en examinant les lieux que je compris la situation : la veuve ne pouvait tout simplement pas accueillir de pensionnaire chez elle.

« Enfin, ajoutai-je, je veux dire qu'elle pensait que je pourrais peut-être vous aider. »

Mais la veuve Bimko ne semblait pas le moins du monde se soucier de la façon dont j'expliquais ma présence inattendue. Pour tout dire, elle semblait ne pas m'écouter du tout.

« Le soleil se couche enfin », dit-elle en se levant de son siège pour gagner une table basse où elle alluma les bougies de shabbat et récita la prière. Dans la lumière vacillante, je vis entre les bougies une photographie de Sasha, seule décoration dans la solitude de cette pièce. Elle alluma une cigarette à l'une des flammes.

« *Gut shabes*, lui dis-je. Pouvez-vous me dire, est-ce qu'elle va rentrer pour le dîner ? »

Mme Bimko leva les yeux de sa cigarette, l'air intrigué : « Qui ça ?

— Votre fille, Sasha.

— Ah, Sasha. Ma fille, répondit Mme Bimko. Ma fille n'est pas ici.

— Oui, je vois bien, lui dis-je en parlant fort à présent, au cas où la vieille femme aurait été dure d'oreille. Je me demande quand elle rentrera. »

Mme Bimko creusa les deux joues en tirant sur sa cigarette, faisant rougeoyer le bout allumé dans la pénombre. Lorsqu'elle exhala, son visage disparut à mes yeux. On aurait dit qu'un nuage parlait dans la tempête quand j'entendis les mots : « Elle est dans le désert.

— Le désert ?

— Ma Sasha est partie en Palestine. Une troupe de jeunes idiots a défilé dans toute la ville et elle a rejoint leurs rangs. Elle est partie.

— En Palestine ? Pourquoi ?

— C'est une idéaliste ! Elle veut cultiver la terre, faire pousser des légumes. Moi je lui dis, De la terre on en a ici. Cette terre-là n'est pas notre terre, me répond-elle. Moi je lui dis, Ton père était boucher, je t'ai sevrée pour te nourrir de sang de bœuf, qu'est-ce que tu y connais en pommes de terre ? Et elle me répond, On ne fait pas pousser des pommes de terre, on fait pousser des oranges. Des oranges ! A-t-on jamais entendu pareilles âneries ? Alors je lui dis, En Erets-Yisroel, il pousse des oranges. À Odessa, il te pousse des cheveux blancs.

— Vous lui parlez ?

— Quoi ?

— Vous dites que vous lui parlez, mais comment vous faites pour lui parler, si elle est en Palestine ? »

La veuve Bimko fronça les sourcils : « Peut-être qu'elle m'a envoyé une lettre ? Oui, ce doit être ça. Elle m'a écrit pour me raconter les oranges. Aussi grosses que la tête d'un paysan, selon elle. Alors moi je lui dis, Ah ! mais un paysan en a bien plus dans le citron que tes oranges ! Oh, qu'est-ce qu'on a ri avec ça ! »

Elle tira sur sa cigarette.

« Alors vous lui avez parlé ?

— Qui ça ?

— À Sasha.

— Ma Sasha est dans le désert », dit-elle, et elle retourna se poster à la fenêtre.

*

Plus tard ce soir-là, en dînant pour *shabes* de pickles accompagnés de pain noir, j'eus droit à toute l'histoire de la bouche de Minkowski.

Des années auparavant, me raconta-t-il, le 24, rue Iapontchik abritait bel et bien une auberge, et d'excellente réputation. Si réputée que le jour où la veuve Bimko arriva en ville et alla dire au rabbin de la Synagogue des Bouchers que son mari avait exercé la profession d'abatteur rituel à Kichinev, et qu'elle se demandait où une femme pieuse et sa fille pourraient se loger, il les envoya frapper chez Minkowski.

« J'avais une femme à l'époque, poursuivit le tavernier, et je la taquinais en disant qu'elle tenait l'auberge comme si elle attendait la reine Esther pour le thé. “La seule Esther de la maison, c'est moi, me répondait-elle, mais c'est égal, l'endroit doit être digne d'une reine !” Mon Esther a accueilli la veuve Bimko comme une sœur depuis longtemps perdue.

On avait entendu parler des violences de Kichinev, bien sûr, et au début on l'a hébergée par charité. Mais au cours des deux années suivantes, elles sont devenues les meilleures amies du monde. Elles le sont restées jusqu'à la fin.

— La fin ? demandai-je.

— Deux ans après l'arrivée de la veuve, Esther s'est rendue un jour au marché et elle n'est jamais revenue.

— Où était-elle partie ?

— D'abord à l'hôpital, et ensuite dans un monde meilleur. »

Peut-être discerna-t-il les questions qu'exprimait mon regard.

« Tu crois que Kichinev est le seul endroit où habitent suffisamment d'élus de Dieu pour se trouver confrontés à un pogrom ? »

Je secouai la tête, mais en vérité, je n'avais jamais connu de telles horreurs de toute ma vie sinon par les souvenirs des autres. Quel enfant connaît les fantômes qui hantent ses parents ? Et mieux, quel enfant en sait suffisamment pour les craindre ?

« Ce que je n'ai pas compris à l'époque – et c'est pour ça que je te raconte tout cela maintenant – c'est que j'avais perdu Nahum avec elle.

— Nahum ?

— Mon fils. C'était seulement un petit garçon, encore plus jeune que toi. Et pourtant il ne s'en est jamais remis, et il n'a jamais pardonné.

— Pardonné qui ?

— Moi, pour commencer, répondit Minkowski le regard inflexible, mais pas seulement moi. Il n'a jamais pardonné Odessa. Les rues, les gens. À ses yeux, sa ville natale s'était transformée en gibet. Il était trop jeune pour comprendre que depuis le début, c'était un gibet. Qu'il jouait à l'ombre d'une corde qu'il avait prise pour une balançoire. Sa désillusion a donc été totale, tandis que la mienne... ma foi, peut-on perdre ses illusions quand on n'en avait aucune au départ ? Mon Esther et moi, on savait que les Juifs vivaient ici en sursis. On avait prévu d'émigrer. J'ai un frère en Amérique, et il nous restait peut-être deux ans avant d'aller le rejoindre là-bas. Esther disparue, je ne m'imaginais plus faire le voyage. Et puis il fallait s'occuper de la veuve. Pour tout avouer, je me suis peut-être trop occupée d'elle, sans prêter assez d'attention à Nahum. Il était livré à lui-même, j'en ai bien peur. Libre de suivre les idées les plus saugrenues qui se présentaient à lui.

« L'an dernier, un contingent de *fusgeyers* a traversé Odessa en chantant les merveilles qui les attendaient à Sion. Tu les connais, les *fusgeyers* ? Ces jeunes Juifs qui font étalage de leur force en allant à pied jusqu'en Erets-Yisroel.

« Aux yeux de Nahum c'était comme une armée juive, et c'est exactement ce dont il croyait avoir besoin. Ils ont embarqué à bord d'un bateau, frappant tambour et chantant *Hatikva* à pleins poumons. C'est seulement le lendemain matin qu'on a compris que Nahum avait mis ses menaces à exécution.

« Quand la veuve est venue m'annoncer que Sasha manquait elle aussi à l'appel, il ne faisait pas de doute qu'ils étaient partis tous les deux.

« Ça ne m'a pas surpris. Si tu fais quasiment partie de la famille Bimko, comme tu le prétends, tu dois déjà savoir que Sasha Bimko est une idéaliste, une battante, et têtue comme une mule. Du jour où elle a appris qu'en Erets-Yisroel on vit à la dure, plus rien n'a pu chasser de son esprit la pensée d'aller vivre là-bas. Peu lui importait que son départ replonge sa mère dans l'état où elle se trouvait en arrivant ici. Sasha disait : "Ici c'est dur et sans aucun espoir ; là-bas ce sera peut-être plus dur encore, mais les lueurs de l'espoir dissiperont les ténèbres."

« Elle m'a mis au défi de trouver une seule raison qu'auraient les Juifs de rester à Odessa ou en Russie, et j'en fus incapable. J'ai essayé, bien sûr. "Ta mère, lui ai-je dit. Tu devrais rester pour elle." Elle m'a répondu alors : "Ce n'est pas ce que je vous ai demandé. Ma mère, c'est juste ma mère à moi ; mais tous les autres gens, où trouveront-ils du réconfort ?"

« À cela je n'avais pas de réponse », conclut Minkowski.

Avant, c'était le visage de Sasha Bimko qui m'avait plu, mais maintenant je savais que son âme me plaisait elle aussi. Comment un garçon de onze ans sait-il au fond de son cœur quel sera son destin, et qui en détiendra les clefs ? Il n'en sait rien. Il se contente de parler, et en parlant il forge son destin.

« Je suivrai son exemple, alors ! dis-je.

— Ta dévotion est admirable, mais tu choisis mal ton moment, répliqua Minkowski. Même un petit garçon doit bien savoir qu'une guerre a éclaté. Le port est fermé. Nos pionniers sont isolés dans un monde, et nous dans un autre.

— C'est pas grave », lui dis-je. Le pouvoir des mots n'est-il pas le plus fort lorsqu'on les utilise pour se convaincre soi-même que la seule réalité qui vaille, c'est celle que l'on perçoit ? Quand un petit garçon fait un serment, c'est sans prendre en compte la moindre implication ; en vérité, il le prononce absolument sans réfléchir. Et pourtant, au moment où il le prononce, dans l'acte de former les mots, ceux-ci deviennent la vérité.

« Un jour je la retrouverai », déclarai-je, et je le croyais tout autant que Dieu lorsqu'il avait dit : « Que la lumière soit. »

Les mémoires d'Itsik Malpesh

khes

Le lendemain matin, le premier de ce qui serait peut-être cinq cents matins de shabbat à Odessa, le premier matin de shabbat que je n'accueillis pas d'une prière, Minkowski me demanda si j'avais quelque talent à faire valoir. Je répondis en faisant apparaître d'un grand geste mon poème publié, agitant la feuille arrachée à *La Libre Expression juive* comme si c'était le drapeau d'une armée conquérante :

« Comme je vous l'ai dit hier, à Kichinev j'étais un poète de renom, déclarai-je en dépliant ma coupure de presse en guise de preuve.

— Travailler ! précisa Minkowski, est-ce que tu sais travailler ? »

Je préférai ne pas lui parler des années passées à pelleter la fiente d'oie à la fabrique de duvet de mon père, de peur qu'il ne me réserve des corvées du même acabit. Au lieu de cela, je lui racontai que j'avais passé du temps dans un atelier de typographie. Sur la longueur de mon séjour, ou plutôt sa brièveté, je ne dis rien. C'est alors seulement qu'il sembla montrer quelque intérêt pour ma page de journal.

« C'est toi qui as fait ça ? me demanda-t-il.

— Oui, c'est ma première publication !

— Mais la composition, c'est toi qui as composé cette page ?

— Oui. Je veux dire, je sais comment on fait. Enfin, j'ai vu comment faire. »

Il produisit une petite loupe de la poche de son gilet et s'en servit pour lorgner ma page. Reflétées dans ses lunettes, je voyais les lettres grossir, puis diminuer, tandis qu'il déplaçait la loupe de droite à gauche.

« Des poètes, ça j'en trouve à la pelle, me dit-il. Je ne peux pas faire trois pas dans les rues d'Odessa sans qu'un kabbaliste relaps veuille me faire lire ses vers torturés comme du mauvais Pouchkine. Mais savoir composer pour l'imprimerie, ça c'est du grand art. Et ce que je vois là n'est pas mal fait. Bon, bien sûr, les lignes sont trop serrées et l'encre bave comme un nez qui coule, mais à part ça on dirait le travail d'un expert. »

Je considérai les lettres de la page avec une admiration renouvelée, me rendant compte pour la première fois que leur contenu n'était pas le seul acte créatif qu'elles offraient aux regards.

« Avec la guerre je vais avoir plus de travail que jamais, poursuivit Minkowski. Un apprenti ne serait pas de trop.

— Quel apprenti ?

— Tu te souviens de la dispute qui a salué ton arrivée hier ? »

Si je m'en souvenais ? Ne voyait-il pas les petites marques rouges sur mes joues, laissées durablement par le verre de schnaps qu'avait lancé Zinnenoff ? Passant la main sur mon menton, je crus sentir une éteule de verre incrustée sous ma peau.

« Je m'en souviens.

— Selon toi, pourquoi deux factions en guerre voudraient-elles se tenir compagnie ? Eh bien, je crois qu'au fond ils savent qu'ils ont besoin les uns des autres. Qu'est-ce que l'hébreu sans le yiddish ? Qu'est-ce que le yiddish sans l'hébreu ? Tu connais le proverbe : un homme sans femme c'est comme une bouche sans langue, il peut manger mais peut-il sentir le goût ? C'est la même chose pour mes clients, chacun a besoin du venin de l'autre. Mais en plus de ça, il y a une autre raison. Tu sais pourquoi ils viennent ici tous les jours ?

— Pour picoler ? hasardai-je.

— Ils peuvent trouver du schnaps n'importe où, dit Minkowski en secouant la tête, sa barbe blanche lui balayant la poitrine comme une brosse. En fait, ils pourraient en trouver du moins cher ailleurs. Non, ils viennent chez moi parce que je réponds à un autre besoin.

— Un besoin ?

— De quoi des journalistes peuvent-ils avoir autant besoin que de l'alcool ? Si du bon schnaps représente la moitié de ce qui leur coule dans les veines, qu'est-ce qui selon toi alimente aussi leur cœur et leur donne le sang bleu ? »

Il me fit descendre l'étroit escalier, entrer dans la taverne et traverser la salle. Quand il atteignit la sombre bande de crasse et de poussière qui diviserait une fois de plus sa clientèle indisciplinée lorsqu'il rouvrirait boutique, il sauta par-dessus, en dépit de sa corpulence, avec une grâce qui trahissait un mouvement répété à l'infini.

« Certains effaceraient toute trace de cette ligne, fit-il remarquer. À vrai dire, je n'y vois pas d'inconvénient. Leurs querelles ont beau être mesquines, la ligne leur donne la structure dont elles ont besoin. C'est comme le pli qui sépare une page de la suivante. »

Je le suivis dans la pièce obscure où il m'avait caché la veille. Il alluma une lampe, puis une autre et encore une, jusqu'à ce que les murs de briques nues vacillent entre ombre et lumière. La pièce était bien plus vaste que le placard qu'elle m'avait semblé être, et n'était pas remplie, comme je l'avais cru, de balais, serpillières et autres ustensiles de ménage. Non, s'offrant à nos regards se déployait une scène tout à fait semblable à celle où j'avais atterri par mégarde à Kichinev, dans les bureaux de *La Libre Expression juive* : cassetins, palettes, presses et rouleaux noirs de graisse, étagères garnies de journaux jaunis à perte de vue. Comme dans la taverne, tout dans cette arrière-salle était recouvert d'une couche de crasse bleu foncé.

« Eh oui, dit Minkowski, de l'encre. J'ai essayé de la confiner dans cette pièce-ci, mais quand on imprime, on dirait bien qu'elle va flotter partout à sa guise. »

Cela faisait à peine plus d'un mois que j'avais vu du matériel d'imprimerie pour la première fois, et pourtant le monde et la place que j'y occupais paraissaient désormais si différents que j'acceptais sans hésiter le fait que ces objets auparavant inconnus s'apprêtent à faire partie intégrante de ma vie.

« Vous êtes imprimeur ? » demandai-je.

Minkowski secoua la tête, agitant un doigt sous mon nez : « Non, non, insista-t-il, les imprimeurs s'attirent des tas d'ennuis. Je ne suis qu'un tavernier. Mais un tavernier est avant tout quelqu'un qui comprend le mécanisme intérieur des hommes et des mots dont les hommes se servent. Verser à boire toute la journée, c'est observer le discours qui s'endort et qui s'anime tour à tour. C'est prendre conscience de la façon dont est composée chaque pensée, dont elle se construit par ajouts successifs, comme un maçon se sert de briques. Il m'arrive bien souvent d'avoir avec un de mes habitués une conversation qui s'arrête en plein milieu, comme si le maçon avait perdu sa truelle, ou que l'échelle s'était effondrée sous son poids. Une phrase à demi prononcée reste suspendue comme un mur à demi construit, ne remplissant pas tout à fait sa fonction, mais indiquant l'endroit où il va s'ériger. Je suppose que c'est la raison pour laquelle je possède tout ce matériel : je vends du schnaps et j'imprime des journaux, chaque activité me renseigne sur la manière dont le langage se construit.

« Les yiddishisants comme les hébraïsants, tous viennent me voir en pensant que je sympathise avec leur camp et me contente de tolérer le camp adverse. Ils ne voient pas que je les considère du même œil, parce que je m'intéresse moins aux mots qu'à leurs constituants : les lettres, la ponctuation, et jusqu'aux espaces qui séparent un mot de l'autre. Une virgule ou un point d'interrogation sont aussi importants qu'un *alef*, qu'un *mem* ou qu'un *tof*. Ensemble, ils s'ajoutent pour former une seule vérité, c'est vrai. Mais chacun recèle sa propre vérité. »

À l'époque, il n'y avait pas moins de huit cents publications régulières de journaux et magazines à Odessa : les deux produites dans l'arrière-salle de chez Minkowski étaient loin d'être les meilleures, même parmi celles de la communauté juive. La plupart étaient en russe, et publiées à un rythme variant de l'hebdomadaire à « une fois de temps en temps quand vient le messie ». Minkowski se distinguait du lot en imprimant et en distribuant les seules publications quotidiennes à la fois en hébreu et en yiddish. Il y parvenait en reproduisant – sur d'étroites feuilles fines comme du papier à cigarettes et imprimées des deux côtés – les transcriptions presque verbatim des nouvelles du monde telles que passées au filtre des élucubrations avinées de sa clientèle. Chacun de ses deux périodiques tirait son titre du nom de son mauvais papier au grammage si fin : *Papirosen*, pour l'édition en yiddish, et un mot nouvellement inventé, *Cigariot*, pour celle en hébreu.

L'approche éditoriale qui était la sienne dans ces deux publications donnait parfois lieu à des commentaires qu'on ne trouvait nulle part ailleurs dans tout Odessa. Tel fut le cas lorsque le grand écrivain Abramovitch s'aventura par hasard dans le débit de boissons et débattit longuement des ressemblances entre la recette de sa femme pour le *kugel* et les fluctuations de la situation politique dans les Balkans : « Peut-être qu'aujourd'hui chacun de nous est une nouille distincte, mais avec le temps on va tous cuire pour former une seule grosse boule, et une grande violence résultera de notre séparation », déclara le célèbre homme de lettres, qui eut la grande surprise de découvrir que ses prédictions copieusement arrosées de schnaps faisaient les gros titres du lendemain.

La technique de Minkowski pour recueillir son information exclusive consistait à rester assis au bar, assurer que l'alcool coulait à flots, et écrire tout ce qu'il entendait, attrapant au vol les mots qui flottaient dans l'atmosphère enfumée comme avec un filet à papillons.

« Une fois tout le monde parti, je compose une page à l'aide des casses dans l'arrière-salle, m'expliqua-t-il. J'ai découvert que plus je les laisse boire, plus la matière première devient intéressante ; sauf que plus ils restent, plus ils en disent, et moins j'ai de temps pour composer et imprimer les pages.

« Tu commenceras par faire la décomposition. J'ai rarement le temps d'enlever les casses sur les ais, alors une fois que j'aurai imprimé, tu les nettoieras et tu les démonteras.

— Et après ? »

Il me montra une étagère au fond de la pièce, où peut-être une centaine de ces planches de bois étaient empilées l'une sur l'autre : « Tu auras bien assez de quoi t'occuper », me dit-il.

Le lendemain je pris mon travail comme je le ferais tous les matins durant mes dix ans passés à Odessa, en grimpant sur une échelle jusqu'au sommet de la pile d'ais pour en redescendre quatre ou cinq, puis allant de ligne en ligne j'ôtai les lettres deux par deux et les déposai dans la section correspondante de la boîte en bois divisée en casiers destinés à cet usage.

Au début ce fut comme si j'avais oublié deux langues à la fois, celle de chez moi et celle de mon éducation religieuse. Les voir réduites à leurs éléments primitifs les rendait méconnaissables. La tâche était longue et monotone : imaginez une machine à écrire qui effacerait les mots d'une page à la vitesse d'une énorme chenille dévorant un rosier des racines jusqu'aux épines. Chaque planche me demandait une heure ou plus tandis que je soulevais les lettres, les étudiais, puis partais à la recherche de la bonne boîte pour chacune.

Mais à la fin du mois, j'avais mémorisé la place de toutes les boîtes et je reconnaissais chaque lettre au toucher. Les courbes et les angles de l'*alef ; beys*, pareil à une vague qui va déferler. *Giml*, surnommé non sans raison « le chameau », avec sa tête tournée d'un côté et de l'autre comme une bête du désert. *Shin*, semblable à un candélabre. *Reysh*, évoquant la serre d'un aigle. *Tof*, qui rappelait un cheval marchant nez au vent. C'est dans l'imprimerie clandestine de Minkowski que je commençais à comprendre les leçons des kabbalistes sur la signification des lettres comme éléments primordiaux de la création. Chacune racontait une histoire si on prenait le temps de la lire.

C'est également ainsi que je suivais les dernières nouvelles, en particulier celles de la guerre. Durant mon premier automne passé dans la métropole, quand Odessa fut bombardée depuis la mer, le 24, rue Iapontchik trembla plus de fois sur ses fondations que je ne puis me rappeler. L'air s'emplissait de poussière ; des piles de planches s'effondraient en dispersant leurs blocs de bois comme des grenades.

Des mots soigneusement composés éclataient en s'éparpillant au sol ; les mêmes lettres dont Dieu s'était servi pour créer le monde claquaient comme des dés sur le sol de pierre, éléments immuables d'un jeu de hasard qui s'appelle la vie.

Les années qui suivirent furent peut-être plus vivables pour un jeune garçon loin de son foyer que pour tous les autres, car que leur apportèrent-elles sinon la destruction sans fin de leur vie de famille ? Chaque mois, de plus en plus d'hommes disparaissaient du Souterrain. Au début, c'était l'armée du tsar qui les rattrapait. Ensuite, ce fut la guerre civile. Dans les deux cas, Minkowski institua un rituel pour fêter l'heureux conscrit à la veille de son rappel sous les drapeaux. L'invité d'honneur trônait sur un fauteuil et on lui faisait boire à grands traits un breuvage que le tavernier concoctait spécialement pour l'occasion. Le conscrit n'avalait jamais plus de deux ou trois gorgées avant de basculer en arrière, une grimace bleue sur le visage.

« Trois cinquièmes de schnaps, deux cinquièmes d'alcool d'encre, m'expliqua Minkowski la première fois que j'assistai à une telle cérémonie. Si tu fais bien ton dosage, le gars dort au moment de la conscription et il rate son train pour le front.

— Et en cas de mauvais dosage ?

— Il perd la vue et devient fou. C'est mieux que les tranchées. »

Malgré toute sa noblesse, le plan de Minkowski était au mieux un expédient. Une armée ou l'autre finissait toujours par dénicher les recrues, et hop ! à la guerre avec les lèvres bleues comme l'océan.

« La couleur s'en va, expliquait Minkowski, mais elle peut durer assez pour que le gars soit réformé pour raison médicale. »

Aucun registre ne signalait ma résidence à Odessa, et j'échappai de la sorte à la conscription alors même que j'atteignis ma majorité. D'un jour à l'autre, d'une guerre à l'autre, pour moi le quotidien resta le même. Peu importe qui se trouvait aux commandes, il n'y avait jamais assez à manger.

Les soldats étrangers se succédaient, d'abord les Allemands, puis les Français. Ensuite, accompagnant les sables mouvants de la révolution, les Russes blancs firent leur entrée en scène, puis les Rouges. Je ne savais pas grand-chose des différences entre eux à l'époque, et n'en garde qu'un vague souvenir aujourd'hui. Ce que je savais du Rouge et du Blanc se limitait à ceci : c'étaient les couleurs que je voyais quand je m'astiquais le manche tous les soirs, en pensant à ma bien-aimée.

Mon ignorance était un symptôme d'une épidémie plus vaste. Bientôt, j'écrivais des histoires en même temps que je composais et imprimais des pages, et pourtant ce que je savais du vaste monde se limitait à ce que j'apprenais dans Le Souterrain, et ce que mes sources mal informées savaient, elles l'avaient tout simplement ramassé comme des détritus dans la rue, parfois au sens propre. Plus d'une fois il nous arriva d'entendre des vieilles lunes répétées comme si c'était la toute dernière nouvelle par tel ou tel type qui venait d'entrer dans la taverne avec un exemplaire du *Papirosen* de la semaine précédente collée à sa semelle.

J'ai souvent regretté de ne pas avoir conservé certaines de ces publications, plus en guise de témoignages du passé que d'exemples des premiers pas d'un poète. Comme toute publication de presse, il s'agissait des brouillons de l'histoire. La différence, bien entendu, c'est que ces feuilles fines comme du papier de soie et blanches comme du crachat étaient des brouillons rédigés dans une langue que l'histoire elle-même n'allait pas tarder à détruire.

Aujourd'hui, je me rappelle seulement des fragments du contenu que nous produisions, comme par exemple le gros titre de notre reportage sur le traité mettant fin à l'implication officielle de la Russie dans la Grande Guerre :

DÉCLARATION DE PAIX
Allemands et Russes tombent d'accord
pour ne massacrer que les Juifs

Titre suivi bientôt par notre enquête sur l'accession des bolcheviques au pouvoir :

LA PAIX ? PAS TOUT À FAIT
La révolution d'Octobre détrône celle de Février,
d'autres révolutions sont à suivre

Puis vinrent les récits de la vie quotidienne sous le nouveau régime :

FAMINE & MALADIE FONT RAGE
SUITE À LA GUERRE CIVILE
Au moins nous avons la santé,
nous déclare une source anonyme

Avec le temps, notre inquiétude face à la guerre et aux malheurs qui s'ensuivirent fit place à la crainte devant des ennemis plus insidieux. Après une accalmie durant laquelle on put croire que tous les hommes partis sur les différents fronts avaient disparu, les absences aux rendez-vous hebdomadaires du Souterrain se multiplièrent à nouveau.

Ceux qui étaient encore là parlaient à mi-voix de la Tchéka, la police secrète. Ils prononçaient ce nom comme s'il s'agissait d'un type détestable qu'ils connaissaient personnellement, la sorte d'individu qui vous emprunte de l'argent, séduit votre sœur, se glisse dans vos confidences dans le seul but de colporter vos secrets par toute la ville, et qui pour couronner le tout vous tire une balle dans la nuque.

« Avant, on se consolait en se disant que ça ne pouvait pas aller plus mal, déclara Minkowski, mais maintenant je choisirais sans hésiter les Cosaques plutôt que la Tchéka. »

Désormais, quand il manquait quelqu'un à l'appel, sa disparition n'était ni annoncée par des pleurs ni célébrée en portant un toast. Cela se produisait en silence : un homme passait une soirée agréable à sa table habituelle, il se levait pour dire bonsoir et se retrouvait escorté par des inconnus au moment de sortir. On ne le revoyait plus jamais.

« Si les hommes de la Tchéka prenaient au moins la peine de se présenter, je pourrais leur servir quelques verres de mon cocktail à l'encre et on les balancerait à la mer.

— Tu crois que l'alcool leur fait de l'effet ? demanda Shmolnik. Pour se saouler, il faut du sang. Pour avoir du sang, il faut avoir un cœur.

— Un cocktail à l'encre, ça peut mettre K.O. une pierre.

— S'ils avaient une âme de pierre, ce serait déjà mieux que rien. »

Les rumeurs les plus folles couraient sur les méthodes de la Tchéka. Shmolnik répétait qu'un homme de sa connaissance s'était retrouvé le bras sanglé sur une table, contraint de regarder quand ils avaient mis le feu à sa propre main :

« Et c'était l'un des rédacteurs du journal du parti ! ajouta Shmolnik. Il avait commis l'erreur d'adopter la mauvaise perspective quant à "la fin de l'histoire". Puisque la révolution d'Octobre était une rébellion contre la révolution de Février, il se demandait s'il était possible de voir en cette dernière une contre-révolution à proprement parler, et si tel était le cas, si les Bolcheviques n'étaient pas en fait non pas des révolutionnaires mais bien des contre-révolutionnaires. Quand ses camarades ont pris cette remarque pour une trahison, il a souligné qu'il faisait simplement une observation d'ordre linguistique. "Bourgeois !" lui ont-ils crié alors. Et là-dessus, la Tchéka lui a arraché les yeux.

— Ce n'est pas ce que j'ai entendu dire, intervint Zinnenoff. J'ai entendu dire que la Tchéka l'a trempé jusqu'aux os pour le laisser geler dans la rue.

— Tu te trompes sur toute la ligne, comme d'habitude, Zinnenoff. Je suis sûr et certain que la Tchéka lui a arraché les deux yeux. Après quoi, ils lui ont mis du sucre sur les tétons et ils ont glissé cinq rats sous sa chemise.

— Tu dois confondre avec un autre. Une fois congelé, ils l'ont mis dans un tonneau garni de dix mille clous qu'ils ont fait rouler dans l'escalier Potemkine.

— Ne défends pas ta version en en rajoutant. C'est impossible de trouver dix mille clous dans tout Odessa en ce moment. S'il y avait autant de clous, on trouverait moyen de les manger.

— Une centaine ferait l'affaire. La Tchéka les a plantés de biais dans les planches de façon qu'ils déchirent et transpercent à la fois. Au fur et à mesure que le tonneau prend de la vitesse, les pointes tranchent aussi proprement qu'une seule lame.

— Et comment ça se fait que tu connaisses si bien les méthodes de la Tchéka ?

— C'est de la physique de base, c'est tout.

— Alors comme ça tu es physicien, maintenant ? Et où t'as appris tout ça ? Dans le Cantique des Cantiques ?

— Ça suffit ! intervint Minkowski. On ne va pas le faire revenir. C'était un type bien. Un bon poète, en plus de ça.

— Un poète ? » demandai-je. Durant la majeure partie de cette conversation, j'avais cru qu'ils parlaient politique et ne prêtais qu'une oreille distraite. Quand il fut question d'un poète, je pris soudain conscience de l'enjeu : « Pourquoi se préoccupent-ils de ce que disent les poètes ?

— La Tchéka pense que les mots sont dangereux. »

Sur ce point Shmolnik et Zinnenoff tombèrent d'accord : « Ils nous arrêteront tous, dirent-ils, c'est juste une question de temps. »

Au milieu de cette tourmente, les Juifs d'Odessa ne s'arrêtèrent pas de boire, de bavarder ni de lire, et c'est ainsi que Minkowski put, avec mon aide, continuer à consigner l'actualité dont il surprenait les nouvelles depuis son bar. Souvent, celles-ci étaient de nature à faire chuter considérablement le nombre de nos lecteurs une fois que nous les avions publiées. Ainsi en alla-t-il lorsque furent imprimées les rumeurs selon lesquelles le port serait bientôt fermé aux candidats à l'émigration. Du jour au lendemain, notre chiffre de vente fut divisé par deux : un bon nombre de nos lecteurs s'enfuirent du pays, et autant se retrouvèrent en prison.

Il était d'autres nouvelles que nous n'avions pas besoin de publier tant elles sautaient aux yeux de tous. Confrontés à des problèmes sans fin et à un amenuisement de leurs troupes, les factions ennemies des Juifs qui fréquentaient Le Souterrain eurent le bon sens de conclure une trêve. Parmi les yiddishisants et les hébraïsants, seuls Shmolnik et Zinnenoff persistèrent dans leur querelle, et même eux reconnaissaient que leur désaccord était plus fondé sur une animosité personnelle que sur leur loyauté à la cause.

Lorsque le nombre de partisans dans chaque camp fut trop réduit pour que la brèche séparatrice serve à quelque chose, Minkowski me mit au travail pour que je récure la ligne barrant le plancher. J'y passai deux jours complets, d'abord pour racler le sol, puis le balayer et enfin laver les larges planches jusqu'à ce qu'elles reflètent à la perfection la lumière sale qui filtrait par les fenêtres à midi. Minkowski fut si satisfait de mes efforts – la poussière d'encre n'est rien comparée à la fiente d'oie, après tout – qu'il ajouta désormais à mes corvées celle de l'entretien régulier de la maison depuis le cellier au sous-sol jusqu'à l'appartement mansardé trois étages plus haut.

L'encre continuait à s'échapper à gros nuages de l'arrière-salle lorsque nous imprimions le journal chaque soir, mais le ménage quotidien semblait tout de même avoir un effet positif sur les murs comme sur les résidents, en particulier sur la veuve Bimko. Alors que pour la mère de la jeune fille que j'aimais, ma présence était passée inaperçue pendant un an ou plus, elle en vint progressivement à me saluer lorsque j'entrais chez elle. Elle souriait même parfois quand elle me surprenait à rêvasser devant le manteau de la cheminée, où l'image de Sasha était pieusement conservée, enveloppée du halo impalpable que diffusaient les bougies du soir, recouverte d'une épaisse couche de poussière dans la lumière du matin.

Pas un jour ne passait sans que je me compare à cette photographie. Le portrait ne vieillissait pas, bien sûr, mais moi si. Je me sentais plus âgé chaque jour, tandis que son visage restait insensible au temps, à l'angoisse ou à la famine. J'avais l'impression que nous courions un marathon : elle avait pris de l'avance au départ, mais par ma seule volonté et mon endurance je la rattrapais à présent. Sa mère semblait revigorée par le simple fait de me regarder, même si pour dire la vérité elle ne m'encourageait jamais.

« Ma Sasha est trop grande pour toi, Itsik, me répétait la veuve Bimko. Tu es un garçon de seize ans, elle c'est une femme qui en a vingt. Si ça se trouve, elle est mariée à un Arabe, la quatrième de ses six épouses. Ne te morfonds pas d'amour pour une chimère. Trouve-toi plutôt une gentille fille d'Odessa. »

Jamais elle ne changea d'opinion. Un an plus tard, elle avait abandonné son éternel poste d'observation à la fenêtre et s'était remise à vaquer à ses occupations dans la maison. Un beau jour qu'elle balayait les escaliers, elle me surprit assis à l'écart en train de dessiner le visage de Sasha sur un petit bout de papier à cigarette.

« Itsik, il faut vraiment que tu l'oublies, me dit-elle. Tu es un garçon de dix-sept ans. Presqu'un homme, oui, un jeune homme qui a la vie devant lui. Mais Sasha, qui donc est-elle aujourd'hui ? Elle est grand-mère, sans aucun doute : les jours filent vite sous les tropiques. Ses enfants arabes sont sûrement en âge de procréer, et son mari s'occupe désormais d'épouses plus jeunes qu'elle. Que ferais-tu d'une vieille femme tout abîmée qui dort au milieu des chameaux ? Sois raisonnable. Trouve-toi plutôt une gentille fille d'Odessa. »

Encore plus tard, une autre année s'étant écoulée, la veuve Bimko avait quitté son perchoir, faisant parfois même une incursion dans Le Souterrain pour servir les boissons. C'est derrière le bar qu'un soir elle lut par-dessus mon épaule un autre des innombrables poèmes composés à la mémoire de sa fille.

« Itsik, pourquoi te tourmentes-tu ainsi ? me demanda-t-elle. J'en suis sûre et certaine, je le sens de toutes mes fibres maternelles : Sasha, puisse-t-elle vivre bénie dans nos mémoires, a été momifiée et enterrée sous une pyramide. Aie pitié de moi et ne ravive pas le souvenir de sa présence. Ton amour pour elle fait trop de peine à voir. Laisse-la reposer, elle doit trouver la paix. Trouve-toi plutôt une gentille fille d'Odessa. »

Shmolnik surprit ce bon conseil et en ajouta un de son cru : « N'écoute pas ces conneries sur les gentilles filles d'Odessa. Ce qu'il te faut, c'est trouver une fille d'Odessa pas si gentille que ça. Tu es jeune ! Profite de la vie. Est-ce que tu sais qu'à deux pas d'ici il y a plein de filles d'Odessa plutôt coquines ? Bon d'accord, c'est que des Russes, mais elles aiment bien goûter tout ce qui est casher. »

Quelle était mon expérience en la matière ? Courbé sur les lettres à l'imprimerie de Minkowski, j'avais atteint ma taille adulte mais j'étais encore jeune, et consumé comme seule peut l'être la jeunesse par la dévotion envers deux passions jumelles, l'amour et le destin. Ce qui n'était au départ que l'incapacité d'un enfant à reconnaître le fantasme pour rien d'autre qu'une chimère, bientôt devenue tourment d'adolescent, se transformait à présent en obsession d'adulte. N'ayant que peu de certitudes dans la vie, je savais sans l'ombre d'un doute que Sasha Bimko avait obscurément à voir avec mes origines. La rencontrer était devenu pour moi d'une importance comparable à celle de la foi. Bien pire encore : elle était – tout comme mes pensées et mes rêves d'elle – ce qui s'approchait le plus pour moi de la religion.

Imaginez mon désarroi lorsque Minkowski m'annonça que j'avais fait mon lit bien assez longtemps parmi les rames de papier et les bouteilles de schnaps. « J'ai parlé à la veuve, me dit-il un jour, et on est d'accord pour penser que tu devrais t'installer là-haut, dans la pièce inoccupée.

— La chambre de Sasha ?

— Ce n'est plus sa chambre depuis presque cinq ans, Itsik.

— Ah oui, mais c'était sa chambre à elle ! »

La « pièce inoccupée » dans la mansarde de la veuve Bimko était à mes yeux le Saint des Saints. J'avais passé bien des moments de rêverie sur le seuil de cette chambre, mes doigts caressant le bouton de la porte. Elle avait touché ces mêmes surfaces ! En les touchant à mon tour, je m'imaginais la toucher elle, ce qui entraînait souvent une excitation gênante.

« La veuve est trop vieille pour toi ! m'apostrophait Shmolnik chaque fois qu'il me voyait.

— Ah, retrouver la jeunesse ! s'esclaffait Minkowski. Ça fait bien quarante ans que je n'ai pas fait le service avec une telle raideur ! Il n'y a qu'un adolescent pour transformer de la sorte l'heure du thé en situation burlesque !

— Ferme bien ta braguette, Itsik ! On raconte que les veuves ont un appétit féroce ! » enchaînait Shmolnik en donnant un coup de coude à son aîné.

Minkowski faisait semblant de se moucher pour dissimuler aux regards ses joues virant au rouge sous sa barbe.

Nous formions, je suppose, une famille rapiécée. Tous endeuillés, tous orphelins en un sens, chacun de nous remplissait un rôle dans la vie des autres. Si Minkowski m'appelait parfois Nahum, ou si la veuve Bimko lançait de temps en temps « Sasha ? » lorsque je franchissais sa porte, je faisais comme si de rien n'était, et ils faisaient comme si leur langue n'avait pas fourché. Personne ne voulait reconnaître que nous étions réunis par la perte.

J'aimerais pouvoir dire que la perte de mes parents était ma plus grande blessure. À la vérité, je pensais rarement à eux. Il m'était bien plus difficile d'affronter chaque jour l'absence de Sasha Bimko. Je guettais sans cesse des signes de sa présence, et en découvrais naturellement à chacun de mes gestes. Le sentiment de perte était infini, omniprésent ; se trouver dans la pièce où elle dormait jadis, mais ne jamais pouvoir la connaître… Depuis, j'ai connu le deuil véritable, et je ne dirai donc pas que mes sentiments d'alors étaient exactement similaires. Mais ma vision des choses était brouillée de la même façon.

Un jour, je découvris dans sa chambre une mèche brune et soyeuse dont je crus qu'elle provenait de ses cheveux ; laissée là depuis l'enfance, peut-être, ou bien suite à sa décision à l'âge de seize ans (m'imaginai-je) de se débarrasser des nattes de l'enfance.

Je la nouai à mon poignet pour la garder sur moi en souvenir de ma dévotion.

« C'est un talisman, dis-je un jour, un sortilège d'amour. Les Tsiganes disent que si on garde sur soi un morceau d'habit ou une mèche de cheveux ayant appartenu à sa bien-aimée, elle reviendra un jour réclamer ce qui lui appartient.

— C'est la queue d'un rat, dit Minkowski en tendant la main pour pincer mon bracelet entre deux doigts. Même la vermine se meurt de faim, ajouta-t-il, je n'en ai jamais vu une si maigre. »

Je me faisais trop vieux pour ses taquineries : « Les queues de rat n'ont pas de poils ! » lui rétorquai-je.

Il se pencha plus près pour renifler mon talisman : « Je me demandais aussi ce qui était arrivé au chat de la veuve Bimko. »

N'allez pas croire que je n'avais pas compris à quel point cette obsession tournait à la folie. Que restait-il à un jeune garçon pendant la guerre, tandis qu'Odessa la magnifique se lamentait, la tête entre les mains ? Je ne l'avais certes jamais connue dans toute sa gloire, mais même moi je voyais bien que quelque chose manquait dans les rues de ma ville adoptive. Aujourd'hui je le sais, c'était tout simplement l'espoir, qu'à l'instar de la divinité nous connaissions sous de nombreux noms. Zinnenoff l'appelait Sion, Shmolnik l'appelait Révolution. Dans ma naïveté, je l'appelais Sasha Bimko. Qui de nous trois était le plus grand imbécile ?

tes

Quant à Minkowski, il l'appelait l'Amérique. Il n'avait que ce mot à la bouche, même si pour lui c'était une Terre promise en dernier recours. L'Europe, il le savait, avait été ravagée par la guerre. La Russie devenait de moins en moins hospitalière pour les Juifs. Toutes les nouvelles en provenance de Palestine lui faisaient craindre d'avoir perdu son fils : « Pourquoi n'est-il pas parti en Amérique ? se demandait-il. New York est pratiquement la banlieue de la Zone de Résidence, mais mon unique héritier s'en va crever de faim et combattre les Arabes dans le désert.

— L'Amérique c'est tellement mieux que ça ? demanda Zinnenoff.

— Sans l'ombre d'un doute.

— Pour les jeunes peut-être.

— Oui, oui. C'est un pays jeune. Parfait pour un garçon de l'âge d'Itsik.

— Un homme de l'âge d'Itsik, corrigea Shmolnik.

— Oui, tu as raison.

— Je suis d'accord. Un homme de la trempe d'Itsik pourrait aller loin en Amérique. »

Ils parlaient de moi comme si je n'étais pas là, et pourtant ils en rajoutaient, me coulant un regard de temps à autre, comme s'ils jouaient une scène à ma seule intention.

« J'ai un associé là-bas, un gars qui travaillait dans l'imprimerie jadis à Odessa. Knobloch… vous l'avez connu ?

— Zvi Knobloch ? demanda Shmolnik.

— Lui-même. Mais il se fait appeler "Harry" désormais. En Amérique il s'est drôlement bien débrouillé. Ça fait soixante ans que je vis à Odessa et j'habite un trou à rats. Knobloch lui, au bout de cinq ans à New York il possède un building avec son nom à l'entrée. Vous savez comment il a édifié cet empire ? »

Shmolnik et Zinnenoff haussèrent les épaules.

« Les journaux en yiddish ! Tous les Juifs qui débarquent lisent le journal en yiddish pour savoir comment on devient américain. Vous imaginez le tableau ? Pour tout vous dire, Knobloch fait en ce moment savoir qu'il étend son business pour répondre à la demande. Selon lui, l'avenir du yiddish se trouve en Amérique, et moi je le crois.

— L'avenir du yiddish ! C'est une contradiction dans les termes ! s'exclama Zinnenoff.

— Si t'arrives à dire ça en hébreu, je paye la prochaine tournée, lui répliqua Shmolnik en lui donnant un coup de coude.

— Ça arrivera un jour, Shmolnik, fit Zinnenoff d'un ton désabusé, ça arrivera un jour.

— En attendant ce jour, c'est toi qui offres le schnaps !

— Buvons à la santé de Sion, dit Zinnenoff.

— Et de l'Amérique !

— À la santé de partout sauf ici ! »

Ils levèrent tous leur verre pour indiquer qu'ils étaient prêts à entamer la tournée suivante. Minkowski dénicha une bouteille derrière le bar et la leva dans la lumière. Vide.

« Je crois que je vais devoir vous demander un peu de patience, déclara-t-il. Viens Itsik, j'ai une caisse de ces mêmes bouteilles dans l'arrière-salle. Je vais te montrer.

— Contentez-vous de revenir avant l'arrivée du messie, cria Shmolnik tandis que nous quittions le bar, et il y a de grandes chances pour que ce soit avant que Zinnenoff m'apprenne à demander une clope dans sa langue du désert ! »

Une fois dans l'arrière-salle, Minkowski m'indiqua où était rangée la caisse de schnaps puis il me dit : « Reste ici une minute. Les deux autres peuvent attendre. Toute cette histoire d'Amérique me fait penser que je ne t'ai encore rien dit : j'ai des projets avec mon associé de New York. Il ne le sait pas encore, mais on va faire des affaires ensemble. »

Il ouvrit un grand coffre dans le coin le plus sombre de la pièce. Il était plein de lettres d'imprimerie.

« Knobloch étend son business, alors il a sûrement besoin de matériel d'imprimerie. Je vais lui envoyer toutes les anciennes pièces détachées que je garde en réserve, plus quelques-unes qui ne sont pas si anciennes que ça. Il vaut mieux nous en séparer, pour que la langue continue d'être vivante !

— Vivante ?

— Tu sais pourquoi Shmolnik et Zinnenoff se disputent avec tant d'âpreté ? Ils savent tous les deux que l'avenir des Juifs, comme le passé des Juifs, ce sont les mots et rien d'autre. Mais pas les nations, non. Et certainement pas la terre.

« Sais-tu que dans certaines parties du monde, la surface de la terre s'ouvre de temps en temps et engloutit des cités entières ? Des millions d'êtres humains dévorés comme par une bête. C'est la vérité. C'est dire à quel point on peut faire confiance à la terre ! Qu'elle s'appelle la Palestine, l'Europe ou la Russie, c'est partout la même chose : à n'importe quel moment, les rues d'une ville peuvent devenir une gueule béante.

« Fais de la langue ta patrie, Itsik. Fais-en aussi ta maîtresse. Je te le promets, si tu agis de la sorte, tu ne seras jamais loin de ton foyer, tu n'auras jamais le cœur brisé. Tu te lèveras tous les matins en sachant que le monde t'appartient, peu importe le coin de la planète où tu te réveilles.

— On dirait que vous prononcez un discours d'adieu, lui dis-je. Vous partez quelque part ?

— As-tu vu le gros vapeur à quai dans le port ?

— Oui, dis-je, car il était difficile de le manquer tant les bateaux s'étaient fait rares dans le port d'Odessa depuis la guerre.

— Le *King Alexander*, poursuivit Minkowski. Il assure principalement la liaison entre Constantinople et New York, mais une fois par an il remonte le Bosphore et traverse la mer Noire pour prendre une cargaison de marchandises à Odessa avant de retourner chercher ses passagers à Constantinople. J'ai pris les dispositions nécessaires pour que cette malle monte à bord au départ de demain.

— C'est beaucoup de préparatifs pour une simple malle pleine de lettres, on dirait.

— Il ne s'agit pas seulement des lettres.

— Alors vous partez ? Comment ça ?

— Pas moi.

— Qui donc, alors ?

— Ça te dirait d'accompagner cette malle jusque dans le Nouveau Monde ? Tu serais mon émissaire. Un beau jour, j'irais te rejoindre.

— Moi ? Comment ça ? Même si je voulais, le port est fermé à l'émigration.

— On peut se débrouiller autrement.

— Monsieur Minkowski, c'est gentil de me le proposer. Mais vous savez bien que mon cœur désire être avec Sasha. »

Il me regarda longuement avec une expression d'intense tristesse, mais frappa soudain dans ses mains comme s'il s'était mis à penser à autre chose : « Quel dommage ! reprit-il. Enfin bref, allons rejoindre nos amis pour trinquer. D'accord ? »

De retour dans la salle, Minkowski déposa les bouteilles puis sortit des profondeurs du bar un pichet transparent rempli d'un liquide bleu : « Mes amis, il faut que je vous avoue la loyauté de notre jeune Itsik, annonça-t-il. Je viens de lui proposer à l'instant de s'embarquer pour l'Amérique. Non, m'a-t-il dit, il préfère rester avec nous.

— Ma foi ! Buvons à sa loyauté !

— Oui ! »

Minkowski remplit les deux verres tendus. Puis il en sortit un troisième pour lui et en posa un autre devant moi.

« Fêtons l'occasion ! dit-il tout en les remplissant, et comme j'allais lever mon verre, il ajouta : Itsik, quel manque de manières ! Dix ans passés à Odessa et tu ne sais pas que c'est la coutume de fermer les yeux quand on boit à la loyauté ?

— Ah bon ?

— Bien sûr !

— Ça va sans dire ! »

Je fermai les yeux et levai mon verre à nouveau.

« Pas si vite ! Maintenant il faut que tu attendes que j'aie fini de remplir ton verre jusqu'au bord. »

J'entendis le glouglou du liquide qu'on ajoute au liquide.

« Ça y est, je peux boire ?

— Oui, oui ! Avale tout d'un coup ! »

J'inclinai mon verre et manquai de m'étrangler : « Ach ! crachai-je. Ça a un goût d'encre !

— D'encre ? Non !

— Pas le mien ! dit Shmolnik.

— Buvons un autre verre pour voir, ajouta Zinnenoff.

— Tout le monde a fermé les yeux ? » demanda Minkowski.

À ma deuxième gorgée, j'eus la sensation qu'on m'injectait du plomb fondu dans la langue. À la suivante, mes dents se muèrent en cendre chaude comme de la braise.

J'ouvris les yeux et vis les trois acolytes qui me fixaient eux aussi. Leurs verres étaient encore remplis devant eux.

« Itsik, est-ce que je t'ai déjà raconté l'histoire de l'origine des journaux juifs à Odessa ? » me demanda Minkowski.

Ma tête bougea de droite à gauche et revint à son point de départ comme si je ne la contrôlais plus. Mes mains elles aussi agissaient à leur guise, se resserrant autour de mon verre comme si elles agrippaient une branche suspendue en haut d'une falaise.

« Il n'y a pas si longtemps, il y avait un gars qui insistait auprès des autorités locales pour obtenir la permission d'imprimer un journal destiné aux Juifs d'Odessa. Non, lui répondaient chaque fois les responsables locaux qui savaient bien que si les Juifs avaient des journaux, alors les Juifs auraient une voix, et qui pouvait bien vouloir entendre ce qu'ils auraient à dire ?

« Or donc, voici qu'un beau jour ce fut l'anniversaire du tsar, et notre intrépide imprimeur juif eut une idée. Il composa une ode – en russe – en l'honneur du tsar et de la mère patrie. Jamais on n'avait vu de telles louanges ! Il l'envoya à l'intéressé en personne. Puis il demanda la permission de la traduire pour la publier dans le journal juif d'Odessa. Mais bien entendu, lui répondit le tsar. Un poème pareil devrait paraître dans tous les journaux de toutes les langues, surtout dans le journal juif d'Odessa. Quand l'imprimeur montra cette proclamation aux autorités locales, que leur fallait-il faire ? Ils le savaient mieux que tout le monde : il n'existait pas de journal juif à Odessa, parce que cela faisait des années qu'ils interdisaient qu'on en établisse un ! Mais le tsar y faisait référence, précisément. Du coup, il fallait qu'il en existe un.

« Alors, quelle est la morale de l'histoire ? demanda Minkowski.

— Qu'un Juif intelligent peut se sortir d'une situation déplaisante, répondit Zinnenoff.

— Je m'en souviendrais le jour où la Tchéka viendra m'enfoncer un rat dans les boyaux, s'esclaffa Shmolnik avec un rire mauvais.

— Non, non ! intervint Minkowski. La morale, la voici tout simplement : Nous ne sommes chez nous nulle part sauf dans notre *alef-beys*. Tous les lieux où nous nous trouvons sont provisoires. Mais nos mots, eux – tu m'entends, Itsik ? – et nos lettres, ce sont des frontières que nul ne peut violer. »

Tandis qu'il parlait, ses contours parurent s'estomper, et bientôt sa barbe se confondit avec son gilet, sa tête devint son chapeau et les mots que j'entendis semblaient émaner non pas d'un homme mais de ce qu'il reste d'un homme après qu'il a quitté la pièce, un parfum, une ombre, ou bien quelque chose tenant des deux à la fois.

« Monsieur Minkowski, je crois bien que j'ai trop bu », hasardai-je.

Il tendit la main par-dessus la table, me saisit le poignet entre le pouce et l'index et les souleva en l'air. Lorsqu'il desserra son étreinte, ma main retomba avec un petit bruit sourd, comme si mes cinq doigts pesaient le poids de cinq petits sacs de sable.

« Oui, je crois que tu as raison », dit-il.

Il se dressa sur ses pieds, fit le tour de la table pour venir se placer de mon côté puis m'entoura la taille de ses deux bras exactement comme il m'avait tenu le poignet : sans effort, m'enveloppant complètement.

« Tu es un brave garçon, Itsik. Tu m'as apporté une aide précieuse ces dernières années », me dit-il en me soutenant par les aisselles tandis que Shmolnik et Zinnenoff prenaient chacun un de mes pieds.

Et puis la veuve Bimko apparut à leurs côtés : « Là, allez-y doucement avec lui.

— Pardonne-nous d'avoir abusé ta confiance, Itsik, continuait Minkowski. Plus tard, tu comprendras que c'était par amour. »

Ils me transportèrent dans l'arrière-salle, dépassant les planches de bois et les plateaux encreurs, puis me déposèrent dans ce qui me donnait l'impression d'être un berceau, ou une tombe peu profonde, bien à plat sur le dos. De chaque côté, une paroi s'éleva à un demi-mètre au-dessus de moi. La veuve Bimko étala une couverture sur mon torse.

« Repose-toi ici, ajouta Minkowski. Tu vas dormir toute la nuit et peut-être toute la journée aussi. Et pour tout t'avouer, peut-être encore une nuit… Voire deux… Trois tout au plus. »

Il m'ôta le verre de la main et étudia la boisson alcoolisée qui restait dans le fond, un épais liquide bleu, opaque comme du vif-argent.

« Quoi qu'il arrive, tu finiras par te réveiller », conclut-il.

Shmolnik tendit la main pour me la passer affectueusement dans les cheveux : « Embrasse les petites New-Yorkaises pour moi. »

Zinnenoff se plia en deux pour saisir ma main toute ramollie : « *Lehitra-ot*, Itsik. À la revoyure. »

La veuve Bimko baisa le bout de ses doigts et les posa sur mon front : « Oublie Sasha, me dit-elle, et vis ta vie là où tu te trouves ! »

Minkowski ajouta encore quelques mots, mais même si je les entendais, je ne les compris pas tout de suite.

Je leur fis chacun un petit signe d'approbation, et ils refermèrent le couvercle.

Durant ce qui me parut quelques heures, je dormis confortablement. C'est seulement lorsqu'une sensation de roulis me fit changer de position dans ma couchette que je sentis quelque chose m'appuyer sur le cuir chevelu. À tâtons dans le noir – c'était, semblait-il, une nuit plus noire que je n'en avais jamais traversé – je mis la main sur l'objet aux arêtes acérées, le fis rouler entre mes doigts, et sus très exactement de quoi il s'agissait. Un caractère d'imprimerie sur son bloc de bois. Je le tins dans mes mains, suivis le tracé de sa forme du bout du pouce. Aucun doute possible : *alef*.

J'en pris un autre, qui avait lui aussi un contour : *beys*.

Puis un autre : *giml*.

C'est ainsi que je glissai à nouveau dans le sommeil, en récitant le nom des lettres avec lesquelles Dieu avait créé le monde. Comme une voix à l'intérieur de mon crâne, j'entendais parler Minkowski, me repassant les derniers mots que j'avais entendus à Odessa, et finissant par les comprendre :

« Tu es un message dans une bouteille, avait-il dit. Souviens-toi de cela pendant que tu flotteras sur la mer. Rappelle-toi les naufragés qui t'ont expédié au loin pour qu'on ne les oublie pas. Apporte ces lettres comme un message adressé à un monde qui détourne le regard tandis qu'une autre île sombre parmi les vagues.

*

L'éducation d'un poète, comme je l'ai déjà dit, n'est jamais un processus très simple. C'est en fait une éducation sans fin. Toutefois, certains moments semblent, lorsqu'on y repense, offrir des exemples d'apprentissage tout à fait singuliers.

Pour ma part, un de ces moments se présenta à moi la nuit – ou peut-être était-ce le lendemain, ou le jour suivant, ou le suivant, ou le suivant – où j'émergeai enfin de ma stupeur alcoolique. Les yeux ouverts dans le noir, réveillé par une légère odeur d'embruns mêlée à celles de l'encre et de l'urine, je me retrouvai enfermé dans une malle pleine de caractères d'imprimerie. Leurs coins déchiraient mes vêtements et l'étau de leurs arêtes se resserrait pour me pincer la peau. À chacun de mes mouvements frénétiques, les petits cubes de bois roulaient sous mon corps et me tailladaient le dos. Du fond de ma terreur, je compris alors que tel serait toujours le sort d'un poète : être isolé, seul, tâtonnant en quête de réponses, avec des lettres pour seule compagnie et unique tourment.

Je hurlai, oui, bien sûr que je hurlai. Je m'égosillai et devrais bien des jours plus tard retirer les échardes plantées alors sous mes ongles. Mais il y eut aussi des plages de répit, où je gisais heure après heure, amorphe et accablé, luttant pour calmer les battements de mon cœur.

Au cours de ces accalmies entre les efforts désespérés pour me libérer, je me consolai en pratiquant l'art que j'avais appris à maîtriser au fil des années précédentes. Me guidant du bout des doigts, je cherchais les lettres une par une. Et le nom qu'elles formaient me permit de rester en vie.

Au bout du compte, quelqu'un entendit mes cris, et je fus délivré par un soutier au plus profond de la cale du *King Alexander*. Loin du port le plus proche où j'aurais pu être débarqué, il m'autorisa à rejoindre le reste de la populace entassée en troisième classe.

Mais dans mon esprit je demeurais prisonnier parmi les caractères d'imprimerie. Tandis que j'errais sur le pont et inhalais l'air salé, mes compagnons de voyage – parlant des langues que je n'avais jamais entendues, portant des costumes que je n'avais jamais imaginés – me paraissaient autant de lettres en désordre, qui attendaient toutes d'être assemblées en récits, poèmes et chansons, avançant toutes ensemble sur l'océan sans mots, vide comme une page blanche.

Note du traducteur

Sans doute débattra-t-on, dans certains cercles, pour savoir à quel acteur connu de la scène littéraire yiddish Itsik Malpesh est le plus comparable, si tant est qu'on puisse le comparer.

En effet, la majeure partie de la vie racontée dans ses carnets se distingue à peine de celle d'autres poètes de sa génération. Les grands traits de cette biographie collective sont les suivants. Élevés selon la tradition juive en Europe de l'Est ou dans la Zone de Résidence en Russie, les futurs littérateurs yiddish du début du vingtième siècle découvrirent, quelque part au cours de leur adolescence, la littérature profane, et avec elle le monde extérieur. Parvenus à l'âge adulte, la moitié d'entre eux émigra pendant que l'autre restait au pays. Les exilés s'installèrent pour la plupart aux États-Unis, en moins grand nombre au Canada, en Argentine et en Palestine. Les autres se regroupèrent dans des enclaves citadines telles Varsovie ou Vilnius (alors connue comme la Jérusalem de Lituanie), centres culturels pleins de vie où le yiddish s'épanouit alors même que les prémisses du cataclysme à venir se manifestaient dans toutes les nations européennes que les Juifs appelaient leur patrie. Indépendamment du lieu de leur destination, tous ces jeunes écrivains se débarrassèrent d'une manière ou d'une autre du contexte religieux de leur jeunesse. Rares furent ceux dont l'œuvre rencontra un succès commercial. En son absence, ils cherchaient du travail dans la branche que leur offrait le destin ou la famille.

En ce sens on peut, et même on doit, voir en Malpesh à la fois un acteur et un archétype d'une communauté plus large, la seule différence de taille entre ses pairs et lui tenant à ce que, comme il le répétait souvent, il leur a tous survécu.

Ayant passé sa vie non seulement à écrire mais à lire de la littérature yiddish, Malpesh semble avoir raconté son existence comme s'il avait vécu dans le monde fictionnel plutôt que factuel de sa propre communauté. Il ne s'agit pas de dire qu'il a intentionnellement inventé des détails de son existence, mais de suggérer qu'il vivait dans un monde façonné par les livres plutôt que par la réalité de son environnement. Comment expliquer autrement les ressemblances frappantes entre le portrait que Malpesh brosse de lui-même en jeune aspirant poète et, par exemple, Hershel Summerwind, le lutin rimailleur créé par le fabuliste Itzik Manger (1901-1969) ? De même, le récit fait par Malpesh des pogroms de Kichinev porte la trace de l'influence de ce maître de la nouvelle que fut Lamed Shapiro (1878-1948). Le compte rendu de sa vie dans l'ombre puis dans le sillage de la Première Guerre mondiale semble faire écho aux souvenirs d'enfance racontés par son contemporain le prix Nobel Isaac Bashevis Singer

(1904-1991). Comme nous le verrons dans les chapitres suivants, l'évocation par Malpesh de sa vie à New York paraîtrait familière à Morris Rosenfeld (1862-1923), Moishe Leib Halpern (1886-1932), ou à n'importe quel autre parmi la vingtaine d'émigrants qui se débattaient dans la pauvreté tout en devenant des poètes célèbres du Lower East Side.

À travers toutes ces époques d'une vie, les mémoires de Malpesh ont de surcroît recours à un mélange de récit linéaire et d'allégorie manifeste qui semble emprunter aux trois pères fondateurs de la littérature yiddish : I. L. Peretz, Sholem Aleichem et Sholem Abramovich, également connu sous le nom de Mendele Mocher Sforim.

Ces diverses questions d'influence et d'intention doivent rester constamment présentes à l'esprit d'un traducteur. Dans quelle mesure le récit d'une vie est-il déterminé par l'existence des autres ? Jusqu'à quel point écrire au sujet d'un seul conteur de « récits oubliés dans une langue oubliée » revient-il à écrire à propos de tous à la fois ?

Le jour où je posai à Malpesh la question de certaines similitudes entre son œuvre et celle d'autres écrivains yiddish, les méandres de sa réponse allèrent de la réflexion philosophique à la réaction défensive en passant par des considérations volontairement abstruses. « Être le dernier c'est représenter tous les autres, me confia-t-il, même si les autres n'auraient pas voulu de moi comme représentant. »

Que lui-même, et la plupart des protagonistes de ses mémoires, aient quelque ressemblance avec des personnages connus de la littérature, il ne le contestait pas. Pour autant, il ne se considérait comme débiteur de personne : « Il y avait une certaine uniformité dans notre production durant toutes ces années-là. Personne ne connaissait rien de véritablement nouveau. Au début, quand les poètes yiddish composaient leurs vers, le simple fait d'écrire autre chose que des commentaires talmudiques suffisait à créer une révolution. À cette époque, on n'y pouvait rien si on écrivait tous de la même façon. On avait tous nos "arbres noirs courbés comme des rabbins", nos "*tfilns* lourds comme des chaînes". On écrivait pour devenir autre chose que ce qu'on était jadis. On écrivait en s'efforçant d'atteindre ce qu'on pouvait devenir.

« Mais plus on vivrait vieux en continuant d'écrire, et en continuant d'écrire alors même que la langue mourait, plus il était probable que de nouveaux styles apparaîtraient.

« Au début, tout le monde était obsédé par le *kneytsh*, me dit Malpesh. Vous connaissez ce mot ? C'est le point où tout bascule dans une histoire ou un poème, quand d'un seul coup est révélé ce que voulait dire l'auteur. On pourrait traduire *kneytsh* par "tour inattendu". C'est le mot qu'un boulanger emploie pour dire qu'il pétrit sa pâte. Mais un écrivain n'est pas un boulanger. Un écrivain devrait plutôt ressembler à un boucher. Et pas un simple boucher mais un *shoykhet*, comme Moishe Bimko courbé sur sa pierre à aiguiser.

« Vous savez quel genre de couteau utilise un *shoykhet ?* Quand un *shoykhet* abat un animal, il doit choisir la bonne lame – on dit *khalef* – correspondant à la taille de la bête. Ce n'est pas forcément le couteau le mieux aiguisé, ou le plus mortel, mais c'est le plus gracieux.

« Le travail d'un écrivain n'est pas très différent. Confronté à des poèmes et des histoires de toutes tailles, on utilise le style qui se trouve être le plus gracieux. Si en arrivant à la fin d'un récit j'ai besoin d'emprunter le *khalef* de Bashevis, ou celui de Manger, ou de Halpern, très bien. Je l'utilise, je l'essuie proprement sur ma manche, et je dis : "Merci, Moishe Leib. Ton *khalef* m'a tiré d'un mauvais pas."

« C'est une des raisons pour lesquelles il existe de nombreuses similitudes entre mon œuvre et celle des autres. On a tous appris à expédier nos histoires avec le même jeu de couteaux. Et peut-être que c'est tous les autres qui ont emprunté à mes récits. Vous avez pensé à cette possibilité ? Qui peut dire que dans ces autres histoires, ce n'est pas mon *khalef* qu'on aperçoit ? »

Les mémoires d'Itsik Malpesh

yud

C'était la mi-mars lorsque je débarquai du *King Alexander*, rendant par conséquent mon premier aperçu du ciel américain plus gris qu'il n'apparaissait peut-être dans le rêve de l'immigrant moyen. Il faisait froid, mais je n'avais sur le dos que la veste légère qui à l'autre bout du monde me protégeait à peine de la fraîcheur caverneuse du Souterrain. Dépourvu comme je l'étais de véritables bagages, la distance que j'avais parcourue en trois semaines ne se voyait pas à un quelconque changement dans ma personne ni à mon goût vestimentaire, mais à deux taches de craie blanche, l'une sur ma manche et l'autre au revers de mon col. La première apparut lorsqu'un inspecteur sanitaire au visage rubicond me prit le pouls et traça une ligne en travers de mon bras me déclarant apte quant à l'hygiène et au caractère. Je fis alors la queue avec d'autres hommes et jeunes garçons pour finir devant un deuxième inspecteur qui, bien que je ne réussisse pas à le comprendre tout à fait, sembla me demander d'où je venais et pourquoi.

À de telles questions, je m'étais préparé. Au fond de la soute, j'avais suivi l'exemple de mes compagnons de troisième classe. J'avais appris de tous ces Russes, Tsiganes et Juifs baignant dans leur sueur que la récitation bête et répétée à l'infini de mots que je ne comprenais pas constituait la meilleure façon d'accéder à ce monde que dans toutes les langues on appelait l'Eldorado. Appris aussi à reconnaître différentes variantes des questions portant sur mes capacités et ma formation en repérant trois syllabes qui, à mes oreilles habituées au yiddish, sonnaient comme si elles commençaient par un *mem,* un *tof* et un *yud.* À cette suite de sons je m'entraînai à répondre « Je suis imprimeur », avec une autorité et une assurance telles que tout fonctionnaire non seulement me croirait mais attesterait de l'importance de mon travail.

Je me pinçais le bras chaque fois que je disais « Je suis poète » par mégarde. Être capable d'ordonner des mots en éléments d'un produit vendable, voilà qui favoriserait mes chances, me disait-on. Être capable de faire l'inverse – transformer le monde tangible en une chose aussi impalpable qu'une structure de mots –, cela me vaudrait sans doute d'être catalogué comme athée, anarchiste, ou pire encore.

« Mé. Ti. Yeh ? me demanda l'inspecteur – mem tof yud.

— Jè... sfuis... im...pri...mire », parvins-je à articuler.

L'inspecteur me coula un regard soupçonneux puis me questionna en russe : « Lieu de naissance ?

— Kichinev.

— Port d'embarquement ?

— Odessa.

— Origine et confession ?

— Confession ? demandai-je.

— Dieu, précisa-t-il.

— Qu'est-ce qu'Il a fait ?

— Ne ralentissez pas la queue, s'il vous plaît. Quel nom vous Lui donnez ? Quel est Son nom ?

— Il a beaucoup de noms, répondis-je, mais aucun n'a franchi mes lèvres depuis des années. »

Maniant sa craie comme une épée, il me marqua de mon deuxième insigne, cette fois-ci pour indiquer à quelle catégorie j'appartenais. En examinant le col de mes camarades, je vis qu'il y avait deux sortes de marques : des X et des O, chrétiens et Juifs. Quand l'inspecteur en eut fini avec moi, je restai planté devant lui, un gros ovale dessiné au-dessus du cœur, ne sachant pas trop quoi faire.

« Bienvenue en Amérique, me dit-il. Avancez s'il vous plaît.

— Merci », répondis-je, et c'était sincère.

Certes, j'étais un immigrant par accident. On m'avait piégé pour m'expédier jusqu'à ce nouveau rivage. Pour employer les termes que j'avais glanés en essayant de décrire mes ennuis aux membres de l'équipage britannique du *King Alexander*, on m'avait « shangaïé », « enrôlé de force », « berné ».

Mais je n'étais pas du genre rancunier, ni de la race des imbéciles. J'avais laissé traîner une oreille lorsqu'au Souterrain il avait été dit que New York était désormais la capitale des grands écrivains yiddish. Certains avaient soutenu que Varsovie était l'endroit idéal pour un apprenti poète, mais le père de toute la littérature yiddish n'était-il pas enterré ici ? Même à Odessa nous avions lu les nouvelles rapportant les funérailles de Sholem Aleichem, son enterrement dans le Queens, et les centaines de milliers de personnes descendues dans la rue pour lui rendre hommage. Une armée si puissante aurait fait jaunir les Blancs et brunir les Rouges. Il ne faisait aucun doute qu'ici, le yiddish serait florissant. Et il en irait peut-être de même de la poésie en yiddish, qui était alors devenue ma passion, ma raison de vivre.

Quant à mon autre passion, ma Sasha, même si la distance qui nous séparait était dorénavant plus grande que jamais, je commençais à comprendre qu'elle m'appartenait dans l'univers qu'elle avait toujours habité : sur mes pages, dans l'écriture de mes rêves. Jour après jour je lui envoyais des baisers mouillés par l'intermédiaire de ma plume. C'est ainsi qu'elle m'avait tenu compagnie tout au long de mon horrible traversée. Quelque part en mer, au-dessus des profondeurs qui m'éloignaient de sa dernière parente encore en vie et du seul endroit où j'avais espéré qu'elle reviendrait un jour, j'avais fini par accepter l'idée vraisemblable que je ne poserais jamais les yeux sur elle. Cette idée avait à son tour mis ma main en branle comme jamais auparavant. Désormais, mes poèmes ne seraient plus seulement écrits pour elle, ne parleraient plus seulement d'elle, mais ils seraient bel et bien elle. Si le désir brûlant que j'éprouvais pour elle devait être tout ce qu'il me resterait d'elle, alors je l'alimenterais comme s'il était l'avenir que nous ne partagerions jamais.

En montant à bord du ferry vers Manhattan, je portais d'une main ma petite valise de poèmes, et de l'autre une feuille que Minkowski y avait glissée, sur laquelle il avait inscrit l'adresse de l'imprimerie de son associé où je devais livrer la grande malle qui avait bien failli être mon cercueil.

Je repérais la malle de Minkowski sur le pont principal, empilée avec les autres bagages trop gros pour passer par l'étroit local où il fallait attendre l'inspection. C'était plus facile de faire le voyage dedans que de la déplacer, en tout cas. Quel spectacle ce devait être : un homme d'à peine soixante-dix kilos sanglé à une malle de voyage de 120 × 90 × 60, et incapable de la faire bouger d'un centimètre !

Un matelot à la peau foncée éclata de rire et me dit quelque chose dans une langue étrangère – de l'anglais supposai-je, même si c'était la première fois que j'entendais cette langue au-delà de mon CV appris par cœur. Pour toute réponse, je ne pus que lever les mains en signe d'aveu de mon impuissance et espérer que son rire n'avait rien de méchant. Il parla de nouveau, et ma confusion dut être visible car un autre homme qui passait par là m'expliqua : « Il dit : "Ce qu'il y a là-dedans ne mérite pas que vous vous cassiez le dos." »

Du bout du pied, le matelot fit avancer une petite planche à roulettes jusqu'à moi. Elle vint cogner la malle qui rendit un son creux. L'homme afficha un large sourire et fit glisser une main sous l'autre en répétant le mouvement. Il ne me vint pas à l'idée qu'il mimait l'action qu'il voulait me voir exécuter : glisser la planche sous la malle. Je croyais plutôt que c'était une sorte de salutation à l'américaine, alors je lui rendis la pareille. Il répéta son mime, plus sérieusement cette fois-ci, ponctuant chaque mouvement de ses deux mains en désignant d'un geste exagéré d'abord les roulettes puis la malle. J'imitai alors ses nouvelles gesticulations, et nous restions là, agitant les mains comme pour nager à la rencontre l'un de l'autre, bien que chacun restât sur place.

Finalement, il s'avança d'un pas décidé jusqu'à moi, souleva la malle et glissa les roulettes en dessous. Ensuite il se pencha, attacha une corde autour de la planche et du bagage, puis dit à nouveau quelque chose. C'était à peine un mot, juste une consonne suivie d'une voyelle, et ça ne voulait rien dire pour moi. Lui devais-je de l'argent pour ses services ? Croyait-il que je lui avais donné ma malle ? Il refit le même son et agita les mains dans ma direction comme s'il écrasait une mouche.

Je cherchais des yeux l'homme qui m'avait servi de traducteur, me sentant totalement impuissant. Quand je l'aperçus, il se tenait auprès d'une femme accompagnée d'un petit garçon, tous deux vêtus à la mode de l'Ancien Monde, qui donnait à son complet américain l'air d'être le costume du futur. Je supposai qu'il était venu à la rencontre de sa famille, ce qui n'avait rien d'inhabituel. À voir la grimace qu'il affichait, je me demandai si à présent il ne regrettait pas leur arrivée. Tandis qu'il se débattait avec leurs bagages trop volumineux, il fit semblant de ne pas remarquer mes efforts pour attirer derechef son attention. Je toussotai, puis levai la main, et en désespoir de cause finis par l'interpeller en yiddish : « Vous voudriez bien, s'il vous plaît ? »

Son regard me fusilla comme si je venais de l'accuser d'avoir commis un crime : « Un seul mot et vous ne comprenez pas ! me cria-t-il. Le *schvartse* vous dit : “*Go ! Go !*” Un seul mot il dit, et vous restez là comme une vache la bouche grande ouverte. Comment croyez-vous donc que vous allez vous en sortir dans ce pays si vous n'êtes pas capable de saisir les instructions les plus élémentaires ? »

À cet instant j'eus du mal à comprendre ma propre langue. Venait-il d'appeler le matelot un *schvartse* ? En Russie, on utilisait ce mot pour désigner les plus pieux de tous les Juifs pratiquants. Plus ils accumulaient les manteaux noirs et les *shtraymlekh*, plus on disait qu'ils étaient *schvartse*. Il semblait qu'ici, le même mot servait à désigner une variété spécifique de goy. N'était-ce pas seulement l'anglais, mais toutes les langues que j'étais maintenant incapable de comprendre ?

Mon interprète réticent cracha par terre et me fixa d'un regard furibond. Sa femme observait la scène en ayant l'air de s'excuser dans son dos ; son petit garçon porta la main à son visage et eut l'air de vouloir fondre en larmes.

« De mon temps, on prenait la peine d'apprendre l'anglais avant de descendre du bateau, continua l'homme. Ils auraient dû fermer les portes en 1920 !

— Mais Papa, intervint son fils, s'ils fermaient les portes, comment on ferait pour rentrer, nous ?

— Shah ! Allez, *go* ! Filez et débarrassez le plancher pour que toutes les nations puissent tomber au fond du trou et s'ajouter à toute cette m… ! »

Derrière moi une foule s'était amassée, grossissant comme une rivière derrière un barrage, les gens attendant pour sortir et emprunter la passerelle du ferry. D'autres m'invectivaient, en yiddish, en russe, en grec, en italien, et dans des langues dont j'ignorais le nom. D'après le contexte, leur protestation collective signifiait de toute évidence une seule chose : ils voulaient que je bouge, pour les laisser faire les derniers pas de leur arrivée en terre nouvelle, qui à présent exerçait sur eux la force de la gravité.

J'enroulai la corde du matelot autour de mon épaule et m'élançai sur un large passage à pied pour aller des flots agités de la rivière à ce qui semblait être le plancher des vaches.

À peine eus-je posé le pied sur les planches du quai que deux gamins, natifs d'Amérique à en juger par leur mine, me hélèrent dans un yiddish impeccable : « Excusez-moi, monsieur, mais je crois bien que nous venons du même pays ! » dit le premier.

Le second ajouta : « Peut-être connaissez-vous notre père, M. Shloime Shnarklish ? Il devait arriver par ce bateau, et je n'arrive pas à le trouver ! »

L'un avait les joues creuses et des cheveux cendrés dont la frange tombait devant les yeux mi-clos d'une tortue. L'autre était un rouquin au visage potelé couvert de taches de rousseur vives comme des flammèches. C'étaient les deux frères les plus improbables que j'eusse jamais vus, ce qui m'apitoya plus encore sur leur sort.

« Désolé, mes petits amis, mais j'ai bien peur de ne pas connaître votre père, leur dis-je.

— Ça fait des mois qu'on attend ! dit le blondinet. Notre petite sœur a faim et maintenant notre mère est partie travailler dans les ateliers et nous, on sait pas ce qu'on va devenir…

— Quel dommage que ce soit si dur pour les Juifs dans ce pays des rêves !

— Vous n'auriez pas une pièce ou deux, ou quelque chose à manger ?

— Je n'ai pas d'argent, mais j'ai un poème qui vous redonnera du cœur au ventre, j'en suis sûr…

— Et dans la malle alors ? Elle est plus grosse que la pièce où on vit ma mère, ma sœur, mon frère et moi. Y a pas le moindre petit sou là-dedans ?

— J'ai bien peur que le contenu de la malle ne soit pas à moi. En fait, je suis venu dans ce pays uniquement pour m'assurer qu'elle arrive à bon port. »

Ils dévoraient la malle des yeux. Puis le rouquin ôta sa casquette et se mit à l'agiter en tous sens comme pour chasser les mouches, même si je n'en voyais aucune alentour.

« Ça doit valoir un paquet pour qu'on prenne toute cette peine, dit-il.

— Aux yeux de certaines personnes, oui, dis-je. Mais tenez, voici le poème que j'avais à l'esprit… » Je fouillai dans ma petite valise, incapable de retrouver la page tout en tenant la poignée d'une main et la corde attachée à la malle de l'autre.

« Vous voulez qu'on vous tienne la corde ? demanda l'un des deux garçons.

— Et votre petite valise ? ajouta l'autre.

— C'est très aimable, très aimable », répondis-je.

Je mis la main sur la feuille que je cherchais, puis tendis ma valise de poèmes au plus petit des deux, tout en continuant à parler : « Je suis impressionné de rencontrer des garçons de votre âge aussi bien élevés. Quand j'avais dix ans, je me retrouvais souvent dans toutes sortes de situations embarrassantes… Je regrette juste de ne pas pouvoir vous donner autre chose que ces quelques vers…

Leur visage plein d'espoir tourné vers moi, je commençai à réciter :

Nous voguons sur l'océan de la vie
comme des morceaux de bois mort,
coupés de nos racines, abattus,
et jetés dans les flots profonds.
Comment nous lèverons-nous
pour apprendre à marcher comme il faut
quand nous atteindrons le rivage
en quête de secours ?

Je m'apprêtais à poursuivre avec la deuxième strophe si riche d'inspiration quand je levai le regard pour voir quel effet produisait mon poème. À ma grande surprise, il n'y avait plus deux garçons mais bien plus – huit ? dix ? – assemblés autour de moi, chacun coiffé d'une casquette identique. Baissant les yeux, je ne vis qu'une foule miniature composée de visages crasseux.

Vous voici gorgés d'eau, tirés au fond,
mais ne craignez rien, jeunesse flottante !
Les branches endurcies par l'océan
possèdent au fond d'elles une force.
La plage ensoleillée vous fait signe,
resplendissante de vérité.
Le rivage se dressera à votre rencontre
tandis que monte la marée.

Je regardai la foule autour de moi seulement une fois que j'eus terminé, cherchant à présent le garçon qui avait d'abord réclamé de l'aide. Je passai en revue un visage puis un autre. Ils me fixaient d'un œil vide. D'autres criaient : « Un autre ! Un autre !

— Rien ne me ferait plus plaisir, dis-je, mais où sont les deux petits garçons qui avaient tant besoin d'aide ?

— Quels garçons ? dirent certains.

— On a tous besoin d'aide ! Pourquoi nous priver parce qu'ils ont disparu ? » dirent les autres.

Le plus petit d'entre eux finit par dire : « Tortue et Hareng, ils ont filé depuis longtemps, pauvre pomme ! Tu les rattraperas jamais maintenant ! »

Un plus grand lui donna une tape sur la tête et dit dans un sourire : « Il est bête, celui-là, il sait pas ce qu'il dit. Nous on connaît pas de Tortue ni de Hareng. »

Tortue ? En entendant ce nom je compris qu'il ne désignait nul autre que le blondinet aux yeux mi-clos. Je commençai – mais un peu tard ! – à flairer l'entourloupe. Écartant un gamin après l'autre, je me frayai un chemin parmi la foule. Je me préparai à reprendre la malle de Minkowski pour poursuivre mon chemin mais… plus de malle !

Je scrutai le quai depuis les passerelles grinçantes du ferry jusqu'à l'escalier au loin qui menait à la ville. Là-bas, à environ cent pas, j'aperçus Tortue et Hareng qui s'enfuyaient, l'un devant la malle, l'autre derrière.

Je partis en trombe à leur poursuite : « Arrêtez, petits voleurs américains ! Je vais vous casser la figure, menteurs !

— Faudra que tu nous attrapes d'abord, Bois Mort ! me lança Tortue pour toute réponse.

— Comment que tu vas faire pour courir, avec la tête pleine de mots en plomb ? » railla son frère.

Ils se carapatèrent, d'abord aidés dans leur course par la pente du quai, puis ralentis tandis que ce dernier montait en côte.

J'allais les rejoindre quand un policier au nez rouge se matérialisa à mes côtés. Apparemment, il avait été témoin du larcin. Nous gravîmes la côte en soufflant de conserve, et quand nous arrivâmes en haut, les deux garçons n'avaient plus ni énergie, ni endroit où se cacher.

Tortue me lança tout d'abord un sourire mauvais. Puis il vit l'agent de police à mes côtés. Furieux, il décocha un coup de pied dans la malle, qui fit s'ouvrir le couvercle. À l'intérieur, les caractères d'imprimerie de Minkowski, qui m'avaient servi de lit durant la majeure partie de la traversée, apparurent pitoyables dans la lumière de New York. Ils avaient l'air de ce qu'ils étaient, rien de plus : des petits bouts de bois sur lesquels étaient gravées d'antiques runes, ébréchés par l'usage, maculés d'encre.

« Pour ça on se fait prendre ?

— Charlie Lisse va nous presser jusqu'à la moelle !

— Tu lui dois combien ?

— Trop ! »

Tortue redonna un bon coup de pied à la malle, moins en colère cette fois-ci mais plus délibérément. Il frappa une nouvelle fois et fit rouler la malle, qui redescendit la côte que nous venions de grimper, en direction de la jetée, des bateaux amarrés et des immigrants qui déambulaient dans leur nouveau pays, mains dans les poches, n'ayant nulle part où aller. La malle de Minkowski fonçait de plus en plus vite sur eux. Boîte en bois pleine de caractères yiddish et montée sur roulettes, elle grinçait, hurlait et bringuebalait comme une locomotive au départ de la gare, tressautant sur les planches polies par le temps qui avaient servi de rampe d'accès à tant de langues pour rejoindre la grande ville là-haut, des planches le long desquelles les émissaires de l'une de ces langues retombaient maintenant, plus bas, encore plus bas, toujours plus bas.

On croit toujours que le yiddish est une langue sans danger, sans malice, bon enfant, bortsch et *schmaltz* en tartine épaisse sur la *khale* tressée par votre *bobe.* Quel tort pourrait-elle donc causer ? Eh bien voilà : la malle de Minkowski renversa une échelle où reposait en équilibre un pot de peinture, elle s'accrocha au coin de l'étal d'une marchande d'œufs et envoya ses produits voler dans les airs, elle arracha la canne blanche des mains d'un aveugle, elle écrasa des orteils, déchira des robes, fit hurler des mamans de petits immigrés pour leur dire de s'écarter de son chemin. Et elle roulait toujours.

L'agent de police siffla et s'élança le long de la rampe. Je suivis le mouvement. Derrière nous, les gamins que nous avions pourchassés se fondirent dans la foule qui s'était amassée pour contempler le spectacle, une foule qui laissa échapper un bruit à mi-chemin entre le hoquet d'angoisse et le hourrah de soulagement lorsque la malle de Minkowski atteignit le bas de la pente. Elle fit voler en éclats la rambarde qui protégeait le bout du quai et partit en vol plané au-dessus de la rivière.

J'arrivai au bord du quai juste à temps pour voir la malle retomber en claquant la surface de l'eau : *plaf ! plouf !* Me penchant pour la chercher du regard, je la vis qui s'emplissait d'eau noire et coulait dans les abysses.

Disparue ! Tout avait disparu. Je mêlai mes larmes à l'eau de la rivière en voyant l'étendue de la perte. Pour moi, c'était comme si cette malle avait contenu toutes mes années passées à Odessa.

Tandis que mes sanglots coulaient rejoindre ce fleuve insatiable, des petits morceaux de bois remontaient des profondeurs. Je plissais les yeux pour mieux les voir, et c'était bien sûr – quoi d'autre ? – un *alef*, un *beys*, un *giml*, un *daled*… À mesure que la malle coulait, son contenu refaisait surface. Plus d'une centaine de caractères d'imprimerie flottaient agglutinés les uns aux autres en contrebas, hors de ma portée.

Les vagues roulaient vers le rivage puis se retiraient, et je regardais les blocs s'éloigner de plus en plus. Ils flottaient vers l'est en formation dispersée, comme une armada yiddish partie à la conquête du monde par la mer. Minuscule. Absurde. Insubmersible.

Je me ressaisis et repartis au hasard le long de la rampe. L'agent de police prononça quelques mots incompréhensibles à mon adresse, mais je me contentai de secouer la tête sans fin, incapable de lui dire que je ne comprenais pas.

Il me laissa seul à mon malheur, et je me fondis dans la foule pour pénétrer dans la ville. Les yeux rivés au pavement, j'aurais tout aussi bien pu me trouver n'importe où. Les mêmes pieds avaient couru dans les rues de Kichinev, les mêmes encore avaient parcouru le chemin jusqu'à Odessa. Je faisais abstraction des sons étrangers qui m'entouraient pour composer un poème tout en déambulant d'un pas lourd. Tout seul, sans nulle part où aller et nul moyen d'y arriver, je me demandai si c'en était fait de moi :

Les chaussures du poète
parcourent la même route en tous pays
sur des pierres qui n'ont cure
de sa provenance ou de son dessein.
À chaque pas, il apprend
ce que les pierres savent déjà :
que le silence est le seul poème
qu'on entende à l'heure de la mort.

Je me laissai porter par la foule, fleuve de gens comme je n'en avais jamais vu. J'aurais voulu quelque chose, n'importe quoi de familier. Je rêvai que, qui d'autre ? ma Sasha apparaissait devant mes yeux. Elle était là peut-être, qui m'attendait, peut-être…

« Hé, m'sieur ! » appela une voix en yiddish.

Je levai les yeux. C'était Tortue. Si j'en avais eu la force, je l'aurais transpercé d'un regard brûlant de fureur, mais dans mon état je ne pus que le regarder sans le voir. Et puis je vis qu'il tenait à la main ma petite valise pleine de pages. J'aurais pu pleurer de gratitude.

« Vous dites que vous venez de Kichinev ? » me demanda le gamin.

J'opinai.

« Venez avec moi. Il y a quelqu'un dont vous devez faire connaissance.

— Pourquoi est-ce que je devrais te croire après ta tentative de vol ? »

Il me toisa des pieds à la tête, puis haussa les épaules : « Y'a plus rien à voler sur vous. »

Les mémoires d'Itsik Malpesh

khof

Contemplant les caractères d'imprimerie légués par Minkowski prendre le large, j'avais craint l'espace d'un instant de voir disparaître le repère le plus stable de ma jeune existence, les runes en péril de l'*alef-beys*. Où serais-je sans ces formes étranges qui m'avaient maintenu à flot de Kichinev la meurtrière à Odessa l'affamée, et jusqu'à ma traversée en captivité ? Qu'adviendrait-il d'un garçon qui ne connaissait son nom que sous la forme d'un ensemble de symboles éparpillés au gré du temps ?

Je découvris bientôt que je n'avais rien à craindre. Tandis que Tortue annonçait notre entrée dans le quartier du Lower East Side (« Du quoi ? » demandai-je. « Du monde », fut sa réponse.), l'évidence s'imposa : j'avais atterri en un lieu où les lettres yiddish étaient plus nombreuses que dans ma ville natale et la cité de mon adolescence réunies.

Quand bien même les rues auraient été désertes, j'aurais pu voir sans peine qu'il s'agissait d'une ville peuplée de Juifs. Partout, des enseignes en bois gravé et des annonces typographiées, des affiches collées aux murs et des tracts par terre, des piles de journaux attendant le livreur, des boîtes de bonbons, papiers de chewing-gum, bagues de cigares, une centaine de variétés de détritus imprimés, tous en yiddish, tous caractérisés par ces courbes et ces angles séculaires qui en Russie semblaient déjà voués à une disparition certaine. Il y avait bien sûr des dizaines d'enseignes de bouchers, de tailleurs et de libraires, des pancartes en yiddish accrochées comme de bien entendu dans des vitrines yiddish où se tenaient comme de bien entendu des Juifs barbus. Mais il semblait ne pas y avoir de limite aux usages que le Nouveau Monde pouvait faire de notre langue de l'Ancien Monde : partout fleurissaient des enseignes pour salons de beauté yiddish, bureaux de télégraphie yiddish, vendeurs de rouge à lèvres yiddish, de perruques et de cosmétiques yiddish. Des enseignes pour détectives privés yiddish spécialisés dans la recherche de maris et garantissant le paiement rapide de la pension alimentaire ou la photographie de la pierre tombale. Des enseignes pour officines de paris sportifs yiddish, pour des cours en yiddish afin d'obtenir la nationalité américaine, pour des théâtres yiddish pouvant accueillir mille spectateurs, pour des salons de thé yiddish qui disparaissaient derrière les files de clients devant leur porte.

Et toutes ces enseignes n'étaient encore rien. Je suivais Tortue le long de trottoirs où grouillaient hassidim coiffés du *shtrayml* en fourrure, anarchistes issus du shtetl, jeunes socialistes frais émoulus de la *yeshive*, leurs galons de membres du parti cousus sur leur chemise. Litvaks et Galiciens se disputaient la propriété des coins de rue où ils exerçaient leur activité de prêteurs sur gages, tandis que les Yekkes, ces Juifs allemands qui avaient traversé l'océan à la génération précédente, passaient devant les nouveaux immigrants avec une moue de dédain, l'insulte prompte à fuser dans leur langue nouvellement acquise.

Dans la vie qu'ils avaient laissée derrière eux, ces gens-là ne se seraient jamais rencontrés, mais ici, à huit mille kilomètres de leur terre natale et de leurs disputes ancestrales, ils étaient animés de préoccupations communes : réussir en Amérique ; ne plus fuir les Cosaques, les pogromistes ni la police secrète ; devenir membres d'un peuple intégré. Pas même à Odessa, logée tout au bas de l'Europe et de la Russie comme un filtre à graisse dans un tuyau d'écoulement, je n'avais vu une telle diversité de Juifs. Ici c'était Babel avant la tour, j'en étais convaincu, car ici, bien qu'ils eussent été dispersés sur la surface de toute la terre, les hommes et les femmes d'une douzaine de nations parlaient tous d'une seule voix. Le yiddish flottait dans les rues de New York et colorait l'air d'un gris guttural. Tout ce qui parvenait à s'élever au-dessus de cette brume, c'étaient les grands buildings montant là-bas à travers les nuages comme les doigts de la main de Dieu.

Non pas que mes pensées fussent tournées vers Dieu en cet instant. Pas le moins du monde. Il serait difficile de dire à quel moment précis je perdis la foi, mais je suis certain qu'à cette époque-là, dans ma vingt et unième année, au début de ma vie dans « l'Eldorado », au moment où je savais et possédais moins de choses que je n'aurais pu imaginer auparavant, ma croyance s'était envolée elle aussi. Tandis que je parcourais les rues de Manhattan pour la première fois, toute la révérence religieuse héritée de l'enfance qui subsistait encore au fond de moi se faisait bousculer et repousser sur les bords de mon âme par le respect tout irréligieux que m'imposaient à la fois mon environnement bâti par les hommes et la densité de la foule.

« Par ici, ça ira plus vite », m'intima Tortue.

Il fit un rapide pas de côté pour quitter les avenues bondées et s'engager dans une ruelle fétide, au-dessus de laquelle s'étendait à l'infini un réseau de cordes à linge, toutes vides à l'exception de quelques chemises raidies par le gel dans le vent de mars. Elles claquaient les unes contre les autres comme des volets, tandis que des petits sauvageons jouaient à poursuivre les ombres sans tête projetées par cet étendage sur les murs des immeubles délabrés.

« Qui est donc ton ami ? demandai-je à mon guide, et pourquoi voudrais-je le rencontrer ?

— C'est un homme très important, et vous me remercierez de vous l'avoir présenté, répondit le jeune garçon. Avant de faire partie de sa bande, je me faisais embarquer par les flics toutes les semaines. Maintenant qu'ils savent que je suis de la bande à Charlie Lisse, ils me foutent la paix.

— Sa bande ? Tu m'emmènes voir un gangster ?

— La ferme, blanc-bec. C'est pas ce que tu crois. Charlie Lisse, il s'occupe de nous. Il nous donne tout ce qu'il nous faut. »

Nous poursuivîmes de rue en rue à travers une ville qui semblait sans limites, où la foule ne s'amenuisait jamais. Je commençais à m'essouffler mais suivais docilement, ayant compris que si Tortue m'abandonnait, mon errance ne connaîtrait pas de fin dans ce maudit labyrinthe urbain.

Pour finir, mon impatience eut raison de moi, et j'explosai : « Et où est-ce qu'on le trouve, ton monsieur important ? »

Pour toute réponse, Tortue pointa en l'air un doigt boudiné, désignant devant nous une structure en arche double dont la masse se dressait au-dessus des immeubles de quatre et cinq étages qui donnaient aux rues l'aspect d'un canyon. Tout en me laissant guider, j'avais entendu le nom des grands gratte-ciel new-yorkais répété à l'envi. Celui-là devait être le plus grand de tous.

« Le Woolworth Building ? demandai-je.

— Quel crétin ! s'esclaffa Tortue. Ça, c'est le pont de Brooklyn ! Vous êtes pas très fute-fute, hein ? Vous êtes sûr que vous venez de la ville à Charlie Lisse ?

— Je ne sais rien de ton Charlie Lisse, moi !

— Sinon, ça ferait au moins un truc que vous sauriez. »

Nous marchions toujours. À chaque pas, le pont semblait grandir devant nous. Bientôt, je pus voir qu'il était fait non pas d'une mais de deux tours, reliées par une route qui barrait le ciel comme un second horizon. Quelques minutes plus tard, nous parvînmes à une rampe d'accès encombrée d'hommes et de femmes qui flânaient sans crainte au-dessus des eaux noires.

« On va aller de l'autre côté ? demandai-je.

— Seulement jusqu'au milieu. »

Nous avançâmes au-dessus de la rivière, jusqu'à une hauteur qui me parut atteindre celle d'une montagne. Le vent forcit lorsque nous laissâmes la terre ferme derrière nous, soufflant si violemment que les hommes retenaient leur chapeau et les femmes agrippaient leurs jupes de peur qu'elles ne s'envolent et exposent leurs genoux aux regards. Tortue semblait trop jeune pour s'intéresser à une telle possibilité, mais moi, malgré l'épuisement du voyage, je la guettai comme si le plus furtif aperçu d'une chair américaine présagerait favorablement de mon avenir sur ce continent. Chaque bourrasque apportait une lueur d'espoir.

Parvenu à la tour de pierre qui maintenait en l'air ce vaste théâtre d'allées et venues, Tortue courut jusqu'au bord de la promenade et passa un pied par-dessus la rambarde : « Vite ! Avant qu'on nous voie ! » me lança-t-il.

D'un bond il avait disparu, comme s'il avait plongé dans la rivière.

Je jetai un œil par-dessus bord et le vis debout sur une plateforme de métal gris, à mi-chemin entre le passage piéton et la voie automobile en contrebas. J'escaladai la rambarde puis me laissai descendre prudemment pour le rejoindre. Dès que mes pieds touchèrent le sol, Tortue se remit en route.

« Par ici », dit-il en s'insinuant dans une ouverture sous la promenade piétonne. Je le suivis précautionneusement d'abord, puis n'eus d'autre choix que de courir pour ne pas le perdre de vue. Je trébuchai à chaque pas mais lui se faufilait vivement entre les poutrelles de fer et les câbles de sustentation. Il prenait des virages soudains avec la grâce d'une gazelle tandis que je rentrai la tête dans les épaules et titubai de peur de me cogner la tête. Quelques centimètres au-dessus de nous, les pas de centaines de souliers clopinaient à grand bruit dans les deux directions.

Tortue courut sans s'arrêter avant d'atteindre la brique grise du pilier de soutènement, où il eut tôt fait de repérer une ouverture de la taille d'une fenêtre qui avait l'air d'une cavité creusée dans le mur.

« Charlie Lisse dit qu'ils ont laissé cet endroit ouvert pour entreposer des trucs quand ils construisaient le pont, m'indiqua-t-il. La municipalité a oublié que c'était là. Alors maintenant, c'est chez nous.

— Chez nous ? Vous êtes combien ? »

Il entra dans le trou sans rien dire, rampant telle une chenille jusqu'à ce que même les semelles de ses chaussures aient disparu dans le noir.

« Tortue ? » appelai-je. N'entendant aucune réponse, j'y pénétrai à mon tour. Le trou – qui formait en fait une sorte de tunnel – était plus étroit pour ma corpulence que pour la sienne, mais après m'être tortillé dans tous les sens une bonne minute, je parvins au bout.

Je débouchai dans une pièce encombrée de lits de camp garnis de matelas de paille, un dortoir pour une quinzaine de personnes, plus s'ils avaient tous la taille de mon jeune guide. Une bouffée d'air chaud m'accueillit sur le seuil, me procurant une sensation de chaleur pour la première fois depuis des semaines. Posté dans le coin de la pièce aux murs de brique, un poêle ventru diffusait une lueur orangée à travers la pénombre, et sa chaleur combinée au spectacle des draps et des couvertures me donna envie de fermer les yeux et de m'endormir. Je posai la main sur une des couchettes en passant et fus surpris de la douceur de la literie. Pas du tout ce à quoi on aurait pu s'attendre dans la tanière de petits pickpockets. Il y avait aussi quelque chose de familier dans tout cela. Je saisis la couverture à deux mains et la fis glisser sur ma joue.

« C'est du Duvet Gourodine ! m'exclamai-je. De Kichinev ! Mais où l'avez-vous eu ?

— Je vous l'ai dit, Charlie Lisse il nous trouve tout ce qu'il nous faut ! »

Tortue me conduisit jusqu'à un chambranle de porte sans sa porte et leva la main devant le seuil : « Attendez ici ! » me dit-il avant de faire deux pas dans une autre pièce, un peu plus petite que la première et occupée principalement par un bureau en bois massif nous faisant face contre le mur du fond. Un journal yiddish était suspendu devant telle une barricade, et deux jeunes garçons tenaient le coin des pages de chaque côté. Je ne voyais personne de plus de dix ou douze ans sur les lieux, mais une voix d'homme s'éleva derrière le journal et le fit vibrer :

« J'ai entendu dire que tu as eu des petits soucis au port, fit la voix.

— Je peux tout expliquer, Charlie. C'était…

— Tu connais le prix d'une explication, n'est-ce pas ? »

Tortue s'avança vers le bureau, posa un sou sur le coin, et se mit à débiter son boniment : « Je pensais qu'on avait logé un pigeon, mais quand j'ai compris que c'était un gars de chez toi, je me suis dit qu'il fallait l'amener ici. »

Une page fut tournée derrière la muraille de papier journal : « C'est pas ce qu'on m'a raconté. On m'a raconté que t'avais salopé le boulot, laissé filé une malle de voyage en excellent état. Et que tu t'es fait arrêter par les flics en flagrant délit. Je n'ai pas assez de problèmes comme ça avec les flics ?

— Mais je l'ai amené !

— Qui ça ?

— Le gars de chez toi. Il dit qu'il est de Kichinev.

— Tu t'imagines que je suis parti de Kichinev parce que je voulais rencontrer des gars de Kichinev ?

— Mais…

— Je me fiche pas mal d'où il vient. Fouille-le et puis flanque-le à la baille, un point c'est tout. Tu m'entends ? »

Quand il abaissa son journal, je ne pus croire ce que j'avais sous les yeux… ou plutôt, qui j'avais sous les yeux, car je connaissais le visage caché derrière la page de mots en yiddish.

Bien que devenu un adulte à la pomme d'Adam proéminente, il avait le même visage adolescent que dans mon souvenir, un rictus un peu triste au milieu d'une trombine couverte de boutons luisants comme des baies sauvages sous un soleil d'été. Et même s'il ne portait désormais ni barbe ni kippa, une certaine piété émanait de son expression – peut-être due à sa façon de poser un doigt sur le sommet de sa pommette pour jouer avec un favori qui avait depuis longtemps disparu sous le rasoir du barbier.

« Chaïm ? » fis-je.

Il me considéra un long moment : « Itsik ? Mon petit Itsik ?

— Chaïm ! criai-je.

— Chaïm ? demanda Tortue.

— Ne prends pas cet air surpris, dit mon ancien précepteur au jeune garçon. Et pourquoi pas *Chaïm* ? Est-ce que ce n'est pas une vraie vie que Charlie Lisse t'as offerte ? » Puis il se tourna vers moi et sourit : « On ne m'appelle plus Chaïm, mon petit Itsik. Mes nouveaux élèves me connaissent sous le nom de Charlie Lisse. »

En prononçant ce dernier mot, son rictus s'agrandit et il se caressa la joue d'une main contrite. Bien que désormais rasé d'aussi près que n'importe quel jeune Américain, il avait toujours le visage ravagé par une floraison d'acné épousant parfaitement les lignes d'implantation de ses poils à l'époque où il se laissait pousser la barbe. L'après-midi touchait à sa fin, moment où ses plaies purulentes et la repousse de sa toison se liguaient pour donner à ses joues l'aspect rouge et noir d'une lave en fusion qui se fige en roche. Il me raconterait plus tard que ceux qui croyaient que « lisse » n'était qu'un surnom (plutôt que la traduction de son nom d'origine, Glatt, comme je m'en étais rendu compte) supposaient qu'il lui avait été attribué par des gosses cruels et non dénués de talent pour l'ironie. Mais en fait, l'ironie venait de lui : il savourait la confusion créée par le mariage incongru de sa peau et de son nom. Il s'en servait quotidiennement, me raconta-t-il, pour se présenter à des inconnus dans la rue qui immanquablement restaient ébahis devant le triste spectacle – un homme défiguré par l'acné qui se présentait comme

« lisse » – pendant que ses jeunes complices leur faisaient les poches.

Malgré mon étonnement à voir ressurgir devant moi ce personnage de mon passé, je n'aurais pas dû être surpris de le découvrir ici – en Amérique, à New York. Bien sûr, dans mon souvenir c'était moi seul qui avais quitté Kichinev… Moi qui étais parti et, en partant, moi qui avais figé le cours du monde derrière moi. Et pourtant, même sous l'emprise de cette illusion, j'aurais dû me rappeler que Chaïm était parti avant moi.

Comme je ne tardai pas à l'apprendre, il était venu en passant par Londres, immédiatement après avoir déguerpi à l'aube du lit de Gourodine. Et à la différence de moi, gamin ballotté d'un endroit à un autre par les caprices du destin, Chaïm s'était tourné entièrement vers un seul objectif et l'avait atteint. Il avait quitté la ville en emportant une réserve suffisamment importante d'argent liquide et d'objets de valeur dérobés pour voyager en première classe d'un bout à l'autre, n'avait épuisé son pécule qu'en arrivant dans l'East Side et ne mit pas longtemps à se refaire. En un rien de temps, il avait appris à user de ses talents dans les rues de sa nouvelle patrie, me raconta-t-il. Quels talents ? Je ne lui posai pas la question.

« Itsik, tu as l'air aussi affamé que la Russie tout entière. On ne vous nourrit donc plus, là-bas ?… Je plaisante. Je lis les journaux. Je suis au courant pour la famine et tout le reste, alors quand je dis : "On ne vous nourrit plus en Russie ?" c'est pour rire ! Tu piges ? Non ? Bah, t'en fais pas. L'humour américain, ça m'a pris du temps à moi aussi. »

J'étudiai mon vieil ami. Étaient-ce les années ou bien la traversée de l'océan qui l'avaient changé ? Ou alors était-il resté le même, et était-ce moi qui le voyais différemment ?

« De l'humour, Chaïm ? Ça me surprend. Je me souviens de toi comme d'un garçon sérieux. C'est toi qui m'as rempli le crâne de Dostoïevski, tu te rappelles ?

— J'ai fait du chemin, mon petit Itsik. Un intellectuel digne de ce nom cherche comment se servir de ce qu'il sait dans la vraie vie, pas seulement dans les bibliothèques. Et de toute façon, je me suis découvert un nouvel écrivain préféré peu après mon départ de Kichinev. À Londres. »

Chaïm poussa un gros pavé devant moi. Le texte était en yiddish, mais l'auteur n'avait pas l'air d'avoir un nom juif. Je lus à voix haute : « Dickens ? Un écrivain yiddish ?

— Anglais, corrigea Chaïm. Ce volume est une traduction, mais je peux le lire dans l'original à présent.

— Les écrivains anglais sont payés au poids ? demandai-je en soupesant l'ouvrage. Quel genre de récit peut bien prendre autant de pages ?

— C'est l'histoire d'un Juif sage et généreux qui recueille des orphelins et leur apprend à se débrouiller dans le vaste monde. »

Il s'écoulerait bien des années avant que je lise ce livre à mon tour – en anglais moi aussi, je l'avoue non sans fierté. C'est seulement alors, me rappelant notre conversation à ce sujet, que je comprendrais : Chaïm avait découvert un nouveau mode de vie dans les pages de ce roman tout comme moi dans celles de *Crime et châtiment*. Pour l'heure, je balayais du regard ce bunker où s'entassaient orphelins et criminels en herbe sans comprendre que Chaïm se prenait peut-être pour un nouveau Fagin. Étant donné le sort réservé à son modèle, je me suis souvent demandé s'il avait lu le livre jusqu'au bout.

« Prends-le et lis-le. Comme au bon vieux temps, on sera deux à tirer des leçons du même livre, me dit Chaïm. Je ne tiendrai pas compte de l'inflation et je te ferai payer le même prix qu'autrefois pour expliquer les mots que tu ne connais pas.

— Non, merci, dis-je en reposant le livre sur son bureau. Le dernier livre que tu m'as donné m'a mis dans le pétrin jusqu'au cou.

— Plus tard, peut-être. Rappelle-toi que c'est ton vieil ami Chaïm Glatt qui t'a dit : Le vrai pétrin, c'est l'américain tel qu'on le parle. Quand tu le parleras couramment, tu sauras que tu as gagné un nouveau chez-toi. Mais oublie les livres pour le moment. Tu viens de débarquer et tu as beaucoup à apprendre. Heureusement pour toi, c'est moi qui serai ton professeur. »

Nos leçons commencèrent sur-le-champ. Ce soir-là, Chaïm m'emmena dîner à l'Automat, ce distributeur de nourriture situé au coin de la Treizième Rue et de Broadway. De l'extérieur, c'était l'endroit le plus éclairé que j'avais jamais vu. La vitrine diffusait une lumière d'une telle blancheur que nos ombres étaient projetées derrière nous sur le trottoir à mesure que nous approchions. Nous aurions pu tout aussi bien marcher face au soleil, et je mettais un pied devant l'autre avec la même prudence que si c'était le cas. La statue de la Liberté, Ellis Island, ces points de repère ne signifiaient pas grand-chose pour moi quand je les avais aperçus la veille. À vrai dire, je les avais à peine remarqués. C'était seulement maintenant, en compagnie de Chaïm devant l'Automat, que je voyais en pleine lumière l'Amérique que j'avais imaginée dans toute l'aveuglante richesse de ses possibilités. Je remerciai mon vieux camarade tandis qu'il tenait la porte pour moi, et il me dit pour toute réponse : « De rien. C'est la moindre des choses. Et c'est toi qui régales, pas vrai ? »

Cela ne faisait pas plus de douze heures que j'avais débarqué, et je n'avais donc pas d'argent, naturellement. Je commençai à lui répondre, m'apprêtant à prétendre qu'en fait je n'avais pas très faim, alors qu'en vérité j'étais affamé. Avant que je puisse dire un mot, Chaïm laissa fuser un rire sonore : « Vous, les blancs-becs, alors ! Vous ne savez jamais reconnaître une blague. Regarde-toi, t'es blanc comme la bite d'un boulanger ! Tu crois que ton vieux copain te ferait payer l'addition ? »

Confus, je bégayai une vague réponse.

« Je sais bien que tu n'as pas d'argent maintenant, poursuivit-il. Quand moi je suis arrivé, qu'est-ce que j'avais ? Moins que toi, laisse-moi te dire. Toi, tu as un gars de chez nous qui va te montrer toutes les ficelles. Ne me quitte pas d'une semelle et tu verras comment il faut s'y prendre pour faire ton chemin dans ce pays. »

Au guichet pour avoir de la monnaie, il glissa un billet à une femme derrière une vitre puis lui fit compter les pièces – vingt en tout – deux fois avant de les accepter de sa main.

S'adressant à elle dans un anglais hésitant, il glissa à nouveau dix pièces vers la jeune fille. Elle le fusilla du regard, puis compta à voix haute cinq pièces plus petites et les poussa par l'ouverture. Chaïm se frappa le front d'un geste théâtral, lui parla de nouveau en anglais, et lui rendit les cinq petites pièces auxquelles il ajouta quelques-unes des pièces plus grandes. Il posa la main sur le reste et les envoya rejoindre la poche de son gilet sans les regarder tomber dedans. Quand la jeune caissière poussa trois pièces encore plus grandes dans sa direction, il lui posa une question à la suite de quoi elle désigna du doigt la main dont il s'était servi pour masquer les pièces sur le comptoir. Il la souleva : plus rien. La caissière lança un regard noir. Accompagnant son geste de quelques mots prononcés d'un ton agréable, Chaïm poussa devant lui toutes les pièces ayant fait l'objet de leurs diverses transactions et désigna le billet qu'il lui avait remis initialement. Le regard de la fille alla plusieurs fois du billet au visage de Chaïm.

« Ne les laisse jamais t'arnaquer sur la monnaie, me murmura-t-il pendant que la fille hésitait. Crois-moi, je fais du business, alors je sais de quoi je parle. C'est seulement avec ce genre d'arnaque que des endroits comme ça peuvent joindre les deux bouts. Fais de l'œil à la fille pour qu'elle croie que tu restes juste pour la mater, mais surveille qu'elle ne fasse pas tomber une de tes pièces sur ses genoux. Elles pensent que si ça atterrit entre leurs jambes, t'oseras pas dire quoi que ce soit. »

Quand la fille finit par céder et lui redonner son billet, Chaïm fouilla dans la poche de son gilet et en tira l'une des pièces qu'il avait fait glisser du comptoir. Il la poussa sous le guichet et lui dit en s'exprimant avec l'aisance d'un natif : « Ça je laisse pour fous, cholie matmazelle. »

La fille prit la pièce sans le regarder, nous faisant signe d'avancer comme si elle chassait des mouches. Elle appela l'homme derrière moi, qui tapait du pied avec impatience.

Chaïm afficha un large sourire et m'entraîna par le bras.

« "On avance", elle a dit. Tu as entendu comment elle a dit ça, comme si de rien n'était ? Alors tu vois, "on avance", c'est ce que disent les filles en Amérique quand elles veulent te faire des avances pour aller plus loin, mais qu'elles ont peur que ce soit mal vu. Elles disent "on avance" de façon que tu reviennes plus tard leur faire *des avances !* Tu piges ? Allez viens, on va manger. »

S'éloignant du comptoir, Chaïm passa devant une table qui n'avait pas encore été débarrassée. Il prit une cuiller dans une tasse à café, la secoua avant de la glisser dans sa poche. Puis il m'indiqua un mur de verre et de métal luisant. Il déposa quatre pièces dans ma main.

« Introduis l'argent dans la fente à côté du sandwich que tu veux, c'est tout », me dit-il en désignant une rangée de minuscules fenêtres qui s'ouvraient comme des trappes. Chacune abritait une part de tarte ou une poire blette, du poisson sur une tranche de pain avec un cornichon, deux œufs durs. Chaïm me vit hésiter, passant d'une petite porte à l'autre, les pièces tremblotant entre mes doigts.

« Allez, choisis un truc, Itsik ! T'es en Amérique maintenant. Si tu goûtes et que t'aimes pas ça, tu choisis un autre truc. »

Chaïm me prit une pièce dans la main et la glissa dans la fente correspondant à un sandwich au fromage. Quand il ouvrit la petite fenêtre, le vacarme de la cuisine située derrière le distributeur de nourriture jaillit comme si une conduite d'eau venait de céder. Une main posée sur l'assiette en feignant l'hésitation, Chaïm regarda autour de lui, puis vers le comptoir. L'instant d'après, la cuiller qu'il avait prise sur la table surgissait dans son autre main. Forçant le manche dans la petite ouverture où se logeait le pêne de la trappe vitrée quand elle était fermée, il mania l'ustensile comme un tournevis.

« Attrape ça, tu veux bien ? me dit-il.

— Attraper quoi ? commençai-je à lui demander, mais avant que ma question soit entièrement formulée, je compris ce qu'il voulait dire. La pièce qu'il venait d'introduire dans la fente remontait, s'éjectant toute seule du distributeur telle une langue pointant entre deux lèvres pincées. Chaïm imprima un nouveau tour à la cuiller, et une autre pièce suivit, puis une autre, et une autre.

J'avais beau être un blanc-bec, je compris que c'était du vol. Je jetai des regards horrifiés tout alentour : « C'est mon premier jour ici ! chuchotai-je avec virulence, j'aimerais mieux ne pas le passer en prison.

— Shah ! » aboya-t-il, puis il retira sa cuiller et la pointa au-delà de la fenêtre ouverte du distributeur. « Si on peut entendre la cuisine, ils peuvent nous entendre eux aussi. »

Quand il referma la trappe vitrée, seuls demeurèrent le bourdonnement discret d'une douzaine de clients et le cliquetis de leurs couverts. Je restai là, une assiette dans une main et une poignée de pièces dans l'autre, ne sachant trop que faire.

« Regarde-moi ça, me dit Chaïm, ça ne fait pas une demi-journée que t'es là, et t'as déjà fait des affaires. »

Je regardai le contenu de ma main et comptai seize pièces de cinq *cents :* « Chaïm, repris-je, j'aime pas trop ça.

— C'est parce que tu ne sais pas lire les pancartes là tout autour. Tiens regarde, me dit-il en désignant le mur, tu vois ce que ça dit : là ça dit “Mardi : Service à volonté”. Et ici ? “Mercredi : Deux pour le prix d'un”. En Amérique, les prix sont flexibles. Ils changent. Il faut que tu comprennes qu'ici l'argent, ça va, ça vient. C'est pas comme en Russie, où on le planque. Tu piges ?

— L'argent, ça va, ça vient ?

— Oy, Itsik ! J'avais oublié quel crétin tu fais ! Je me rappelle maintenant, un jour tu m'as dit que ta maman se faisait du souci parce que ton intelligence te jouerait des tours. Tu devrais lui dire qu'elle a aucun souci à se faire. Écoute, ça marche comme ça : quand t'inspires, ensuite il faut que t'expires, d'accord ? En Amérique, c'est pareil avec l'argent ! C'est donnant, donnant ! Tu crois que je me contente de racketter ces petits morveux qui t'ont escroqué ? Pas du tout. Ils me coûtent les yeux de la tête. Je les nourris, je leur donne un toit, je les habille. *J'investis.* »

Ce dernier mot ne fut pas prononcé en yiddish, et j'essayai de le dire à mon tour, comme si le fait de le mettre en bouche m'aiderait à en comprendre le sens :

« Shin-fes-ti ? demandai-je.

— Écoute, je vais te donner ta première leçon de langue. Répète doucement : Tu… veux… vivre… »

Je le fixai ébahi, incapable d'articuler un son. Il tendit le bras et me tira l'oreille :

« Allez, dis-le ! Tu veux vivre.

— Ti feux fifre, hasardai-je.

Chaïm plaça ses dents contre sa lèvre du bas et la fit vibrer comme un bourdon : *V, vv, vvvvv*, fit-il, comme ça ! Il faut que ça vibre !

— Ff-v, ff-v, ff-v.

— Presque. Allez, réessaye un coup : "Tu veux vivre…"

— Ti veux vifre.

— Bien. Et maintenant, ça : "Faut que tu dépenses."

— Fok ti dipense.

— *Mazel tov*, Itsik ! Maintenant tu parles comme un Américain de souche. Alors mange un morceau avant de tomber raide mort ! »

Je mangeai avec plaisir, sans m'arrêter, chaque pièce que je faisais dégringoler dans les fentes du mur vitré me mettant plus à l'aise avec cette façon de me procurer de la nourriture. J'avais à moitié englouti une seconde part de tarte aux pommes lorsque je me rappelai la mission qu'on m'avait assignée et me levai d'un bond : « L'associé de Minkowski ! Il faut que je le trouve pour lui expliquer ce qui est arrivé à ses caractères d'imprimerie !

— Quoi ? Trouver qui ? »

Je farfouillai dans ma petite valise pour retrouver la feuille d'instructions et lus le nom à voix haute : « Knobloch.

— Knobloch ? fit Chaïm en arquant les sourcils comme deux merles qui s'envolent. Le fameux Knobloch ? »

Je lui montrai l'adresse.

« C'est bien lui. Ce type est un escroc ! Quel business tu veux faire avec un sale exploiteur de son espèce ?

— C'est pas vrai ! Écoute, c'est un éditeur respecté. Et je n'arrive pas à croire que toi, surtout, tu puisses traiter quelqu'un d'autre d'escroc !

— Knobloch s'occupe peut-être vaguement d'édition, mais il fait son beurre avec le sang des morts-vivants qui triment pour lui. Moi pas, mon petit gars ! Moi, je suis un vrai Ruben des Bois comparé à ce type-là.

— Tout ce que je sais, c'est qu'il a besoin du matériel d'imprimerie que je lui ai apporté d'Odessa ! Le matériel que Tortue a balancé à la mer !

— Tu crois que les journaux américains se servent de vieux trucs comme ça ? Et même les journaux juifs ? Nan ! Cette merde est réservée au Vieux Pays. C'est mieux que t'en sois débarrassé.

— Mais j'ai promis !

— Une promesse ça vaut quoi, de l'autre côté de l'océan ? Crois-moi, ça lui fera ni chaud ni froid.

— Si un poète n'a pas son mot à dire, quelle valeur ont les mots ?

— Oh ! s'esclaffa Chaïm, j'ai entendu parler de ta poésie. Tu crois que j'ai pas de maman à Kichinev ?

Elle m'a dit que ta poésie avait envoyé ton pauvre papa en prison. »

Je m'effondrai sur ma chaise.

« T'en fais pas, Itsik. Viens dormir chez nous sous le pont ce soir. Demain matin tu iras voir Knobloch et tu lui expliqueras tout. Crois-moi, ça sera pas la fin du monde. »

Je terminai mon repas, mon appétit brisé dans son élan par le soupçon, conscient qu'il me fallait avaler autant de nourriture que possible, et malgré tout méfiant envers mon vieil ami comme envers mon nouveau pays. La raison de ma présence à New York ayant coulé au fond de l'eau, et Chaïm doutant désormais de moi, je ne voulais qu'une chose : rentrer à Odessa, où malgré la guerre, la famine et la Tchéka, je m'étais curieusement senti en sécurité. Là-bas au moins, je connaissais les dangers de vue et de nom, et je savais les éviter. Ici de nouvelles menaces semblaient rôder derrière chaque porte – certaines étaient nouvelles, d'autres anciennes mais portaient de nouveaux habits.

En sortant de l'Automat, Chaïm venait d'entamer une nouvelle leçon de langue lorsqu'un jeune homme, cheveux blonds et tête découverte, s'approcha comme s'il avait attendu que nous levions le camp : « Bonjour, mes amis ! nous héla-t-il dans le yiddish le plus bizarre que j'eusse jamais entendu de ma vie. Je vois que vous êtes nouveaux dans ce pays ! Je voudrais vous souhaiter la bienvenue et vous inviter à une rencontre d'immigrants fraîchement débarqués. » Il tenait un tract à la main comme un billet d'entrée pour le cirque, le bras tendu, voulant à toute force m'obliger à le prendre. « Vous trouverez l'adresse ici, et quelques anecdotes édifiantes sur notre mission. »

Je tendis le bras pour accepter le tract, mais Chaïm me donna une tape sur la main.

« Va te faire, mon pote, fit-il.

— Parlez moins vite s'il vous plaît, répondit le blond dans un sourire. Je viens juste d'apprendre votre langue.

— Sans déc ! » lança Chaïm. Il cracha par terre puis décocha ses mots comme des flèches : « Te. Faire. Foutre, précisa-t-il. Va. Te. Faire. Foutre. Mon. Pote.

— Et c'est une langue si expressive ! dit l'autre en riant. Je vois que vous n'êtes pas réceptif à mon message aujourd'hui, mais ce n'est pas grave. Nous sommes tous frères, nous finissons tous par atteindre la vérité. »

Chaïm fit tomber les tracts de la main du type.

« Dieu vous aime quand même ! dit ce dernier.

— Ton Dieu, il peut prendre mon *petzl* à deux mains et se tirer dans l'œil. »

M'agrippant le poignet, Chaïm m'entraîna tandis que je me baissais pour commencer à ramasser les tracts, qui s'envolaient le long de la rue dans la brise du soir.

« Bizarre, dit Chaïm, d'habitude ils insistent pas à ce point. Je me demande ce qui lui a fait croire qu'on était des blancs-becs ? » C'est alors qu'il remarqua ma manche. J'avais l'impression d'avoir débarqué à New York depuis des semaines, mais en vérité cela faisait moins d'une journée. Mon bras portait toujours les marques de craie blanche laissée par l'inspection sur Ellis Island. Chaïm brossa pour effacer la craie : « Faut que tu te fondes dans le paysage, Itsik, me dit-il en secouant la tête. Le premier venu comprend que t'es un pigeon, un homme marqué. Ils vont tous te tomber sur le râble.

— Qui ça, “ils” ?

— Les chrétiens et les voleurs, Itsik. Tu savais qu'ils apprennent le yiddish aux missionnaires pour essayer d'appâter les immigrants fraîchement débarqués ? Ils ont même quelques convertis qui travaillent pour leur compte. Ils attendent les pauvres naïfs comme toi qui ont l'air de sortir d'une histoire de Sholem Aleichem, et ils te plantent leurs crocs comme des chiens.

« Comment tu crois que mes petits gars t'ont repéré ? T'as juste de la veine que ce soit nous qui te sommes tombés dessus en premier ! Ceux qui te font pas les poches, ils te volent ton âme de Juif. »

Les mémoires d'Itsik Malpesh

lamed

Minkowski m'avait parlé de la réussite d'Harry Knobloch dans l'Eldorado, mais il n'avait pas signalé (peut-être ne le savait-il pas lui-même) que son associé s'était taillé un nom depuis son départ d'Odessa. Comme je l'appris bientôt, dans certains cercles yiddish de New York, le nom de Knobloch était bien connu.

Bien qu'il n'eût jamais rencontré l'homme en personne, Chaïm savait exactement où le trouver. Il me dessina même un plan. Je l'étudiai pendant une bonne demi-heure, essayant de me repérer dans la grille des rues et des avenues.

« Tu es sûr que tu ne veux pas que Tortue te conduise ? me demanda Chaïm.

— Le conduire où ? intervint Tortue.

— Tu te rappelles l'entrepôt sur Delancey Street où t'as déniché tous ces colis pleins de lingerie l'an dernier ?

— L'endroit où il y a un quai de chargement aussi grand que Washington Square ?

— C'est ça.

— C'était une sacrée prise !

— L'une des plus grosses.

— Tu l'as volé ? demandai-je.

— Qui a parlé de "voler" ? s'offusqua Chaïm. Tortue a juste "déniché" des colis. Est-ce que c'est la faute au gamin si quelqu'un a perdu une centaine de petites culottes juste au moment où il passait par là ? »

Je ne pensais pas qu'il était dans mon intérêt d'aller rendre visite à Knobloch en compagnie d'un gosse qui avait "déniché" une partie de sa marchandise, et je mis donc un point d'honneur à trouver l'adresse par mes propres moyens.

En suivant le plan de Chaïm, j'aboutis bientôt à un imposant immeuble de pierre grise dont la taille dépassait de loin tout ce que j'avais jamais vu. Il était plus grand que la fabrique de duvet ou que toutes les églises d'Odessa, plus grand même peut-être que le *King Alexander*. Qu'un tel endroit puisse être le royaume d'un seul homme me semblait incroyable – et plus encore celui d'un seul Juif ! Et pourtant, la preuve était bien là, en noir et blanc ainsi qu'en yiddish et en anglais, sur l'enseigne gravée à l'entrée qui disait :

ENTREPRISES KNOBLOCH
AFFAIRES EN TOUT GENRE

Je grimpai trois volées de marches jusqu'à un bureau où j'eus l'agréable surprise de trouver une secrétaire parlant yiddish. Ce n'était pas une beauté, avec ses yeux de lapin et son petit nez assorti.

« Je dois voir M. Knobloch, lui annonçai-je, c'est une question de vie ou de mort pour ses affaires éditoriales. »

La secrétaire fit glisser ses lunettes sur le bout de son nez et m'étudia sans l'aide de ses verres correcteurs. Je tâchai de ne pas imaginer quelle sorte d'impression je pouvais bien faire, sur elle ou sur Knobloch. Comme les vêtements que j'avais sur le dos en débarquant la veille avaient besoin d'un sérieux décrassage, j'avais emprunté un costume à Chaïm. Un beau costume, cc dont je lui étais reconnaissant même si, étant donné que mon mentor mesurait quinze bons centimètres de moins que moi, les manches m'arrivaient à mi-bras et les jambes du pantalon à fines rayures laissaient voir une telle longueur de chaussette qu'on m'aurait cru en culotte courte. Pour couronner le tout, j'étais coiffé d'un canotier garni d'un ruban qui semblait peu adapté à la saison pour un mois de mars, mais c'était le seul chapeau dont Chaïm disposait. J'avais tout l'air d'un gondolier.

« Une question de vie ou de mort, n'est-ce pas ? demanda la secrétaire en cachant mal son hilarité. Vous êtes attendu ?

— Attendu ? » Je jetai de nouveau un œil à la feuille qu'avait expédiée Minkowski avec moi ; il ne disait pas si moi j'étais attendu, seulement que les caractères typographiques étaient attendus. Peut-être cette attente aurait-elle pu s'appliquer à moi si lesdits caractères s'étaient trouvés à mes côtés, mais comme ce n'était pas le cas, je ne savais pas trop quoi dire.

« En toute franchise, je n'en sais rien.

— Ma foi, comme vous ne figurez pas dans le carnet de rendez-vous, je dois reconnaître que je n'en sais rien moi non plus. On va voir cela, d'accord ? »

Depuis l'accueil, la secrétaire me conduisit le long d'un interminable couloir dont le plancher grinçait à chacun de mes pas. Elle marchait d'un pas vif et gracieux, sans produire le moindre grincement. Je m'efforçai de suivre son rythme, ce qui ne fit qu'amplifier la fréquence des bruits gênants sous mes pieds. Je cherchai quelque chose à dire pour couvrir le vacarme. De part et d'autre, les murs arboraient des photographies de grands écrivains yiddish : Sholem Asch, avec son nez bulbeux et sa moustache en brosse ; Sholem Abramovich, son bon regard de grand-père et ses favoris de gnome ; Sholem Aleichem, son frêle pince-nez en équilibre au-dessus d'un sourire malicieux.

« C'est drôle, je n'avais jamais remarqué que tant de Sholem écrivaient en yiddish ces derniers temps, fis-je remarquer.

— Et qu'est-ce que cela a de drôle ? » demanda la secrétaire.

Elle me fusilla d'un regard si noir que je ne pus articuler un seul mot. Voulait-elle que j'en dise plus, ou regrettait-elle que j'aie simplement ouvert la bouche ?

« Enfin, pas drôle, je veux dire, juste curieux, bégayai-je. C'est-à-dire, c'est une coïncidence, ou plutôt non, pas une coïncidence, mais…

— Peut-être voulez-vous dire : "Curieux de trouver tant d'hommes de *paix* dans une entreprise si volatile", hein ? Ou bien vous voulez dire : "Si un plus grand nombre de vieux écrivains voulaient bien rester en *paix*, les plus jeunes trouveraient un éditeur…" »

Elle enchaîna une demi-douzaine de jeux de mots sur le prénom Sholem et sa signification, la paix, comme si elle se rendait parfaitement compte que c'était le genre de traits d'esprit que j'aurais voulu faire moi-même mais auxquels j'avais été incapable de faire franchir la barrière de mes lèvres. Elle semblait s'amuser à me rabaisser par chacun de ses calembours, me forçant à faire des pas chaque fois plus rapprochés, ce qui rendait les grincements chaque fois plus vifs et plus perçants, comme si j'avançais sur la planche d'un bateau de pirates taillée dans le bec d'un gigantesque canard.

Mon visage devait montrer une couleur signalant ma gêne – rouge ou blanc, je n'aurais su le dire – car lorsque nous fûmes parvenus au bout du couloir elle posa gentiment la main sur mon bras : « Je vous demande pardon, me dit-elle, mais j'ai accompagné dans ce couloir tellement de jeunes messieurs qui s'intéressaient à la littérature yiddish. J'ai entendu tellement de répliques sur Sholem par-ci et Sholem par-là dans la bouche de tellement d'écrivains plus louches les uns que les autres. Je ne pouvais pas souffrir d'entendre la même chose de la part d'un jeune homme aussi gentil que vous. Je vois que vous venez juste d'arriver du Vieux Pays, ajouta-t-elle avec un sourire, et c'est déjà bien assez de tourment comme ça. »

Elle ouvrit une lourde porte de chêne et annonça mon arrivée à la personne qui attendait à l'intérieur : « Monsieur…

— Malpesh, chuchotai-je en articulant lentement.

— Vraiment ? me répliqua-t-elle de la même voix, Malpe-pish ?

— Oui.

— Monsieur Singe-Qui-Pisse, annonça-t-elle.

— Malpesh ! corrigeai-je, Malpesh !

— Monsieur Malpesh », dit-elle.

J'entendis une voix dire du fond de la pièce : « Qui ça ?

— Il va vous recevoir maintenant », me dit la secrétaire, puis elle tourna les talons et repartit le long du couloir.

Je pénétrai dans une pièce qui semblait ne pas avoir de murs, tant les rayonnages qui les garnissaient tous étaient chargés de livres. Elle semblait également dépourvue de fenêtres, mais je crus percevoir quelques maigres rayons de soleil filtrer entre plusieurs rangées de volumes hors format derrière le bureau. Cette lumière chiche était la seule pitance dont profitaient deux plantes en pot placées de chaque côté de la pièce.

Un homme chauve affublé de lunettes carrées était assis et griffonnait sur une grande page de journal à l'aide d'un crayon de cire rouge. Il ne leva pas le regard pour me saluer.

« Pas compris votre nom, dit-il.

— Monsieur Knobloch ?

— Vous ? Un Knobloch ?

— Pardon ?

— Eh bien ça ! Toujours content de faire connaissance d'un autre Knobloch !

— Monsieur Knobloch, j'ai bien peur de ne pas être de la famille Knobloch. Je m'appelle Itsik Malpesh. Je suis envoyé d'Odessa par Minkowski. »

Il leva la tête si soudainement que ses lunettes firent un bond sur son front avant de tomber de son nez pour rester accrochées à l'une de ses oreilles en pendant le long de sa joue. Un sourire chaleureux illumina son visage.

« Minkowski ? Ah ! Bien, très bien. Mieux vaut un envoyé de Minkowski qu'un autre traîne-savates de la famille Knobloch. Il en arrive un chaque semaine qui vient me demander l'aumône. Mais comment va Minkowski ? Est-ce qu'il court toujours après cette veuve ? »

Les mots lui sortaient de la bouche dans un yiddish de Russie que de longues années new-yorkaises rendaient plus vif. Craignant d'oublier quelque chose d'important, je restai muet, trop inquiet pour dire quoi que ce soit.

« Asseyez-vous ! Asseyez-vous ! » me dit-il, ce que je fis, me posant précautionneusement sur le bord d'un gros fauteuil de cuir devant son bureau. « Vous avez l'air affamé. Vous voulez manger quelque chose ? Boire ? Voulez-vous que j'appelle ma secrétaire pour vous faire apporter quelque chose ? »

La perspective de revoir cette femme était plus que je n'en pouvais supporter : « Non, non. Ça va, merci, répondis-je. Vraiment.

— Ma sœur, dit-il.

— Je vous demande pardon ?

— La secrétaire. C'est ma sœur, Rachel. Les Entreprises Knobloch ont beau être une grosse compagnie, nous restons une structure familiale. Et pour tout vous avouer, ma femme ne voulait pas que je lorgne ma secrétaire, alors voilà. »

Et maintenant j'étais doublement inquiet : non seulement sa secrétaire, mais sa sœur en personne me prenait sûrement pour un idiot. Je me repassai mentalement notre conversation tout en essayant de suivre le verbiage incessant de Knobloch. Dans ma nervosité, je me mis à plier et replier mon chapeau posé sur mes genoux, rabattant un côté sur l'autre jusqu'à ce qu'il soit réduit à la taille d'une boîte d'allumettes. Il était trop tard quand je me rappelai que le fameux chapeau était en paille. À chaque pliure je cassais en fait mon couvre-chef en petits morceaux. Bientôt, j'avais les genoux recouverts de petits bouts de paille bruns et jaunes, entourés d'un ruban vert qui ne faisait rien pour maintenir ensemble le fétu.

Knobloch se leva et parut prêt à contourner son bureau pour s'avancer vers moi. Je parlai à toute vitesse pour le maintenir de l'autre côté, d'où il n'avait pas, me semblait-il, vue sur mon giron : « Je n'ai jamais vu autant de livres en un seul endroit, déclarai-je.

— Oui, oui ! Il paraît que je possède la plus grande bibliothèque de tout l'East Side !

— Tous ces livres sont à vous ?

— À moi en effet.

— Et tous sont en yiddish ?

— Certains sont en hébreu, d'autres en allemand. La plupart en yiddish. Vous aimez la littérature, si je comprends bien ? Vous trouverez peut-être ce volume digne d'intérêt, dit-il en prenant un petit livre bleu sur son bureau qu'il fit mine à nouveau de contourner.

— Puis-je voir celui-là, plutôt ?

— Mmm ? Lequel ?

— Lequel ? » répétai-je. En vérité, je n'avais pas fait mon choix avant de parler. Je désignai un rayonnage perché tout en haut, dans un coin dont je pensais qu'il ne pourrait pas l'atteindre : « Celui-là. »

Il se hissa sur la pointe des pieds et tira un livre placé juste au-dessus de sa tête : « Celui-ci ?

— Non, non, celui-là, dis-je en le désignant du bout du nez, puis de la main droite tout en prenant soin de maintenir mon chapeau en charpie de la gauche.

— Celui-là, là-bas ?

— Oui. C'est bien ça. Je suis certain que c'est un livre que je cherche depuis longtemps. »

Au prix d'un grand effort, Knobloch tira sa chaise jusqu'au coin de la bibliothèque et entreprit d'y grimper. Comme je l'avais espéré, il me tourna le dos suffisamment longtemps pour que je puisse me lever discrètement de mon fauteuil et m'approcher d'une des plantes en pot près de son bureau. Je vidai les restes de mon chapeau dans le terreau, puis tel un chat me mis à enfouir sans bruit la source de mon embarras.

J'étais tellement soulagé de m'être débarrassé de cet inexplicable petit tas de paille que je n'avais pas entendu la porte s'ouvrir derrière moi, ni la secrétaire et néanmoins sœur de Knobloch faire son entrée dans la pièce. Un arrosoir à la main, sourcils levés, elle m'observait à présent.

« Un coup de main ? me demanda-t-elle.

— Non, non, je l'ai presque, répondit Knobloch. Notre ami d'Odessa voulait jeter un œil sur un volume en particulier. Il dit qu'il l'a cherché dans tous les endroits possibles et imaginables. Franchement, je ne suis pas sûr de savoir lequel c'est. J'ai pas mal de livres que je n'ai pas lus dans cette bibliothèque, je dois reconnaître. »

Avec mille précautions, Knobloch redescendit doucement de sa chaise. Tandis que son frère regagnait la terre ferme, la secrétaire me jeta un nouveau regard, observant mes mains à présent pleines de terreau. Tirant un mouchoir de sa manche, elle y versa un peu d'eau et me le tendit. Je m'essuyai les mains et retombai dans mon fauteuil juste au moment où Knobloch posait le pied par terre.

Il passa d'une extrémité à l'autre de son bureau, récupéra ses lunettes dans sa poche de poitrine et les posa sur son nez. Il leva le livre à hauteur de ses yeux.

« Et voilà », me dit-il. Puis il lut le titre à voix haute : *Di Geshlekht-fragn fun meydlekh : A madrekh mit ilustratzies. Manuel illustré d'éducation sexuelle pour les jeunes filles.*

« Eh bien, je vois que j'interromps une conversation littéraire de haute tenue, fit la secrétaire, qui tourna aussitôt les talons et repartit par où elle était venue.

— Franchement, je n'ai pas la moindre idée de ce que contient ma bibliothèque, dit Knobloch sans paraître démonté par le livre qu'il tenait entre les mains. Dans ma jeunesse je lisais tout ce qui se présentait devant moi, mais aujourd'hui qui a le temps de lire ? Le comble, c'est que maintenant que je suis un homme d'affaires réputé, je ne l'ai plus, et pourtant ma réussite m'a conduit à établir des relations avec de nombreux éditeurs. Je reçois tous les nouveaux titres de toutes les maisons d'édition yiddish de New York, d'Argentine, de Moscou… Et d'Odessa, naturellement. Est-ce pour cela que vous êtes ici ? Vous m'apportez des livres de la part de Minkowski ?

— J'ai apporté des caractères d'imprimerie. Une malle pleine de caractères d'imprimerie.

— Fantastique ! Ils sont là dehors ? Dois-je envoyer quelqu'un les chercher ?

— Ils ne sont pas là dehors.

— Eh bien alors, où sont-ils ?

— Dans l'East River. Du moins, c'est là qu'ils ont commencé.

— Commencé ?

— S'ils n'ont pas coulé au fond, ils sont peut-être plus au sud maintenant. » Je projetai mentalement une carte de mon nouveau pays, et imaginai le chemin qu'auraient pu prendre les caractères de Minkowski depuis la dernière fois où je les avais vus : « Peut-être en Floride, suggérai-je, ça dépend des courants.

— Vous parlez par énigmes, mon garçon, dit Knobloch en se grattant la tête.

— Est-ce que vous pourrez quand même imprimer votre journal ? »

Il partit d'un grand éclat de rire, puis consulta sa montre : « Venez avec moi. Ils devraient justement commencer le travail à l'atelier de composition. Mon vieil ami Minkowski est bien attentionné de m'avoir fait parvenir du matériel. Mais ici c'est un tout autre univers. »

Knobloch me ramena dans le couloir d'un pas vif. Nous avions parcouru la moitié de la distance entre son bureau et celui de la secrétaire – ayant dépassé deux des Sholem mais pas encore atteint le troisième – lorsqu'il bifurqua soudain dans une autre galerie que je n'avais pas vue. Je pressai la cadence pour le rattraper. Bien que plus petit que moi d'une dizaine de centimètres, il compensait ses courtes enjambées en faisant trois pas pour un seul des miens. Tout au bout du second couloir, il ouvrit une porte donnant dans une pièce débordante de bruit et de fumée.

« Voici le cœur du plus récent quotidien yiddish de New York, annonça-t-il. Et bientôt ce sera le plus important : le *Naye Yidishe Tsukunft !* »

Le Nouvel Avenir yiddish. C'était sans aucun doute le nom le plus optimiste que j'avais jamais entendu donner à un journal juif, et le visage de son éditeur reflétait très exactement le même sentiment. Knobloch s'extasiait devant l'installation sous nos yeux comme un père devant son fils nouveau-né, plutôt que face à un atelier industriel encombré d'ouvriers et de ferraille. Et pourtant, telle était bien la source de sa fierté. La salle où nous pénétrions maintenant était une véritable forêt de grandes machines métalliques, chacune haute de plus de deux mètres et large d'un mètre cinquante, faites de bras, de roues et de bacs à huile qui semblaient récupérés de l'entrepôt d'un ferrailleur et assemblés sans souci apparent de fonction ni de forme.

Knobloch cria en collant ses lèvres à mon oreille, beuglant de tous ses poumons en sacrifiant toute intonation pour simplement se faire entendre : « Déjà vu ? Une linotype ?

— Non ! »

Assis devant chaque machine se trouvait un ouvrier courbé au-dessus d'un plateau horizontal qui prolongeait les parties mobiles comme un petit bureau, seule concession à l'interaction avec l'homme dans toute la masse indifférente de la mécanique. Les ouvriers faisaient courir leurs doigts tels des virtuoses jouant sur douze pianos à la fois. Un prote parcourait les allées. Knobloch leva les mains en l'air et fit un petit moulinet : le prote alla jusqu'au mur, où il tira sur une manette.

« Sang dans les veines ! appela-t-il. Sang dans les veines ! »

Les compositeurs reprirent son appel, chacun se tournant à sa gauche pour crier, puis à sa droite, pour être sûr que tous avaient entendu l'annonce au-dessus du vacarme des machines : « Sang dans les veines ! Sang dans les veines !

— Veut dire ! expliqua Knobloch. Le plomb ! Passe dans ! Le système !

— Le plomb ?

— Entre les hebdos ! Et les quotidiens ! Ça fait dix millions de pages ! Imprimées en yiddish tous les jours ! À New York ! La presse yiddish ! A pris tellement d'ampleur ! Il nous faut la technologie dernier cri ! Pour répondre ! À la demande ! »

Il s'arrêta près d'une machine et prit dans le creux de ses mains une poignée de minuscules lingots de plomb dans un seau posé là. Les plombs étaient graisseux, maculés d'encre. Chacun portait une lettre de l'*alef-beys* sur une extrémité.

« Les blocs en bois ! Ne servent à rien ! Maintenant on imprime ! Juste avec du métal ! »

Il versa quelques plombs dans ma main. Je n'avais jamais manipulé de munitions, mais j'imaginai que la sensation devait être la même : petits objets plus lourds qu'ils n'en ont l'air, lestés par leur densité et les conséquences de leur usage.

Je le suivis dans les allées de l'atelier. Le bruit était assourdissant, cataclysmique, comme une collision de locomotives. Si les hommes travaillant devant leur plateau nous remarquèrent, ils n'en montrèrent rien. Ils gardaient les yeux rivés sur des textes fixés devant eux sur des panneaux à hauteur de leur menton. Leurs yeux ne bougeaient pas, leurs mains s'activaient sans cesse.

« Vous voulez ! Voir ! Comment ça marche ! » cria Knobloch qui s'arrêta devant une machine inoccupée dont les rouages bourdonnaient en attendant le départ. « Voyez ! On tire ce bras ! Ça isole une ligne de métal liquide ! Après on appuie sur ce bouton ! Ça libère le verrou ! Sur le clavier ! Ensuite on compose ! Direct ! Dans ! Le métal !

« Après ! On tire ! Le levier de refroidissement ! Et puis on tourne ! Ce bouton ! Vers la gauche ! Jusqu'au bout ! Vers la gauche ! Si on s'arrête à la moitié ! Ça casse la ligne en deux ! Et toute la page est foutue ! Après on donne ! Un grand coup ! Sur la barre remise à zéro ! Et on recommence ! Pigé ? »

D'un bout à l'autre de l'atelier, les typographes ressemblaient plutôt à des chefs d'orchestre symphonique qu'à des ouvriers au travail sur des mots. L'idée que les mouvements et les corps puissent être si intimement, si nécessairement liés à la formation de phrases et de récits, était pour moi une révélation. Ils répétaient les gestes à l'infini, exécutaient dans son intégralité la gamme que Knobloch venait de me décrire en l'espace de trois secondes. À la fin de chaque cycle, un lingot de plomb tombait en cliquetant sur le plateau d'impression.

« Il faut ! Quarante lingots ! Pour remplir une colonne ! Cinq colonnes ! À chaque page !

— Ça fait ! Beaucoup ! De plomb ! D'où ! Vient-il ?

— J'espérais ! Que vous ! Poseriez la question ! » répondit Knobloch avec un grand sourire.

Empruntant un couloir qui donnait dans l'atelier d'impression, il me fit traverser un seuil après l'autre, chacun garni d'une porte métallique de plusieurs centimètres d'épaisseur. Peu après, nous étions dans une chambre vide, au sol et aux murs entièrement recouverts d'un métal couleur de cuivre. Il y régnait un calme surprenant par rapport au bruit que nous venions de quitter.

« La plupart des quotidiens jettent le plomb à la ferraille – ils s'imaginent que c'est le prix à payer pour l'opération. Et c'est vrai que ça ne coûte pas grand-chose. Mais moi je me suis dit, pourquoi ne pas tout simplement le fondre à nouveau ? Tout le monde m'a dit, si vous faites ça, vous aurez du plomb en fusion qui coulera partout dans l'atelier. Six cents degrés. Tout le monde m'a dit que je finirais avec des typographes amputés des doigts et les syndicats aux fesses. Alors j'ai décidé de tout mélanger dans un grand seau. Fondre ensemble tous les lingots d'un coup, et puis le plomb est réinjecté dans les tuyaux.

« C'est à ça que sert cette pièce. La chambre de fusion. Une fois par jour, on fait chauffer la chaudière et on amène les lingots par ce déversoir au-dessus de votre tête. Il faut surtout éviter de se trouver dans les parages quand cette alarme se déclenche, poursuivit-il en désignant un feu rouge et un timbre avec un marteau. Ça veut dire qu'il reste tout juste une minute avant l'allumage et l'arrivée du plomb par le plafond. Le plomb fondu remplit alors entièrement cette pièce avant qu'on ouvre la bonde d'évacuation pour le laisser couler dans les tuyaux qui alimentent les machines. Cette pièce est le cœur de toute l'opération. Vous les entendez crier "sang dans les veines" là-bas ? Ça veut dire que le métal liquide est dans les tuyaux, pompé à partir de là où nous sommes.

« Mon système de récupération du plomb va révolutionner tout le secteur ! s'exclama-t-il joyeusement. Et notez bien ce que je vais vous dire, le secteur de l'édition en yiddish est à la veille d'une véritable explosion. Vous en êtes la preuve vivante. Chaque jour il y a de plus en plus de Juifs qui débarquent. Plus de lecteurs, vous voyez ? Et ce sont des jeunes, comme vous ! Si je parviens à leur faire lire le *Naye Yidishe Tsukunft* aujourd'hui, ils le liront pour le restant de leurs jours ! Et leurs enfants après eux !

« Mes concurrents du *Forverts* essayent de garder leurs lecteurs en les aidant à apprendre l'anglais. Vous avez déjà entendu une idée plus absurde ? Ils veulent se condamner à mettre la clé sous la porte, ou quoi ? Moi pas. Voilà comment je vois la situation : la meilleure chose pour les Juifs – et pour les éditeurs de journaux juifs – ce sera de continuer à lire en yiddish. Si on peut favoriser cet état de fait, dans dix ans New York imprimera plus de pages en yiddish qu'en anglais, et c'est ici même que tout ça commencera ! »

Knobloch leva les deux bras en l'air dans la pièce vide, où l'on liquéfiait des mots pour les évacuer par un tuyau.

« Regardez ! exulta-t-il. Vous avez devant les yeux l'avenir du yiddish en Amérique ! »

Une fois la visite de son entreprise d'imprimerie achevée, Knobloch me reconduisit à son bureau.

« Dites-moi, Malpesh, avez-vous travaillé au service de Minkowski quand vous étiez au Vieux Pays ? me demanda-t-il. Vous vous y connaissez un peu dans l'imprimerie ?

— Oui et oui, répondis-je. Mais pour vous dire la vérité, j'ai un autre métier : je suis poète.

— Poète ! Voyez-vous ça ! Les Entreprises Knobloch ont depuis longtemps recours aux services des poètes. Vous n'avez pas vu mon enseigne à l'entrée principale ? "Affaires en tout genre". Vous savez ce que ça veut dire ? Ça veut dire que j'ai besoin d'employés aux capacités et aux inclinations variées. En fait, j'ai plus d'une douzaine de poètes qui travaillent à mon service en ce moment.

— Une douzaine de poètes à votre service ? » Quel pays étonnant que l'Amérique, pensai-je : en existait-il d'autres où un magnat paierait un salaire à des poètes ?

« Mais bien sûr ! reprit-il. Il y a tellement de poètes dans cette ville qu'il serait impossible de ne pas en employer au moins quelques-uns. Revenez la semaine prochaine, et nous verrons comment vous mettre au travail. »

En ressortant du bâtiment, je commis l'erreur de porter deux doigts au bord de mon chapeau pour saluer la secrétaire. C'est alors seulement que me revint en mémoire le sort qu'avait subi mon couvre-chef.

« Aurons-nous le plaisir de vous revoir, monsieur Singe-Qui-Pisse ? me demanda la jeune femme.

— Pas *Malpe-pish*. C'est Malpesh ! Eh oui, je crois que nous nous reverrons.

— Dites-moi, qu'avez-vous pensé de la bibliothèque de mon frère ?

— Très impressionnante.

— Vous a-t-il raconté comment il l'avait acquise ?

— Oui, il m'a parlé de ses relations avec divers éditeurs. Ils lui envoient tous leurs nouveaux titres.

— Il fait bien le modeste en prétendant jouer un rôle aussi passif. En vérité, la bibliothèque lui a demandé des efforts assez considérables. Des années durant, il a hanté les points où les gens accèdent à la ville en provenance d'Ellis Island. Nombreux sont ceux qui accostent ici en étant tellement sûrs de faire fortune qu'ils apportent avec eux tous leurs livres. À peine débarqué du Vieux Pays, chaque Juif rêve d'avoir une maison avec une pièce à part où conserver tous ses livres. Ils comprennent bien assez vite qu'ils auront de la chance s'ils trouvent une maison suffisamment grande pour héberger leur famille. Et les livres doivent donc être sacrifiés. Mon frère leur dit, je garderai vos livres jusqu'à ce que vous soyez remis à flot, mais il sait qu'il ne les leur rendra jamais. Je l'appelle sa Bibliothèque des Rêves Brisés. Il ne se passe pas une semaine sans que de nouveaux déçus fassent le chemin jusqu'ici pour faire un dépôt.

« Peut-être qu'un jour, acheva-t-elle en me jaugeant du regard, vous viendrez ajouter à sa collection. Avez-vous apporté beaucoup de livres en traversant l'océan ?

— Je n'en ai pas apporté d'autres que celui que je suis en train d'écrire.

— Je suis sûre qu'il pourrait lui trouver une petite place. »

Les mémoires d'Itsik Malpesh

mem

De retour sous le pont, Chaïm se montra sceptique à l'idée que Knobloch m'offre un emploi de poète. Les membres de son gang étaient attablés pour le dîner comme des hassidim attendant les bonnes paroles de leur *rebe*, mais pour le moment c'est à moi qu'il prêtait toute son attention.

« Lui fais pas confiance, Itsik. L'homme s'occupe peut-être vaguement d'édition, mais il exploite des travailleurs dans ses ateliers. C'est comme ça qu'il est devenu si riche. Tu crois qu'il a construit ce building avec des jolis mots ?

— Il emploie une douzaine de poètes ! Peu importe ce qu'il fait d'autre, c'est manifestement un mécène. Tu verrais sa bibliothèque !

— J'ai eu affaire à des industriels et à leur bibliothèque. Ça m'a jamais porté bonheur.

— Knobloch est différent des autres. Il dit que le yiddish a de l'avenir en Amérique.

— Peuh ! Écrire en yiddish, c'est bien la dernière chose à faire ! L'anglais ! Voilà la clé de la réussite en

Amérique. Regarde-moi, je ne parle pas encore couramment, et je suis le roi du monde !

— À mes oreilles, l'anglais sonne comme une suite de toussotements et de crachotements. Je ne peux même pas imaginer l'apprendre.

— Balivernes ! s'exclama Chaïm. Je ne comprends pas pourquoi vous autres les blancs-becs, vous faites tout pour compliquer les choses. Le yiddish, l'anglais, l'anglais, le yiddish. Deux langues on ne peut plus cousines l'une de l'autre. »

Il jeta un regard circulaire autour de la table : « Est-ce que j'ai raison, les gars ?

— T'as raison, Charlie Lisse !

— Itsik, tiens regarde, me dit-il en désignant le milieu de la table. C'est quoi ça ?

— Ça, avec la mèche qui flambe ? Ça s'appelle *likht*, répondis-je.

— D'accord. Bon alors, en anglais, *likht* ça se dit *candle*. "*Ken-dul*", d'accord ? Écoute-moi bien, et je vais t'apprendre comment t'en souvenir. Premièrement, tu coupes le mot en morceaux. Tu coupes *ken-dul* en deux, et qu'est-ce que ça te donne ? »

Je levai vaguement la main, ne comprenant pas très bien où il voulait en venir.

« C'est pas un piège, imbécile ! Tu coupes le mot en deux et ça te donne *ken* et *dul*. OK ? » Il prononça ce dernier mot avec un parfait accent new-yorkais. Il avait à sa disposition tout un arsenal d'américanismes du même genre.

« OK !

— *Ken*, ça veut dire "pouvoir". *Dul* c'est "trompé, abusé". Tu me suis ? Donc, pour *likht* on dit *ken-dul* parce que quand il fait nuit, il devrait faire noir, mais si tu allumes une *ken-dul*, la pièce s'éclaire quelle que soit l'heure. Donc, c'est le contraire de ce qu'il devrait se passer, t'as compris ? »

Comme je restai silencieux, un des gamins répondit mécaniquement : « Moi j'ai compris, Charlie Lisse !

— T'es un bon petit gars ! » lui dit Chaïm en lui glissant un sou, avant de se retourner vers moi pour finir sa leçon : « Donc, une *ken-dul* a le *pouvoir* de *tromper* la nuit pour lui faire croire que c'est le jour. »

Chaïm hocha gravement la tête. Ses disciples considéraient d'un air révérencieux les pouvoirs d'érudition du gourou qui leur servait de figure paternelle.

« Chaque mot de l'anglais marche de cette façon, je te le jure. C'est une langue facile si t'utilises ton intelligence. »

Il alluma une cigarette, inhala profondément, et souffla d'autres paroles de sagesse : « Itsik, je sais que tu es un homme maintenant, et plus un petit garçon en mal de conseils, mais écoute bien ce que je vais te dire. Sors-toi du yiddish aussi vite que possible.

— Me sortir du yiddish ? Mais comment on sort d'une langue ? C'est pas comme si c'était un endroit !

— C'est un ghetto, comme le quartier juif de Kichinev était un ghetto lui aussi. Il n'y a peut-être pas de murs visibles à tes yeux, mais crois-moi, tout le reste du monde les voit très bien.

— Moi je suis un poète, Chaïm. Et pour le meilleur comme pour le pire, le yiddish est ma langue. Ce n'est pas comme si je pouvais prendre une plume et composer dans une autre langue. En russe et en hébreu, je suis un enfant. En yiddish, je peux écrire tout ce que je veux.

— Oublie le russe, et l'hébreu avec. Apprends l'anglais. Commence maintenant, là avec nous.

— Il faut des années pour apprendre une langue. Il faudrait que je mette ma vie entre parenthèses ?

— Mieux vaut savoir l'alphabet en anglais qu'écrire des sonnets en sumérien ! Je me fiche bien de ce que Knobloch et sa clique peuvent te dire : le yiddish ne fera pas de vieux os en ce bas monde. Ces gosses, là ? Ils sont pas très malins. L'Amérique ne produit pas de petits génies comme c'était le cas au Vieux Pays. Mais ils iront plus loin que toi. Tu sais pourquoi ? Ils ne s'encombreront pas de rêves en yiddish.

— Pour un poète yiddish, des rêves en yiddish ne sont pas encombrants.

— Viens me redire ça quand t'auras vécu plus d'un ou deux jours en Amérique, quand tu voudras te débarrasser de ta langue mais que tu pourras pas lui décoincer les mâchoires. Il vaut mieux l'abandonner tout de suite.

— Ça n'est pas seulement une question de choix.

— Vraiment ? » dit Chaïm tandis qu'un méchant sourire se peignait sur son visage. Puis il donna quelques coups de poing sur la table pour faire taire l'assistance : « Les enfants, écoutez-moi ! J'ai une annonce à faire. À partir de maintenant, on parle seulement en anglais ici, d'accord ? »

Les gosses haussèrent les épaules, passèrent à l'autre langue et poursuivirent leurs conversations comme si Chaïm leur avait demandé d'enlever leurs coudes de la table. Ils riaient, blaguaient, semblaient s'envoyer des piques et des insultes aussi naturellement que le font tous les garçons du monde. Et moi, je n'en comprenais pas un mot.

« Ne retourne pas voir Knobloch. Il aime la langue du Vieux Pays seulement parce qu'elle lui a assuré la réussite. Si tout le monde oubliait le yiddish, il n'aurait rien pour lui rappeler en permanence combien il s'est élevé au-dessus de la condition de sa jeunesse. Reste ici avec nous. Tu auras appris la langue d'ici un ou deux mois, et plus tard tu me remercieras de ne plus avoir à écrire en yiddish. »

Ce fut la froideur de son regard qui me fit alors comprendre à quel point c'était pour lui une nécessité existentielle d'avoir laissé derrière lui tout ce qui pouvait lui rappeler le Vieux Pays.

« Tu hais le pays de tes origines à ce point-là, Chaïm ?

— Sur ce point, me répondit-il, tu n'aurais pas la moindre idée de ce que tu pourrais dire dans n'importe quelle langue du monde. »

Je quittai la tanière de Chaïm ce soir-là et errai à travers les rues durant huit heures de froidure, convaincu qu'il valait mieux mourir de froid dans ma propre langue que rester dans un endroit où je ne connaissais même pas le mot pour dire chaleur.

Le lendemain matin, je trouvai un logement pour pensionnaire dans un appartement situé cinq étages sans ascenseur au-dessus d'une ruelle crasseuse dans un immeuble miteux de Broome Street. Le rez-de-chaussée était occupé par une boutique de prêteur sur gages, que tenait la *baleboste* qui possédait l'appartement. Elle se faisait appeler Mme Goldstein, mais jamais durant toutes les années où je la fréquentais je ne vis ni n'entendis parler de son mari.

« Vous avez du travail ? Vous pouvez payer le loyer ? me demanda-t-elle quand je m'enquis du logis.

— J'ai un travail qui m'attend, lui répondis-je. Aux Entreprises Knobloch.

— Vous allez travailler pour Knobloch ? Parlez d'un chic ! Peut-être que vous pouvez me payer tout de suite, vous avez l'air si chic.

— Ça me serait difficile. Je n'ai pas encore commencé à travailler. »

Elle me jaugea des pieds à la tête, et sembla me renifler, comme si elle était capable de distinguer le bon pensionnaire du mauvais à l'odeur : « Vous aimez votre maman ? me demanda-t-elle.

— Autrefois oui. Encore maintenant, mais ça fait des années que je ne l'ai pas vue.

— Ach ! on croirait entendre mon fils ! Il est parti en Californie. À Hellywood. Il dit qu'il emmènera sa maman là-bas un jour, mais il ne revient jamais. Vous êtes comme ça, vous aussi ? Vous promettez d'emmener votre maman au soleil et puis vous la laissez croupir dans la boue ?

— Non, madame. Je n'ai jamais promis à ma mère de l'emmener nulle part.

— Bon d'accord. Dans ce cas, vous pouvez rester. Si chaque fils qui est parti de chez lui retrouve une mère abandonnée, au moins il y a une justice. »

De retour chez Knobloch le lundi suivant, je grimpai les escaliers au pas de charge jusqu'au bureau de la secrétaire, tel un héros conquérant. Elle avait cru que ma précédente entrevue avec son frère n'aboutirait à rien, mais j'étais là, prêt à devenir son employé, pas un simple scribouillard mais un poète professionnel au service d'un quotidien yiddish à New York. Certes, j'avais trouvé bizarre que mon futur éditeur ne demande pas à lire mes poèmes avant de m'offrir un emploi : j'avais donc emporté ma petite valise avec moi.

« Vous ! me lança-t-elle en m'apercevant.

— Itsik Malpesh, au cas où vous auriez oublié mon nom.

— Je n'avais pas oublié. Vous avez produit une impression certaine. Vous êtes revenu planter un nouveau chapeau ?

— Je suis revenu pour commencer mon travail au service des Entreprises Knobloch ! M. Knobloch m'a offert un emploi. Il m'a dit que je travaillerai avec les poètes. Peut-être pourriez-vous m'indiquer le service poésie ?

— Mais bien sûr ! fit Rachel dans un grand sourire. Les poètes travaillent en bas. Un étage entier de poètes. Quelques prosateurs, également, et une poignée de dramaturges. Je me suis laissé dire qu'il y avait un ou deux peintres. Tous en bas. Je vous montre le chemin ? J'adorerais voir la tête que vous ferez quand vous poserez les yeux sur le service poésie des Entreprises Knobloch.

— Je crois bien que je pourrai trouver tout seul, mais si vous souhaitez m'escorter, je vous en prie… »

Je me sentais plus à l'aise en sa présence désormais. Employé par son frère, comme elle-même, je me sentais sur un pied d'égalité. Plus encore : comme j'étais embauché pour mes talents littéraires tandis qu'elle n'était qu'une simple secrétaire, je pensais qu'elle pourrait maintenant me traiter avec tout le respect que je méritais.

Elle se leva sèchement de son bureau et me dit : « Par ici, je vous prie, monsieur. Direction le service poésie ! »

Nous empruntâmes le couloir dont j'avais fait grincer et gémir les planches lors de ma visite précédente. Si de tels bruits se faisaient entendre maintenant, je ne les entendis pas. Je marchais d'un pas léger, le cœur débordant de mots.

Nous prîmes un escalier et descendîmes une volée de marches, puis une autre. Derrière une porte me parvinrent les plus affreux bourdonnements et sifflements.

« Mais que diable est-ce là ? demandai-je.

— Ah ! vous les entendez qui griffonnent ! Écoutez ces plumes à l'ouvrage ! »

Elle ouvrit la porte d'un geste emphatique et déclara : « Après vous, monsieur le Poète ! »

Mais je ne pus faire un pas en avant. Ce que je vis derrière la porte brisa net l'élan de mon cœur. La pièce était remplie de machines à coudre. Des grandes, des petites, toutes en métal noir, leurs aiguilles et leurs roues s'activant dans un incessant bourdonnement. Des petits bonshommes au visage crasseux se tenaient voûtés au-dessus de chaque poste de travail. Ils levèrent tous les yeux d'un coup et me lancèrent un regard noir, comme si je venais de tomber par erreur dans l'atelier du diable et que les suppôts de Satan flairaient sur-le-champ la présence d'une âme humaine.

« Où sont les poètes ? m'enquis-je.

— Vous les avez sous les yeux ! répondit Rachel.

— Mais ils n'écrivent pas… ils cousent !

— Certains cousent. D'autres coupent. D'autres repassent. Ils écrivent à leurs heures perdues. Vous savez combien de poètes débarquent en provenance du Vieux Pays chaque jour ? Ceux-là ont de la chance d'avoir un travail ! »

C'est à ce moment-là que je compris la nature des “affaires en tout genre” dont s'occupait Knobloch. Il avait fait fortune dans la confection, et n'en était qu'à ses balbutiements dans l'édition.

« La passion de mon frère c'est le papier, mais sa fortune c'est la fripe, m'expliqua Rachel. C'est un véritable amoureux de la littérature, et c'est pourquoi cela fait des années qu'il donne du travail régulier à des poètes par ailleurs dépourvus de toute qualification. »

Nous traversâmes l'atelier, passant devant l'échine courbée de peut-être quarante coupeurs, couseurs et repasseurs, tous recroquevillés comme des lézards sur des machines à coudre et divers outils, chacun face aux rouages d'un gigantesque assemblage de courroies et d'engrenages qui faisaient avancer des coupons de tissu d'un poste de travail à l'autre.

« Ah ! voici le chef d'atelier. Il va vous mettre au travail, déclara Rachel. C'est un rustaud, mais n'ayez pas peur. Les ouvriers le surnomment Le Grand Yekke, et en toute franchise je ne connais pas son véritable nom. »

Le grand type arborait un sourire d'ogre tandis que nous approchions, et se mit à se lisser nerveusement les cheveux et à rajuster le col de sa chemise :

« Bonjour, mademoiselle Knobloch, dit-il. Quel joli chemisier vous avez là ! »

Si elle l'entendit, elle n'en montra rien, ne lui disant pas plus merci qu'elle ne rougit le moins du monde. « Monsieur le Contremaître, se contenta-t-elle de lui dire, mon frère a engagé un autre poète pour votre atelier. »

Le Grand Yekke me décocha un regard affligé, grimaçant comme s'il venait de découvrir ma présence : « Vous avez déjà travaillé dans un atelier de confection ? demanda-t-il.

— Je travaille depuis l'âge de dix ans, mais jamais dans un atelier de ce genre, admis-je.

— C'est bien ce que je pensais.

— Veillez sur lui, monsieur le Contremaître, dit Rachel, mon frère semble affectionner celui-ci.

— Bien sûr, mademoiselle Knobloch, je prendrai soin de lui personnellement. »

Nous la regardâmes tous les deux partir. Dès qu'elle eut tourné le coin, le Grand Yekke me fusilla du regard : « OK, blanc-bec. Suis-moi. Tu vas commencer par t'occuper du ménage. » C'était un type énorme et revêche, avec des jambes presque aussi longues que moi. Sans se presser, il avait instantanément plusieurs pas d'avance sur moi. Je courais derrière lui tandis qu'il débitait ses instructions :

« Repère bien les grosses chutes quand tu balayes : mets-les dans la pile de récupération. Fais attention aux aiguilles cassées : en général, on peut les réparer. Mets-les dans le tiroir avec les autres. Éponge les flaques de graisse avec le torchon à flaques de graisse que tu prends dans le seau à flaques de graisse. Mets-toi bien ça dans le crâne : on te paye pour nettoyer, pas simplement pour marcher, alors si tu marches tu t'arranges pour nettoyer en même temps. Et n'espère même pas pouvoir échapper au nettoyage des latrines. »

Il me conduisit dans un couloir sans fenêtre qu'il me fit longer au pas de charge. Arrivé au bout, il poussa une porte étroite qui révéla un placard plein de mouches ne contenant rien d'autre qu'un banc de bois percé d'un trou sale et usé :

« Ça sert à ceux des étages du dessus et du dessous, alors faut que tu récures deux fois par jour.

— On dirait que ça fait des années qu'on l'a pas nettoyé ! protestai-je.

— On attendait la personne qualifiée pour faire le boulot », fit le Grand Yekke en souriant. Puis, désignant le trou d'un de ses gros doigts, il ajouta : « Faut que t'ailles frotter tout au fond. Tu peux pas te contenter d'essuyer le siège et croire que ça suffit. »

Il me fourra entre les mains une balayette au long manche usé. Elle n'était pas tout à fait aussi longue que ma pelle à merde dans la fabrique de Kichinev (ou peut-être ne me semblait-elle pas aussi longue parce que je n'étais plus aussi petit qu'autrefois), mais la tenir entre les mains me procura une sensation douloureusement familière.

« Non ! je ne peux pas revenir en arrière, m'écriai-je. Je n'ai pas gagné l'Eldorado pour retourner pelleter de la merde dans une usine ! »

Je passai en trombe devant le Grand Yekke, bondissant dans l'escalier. Je traversai le bureau de Rachel Knobloch sans daigner lui jeter un regard, puis m'engouffrai à grands grincements dans le couloir plein de Sholem et franchis la porte de Knobloch sans ralentir le pas.

Mon nouvel employeur était assis les pieds sur son bureau, un livre ouvert devant lui. Je lui rappelai que j'avais travaillé dix ans dans l'imprimerie de Minkowski et que je n'avais pas l'intention de régresser au poste de nettoyeur de chiottes dans un atelier de confection.

« Calmez-vous, Malpesh ! Je vous ai demandé si vous saviez faire marcher une linotype. Vous m'avez répondu non. Vous voulez changer de réponse ? »

Même si je mourais d'envie de travailler à l'atelier d'imprimerie, il me fallait bien admettre que le travail effectué pour Minkowski était loin d'être aussi spécialisé… et aussi dangereux, comme je ne tarderais pas à l'apprendre. Les typographes du *Naye Yidishe Tsukunft* étaient des durs à cuire, une douzaine d'ouvriers qui totalisaient une centaine de doigts à eux tous. Les deux protes, Roth et Nomberg, n'avaient que six doigts chacun.

« Mais ne soyez pas triste pour eux, me dit Knobloch, ils n'ont jamais été plus performants. À les entendre, les annulaires et les petits doigts sont plus gênants qu'autre chose. »

Knobloch m'invita à passer quelques heures en compagnie des typographes, pour regarder les linotypes en action et voir si ce genre de travail était vraiment fait pour moi.

« En attendant, tentez votre chance dans l'atelier de confection. Ça n'a pas l'air, mais l'endroit grouille de poètes ! Grattez la peau de n'importe lequel d'entre eux, et il saignera des mots. Ai-je eu tort de penser que vous pourriez prendre place parmi eux ?

— Mais moi, j'avais cru que j'allais écrire pour votre journal !

— Ne brûlez pas les étapes. Montrez-moi d'abord ce que vous écrivez, et on verra ce qui est possible. Vous savez combien il y a d'écrivains à New York qui commettraient un meurtre pour qu'un éditeur leur dise ça ? »

Quand je redescendis à l'atelier de confection, je fus accueilli par des regards entendus et des sourires compatissants. Le plus large d'entre eux se lisait sur le visage du Grand Yekke, mais il n'avait rien de compatissant. Il me remit la balayette entre les mains et m'indiqua le couloir aveugle avec son cabinet puant dans le fond : « L'Eldorado, c'est par là », me dit-il.

Note du traducteur

Reprenant la terminologie propre à Malpesh, je suppose que si j'eus recours à un *kahlef* – l'ustensile de boucherie qu'il préférait considérer comme une sorte de couteau à découper le récit – pour couper court aux ennuis qui m'attendaient tant avec Clara Feld qu'avec mon employeur, ce fut Malpesh en personne.

Le jour de notre première conversation, sa voix au téléphone m'avait semblé rien moins qu'une planche de salut. Tandis qu'il m'indiquait la route à prendre et que j'acceptais de faire le voyage le lendemain matin, je savais bien qu'il n'était pas vraiment nécessaire de tout laisser tomber pour filer à Baltimore. L'Association culturelle juive possédait un réseau de bénévoles qui prenaient principalement en charge la collecte des dons à travers tout le pays. Il y avait sûrement quelqu'un sur place qui aurait volontiers emballé les livres de Malpesh dans un carton pour les expédier par UPS, ou simplement les garder à disposition pour plus tard.

Mais comme Clara avait apparemment décidé d'avoir ma peau en appelant le bureau, et que le service du personnel était apparemment prêt à lui faire ce plaisir, quitter la ville pendant un jour ou deux semblait la meilleure conduite à adopter. Et même si je ne savais rien de Malpesh à l'époque, le seul son de sa voix m'avait laissé entendre qu'aucun de mes camarades de travail ne remettrait en cause une mission de sauvetage à l'improviste. Les vieux Juifs irascibles étaient le pain quotidien de l'ACJ. Organisme subventionné par des fonds publics, nous nous mettions en quatre pour satisfaire tous les donateurs potentiels, et nous savions bien que certains valaient plus que d'autres. S'il se trouvait quelqu'un au siège pour protester, je tenais en réserve une objection en trois mots qui, je le savais, mettrait fin à toute conversation : *Don à récupérer*.

Je fourrai toutes mes affaires pêle-mêle dans un sac à dos et rentrai chez moi, pour me reposer avant la longue route qui m'attendait et aussi m'assurer que je ne tomberais sur personne qui pourrait me poser des questions auxquelles je ne voulais pas répondre. Que la photocopie d'une des lettres de l'arrière-grand-mère de Clara ait atterri dans mon sac à dos, c'est encore un coup du hasard ou du destin qui a déterminé l'existence même de la présente traduction.

Si vous avez un jour l'occasion de descendre en voiture du Massachusetts jusque dans le Maryland, je vous recommande de partir longtemps avant le lever du jour. Quand vous calculez bien l'heure et que ça roule sans encombre, vous pouvez dépasser New York encore dans l'obscurité puis admirer le ciel au-dessus de l'I95 virant à l'orange, au rose et au violet derrière les cheminées d'usines qui réveillent Newark. Quand je regardai ma montre, à

8 h 30, j'avais déjà dépassé le Delaware Memorial Bridge.

J'entrai dans Baltimore vers dix heures, prêt à passer prendre les livres, déjeuner sur le pouce et rentrer à la maison sur le coup de minuit. L'ACJ recommandait d'emporter le nécessaire pour dormir sur place en cas d'ennuis avec la camionnette (chose relativement fréquente), mais je n'avais pris qu'une chemise de rechange. Après deux ou trois heures passées à déménager des livres, mon dos serait inévitablement trempé de sueur et pouvoir me changer me ferait le plus grand bien – surtout dans un climat qu'un natif de la Nouvelle-Angleterre tel que moi considérait comme subtropical.

Il n'est pas superflu de signaler, avant de décrire ma première visite dans cette ville, qu'en fait j'aime bien Baltimore. Vraiment. Au début de mon travail sur cette traduction, j'y suis retourné plusieurs fois et j'y ai trouvé plus d'agrément à chaque visite. Aujourd'hui, dix ans plus tard, je n'y ai pas remis les pieds depuis des lustres, et j'ai entendu dire que la ville s'est radicalement transformée, mais les événements dont je parle se sont déroulés au milieu des années 1990. C'était la Baltimore où avait lieu un meurtre par jour en moyenne depuis l'époque du gouvernement Reagan, la Baltimore des dix pour cent de drogués, une ville au slogan tellement éloigné de la réalité – Cité de la Lecture – qu'il semblait avoir été inventé par pur esprit de satire. Avec ses milliers d'habitants fuyant chaque année le crime, la pauvreté et le désespoir, Baltimore était lorsque j'y fis mon entrée une ville dont l'exode massif rivalisait avec l'exil des Juifs de Russie durant la jeunesse de Malpesh.

De grandes portions de la ville étaient désertes en cette matinée de fin d'automne, et nulle ne l'était plus que son ancien quartier juif, Corned Beef Row. District jadis florissant de petits commerces et de restaurants, l'endroit avait connu une mort financière et culturelle subite lorsque toute la population juive avait déménagé, à l'exception des plus coriaces.

C'était l'endroit où Malpesh m'avait dit de me rendre, comme si j'étais allé à Washington et qu'il m'avait indiqué le National Mall sans plus de précisions. Quand je lui avais répondu que je ne savais pas où se trouvait Corned Beef Row, ni même ce que c'était, il s'était contenté d'aboyer d'autres indications tout aussi sibyllines : « Vous descendez jusqu'au milieu de Lombard Street ! Entre le ghetto noir et la synagogue allemande ! »

J'avais eu bien du mal à me représenter l'endroit qu'il m'avait décrit, où un voisinage aussi improbable permettait de délimiter un périmètre abritant une adresse bien précise, mais une fois que j'eus traversé le centre-ville pour atteindre les quartiers est, je sentis que j'approchais du but.

Sur le côté sud d'East Lombard Street, les bâtiments ressemblaient sans doute à ce qu'ils étaient déjà au début du siècle dernier : des façades de brique dont les vitrines n'abritaient plus que les enseignes de *delicatessen* ou de salons de coiffure, deux ou trois petites épiceries, une boulangerie solitaire résistant envers et contre tout.

Côté nord se dressait la menace d'une autre sorte de ville fantôme. Trois immeubles d'habitation de dix étages se serraient l'un contre l'autre derrière une clôture de grillage surmontée de barbelés. Des panneaux « Entrée interdite » et « Attention chantier », en anglais et en espagnol, répondaient aux enseignes de l'autre côté de la rue, comme si le danger était un produit à vendre. Pelleteuses et bulldozers raclaient le sol au pied de chaque tour, tels des écureuils les racines d'un arbre mort. Les appartements semblaient déserts. Je ne pouvais dire si la construction n'en avait pas été achevée ou bien s'ils venaient d'être condamnés.

Lorsque j'aperçus, au coin du trottoir d'en face, un vieil immeuble de trois étages adossé à un édifice de pierre orné de colonnes grecques et d'un vitrail en étoile de David, je sus que j'étais arrivé.

Je garai la camionnette dans une ruelle à l'arrière du bâtiment, cherchant une entrée de service dont j'espérais qu'elle donnerait accès à un ascenseur. Sans cela, je craignais de devoir passer l'après-midi à descendre un carton à la fois du haut du dernier étage. Hélas, pas le moindre signe ni d'un quai de déchargement ni d'un monte-charge, juste une benne couverte de graffiti derrière un autre grillage. À côté de la porte vitrée en bois, deux colonnes de boutons blancs d'une propreté douteuse signalaient la présence de dix appartements à l'intérieur. Seuls trois ou quatre boutons portaient une étiquette. Je pressai celui qui indiquait MALPESH. Au bout d'un moment, une voix crachota dans l'interphone.

« Oui ?

— Monsieur Malpesh ?

— Qui est-ce ?

— Je viens pour vos livres.

— Des livres ?

— Oui, des livres. Je suis envoyé par l'Association culturelle juive. Vous nous avez appelés au sujet de livres à venir chercher.

— Non, non.

— Non ?

— Si, j'ai appelé. Mais non, ce ne sont pas mes livres. Ce sont les livres de Knobloch !

— Oui, bien sûr. Dois-je m'adresser à M. Knobloch, dans ce cas ?

— Knobloch est mort ! Attendez une petite minute, s'il vous plaît. Je descends. »

Dans l'interphone j'entendis le bruit decrescendo d'une chaise qu'on traîne par terre, puis des pas, puis une porte qui grince. Quand le bruit de pas s'éteignit, je me penchai et distinguai le son d'une télévision ou d'une radio dans le lointain. J'écoutai pendant plusieurs minutes et réussis à discerner qu'il s'agissait d'un jeu, même si ne me parvenait que le murmure des questions et des réponses suivies d'un mélange d'applaudissements, de cris de joie et de sifflets. Puis la voix de Malpesh revint :

« Montez plutôt. Ce n'est pas encore l'heure. »

J'essayai la porte : « C'est fermé à clé, dis-je.

— Je vous ouvre. »

Il n'avait pas précisé l'étage, ni le numéro de l'appartement, et je gravis donc lentement l'escalier, m'arrêtant pour tendre l'oreille devant chaque porte. Il régnait un silence étrange : aucun bruit ni signe de vie nulle part. Le seul éclairage disponible venait du couloir au rez-de-chaussée et diminua considérablement lorsque j'atteignis le premier. En arrivant au dernier étage, j'étais dans l'obscurité totale à l'exception d'un rai de lumière qui filtrait sous l'une des trois portes. Je collai mon oreille et perçus à nouveau le jeu télévisé, puis les pas de quelqu'un qui se déplaçait à l'intérieur. Je frappai et attendis.

Lorsque la porte s'ouvrit enfin, ce fut de quelques centimètres seulement. Une chaîne de sécurité se tendit à hauteur de regard. Dans l'entrebâillement, un visage gris affublé d'énormes lunettes en plastique me dévisageait.

« Pour les livres ? demanda-t-il.

— Oui. On vient juste de se parler. »

La porte se referma, puis s'ouvrit, cette fois-ci sans la chaîne. L'homme s'écarta pour me laisser entrer, reculant à petits pas de quelques centimètres à la fois, faisant glisser un pied puis l'autre. Il vacillait légèrement en exécutant le mouvement, et se maintenait en équilibre en serrant fermement le pommeau d'acier d'une canne en bois. C'est seulement lorsqu'il eut fini de reculer que je songeai à m'avancer. Il était si frêle ! Je craignais qu'un mouvement brusque de ma part ne l'envoie au tapis. À un bon mètre du seuil, il se tenait dans l'entrée de son appartement dont le faible éclairage semblait provenir d'une unique lampe dans le coin du fond.

« Je suis Malpesh. Entrez. Entrez. »

Tandis que je m'avançais, il regarda derrière moi, dans la cage d'escalier. Il parut troublé.

« Vous êtes tout seul ? demanda-t-il.

— Oui.

— Mais il y a beaucoup de livres.

— Je ferai de mon mieux. Est-ce qu'ils sont ici ? Dans l'appartement ?

— Je vais vous conduire. Mais il faut attendre, si vous n'y voyez pas d'inconvénient. On ne peut pas y aller juste là maintenant. »

Malpesh gagna une cuisine entièrement verte – carrelage, appareils ménagers, placards métalliques. La pièce était si monochrome que mon regard fut immédiatement attiré par la table, où reposait un carnet grand ouvert, comme si on venait de s'en servir. Ses pages jaunies luisaient dans la lumière dispensée par une fenêtre donnant sur la rue.

Il s'assit devant la table et scruta par la fenêtre le chantier sur le trottoir d'en face. Il n'y avait qu'une seule chaise dans toute la pièce, alors je restai debout derrière lui. Durant les deux premières minutes, j'eus l'impression qu'il retenait son souffle. Durant les deux suivantes, je me dis qu'il avait oublié pourquoi j'étais venu. Après l'avoir observé peut-être six ou huit minutes en train de regarder dehors, je craignis qu'il ne se soit endormi, ou pire. Qu'est-on censé faire dans une situation pareille ? J'avais bien assez de quoi expliquer à mon employeur sans me retrouver avec un donateur mort sur les bras.

« Monsieur Malpesh ? demandai-je.

— Ils viennent de finir leur pause-café, me dit-il. Maintenant il va falloir qu'on attende l'heure du déjeuner, quand ils ne seront pas si près de l'entrée. »

C'est seulement alors que je regardai par la fenêtre pour découvrir qui il était en train d'observer. Une douzaine d'ouvriers du bâtiment, tous coiffés de casques, s'affairaient, défonçant le béton au marteau-piqueur, charriant des brouettes de débris.

Me penchant au-dessus de la table et ne voyant rien là d'intéressant en dépit de la fascination hypnotique qui semblait river Malpesh à son siège, je reportai mon attention sur le carnet qui, comme je le constatais à présent, était couvert de texte manuscrit en yiddish. Je plissai les yeux pour lire et me penchai peut-être un peu trop près car, avec une vivacité qui me surprit pour un homme de son âge, Malpesh rabattit brutalement la couverture du carnet.

« Vous lisez le yiddish, monsieur le Collecteur de livres ? me demanda-t-il.

— J'apprends, répondis-je en rougissant d'avoir été pris sur le vif. Excusez mon indiscrétion. J'essaye d'améliorer ma lecture du yiddish manuscrit. J'aide une amie à lire les lettres écrites par son arrière-grand-mère.

— Ah ! Naturellement. Qu'est-ce que le yiddish aujourd'hui, sinon une langue d'arrière-grands-mères ? L'espace d'un instant, j'ai cru que vous lisiez de la littérature. Quand vous aurez fini de lire les listes de courses des dames, je vous donnerai quelque chose qui vaut la peine d'être lu.

— Vous pensez à un livre en particulier ? » lui demandai-je.

C'est à cet instant qu'il m'informa de son statut de dernier grand poète yiddish d'Amérique, et de l'histoire contenue dans ses carnets. Il les entassa devant moi comme un maçon ses briques, empilant couche après couche sur la table comme pour sceller la fenêtre et condamner la vue sur le chantier de démolition.

« C'est l'histoire d'une vie, alors c'est évidemment un travail en cours. Depuis un an je l'écris. »

Il se leva et quitta la cuisine, me laissant seul avec les carnets. Durant une longue minute je restai l'œil rivé à la pile de pages avec lesquelles j'allais bientôt passer tant de temps.

Lorsqu'il revint, il portait une casquette vissée bas sur son front, la visière tirée jusqu'à toucher ses lunettes. Il remonta la fermeture Éclair d'une parka marron jusqu'à son menton. Il s'appuya légèrement sur sa canne.

« Mais plus tard. Plus tard. Ce livre-là ne craint rien, dit-il. D'autres livres sont en danger. »

Je le suivis hors de l'appartement, le long de l'escalier, dans la rue. Dehors, les ouvriers casqués étaient à présent assis sur des seaux et des brouettes retournées. Ils buvaient leur Thermos, fumaient et faisaient voltiger leurs mégots dans les airs, visant la planche inclinée d'un panier de basket. Je me rendis compte que là-dessous se trouvait un terrain abandonné. Il était jonché de détritus et de morceaux de béton, mais les lignes de lancer franc restaient visibles. Au centre, un cercle peint ; au milieu du cercle, je déchiffrai les mots Résidences Knobloch, peints en grandes capitales rouges.

« Knobloch ? demandai-je. Le même que le propriétaire des livres ? »

Malpesh poursuivit d'un pas traînant sans prononcer un mot. Je n'aurais su dire s'il m'ignorait ou s'il ne m'avait pas entendu. Nous tournâmes le coin d'une rue pour finir par nous arrêter devant un bâtiment en brique d'un seul étage au pied de la dernière tour. Sur la porte vitrée, le même logo que sur le terrain de basket, et dessous en lettres plus petites, l'indication « Bureaux ».

« Les livres sont dans la pièce du fond », me dit-il.

Nous restâmes pour scruter à travers la porte un moment. À l'intérieur, la pièce était vide à l'exception d'un bureau de métal noir et des classeurs assortis, tous recouverts d'un film de poussière. Par une autre porte derrière le bureau, je voyais des rayonnages chargés de volumes verts, bleus, rouges et noirs. Il semblait aussi y avoir des piles de livres posés au sol. Malpesh déclara : « Quel dommage ! C'est une collection en excellent état. »

Je tirai légèrement sur la porte, puis attendis qu'il la déverrouille, mais il se contenta de poursuivre sa contemplation, ne me laissant pas d'autre choix que de l'imiter.

Finalement, je lui posai la question : « Pouvez-vous ouvrir pour que je me mette au travail ?

— Ouvrir ? me dit-il en écarquillant les yeux. Mais je n'ai pas les clés.

— Mais alors, comment voulez-vous que je récupère les livres ?

— Par-derrière, on va passer par-derrière.

— Il y a une entrée de service ? Vous avez une clé ? »

Il ne dit rien, se contentant de repartir à pas traînants. Quand nous parvînmes à l'arrière du bâtiment et trouvâmes une autre porte, de métal gris cette fois-ci, je lui demandai à nouveau : « Vous avez une clé ? »

Malpesh tira la poignée, puis donna un coup de canne dessus.

« Il va falloir qu'on trouve un autre moyen, fit-il.

— Vous n'avez aucune clé ?

— Non.

— On ne peut pas appeler quelqu'un ? M. Knobloch, peut-être ?

— Knobloch est mort ! Combien de fois faudra-t-il vous le dire ?

— Il doit bien y avoir quelqu'un d'autre à qui s'adresser.

— Pas le temps !

— Monsieur Malpesh, pourquoi est-ce que c'est si pressé ? Les livres sont là depuis très longtemps, il me semble.

— Demain, lança-t-il, en donnant un nouveau coup de canne sur la porte, ce qui lui fit perdre l'équilibre et se raccrocher à mon bras pour ne pas tomber.

— Quoi, demain ?

— Ils vont tout démolir demain. »

Ayant retrouvé son équilibre, Malpesh leva une fois de plus sa canne. On aurait dit qu'il allait donner un nouveau coup sur la porte métallique.

« Ne faites pas ça, je vous en prie, lui dis-je. Vous allez seulement réussir à vous faire mal. »

Mais à ce moment-là, il donna un coup de bas en haut et non pas l'inverse, projetant le pommeau de la canne au-dessus de la porte vers une fenêtre. Celle-ci se brisa avec le fracas d'une chute d'eau, puis il arma sa canne pour une deuxième attaque. Trois coups de canne plus tard, tout le verre qui pouvait être atteint avait disparu de l'encadrement.

Malpesh me regarda, puis regarda la vitre, et moi à nouveau : « Allez ! Les livres attendent ! »

Les mémoires d'Itsik Malpesh

nun

Ainsi s'écoulèrent mes premiers mois en Amérique, puis mes premières années. Le jour je trimais dans l'atelier de confection de Knobloch, gagnant quelques *cents* pour dix heures de travail. Une fois ma journée terminée je gravissais les deux étages jusqu'à l'imprimerie, où les machines tournaient toute la nuit pour que l'édition quotidienne du *Naye Yidishe Tsukunft* soit disponible dans les rues dès l'aube.

Au début je ne recevais aucun salaire pour le temps passé auprès des typographes. Satisfait de les regarder transformer du texte en lingots de plomb fraîchement fondus avec un poids et une chaleur que je n'avais jamais auparavant associés aux mots, j'espérais comme au premier jour que j'apprendrais leur métier suffisamment bien pour abandonner l'atelier de confection.

Peut-être afin d'empêcher que je me penche sans arrêt par-dessus l'épaule des ouvriers à leur machine, on m'assigna la tâche de faire la navette pour porter les épreuves entre la salle de rédaction et les typographes. C'était là, me disais-je, un rôle primordial : médiateur entre les hommes de lettres et les hommes de machines, j'étais celui qui déterminait quelles pages seraient imprimées, et quand.

Pour finir, Knobloch accepta de me payer un demi-dollar supplémentaire pour chaque soir passé à accomplir cette tâche, et c'est ainsi que je hantais les allées entre les linotypes jusqu'aux petites heures du matin avant de regagner mes pénates dans la chambre louée au sommet de l'immeuble de Broome Street.

Je n'avais cure de l'endroit où je dormais. Tous mes moments de répit où que je fusse, je les passais à gribouiller les poèmes qui me venaient à l'esprit tandis que le vacarme des machines envahissait mon cerveau et faisait jaillir à travers mes doigts des poèmes que j'inscrivais sur tous les bouts de papier que je pouvais dénicher.

Et pas seulement du papier : à cette époque, j'écrivais sur des sacs de farine vides récupérés dans les poubelles des boulangeries, sur des morceaux de bois arrachés à des cageots à fruits qui traînaient dans Hester Street, sur des boîtes de conserve qui obstruaient les caniveaux de l'East Side comme des cailloux dans une rivière. Parfois je composais sur la rue elle-même, ou bien, quand j'étais sûr que personne ne me verrait et ne me prendrait pour un quelconque vandale, sur les murs des immeubles à proximité de mes diverses occupations, qui jouaient le rôle de massives couvertures cartonnées contenant le récit de mes jours.

Il n'y avait aucun endroit où ma poésie n'avait pas sa place. Le problème c'était simplement de trouver le bon outil pour écrire. Le crayon marchait le mieux sur la plupart des surfaces, mais du charbon arraché aux flammes des feux de décharge qui assombrissaient le ciel une fois par semaine faisait l'affaire en cas d'urgence. De temps en temps, je travaillais au fil et à l'aiguille, brodant soigneusement des vers dans les chutes de coton sinon sans valeur provenant des pantalons fabriqués par les Entreprises Knobloch. Je présume qu'un sculpteur travaillant chez un poissonnier apprendrait à tailler ses statues dans des filets de carpe ; la vie et l'œuvre d'un poète des ateliers de l'enfer n'étaient pas différentes.

À l'atelier de confection j'appris bientôt que je n'étais pas seul dans mes aspirations artistiques. Knobloch n'avait pas exagéré : il semblait bien que, courbé au-dessus de sa machine à coudre, un ouvrier sur deux ait eu un stylo derrière l'oreille. Au bout d'un an, j'étais monté en grade, passant de préposé au nettoyage de tout l'atelier à tailleur à la pièce, et les camarades qui travaillaient autour de moi se révélèrent être des écrivains de renom.

À ma droite, Adler, le Romantique qui, si ses poèmes reflétaient avec exactitude sa vision du monde, n'avait apparemment jamais vu de machine qui ne sanglotait pas, jamais rencontré d'ouvrier dont les pores n'exsudaient pas de cambouis. De loin le poète le plus accompli du lot, il était sous contrat avec le *Forverts* depuis dix ans, et comptait le rédacteur en chef parmi ses amis.

« Un jour, il me paiera assez pour que je quitte l'atelier ! » annonçait Adler, mais même lui semblait savoir que ce n'était qu'un rêve.

Deux postes plus loin sur ma gauche, il y avait Glazman et Gutman, qui écrivaient déjà pour la scène yiddish à Varsovie et attendaient désormais que vienne leur chance du côté de la Deuxième Avenue. Ils m'encourageaient moins dans mes efforts qu'Adler. En fait, le plus souvent je me retrouvais faire les frais de leurs blagues ou bien je participais de façon involontaire aux sketchs comiques qu'ils semblaient tester pour la tournée des music-halls dans les monts Catskills.

« Hé ! Itsik ! m'appelait l'un d'entre eux. (Peu importait lequel des deux lançait ces échanges ; ils jouaient chacun à leur tour le rôle de celui qui se moque de son partenaire, pour me laisser dans le doute.) Tu pourrais pas résoudre un petit différend entre mon camarade et moi ?

— Quel différend ? intervenait l'autre. Je lui pose juste une question, et avec lui c'est toute de suite un différend !

— Écoute, continuait le premier, mon camarade ici présent, il me racon…

— Est-ce que tu as faim, Itsik ? l'interrompait l'autre. Tiens, mange un morceau pendant qu'on cause. » Il découpait un morceau de son sandwich au fromage et me le mettait dans la main : « Vas-y, mange !

— Donc, mon camarade faisait des courses dans Delancey Street l'autre jour, et il s'est arrêté devant la vitrine d'une crémerie.

— La crémerie casher, précisait l'autre.

— Naturellement ! Mon camarade est un homme très pieux. Alors, il regarde dans la vitrine et il voit ce gros morceau de fromage, là. Sauf que quand il entre pour l'acheter, il remarque qu'il est totalement couvert de mouches !

— Des mouches poilues, t'en as jamais vu des si grosses !

— Alors il va voir le crémier et il lui dit : "Ça ne va pas du tout ! Je croyais que c'était une bonne crémerie juive, ici, mais regardez-moi ça, toutes ces mouches ! Elles sont tellement charnues que je vous parie qu'elles rendent tout le fromage *treyf* !"

"Et que vous voulez-vous que j'y fasse ?" demande le crémier.

"Je vais vous demander de retirer toute cette viande en trop !"

"Toute ?"

"Toute."

"D'accord, d'accord, le client est roi", dit le crémier. Il s'empare de son couteau, l'aiguise et reprend : "Je tiens une bonne crémerie juive, alors ne vous en faites pas, tout ira bien. Revenez plus tard, je m'en occupe."

Voilà donc mon camarade qui va faire un tour, il achète le journal, s'assoit sur un banc près du parc. Il se demande s'il n'a pas été trop dur avec le crémier. Après tout, l'homme n'aiguisait-il pas son couteau, prêt à bien faire les choses ? Alors il prend son temps pour retourner au magasin, repensant à toute l'affaire. Quand il arrive, il jette un œil sur le fromage dans la vitrine et tout a l'air parfait. Mais quand il entre, il voit que le morceau est toujours recouvert de mouches ! Alors il lui dit : "Mais je croyais que vous alliez vous en occuper ! C'est une crémerie juive ou pas, ici ?"

"Ne vous en faites pas ! lui répond le crémier, ça m'a pris toute la matinée, mais je les ai toutes circoncises !" »

Gutman et Glazman m'observaient alors pour voir ma réaction.

« Ach ! Ça le fait pas rire. Je t'avais bien dit que le timing n'était pas bon.

— Rien à voir avec le timing. Qu'est-ce qu'il y connaît.

— Le public ne se trompe jamais.

— Ça, le public ne se trompe jamais pour pousser un auteur à la boisson. »

Ils semblaient oublier ma présence entre eux deux, oublier qu'ils avaient commencé leur histoire en me demandant de régler un différend. J'attendais qu'ils prêtent de nouveau attention à moi tout en finissant tranquillement mon sandwich : « Et alors, c'est quoi votre différend ? » demandai-je.

Glazman désignait mon sandwich, que j'avais presque terminé : « Gutman prétend que le fromage aux pénis de mouches a un goût casher. T'en penses quoi ? »

Gutman et Glazman s'intéressaient rarement à moi quand ils n'avaient pas de nouveau sketch à tester, et c'est donc Adler qui me permit de l'accompagner pour découvrir les lieux en vogue du monde littéraire dans le Lower East Side.

C'est lui qui m'apprit que parmi les fins lettrés du milieu yiddish new-yorkais, le jour saint n'était pas le vendredi mais le mercredi. C'était le seul soir de la semaine où je quittais l'immeuble des Entreprises Knobloch en compagnie des autres ouvriers de l'atelier de confection qui nourrissaient des ambitions littéraires. Nous nous retirions tous dans nos clapiers respectifs pour revêtir nos plus beaux atours et nous décrasser à fond afin d'éliminer de nos doigts toute trace de cambouis ou de saleté ; puis nous convergions vers un lieu nommé Chez Goodman, dans la Douzième Rue, où nous nous entassions comme si c'était Kippour toutes les semaines. Tous les après-midi et tous les soirs il y avait quelque chose à voir Chez Goodman, une conversation à surprendre, ou un débat auquel participer, mais le mercredi accueillait l'événement hebdomadaire. Les lectures qui se tenaient ce soir-là permettaient de s'assurer que tous les poètes yiddish de New York étaient présents, du moins ceux qui pouvaient s'absenter de leur travail.

Je prenais place sur le bord de la foule des poètes reconnus, espérant qu'on me remarquerait mais redoutant cette possibilité et secrètement soulagé lorsque la soirée touchait à sa fin et que je demeurais aussi anonyme qu'au début. Je ne montrais mes poèmes à personne, supposant que le jour où ils seraient acceptables le public chercherait à les connaître, comme les racines d'un arbre fouillent la terre obscure pour y trouver leurs nutriments. En attendant, je les emportais partout avec moi, dans la même valise usée que Minkowski m'avait mise entre les mains au départ d'Odessa.

De telles valises se rencontraient en plus grand nombre dans les ateliers de Knobloch que les boîtes à casse-croûte. Certains jours, on aurait dit que tout le monde avait emporté ses pages avec lui.

Tout le monde, sauf le Grand Yekke. Pleinement conscient des aspirations que nourrissaient les tailleurs dont il avait la charge, le chef d'atelier s'était donné pour mission d'empêcher les poètes d'écrire même pendant nos maigres pauses déjeuner.

« Si vous écrivez pendant la pause, je sais que vous serez en train de vous y préparer avant le coup de sifflet, et en train de réviser vos textes jusqu'à l'heure de la sortie. Je ne vous paye pas pour vos belles pensées !

— Tu ne nous payes presque rien ! disait Gutman.

— Tu nous payes en pain de larmes ! maugréait Glazman.

— En dollars de douleurs ! » ajoutait Adler pour jouer sur les mots.

Dans tout l'atelier les autres poètes approuvaient son trait d'esprit en opinant du bonnet, puis le variaient pour essayer de faire mieux :

— En *groschens* qui ronchonnent !

— En roubles si on trime double !

— En shekels sans shkrupules !

— Shah ! bande de poètes à la manque ! explosait le Grand Yekke. Puisque vous êtes si malins, mes salopards, je m'en vais vous fermer les fenêtres pour que vos meilleurs poèmes n'aillent pas s'envoler au vent ! »

Il longeait au pas de charge le mur où se trouvaient les fenêtres et les claquait l'une après l'autre. Tout le reste de la journée, nous cuisions dans notre jus, sans pouvoir être rafraîchis par la pauvre brise du quartier des tailleurs.

C'était comme ça dans les ateliers de l'époque, on travaillait depuis l'aube, et quand venait midi les murs dégoulinaient de sueur. Quand les machines étaient froides, on grelottait ; quand elles avaient tant chauffé après quelques heures de labeur qu'on s'y brûlait les doigts, on transpirait. Si nous n'avions pas composé de poèmes en travaillant, personne n'aurait pu nous distinguer des machines. C'est ce qu'aurait préféré le Grand Yekke. Les poètes le détestaient pour cette raison, et le lui faisaient savoir de toutes les façons possibles et imaginables. De presque toutes, devrais-je dire. À cause du grand nombre de poètes et d'esprits indépendants qui peuplaient l'atelier, les esclaves de Knobloch n'avaient jamais tenté de se syndiquer. Nous autres aspirants écrivains, nous préférions les mauvais traitements à la défaite qu'aurait signifié pour nous d'admettre notre condition de tailleurs en possédant une carte qui l'indiquerait clairement.

Je me taisais quand de telles disputes éclataient. Parce que j'avais semblé jouir des faveurs du patron depuis le jour de mon arrivée, le Grand Yekke m'avait d'emblée pris en grippe. Je pouvais comprendre son amertume. Il devait avoir quarante ans, était venu à New York encore enfant, et avait trimé toute sa vie dans des ateliers. Qu'un homme comme moi – un poète crasseux et inutile, rien de moins – puisse se retrouver par hasard sur ce continent à un âge plus ou moins adulte et s'attirer les bonnes grâces d'un type comme Knobloch, c'était plus qu'il n'en pouvait supporter. Je me faisais tout petit dans l'atelier, m'efforçant d'éviter le Grand Yekke autant que possible. Je ne me facilitais pas la vie, car en emportant partout ma valise pleine de poèmes, j'étais une cible facile.

Tout au long de ces premières années, mes poèmes furent en fait mes seuls compagnons. Pourtant je ne les montrais à personne, sauf à M. Knobloch. Peut-être avait-il juste cherché à me faire plaisir en insistant pour que je lui montre mes poèmes, mais il semblait s'intéresser pour de bon à moi et à mon travail – mon œuvre, pas les tâches serviles que j'exécutais pour lui au sous-sol.

Une ou deux fois par semaine, je m'échappais discrètement de l'atelier vers la fin de la pause déjeuner pour grimper les escaliers jusqu'à son bureau. Entre mes doigts tremblants, je tenais mes dernières créations tandis que je passais devant Rachel Knobloch, qui avait commencé à me considérer avec moins de suspicion que de curiosité.

« Encore des poèmes ? demandait-elle.

— Oui.

— Vous écrivez tous les jours ?

— À tout moment. Quand je n'ai pas de papier, j'écris dans ma tête.

— Ça vous aide d'avoir une page blanche en guise de cerveau ? »

Je manquais toujours de repartie pour répondre à ses traits d'esprit. Je me contentais d'incliner la tête et de m'enfuir le plus vite possible. Et pourtant je ne pouvais l'ignorer. Elle rivait les yeux sur moi dès l'instant où je franchissais le seuil de l'accueil. Il n'y avait pas d'autre moyen d'accéder au bureau de Knobloch, alors, chaque fois que je tentais d'aller le voir, il me fallait d'abord affronter sa sœur.

« Encore des poèmes ? » me demanda-t-elle une autre fois.

Je hochai la tête. Peut-être que si je ne disais rien, m'étais-je convaincu, elle ne trouverait pas le moyen de me taquiner.

« Des nouveaux poèmes tous les jours, continua-t-elle en faisant semblant de s'étonner. Mais où trouvez-vous tous ces mots ? »

Pour toute réponse, je désignai ma tête.

« Ce sont les poux qui vous les murmurent dans les cheveux ? »

Survivre aux piques de Rachel Knobloch devint pour moi un défi permanent. J'espérais qu'en sortant indemne de ses jeux de mots, je serais un poète plus inspiré. Et devenir poète plus inspiré c'était, de mon point de vue, le seul espoir qu'il me restait d'atteindre une vie meilleure.

À chaque nouvelle strophe, j'espérais convaincre Knobloch qu'elle méritait sa place dans les pages du *Naye Yidishe Tsukunft*, mais il réagissait systématiquement de la même façon ou presque. Il se caressait le menton, mordillait le bout de son stylo, inscrivait quelques annotations dans la marge et finissait par me dire en hochant la tête : « Un poète comme vous est fait pour mon atelier de confection. »

Selon les jours, j'entendais sa remarque comme un encouragement ou comme une insulte, mais lui me disait toujours que c'était un fait, tout simplement : « Quelle meilleure occupation pour un poète que de couper, plier et coudre du tissu du matin jusqu'au soir, et puis d'appliquer les mêmes talents au langage lorsqu'est tombée la nuit ?

— Dois-je comprendre que vous estimez mon travail en voie d'amélioration ? Qu'un jour je serai publié dans le *Naye Yidishe Tsukunft* ?

— Itsik, ne vous souciez pas tant de publier ! L'écriture n'est-elle pas en soi une récompense ? »

Le sentiment contraire vint à prédominer de plus en plus souvent, comme si l'envie irrépressible de manier le stylo était une malédiction envoyée par Dieu à ceux qu'Il avait choisis pour les tourments éternels. Ce n'était pas seulement la douleur de savoir que mon œuvre ne rencontrerait jamais de public ; les motifs d'humiliation étaient bien plus immédiatement palpables que cela.

Un jour tandis que je me hâtais d'achever un poème pendant ma pause déjeuner, je me trouvai à court de papier. J'allai en quémander auprès de Gutman et Glazman mais me retrouvai bientôt victime d'un de leurs sketches improvisés :

« Eh ! Itsik ! Je crois que je vois du papier là-bas près de la fenêtre.

— Cours vite le chercher avant que quelqu'un d'autre le chipe !

— Tu sais quoi ? Peut-être que je vais aller le prendre pour moi !

— Glazman, tes textes ne valent pas mieux que la poussière que tu trouveras par terre pour les écrire. Si le gamin a besoin de ce papier, laisse-le-lui.

— Alors laisse-le se lever pour aller le chercher !

— Tu ferais mieux de te grouiller avant que le Grand Yekke revienne et se mette à casser tous les crayons. »

Je me précipitai pour m'emparer du papier avant de me faire repérer. C'est seulement en regagnant ma place que je compris : ce n'était pas simplement du papier. Lourd et odorant, il pesait le poids d'un bon poulet. Je dépliai un coin, puis un autre, mais avant que je puisse jeter un regard dans le paquet, son contenu – pain, poitrine de bœuf et pickles tartinés de moutarde – dégringola à mes pieds. D'un rapide coup d'œil le long de l'allée où chacun composait son œuvre, je m'assurai que personne d'autre ne l'avait vu tomber, puis lui décochai un bon coup de pied qui l'envoya promener sur un tas de sciure avant de me rasseoir à mon poste.

Indépendamment de l'usage qui en avait été fait, c'était un superbe morceau de papier pour composer des vers : carré et bien lisse une fois débarrassé des restes de son contenu, vierge de toute marque sauf une ou deux taches de graisse. Une tranche de cornichon luisait, accroché à un coin comme une sangsue solitaire. Je l'expédiai au sol, puis léchai la mine de mon crayon et la fis courir sur la page.

À l'autre bout de l'atelier, j'entendis un grand cri : « Où est passé mon sandwich, bande de sales voleurs ? » Le Grand Yekke était de retour et beuglait comme un taureau. « Je le pose là une minute et un misérable me le fauche en douce ?

— Débarrasse-t'en, Itsik, vite ! me chuchota Gutman, ou il va t'écorcher vif !

— Garde-le, Itsik ! Garde-le ! me dit Glazman, aie le courage de défendre ton art ! »

Je me précipitai pour plier l'emballage du sandwich et le cacher sous ma chemise. J'avais pris suffisamment de risques en m'en emparant : je n'allais pas perdre un support si précieux.

Le Grand Yekke avait dû entendre le froissement du papier – le bruit des machines nous avait tous rendus sourds, mais un homme bien gras a toujours l'oreille fine quand il est question de nourriture – car il chargea dans ma direction :

« Malpesh ! fulmina-t-il, tu m'as volé mon déjeuner ! »

Je fus si surpris que je bondis sur mes deux pieds, plantant mon talon en plein sur la tranche de cornichon. Mes deux jambes se dérobèrent sous moi et je m'écroulai sur le sol graisseux.

Le Grand Yekke surprit la tranche de cornichon obstinément accrochée à ma semelle, puis il vit le sandwich à demi enfoui sous le tas de sciure. Il se baissa pour le récupérer, mais il était trop tard : le pain était trempé de cambouis, la viande pendait comme la langue d'un homme à bout de souffle.

À ce spectacle, les larmes noyèrent les yeux du chef d'atelier : « *Meyn bruit*, s'écria-t-il dans l'allemand qui ne refaisait surface qu'en cas de détresse, *Meyn bruit.* » Son chagrin ne dura qu'un instant avant de se muer en fureur aveugle.

Me saisissant par le col, il se dressait trois têtes au-dessus de la mienne. Puis il laissa tomber son poing tel un marteau, comme pour me fendre le crâne. Je réussis à dissimuler le papier du sandwich sous ma chemise alors même qu'il m'ensanglantait le visage et envoyait ma casquette valdinguer au sol.

Lorsqu'il eut épuisé ses forces, il ramassa son déjeuner gâché et s'en fut en pleurant, grignotant les miettes encore mangeables. Adler se précipita vers moi : « Itsik ? Ça va ?

— Fa ira, lui répondis-je. Ma langue était enflée, je pouvais à peine parler.

— Tu es sûr ?

— Fa ira, v'en fuis fûr. »

Le sifflet retentit, mettant un terme à notre pause.

« Vut ! m'exclamai-je, ve vais rater monfieur Knobloch !

— Pour une fois, tu peux bien le rater, Itsik ! Tu n'es pas en état de lui présenter ton travail !

— Mais fi ! Ve n'ai pfas le foix ! »

Je m'élançai dans l'escalier, boitillant de la cheville que le Grand Yekke m'avait écrasée pendant qu'il m'explosait la figure à coups de poing. En atteignant la dernière volée de marches, je voyais une ombre projetée depuis le bureau de l'accueil. Ce ne pouvait être que Rachel Knobloch qui m'attendait pour me tourmenter une fois de plus.

« Alors, on est en retard aujourd'hui, monsieur Malpesh ! lança-t-elle. Il y avait une réunion importante à l'étage des poètes ? »

J'enfouis mon visage dans mon col relevé et rabattis la visière de ma casquette.

« Vous voilà paré pour la tempête, poursuivit-elle. Ou bien travaillez-vous au noir pour la marine marchande ? Peut-être avez-vous composé quelques odes nautiques aujourd'hui ? »

Elle bloquait carrément le passage. Je fis un pas à gauche, deux pas à droite, elle ne voulait pas me laisser passer.

« Est-ce que mon frère vous attend, capitaine ? Ou dois-je siffler pour vous faire monter à bord ? »

Je tentai de manœuvrer pour la contourner, mais elle s'interposait chaque fois.

« Mademoifelle Knobloch, vous ne fefferez donc vamais de m'afticoter ?

— Ça, j'en doute ! Vous asticoter me procure une sorte de détente ; je me sens revigorée après cela. On me dit qu'un séjour dans un sanatorium des Catskills pourrait avoir un effet similaire. Vous pourriez découvrir, poursuivit-elle en jetant un œil sur ma petite valise, qu'en me montrant un ou deux poèmes, ma langue acérée pourrait s'émousser… »

Peut-être parce que ma propre langue était sanguinolente, j'estimai alors que j'avais eu ma dose de tourments pour la journée. Lorsque je relevai ma casquette pour lui faire face, elle eut le souffle coupé en voyant mon œil au beurre noir, ma pommette éclatée et le caillot de morve et de sang qui obstruait mes narines et faisait de ma respiration une douloureuse épreuve.

« Ve n'écris pfas de pfoèmes pfour votre amuvement ! criai-je, souffrant le martyre à chaque syllabe. V'aimerais mieux fifeler un pfoiffon mort dans un rouleau de la Torah que vous laiffer voir un feul de mes pfoèmes ! »

Le visage de Rachel s'affaissa. Ses yeux s'emplirent de larmes : « Ce n'est pas la peine de m'insulter ! gémit-elle avant de se rasseoir en reniflant. Je me moque de vous seulement parce que ça nous donne l'occasion de causer. » Elle laissa échapper un sanglot pathétique : « Un poisson mort ? Je suis vraiment hideuse à ce point, selon vous ?

— Vous n'êtes pfas hideuve du tout. Ve vous rendais fimplement la monnaie de votre pfièfe.

— Je m'excuse. Je pensais juste être spirituelle. Je n'ai pas beaucoup d'expérience avec les hommes que je trouve intéressants.

— Intéreffants ?

— Toutes les semaines depuis cinq ans vous traversez ce bureau avec votre absurde mallette à la main comme un voyageur de commerce. Finalement je pose la question à mon frère : "Qu'est-ce qu'il vient te montrer chaque fois ?" "Des poèmes", me dit-il. Alors moi je lui demande : "Des poèmes toutes les semaines depuis cinq ans ?" "Oui", me répond-il. Des poèmes toutes les semaines pendant cinq ans, soit c'est de la folie, soit c'est digne d'intérêt.

— Votre frère pfarle de mes pfoèmes ? Effe qu'il dit f'il les trouve bons ?

— Là n'est pas la question. Il dit que vous êtes obstiné, c'est parfois suffisant pour être bon.

— Mademoifelle Knobloch, ve fuis dévolé. Ve ne compfrends pfas fe que vous dites…

— Assez de mademoiselle Knobloch ! s'écria-t-elle. À partir de maintenant, vous allez m'appeler Rachel. Et une fois que vous aurez montré vos poèmes à mon frère pour la dix millième fois, vous reviendrez ici et vous me demanderez d'aller prendre une tasse de thé avec vous au café. Ce soir. Vous m'avez bien compris ?

— Oui, mademoifelle Knobloch.

— Rachel !

— Oui, Rafel.

— Bien ! »

Acquiesçant à d'autres ordres plus tard ce soir-là au café, je laissai Rachel Knobloch examiner le contenu de ma mallette. Elle étudia longuement chaque poème, tandis que j'attendais en sirotant nerveusement mon thé. Au bout d'une heure de silence, elle leva les yeux et hocha la tête d'un air grave : « Je suis heureuse de voir que vous n'êtes pas un mauvais poète. Harry me répète qu'il ne supporterait pas de me voir épouser un mauvais poète. Mais dites-moi…

— Épouser ? l'interrompis-je, avalant mon blintz de travers.

— Qui est cette femme dont vous parlez souvent ? Elle traverse vos poèmes comme un spectre. Jamais tout à fait là, et pourtant jamais très loin. »

Je rougis à cette question : « Une jeune fille de ma ville natale. La fille d'un abatteur rituel qui est mort le jour de ma naissance. C'est… (je considérai plusieurs mots pour la décrire avant de parler : Ma bien-aimée ? Mon espoir ? Mon rêve ? Ma *basherte ?*)… ma muse, dis-je enfin.

— Votre muse ? s'esclaffa Rachel. Je n'ai jamais rencontré d'homme qui ait une muse avant vous. Elle a dû vous faire forte impression.

— Je ne l'ai jamais rencontrée. »

Rachel m'étudia en silence. Puis elle rassembla entre ses mains toutes les pages que j'avais écrites dans ma vie entière, des centaines de pages. Elle souleva la pile d'un geste pensif, comme une épicière qui soupèse un poulet : « Tant de mots pour quelqu'un que vous n'avez jamais rencontré ?

— Combien de mots les rabbins ont-ils écrit au sujet de Dieu ? lui rétorquai-je. Combien de temps les Juifs ont-ils pleuré Jérusalem sans espoir de revenir à Sion ?

— Et donc à l'instar des rabbins, vous pleurerez toute votre vie la perte d'un amour que vous n'avez jamais connu ? Une patrie que vous n'avez jamais eue ? »

Elle plaça ma pile de feuilles sur la table entre nous deux, les poussant jusqu'à ce qu'elles se plient en butant contre mon torse.

« Dites-moi : qu'avez-vous à gagner en écrivant toutes ces chansons pour votre fille du boucher ? Quel bénéfice peut-on tirer en chantant pour des apparitions, des rêves ?

— Elle est tout ce que mon imagination a jamais connu.

— Itsik, me dit Rachel, l'imagination est une bien belle chose. Mais il faut que tu vives ta vie là où tu tc trouves, avec des vrais gens, pas au royaume des ombres. Je crois, poursuivit-elle en me prenant la main pour la serrer, que tu trouveras les vrais gens bien plus intéressants comme sujets pour tes poèmes. » Elle se pencha par-dessus la table et appuya ses lèvres contre les miennes, puis s'y attarda, laissant la chaleur de son souffle m'envahir les joues, emplir ma bouche. La pression exercée sur mes lèvres enflées envoyait des tiraillements de douleur dans tout le reste de mon corps.

Quand elle se rassit, elle souriait.

« Et en plus, ils embrassent beaucoup mieux », conclut-elle.

Les mémoires d'Itsik Malpesh

samekh

À compter de ce jour, Rachel fut souvent à mes côtés. Au début, cette compagnie m'irritait – chaque moment passé avec elle était un moment que je ne consacrais pas à écrire – mais au fil du temps elle me procura du réconfort. Le soir de shabbat je ne me retrouvais plus seul à dîner dans des cafés pour célibataires ou à errer au bord de l'eau, le regard nostalgique tourné vers l'océan et ce qu'il y avait au-delà. Désormais j'étais l'invité de Rachel à la table de son frère et de sa belle-sœur. Les délicieux repas préparés par Mme Knobloch étaient ce qui se rapprochait le plus de la cuisine de ma mère depuis vingt ans.

Rachel aussi se révéla de bonne compagnie, surtout durant nos déambulations à la découverte de la ville. Nous traversions le pont de Brooklyn au moins une fois par semaine, et elle s'émerveillait chaque fois que je lui montrais l'entrée du dépôt où Chaïm avait établi son fief.

« Tu as vraiment dormi à l'intérieur du pont, Itsik ? Tu ne me racontes pas des histoires de grand-mère ?

— Un poète dit toujours la vérité, insistai-je. Un véritable homme de lettres ne profanerait jamais les mots en les déformant pour en faire des mensonges. »

Elle s'accrochait à mon bras tandis que nous marchions, le vent monté de la rivière nous enlaçant comme nous nous enlacions. Son bras entourait ma taille. Le mien lui tenait fermement les épaules. Elle était tangible, plus douce au toucher que ne l'avaient jamais été tous mes fantasmes d'un contact avec une femme.

Et bien sûr, il y avait un élément qui plus que tout autre me la rendait chère : elle appréciait mes poèmes.

Personne n'avait jamais prêté autant d'attention à mon œuvre, à mes ambitions. Elle en était même venue à rire de mes préoccupations littéraires là où d'autres femmes auraient vu une menace : « Je suis reconnaissante à ton spectre, me disait-elle, car c'est ainsi qu'elle faisait allusion à toute mention de Sasha Bimko dans mes poèmes. Sans elle, peut-être que le jour où je t'ai rencontré tu aurais déjà été marié. Et où est-ce que je serais, moi ? »

Comme elle l'avait laissé entendre dès notre première conversation prolongée, le mariage occupait l'essentiel de l'esprit de Rachel. Elle était mon aînée de plusieurs années, et avait déjà connu deux ruptures de fiançailles. Elle attendait depuis trop longtemps, me déclara-t-elle, et avait décidé de ne plus attendre.

« Elle n'attend que votre demande », me confia Knobloch lorsque je lui apportai de nouveaux poèmes.

Je refusais de prendre ces suggestions en compte. D'une certaine manière, c'était d'une logique imparable : n'avais-je pas été kidnappé par des *khapers* puis shangaïé à bord du *King Alexander* ? Le bon sens même voulait qu'à présent je me retrouve enfermé dans la malle d'un mariage dont je ne voulais pas.

Je trouvais dcs excuses à l'infini pour retarder une telle décision, mais toutes étaient des variations sur un même thème :

« Je suis sensible à votre désir de me voir rejoindre votre famille, monsieur Knobloch. Mais un homme d'affaires comme vous doit comprendre que je souhaite d'abord connaître le succès en tant que poète avant de m'engager dans la vie maritale.

— La vie maritale fait de tous les hommes des ratés, Malpesh. Mieux vaut commencer sans espoir de réussite : la chute n'en sera que moins dure. » Knobloch s'interrompit pour parcourir son bureau du regard, agitant la main en direction des rayonnages de sa bibliothèque : « Il y a une bonne raison pour que j'aie garni mes murs de livres plutôt que de photos de famille. Les livres, ça ne vous rend pas votre regard.

« Mais concentrons-nous sur ce qui nous occupe. Que faudra-t-il pour que vous ayez le sentiment d'atteindre les objectifs de votre carrière de poète ? Est-ce seulement une question de publication ? Vous épousez ma sœur, je publie tout ce que vous voulez !

— Je vous en suis très reconnaissant, mais je dois réussir sans aucun népotisme, sinon que vaudra ma réputation ?

— Très bien. Alors déterminons comment évaluer le succès que vous recherchez, et nous entreprendrons de découvrir comment l'obtenir.

— Le jour où je ferai une lecture au café et serai reconnu par les poètes qui ont pignon sur rue dans l'East Side, alors je serai confirmé dans mon art.

— Ils organisent toujours des lectures le mercredi ? me demanda-t-il.

— Oui, mais j'ai cru comprendre qu'elles étaient planifiées des mois à l'avance. C'est Goodman en personne qui choisit les heureux élus.

— Écoutez, vous croyez que je vends de la lingerie féminine pour mon bon plaisir ? J'en vends parce que ça fait de moi un homme riche, et quand on est riche les gens répondent à vos appels. »

Il décrocha le téléphone.

« Rachel, appelle Goodman. »

Un instant après, il aboyait dans l'appareil : « Goodman ? Ici Knobloch. J'ai un poète dans mon bureau qu'il faut absolument faire lire à votre café. Ouais. Le plus tôt sera le mieux. D'accord ? D'accord.

« Et voilà, dit-il en raccrochant. On va demander à deux trois grouillots d'afficher les tracts.

— Quels tracts ?

— On les aura d'ici une heure. »

Cinquante-cinq minutes plus tard, j'avais en main une pile de papier journal sortant tout droit de l'imprimerie, chaque page couverte de lettres en corps 40 annonçant :

MERCREDI SOIR CHEZ GOODMAN
ITSIK MALPESH
TAILLEUR DE POÈMES AUX ATELIERS
SURVIVANT DE KICHINEV
BARDE D'ODESSA
FERA SES DÉBUTS À NEW YORK !

« On va placarder ça dans toute la ville, déclara Knobloch. Du jour au lendemain, vous serez aussi célèbre que n'importe quel autre poète yiddish en Amérique.

— Mais je ne suis pas prêt !

— Pas prêt ? Vous avez cinq jours pour vous préparer. Ensuite vous aurez votre confirmation, ou le truc qu'il vous faut, et après on formalise le mariage, d'accord ? »

La salle n'avait jamais semblé si comble que ce soir-là Chez Goodman. Les tailleurs des ateliers Knobloch occupaient tout le premier rang ; les typographes étaient alignés le long de la devanture. Les poètes reconnus de l'East Side avaient pris place dans le fond, toute leur clique fumant et devisant sans paraître se soucier de l'événement dont l'annonce imprimée avait attiré une telle foule. Plusieurs d'entre eux tournaient même le dos au pupitre, comme si le poète invité ce soir ne les concernait en rien.

Passant en revue les célébrités présentes dans l'auditoire, je dis à Rachel : « Ils sont là, mais ils s'en fichent totalement !

— S'ils s'en fichaient, pourquoi seraient-ils venus ?

— J'ai assisté à suffisamment de ces occasions pour savoir que les poètes viennent écouter les lectures pour deux raisons seulement : d'abord, pour que les autres assistent aux leurs, et ensuite parce qu'ils espèrent surtout qu'ils vont être témoins d'un désastre. Regarde les sourires complaisants qu'ils affichent ! Je les entends affûter leurs couteaux !

— Itsik, tu as voulu organiser ça pour te prouver quelque chose à toi-même. Oublie les autres poètes et lis ton œuvre, voilà tout. Tu ne peux rien faire de plus. »

Adler se leva parmi les poètes reconnus et se fraya un chemin jusqu'au pupitre : « Mesdames et messieurs ! Ce soir, un événement exceptionnel ! Nous interrompons notre série consacrée aux écrivains célèbres de l'East Side pour vous présenter les débuts d'un poète qui a publié pour la première fois à l'âge de onze ans à Kichinev. Dans les années à venir, ceux qui n'étaient pas là ce soir prétendront le contraire ! »

Je m'avançai vers le lutrin dans un silence de mort. Tous les regards convergèrent vers moi, même ceux des poètes reconnus. Je sentis une centaine de paires d'yeux s'imprimer en moi, comme des lettres qu'on imprimerait dans du plomb ramolli. Ma petite valise s'ouvrit dans un grincement sonore.

« Qu'on donne à cet homme de quoi graisser un peu ses poèmes !

— Pas trop de graisse ! ajouta un autre. J'ai l'impression qu'ils dégoulinent déjà de nostalgie sentimentale !

— Moi je me ferais bien une tranche de nostalgie ce soir : j'ai sauté mon déjeuner !

— Taisez-vous, bande de Philistins ! cria Adler. Au théâtre c'est peut-être la règle de lancer des quolibets avant la représentation, mais la poésie exige de l'attention et du respect. Une certaine hauteur de vue !

— Hauteur de vue, qu'il dit ! railla Glazman. Malpesh voit à peine par-dessus le pupitre. Ça en dit long sur la hauteur à laquelle il plane !

— Ça y est, je saigne déjà du nez ! » renchérit Gutman.

Je les ignorai, et à la vérité n'étais pas mécontent de cette interruption. Ainsi je profitai de quelques instants pour me concentrer et étaler mes pages sur le lutrin devant moi.

« Voici des extraits d'un recueil que j'ai intitulé *Chansons pour la fille du boucher*. »

Tandis que je feuilletais mes pages, Gutman et Glazman poursuivirent leur persiflage en chuchotant :

« Quel besoin a-t-il d'un titre si le recueil n'a pas de couverture ?

— Où est-ce qu'il les a recueillis, ses poèmes ? Dans son chapeau ?

— Ah, mais son chapeau possède l'exclusivité des droits !

— Mon petit doigt m'a dit que son chapeau a livré une vraie bataille avec ses chaussures au moment des enchères.

— Oui, les chaussures ont mis les bouts, mais le chapeau s'est accroché jusqu'au bout.

— Laissez-le lire, nom d'une pipe ! » cria une voix pour les faire taire. Elle provenait non pas d'Adler cette fois-ci, mais – quand était-il donc entré ? – de Chaïm. Cela faisait des années que je ne l'avais pas vu. Et il n'était pas tout seul. Dans les garçons qui l'accompagnaient, je reconnus Tortue et Hareng, aujourd'hui de vrais colosses mesurant près de deux mètres. Chaïm indiqua de la tête la direction des perturbateurs, et ses deux protégés se glissèrent dans la foule pour aller prendre place de chaque côté de Gutman et Glazman. Hareng fit craquer ses articulations. Tortue appuya deux poings gros comme des boulets de canon sur la table que partageaient les duettistes.

« Tiens, c'est drôle, Gutman.

— Quoi donc, Glazman ?

— D'un seul coup, j'ai oublié toutes mes répliques ! »

À partir de ce moment-là, plus personne dans la foule ne vint perturber la lecture, pas une seule interruption durant les vingt minutes suivantes où je récitai des poèmes que je connaissais aussi bien que mon propre nom.

Non, réciter n'est pas le bon terme : je pleurai, je criai, je chantai.

Bienvenue, camarades du pays,
dans cet immense Eldorado,
où dans les mains de tous les ouvriers
l'argent vient couler à grands flots,
où la joie est tout aussi répandue
que les balcons de fonte à SoHo,
où vous n'aurez rien compris du tout
si vous me croyez mot à mot.

Si ce pays est tout entier fait d'or,
pourquoi ne suis-je fait qu'en plomb ?
Et si nos lettres sont éternelles,
pourquoi sont-elles mortes, dit-on ?
Pourquoi donc traverser les océans

juste pour mendier un quignon ?
Faut-il que nos poètes écrivent de leur sang
juste pour qu'un jour nous les lisions ?

Appelez-moi Isaac, ou bien Itsik,
au vrai je ne m'en soucie guère.
Car je suis Malpesh, le poète,
barde du yiddish sur ces belles terres,
qui descendit en dansant du bateau
sans manquer de jugeote ou de flair,
et qui chantera pour votre souper
si vous mangez ce qui le désespère.

Après cette introduction, les poèmes que je récitai ce soir-là, d'une voix tremblante mais décidée, résumaient ma vie et ses aléas en les rassemblant autour de ma fascination durable pour Sasha Bimko, comme si elle était l'arbre de Mai au centre de mon existence. Était-elle désormais plus une figure littéraire issue de mon esprit qu'une personne en chair et en os respirant la vie quelque part sur terre ? Peut-être. Quoi qu'il en soit, tandis que je parlais d'elle, je sentais sa présence comme jamais auparavant.

À travers des poèmes griffonnés et conservés au long de deux décennies dans trois pays différents, ayant survécu à la guerre, la révolution et l'émigration, je narrai les aventures d'un enfant né dans la folie d'un pogrom et de cette petite voisine, la fille du boucher, qui à l'âge de quatre ans avait levé le poing et par cet acte conduit les pillards pleins de honte à se repentir. Peu importe ce qu'elle était devenue, car pour moi elle resterait cette petite fille-là.

Conçu par un jour de shabbat,
mis au monde par un pogrom
le poète de Kichinev
attend toujours la jolie môme
qui assista à sa naissance
pendant que s'enfuyaient les hommes
et qui repoussa les pillards
bien qu'elle fût haute comme trois pommes

et ne sût point ce qu'elle risquait,
ni ce qu'elle eût pu y gagner.
Même si on chante un jour ses poings,
jamais son nom ne sera donné
comme celui de Dieu dans la nuit
quand le sommeil est installé,
quand les psaumes coulent de nos lèvres
et nous croyons en toute liberté.

Dans les poèmes qui vinrent ensuite, elle représentait tout ce que j'espérais mais demeurait inaccessible – était-elle Dieu ? était-elle Sion ? – et pourtant à mesure que je déclamais naissait cette certitude, ou peut-être simplement cette maturité me permettant de comprendre une certitude qui était mienne depuis toujours : elle était en vie, et possédait donc une réalité distincte de tous mes rêves. Et pourtant elle représentait quelque chose pour moi qu'elle ne représentait pour personne d'autre.

Comment se fait-il que nous soyons aux autres ce que nous ne sommes pas pour nous-mêmes ? Un mot connaît-il son propre sens ? Une lettre connaît-elle le son qu'elle signifie ? Comment pouvons-nous donc avoir la prétention de connaître le but de notre existence ?

Telles étaient les questions soulevées par mes poèmes ce soir-là. Je ne puis me rappeler tous les vers que je prononçai, mais je sais que je terminai par la strophe suivante :

Viens à moi maintenant,
fille du boucher que j'ai perdue.
Rejoins-moi dans les rues
de cette cité où l'on tue.
Je serai celui-là
qui sourira à ta venue.
Notre amour dans les ruines fleurira,
seul monde meilleur que nous aurons connu.

Une fois ma récitation achevée, je quittai la scène, m'engouffrant derrière un rideau qui cachait les cuisines aux yeux du public. Je m'affalai sur un banc de bois, exténué, exalté. L'instant d'après, Rachel était à mes côtés.

« Itsik, tu as été merveilleux ! me dit-elle. Je suis sûre désormais que mon frère te paiera pour écrire dans son journal. Fini l'esclavage à l'atelier de confection ! »

Provenant de l'autre côté du rideau de scène, nous entendîmes un bruit rarement offert par l'auditoire de Chez Goodman.

« C'est la pluie qu'on entend ? demandai-je.

— Non ! ce sont des applaudissements, Itsik. C'est pour toi ! Te voilà confirmé ! Il faut que j'aille trouver mon frère. Nous avons tant de choses à régler ! » Elle m'enlaça et m'étreignit comme si elle craignait que je m'effiloche aux coutures. « Je vais le chercher. Et après on ira tous faire la fête ! »

Cela ne faisait pas une minute qu'elle était partie que Knobloch en personne fit son entrée, ne sachant apparemment pas que Rachel venait de courir le chercher.

« Bien joué, Malpesh, me dit-il. Allons fêter ça. Après quoi, nous pourrons officialiser l'arrangement dont nous avons parlé. Tenez, me dit-il en me tendant une liasse de billets plus grosse que je n'en avais jamais vu, c'est vous qui invitez, et ensuite vous me demanderez la permission d'épouser Rachel.

— Vous demander ?

— Notre père, qu'il repose en paix, aurait voulu qu'il en soit ainsi. Et puis de toute façon, comme pour tout le reste, ma parole fait loi. Je vais chercher Rachel et on vous attend à la sortie. »

Quelques minutes plus tard, Chaïm fit son apparition.

« Quelle bonne surprise, Charlie Lisse ! » commençai-je.

Son visage s'éclaira lorsque j'employai son nouveau nom, qui n'était plus si nouveau que cela. Puis il fit glisser sa main sur ses joues, qui étaient à présent aussi lisses que son nom le suggérait : « Heureux de voir que tu as remarqué.

— Mais comment as-tu su que je lisais ici ce soir ?

— Ce n'est pas parce que je tiens compagnie aux tortues et aux harengs que je vis pour autant sous un rocher, dit-il en sortant un tract de sa poche. Je vois le nom de mon premier élève placardé dans toute la ville, et tu crois que je ne vais pas venir pour l'écouter lire ? Tu devrais nous renvoyer l'ascenseur et nous rendre visite un de ces jours.

— Tu vis toujours sous le pont ?

— Nan, on est partis de là l'an dernier. J'ai pignon sur rue, maintenant. J'ai ouvert une salle de spectacle dans Norfolk Street. » Il tira de sa poche une carte de visite et me la tendit.

Je lus à voix haute : « "Lisse, Jouets & Cadeaux". Un magasin de jouets, Chaïm ?

— Dis au portier que tu me connais. T'inquiète pas, il parle yiddish, tu ne devrais pas avoir de problème pour donner mon nom.

— Pourquoi un portier dans un magasin de jouets ?

— On vend toutes sortes de poupées. Mais notre plus gros marché, c'est les biberons. Et pour ça, il faut un portier. »

Au bout de quelques minutes, il avait déjà disparu. J'étais un peu vexé à l'idée qu'après toutes ces années écoulées depuis la dernière fois que je l'avais vu, mon vieil ami puisse supposer que je ne savais pas encore l'anglais. Et le pire, c'est qu'il avait raison.

Mais ce soir-là, ça n'avait pas d'importance. Je savourais ma toute récente consécration – ma consécration en yiddish ! Des poètes que je connaissais seulement de réputation venaient vers moi, me serraient la main. Quelques-uns me proposèrent de contribuer à leur revue. D'autres demandaient que je les présente à Knobloch, comme si c'était moi le poète du cénacle et eux les amateurs cherchant à établir le contact. « Je vais voir ce que je peux faire », répondais-je.

D'autres me complimentaient pour ma franchise dans mon récit des hantises de la mémoire. Nous étions tous des immigrants, après tout. Nous avions tous nos familles oubliées, nos amours perdues avant de s'être épanouies. « Écrire sur ce sujet, c'est écrire sur la condition que nous partageons tous, me dit un poète, et nous montrer une façon d'être qu'un jour, peut-être, nous dépasserons. »

Que pouvais-je répondre à cela, sinon dire humblement Merci. Si j'avais dépassé ma hantise, je l'ignorais encore. Et pourtant se pouvait-il qu'en racontant toute l'histoire, j'en fusse à présent délivré ? Je regardai mes pages, que je tenais en vrac à la main comme des vieux papiers pour allumer un feu. L'histoire de Sasha Bimko n'était qu'un poème, compris-je alors ; ce n'était pas une préfiguration de mon destin.

Je m'agenouillai et commençai à ranger les pages dans ma petite valise. Un déclic de la fermeture, et elles se retrouvèrent sous clé comme la marchandise d'un représentant de commerce, rien de plus. Je les ressortirais lorsque le moment viendrait de les vendre, mais en attendant ce jour elles ne me pèseraient plus sur le cœur. Il y avait d'autres poèmes à écrire, d'autres amours à explorer. Mes yeux parcoururent la foule et s'arrêtèrent enfin sur Rachel, qui me regardait avec un sourire plein de sollicitude et d'espoir – non pas l'espoir de chimères devenues réalité, mais l'espoir de la vie.

À cet instant précis, une voix descendit vers moi comme un nuage de plumes flottant jusqu'au sol.

« Heureusement que vous êtes poète et pas historien », dit la voix.

Je me retournai et me trouvai nez à nez avec une apparition saisissante. Elle avait la même chevelure noire que n'importe quelle autre femme dans la salle, mais sa peau n'avait pas la pâleur de l'esclave des ateliers ni de l'employée des gratte-ciel. On aurait dit qu'elle avait passé sa vie au soleil.

« Je vous connais ? demandai-je.

— Vous semblez croire que oui. Mais bon, vous semblez entretenir une relation assez distendue avec la réalité.

— Et apparemment vous croyez me connaître, vous aussi ?

— Oh ! je ne saurais prétendre une chose pareille. Je ne saurais non plus prétendre croire que la vue d'une petite fille le poing levé ait pu arrêter des pogromistes en plein pillage.

— Je crains que vous ne deviez me croire sur parole, rétorquai-je sans ménagement, sur la défensive. Après tout, l'un d'entre nous était là, et l'autre pas.

— C'est là que vous vous trompez, me dit-elle. Vous étiez là, les yeux noyés du sang et des fluides de votre mère. Moi j'étais là, les yeux grands ouverts, et je me rappelle ce que j'ai vu. »

Rachel me tirait par la manche. Je l'ignorai. Comment pouvais-je regarder ce vilain petit canard de Rachel alors que j'avais sous les yeux le spectacle de cette créature exotique ?

Une fois de plus, j'étudiai la femme de la tête aux pieds. Elle avait les cheveux tirés en chignon, attachés par ce qui ressemblait fort à un lacet de cuir. Le col de son chemisier était ouvert, découvrant un triangle de peau bronzée qui attirait l'œil de tous les hommes passant à proximité. Je me rappelai les traits blancs comme une page vierge de la fille sur la photographie que je conservais toujours parmi mes poèmes. La seule trace de la personne qu'elle était jadis se trouvait sur son front, où une légère cicatrice témoignait d'une ancienne blessure.

« Vous n'êtes pas… dis-je.

— Si, c'est moi. »

Note du traducteur

« Une traduction est obligatoirement soit un plagiat, soit un objet de beauté », écrivit un jour C. H. Grandgent, un spécialiste de Dante du début du XXe siècle, « sinon elle ne vaut rien sauf aux yeux de son créateur ».

Dans ce résumé quelque peu cryptique de l'art de traduire, je vois une prescription : pour présenter une œuvre littéraire dans une autre langue que celle de sa composition, il faut décider dès le départ si l'intention est simplement de faire passer, mot à mot, une approximation du sens de l'original, ou si elle consiste à créer une œuvre possédant ses propres mérites. La traduction « plagiat » selon Grandgent ne ferait que sauvegarder l'original, tandis que l'approche inverse la parerait de beaux atours pour l'emmener au bal.

Ce dilemme face à la traduction impose une contrainte particulière à tous ceux qui tentent de travailler sur un texte alternant librement entre prose et poésie, langue sans saveur et langage fleuri, comme c'est le cas des mémoires de Malpesh.

Dans une certaine mesure, j'ai adopté l'approche « plagiat » pour présenter les carnets de Malpesh au lecteur. Après tout, son histoire est en grande partie anecdotique, racontée sans véritable recours à des recettes romanesques ni à un ton noble. Mais en prenant ce parti, je crains d'avoir d'un bout à l'autre desservi le génie poétique de Malpesh, qui était pour lui bien plus important que ses capacités de simple conteur. Je le dis donc haut et fort : j'espère de tout cœur que ce plagiat pur et simple qu'est ma traduction permettra à Malpesh d'acquérir une plus grande renommée parmi ceux qui, possédant la formation nécessaire, voudraient relire ses poèmes pour eux-mêmes, de préférence dans le yiddish de l'original.

Il est bien entendu difficile de déterminer quelle sorte de formation est requise pour réussir une traduction poétique digne de ce nom. Comme le dit le vieil adage italien, *Traduttore, traditore*. Le traducteur est un traître. Avec la poésie, c'est encore plus compliqué que cela. Même à travers mes piètres efforts, j'ai découvert avec quelle facilité peut se brouiller la limite entre les vers d'un écrivain et ceux d'un autre. Le traducteur transforme l'œuvre originale, certes, mais d'où l'original est-il venu ? On dit souvent, et non sans justesse, que la traduction est une interprétation. Mais un poème n'est-il pas rien d'autre qu'une interprétation de l'expérience vécue ? Si l'original et la traduction sont tous deux le fruit d'un travail interprétatif, comment sait-on où commence la traduction et où finit le poème ?

Comme l'a également dit Grandgent, et d'autres avec lui, « Seul un poète peut traduire la poésie », et moi, malheureusement, je n'en suis pas un. Il me vient à l'esprit seulement maintenant que si Grandgent en personne devait lire cette traduction-ci, il inventerait peut-être une troisième catégorie. Ni plagiat ni objet de beauté, mon travail est ici plus proche de celui d'un lourd marteau enfonçant des poteaux carrés dans des trous ronds. Naturellement, lorsqu'on entreprend une telle besogne il vaut en général mieux ignorer les dégâts infligés aux deux.

*

Quant à cet autre trou à travers lequel la présente traduction a fini par voir le jour, le trou pratiqué par la canne de Malpesh à l'arrière d'un immeuble en brique des quartiers est de Baltimore, je n'en dirai que ceci : la brèche avait l'air plus large qu'elle ne l'était vraiment. Elle avait l'air assez large, en fait, pour que moi – le poteau carré de cette métaphore – je ne prenne pas la précaution d'enlever mon sac à dos avant de grimper sur une poubelle, d'agripper le chambranle métallique de la fenêtre et de me hisser à l'intérieur. C'est seulement en entendant la toile se déchirer sous l'effet des tessons de verre que je pris conscience de la situation : j'étais en train faire une chose très bête et probablement illégale.

Moitié dedans, moitié dehors, j'imagine que j'aurais eu tout l'air d'un trophée de chasse aux yeux de celui qui, se trouvant à l'intérieur du bâtiment, aurait levé les yeux sur le mur. Mais cela faisait apparemment bien longtemps que personne n'était entré là. Le mur s'effritait un peu plus bas. Juste sous mon menton, six barres d'armature saillaient hors du béton, menaçantes.

En contrebas, en arrière, en sécurité au sol, Malpesh semblait avoir remarqué que mes pieds ne remuaient plus.

« Vous entrez à l'intérieur ou bien vous trouvez que la vue est belle de là-haut ? me demanda-t-il. Vous avez déjà accès aux livres ?

— Non, je n'ai pas accès aux livres. Je suis coincé. Mon sac à dos s'est accroché à quelque chose.

— Mieux vaut vous le détachiez. J'y ai bien pensé avant que vous montiez là-haut, mais je n'ai pas le culot de donner des conseils à un professionnel.

— Merci bien.

— Vous voulez je vous pousse ?

— Non ! criai-je. Si vous poussez je crois bien que je vais perdre un œil. Attendez, je vais essayer d'enlever ce sac. »

Je me tortillai dans tous les sens, prenant garde de ne pas plonger en avant pour aller m'empaler. Au bout d'une minute j'avais dégagé mes épaules des sangles et je pus glisser en avant, laissant le sac à dos pendouiller dans l'encadrement de la fenêtre, accroché aux tessons de verre. Je n'atterris pas en douceur.

Une fois à l'intérieur, je fus en mesure de prendre pour la première fois l'ampleur de la collection. Vu de dehors, le bâtiment paraissait avoir un étage, mais dedans il était clair qu'on avait procédé à un réaménagement de grande envergure. La majeure partie de l'ancien plafond du rez-de-chaussée avait été enlevée pour créer la caverne d'un entrepôt dont l'espace était rempli de livres du sol au plafond. Je me trouvais dans une bibliothèque aux murs de six mètres de haut, dont le moindre centimètre carré était couvert de rayonnages, chaque étagère pleine à craquer de livres.

« Vous êtes dedans ? entendis-je Malpesh me demander. Ouvrez la porte. »

L'Association culturelle juive possédait peut-être cent mille volumes dans son entrepôt. Cet endroit semblait en contenir encore plus.

« Je vais avoir besoin d'un plus grand véhicule, dis-je.

— Vite ! Ouvrez !

Je me dirigeai vers sa voix, vers la porte de métal gris.

— Il faut une clé pour ouvrir de l'intérieur aussi, dis-je.

— C'est impossible ! s'étrangla Malpesh. Quel risque d'incendie pour une bibliothèque ! Emportez ce que vous pouvez. La pause déjeuner des ouvriers va bientôt se terminer.

— D'accord, je ressors. »

Je grimpai par le même chemin, puis tirai mon sac à dos jusqu'à terre. Il avait une déchirure de quinze centimètres dans la poche latérale.

« Pas de livres ? demanda Malpesh.

— Monsieur Malpesh, c'est tout simplement impossible, lui dis-je en inspectant mon sac abîmé. Regardez-moi cet accroc ! Ça aurait pu être ma peau ! »

L'accroc était en fait pire que je ne le croyais. Une lame de verre avait non seulement accroché la toile extérieure mais aussi les papiers à l'intérieur du sac, les extrayant par le trou comme des mouchoirs en papier. La lettre de l'arrière-grand-mère de Clara flottait au vent.

« Je pourrais peut-être y retourner pour récupérer quelques ouvrages importants, mais pas plus que ça, j'ai bien peur. Je ne peux pas ramper par ce trou cent fois de suite. »

Malpesh n'écoutait pas. Il regardait l'accroc dans mon sac à dos. En fait, il le fixait avec une telle intensité à travers ses verres correcteurs que je n'aurais pas été surpris de découvrir le sac en proie aux flammes.

« Ne vous inquiétez pas pour moi, je ne suis pas blessé », le rassurai-je.

Mais il n'était pas inquiet.

Quelque chose dans le sac déchiré avait attiré son regard. Il pointa un doigt tremblant sur le morceau de papier exposé au grand jour, et où les lettres manuscrites en yiddish trépidaient dans le vent comme l'enregistrement d'un tremblement de terre sur un sismographe.

« Qu'est-ce c'est que ça ? me demanda-t-il. D'où ça vient ?

— Ça ? C'est la lettre dont je vous ai parlé. Écrite par l'arrière-grand-mère de ma petite amie. »

Malpesh se baissa jusqu'au sol en s'appuyant sur sa canne. Puis, avec autant de précaution que le lui permettaient ses mains tremblantes, il tira la page hors du sac à travers le trou. Il alla jusqu'au perron et s'assit pour lisser la lettre sur ses genoux. Il fit courir ses doigts sur les mots, puis nettoya ses lunettes avec son mouchoir et approcha la lettre de son visage.

« Arrière-grand-mère ? » demanda-t-il.

Les mémoires d'Itsik Malpesh

ayin

Sasha Bimko. Prononcer ce nom n'était pas nouveau pour moi. Combien de fois avais-je rougi de le trouver sans y penser sur mes lèvres, articulé tout haut en réponse à un épicier qui m'avait demandé quelle quantité de pommes je désirais, ou à un inconnu me demandant simplement l'heure ? Combien de fois l'avais-je répété pour moi-même, comme un mantra hindou, une incantation d'espérance et de protection ? C'était un nom qui montait sans que je l'appelle des profondeurs de ma conscience, une écharde depuis longtemps incarnée qui se frayait un chemin jusqu'à la surface de la peau.

Et pourtant, voir son visage, chaud et vivant, le voir et savoir que ce n'était pas une vision ni un fantasme… c'était une révélation. Bien des années plus tard, lorsque commencerait à exister une variété bronzée, mince et intimidante de Juifs qui se diraient Israéliens, ils me sembleraient familiers, car debout devant moi à cette époque lointaine – vingt ans avant que leur État ne soit créé – se tenait leur prototype, peut-être leur Ève. Vêtue comme un homme mais pourtant saisissante de par l'énergie sexuelle qui irradiait d'elle telle la chaleur d'une fournaise, la femme qui prétendait être ma muse, l'obsession amoureuse de toute ma vie, me regardait droit dans les yeux avec une telle assurance que je la supposai être – à raison, découvris-je par la suite – le pur produit de journées passées à travailler la terre au kibboutz et de nuits de quart à en surveiller le périmètre.

« Sasha Bimko », dit-elle en tendant la main pour se présenter. Je la pris dans la mienne et, bien que j'eusse travaillé de mes mains durant les vingt années précédentes ou presque, je fus frappé par sa rugosité. Ses callosités laissaient penser qu'elle avait tenu des armes, mais ce furent ses yeux qui me convainquirent qu'elle en avait fait usage.

« Sasha ? Comment est-ce possible ? »

J'avais du mal à lui lâcher la main, craignant qu'au moment où je le ferais, elle verrait mes doigts frissonner comme des fougères au vent. Oui, si troublant fut ce léger contact qu'il me fit trembler. Se pouvait-il que tous mes rêves soient devenus réalité en un seul instant ? Les applaudissements, les félicitations, la reconnaissance publique de ma passion, de mes mots. Et maintenant ceci ? Non, non, pensai-je. Quel homme rêverait cela ? Quel imbécile oserait ?

« Itsik, tu es tout pâle », entendis-je Rachel dire derrière moi. Se tenait-elle toujours là ? Sa voix était pleine d'inquiétude, et montait dans un registre où se mêlaient des notes d'avertissement et de supplique. Inquiète ou non, elle sonnait pour le moment à mes oreilles comme une simple distraction.

« Va-t'en, s'il te plaît, dis-je.

— Va-t'en ? demandèrent Rachel et Sasha à l'unisson.

— Non ! dis-je à Sasha. Oui, s'il te plaît, dis-je à Rachel, il faut que je parle avec ma… ma… vieille amie.

— Ne veux-tu pas dire, sourit Sasha, avec ta "fille du boucher" ? »

Les yeux de Rachel allèrent du visage de Sasha au mien.

« Elle ? La fille du boucher ? s'étrangla-t-elle. Celle de tes poèmes ? »

Je ne pouvais rien dire de plus, car j'avais peine à y croire moi-même.

« Itsik ? » implora-t-elle.

Voyant que je ne faisais aucun effort pour lui répondre, elle recula vivement de plusieurs petits pas, comme si elle venait de voir un homme renversé par un tramway.

« J'espère que je ne m'interpose pas, dit Sasha.

— Non, non ! Ce n'est que ma… la sœur de mon patron. »

Derrière moi, j'entendis un petit cri et tournai la tête à temps pour voir Rachel s'enfuir le visage enfoui entre ses mains. Il ne me vint pas à l'esprit de la rappeler, mais je me souviens d'avoir été vaguement soulagé en apercevant Knobloch qui attendait près de la sortie, le manteau de sa sœur à la main. Elle passa devant lui en hâte et sortit dans la rue, les bras nus dans la froidure de l'hiver.

Knobloch me vit qui observait la scène à l'autre bout de la pièce.

« Malpesh ! me cria-t-il, vous ne venez pas ? »

Pour lui non plus, je n'avais plus de mots. En fait, j'avais le sentiment que je n'aurais plus jamais de mots sauf, peut-être, un seul.

« Sasha ! répétai-je encore et encore, Sasha ! »

Elle pinça les lèvres. Elle fronça les sourcils. La cicatrice sur son front se plissa comme une fleur qui se ferme pour la nuit. Puis elle sourit – à peine, mais suffisamment pour que mon pouls s'accélère.

« Vous commencez à me faire peur, monsieur Malpesh.

— Monsieur ! Comment quelqu'un que je connais depuis ma naissance peut-il m'appeler monsieur ?

— En t'entendant ce soir, je me rends compte que je ne te connais pas du tout.

— Tu me connaîtras ! Mais comment se fait-il que tu sois ici ? »

Comme Chaïm quelques minutes auparavant, elle déplia un tract et plaça mon propre nom sous mes yeux : « J'ai été témoin de ton premier début, me dit-elle. Comment pouvais-je manquer le second ? »

Les événements qui suivirent cette improbable rencontre ne pourraient sembler plus soudains. Mais pour moi, chaque incident de ma vie conduisait à ce moment précis, et par conséquent si dans mon récit l'arrivée de Sasha semble s'apparenter à celle d'un dieu tombé du ciel comme dans les antiques pièces païennes, je ne peux que vous demander de vous mettre à ma place. Son arrivée n'avait à mes yeux rien de celle d'une déité flottant juste au bon moment du haut des nuées. Ce fut plutôt comme une avalanche. Loin de résoudre les difficultés du récit laborieux de mes heures et de mes jours, Sasha les oblitéra purement et simplement, enterrant toute possibilité et toute intention que j'avais eues avant cette soirée-là, me laissant le sentiment que les événements de l'histoire pouvaient être oubliés, comme si de mon présent et de mon avenir il était désormais fait table rase.

Nous sortîmes ensemble dans la rue. Je ne dis presque rien durant ces premiers instants, ravi de respirer l'air à ses côtés. Telle était mon intention, du moins. Dans mon enthousiasme à boire son parfum, j'inhalai si profondément que mon nez s'emplit de la puanteur des lieux : pickles et poisson pourri. C'est alors seulement que je repensai à l'emplacement malencontreux du café Chez Goodman. Je toussai jusqu'aux larmes :

« Isaac ?

— Isaac ? D'abord "monsieur Malpesh", et maintenant tu m'appelles par mon nom hébreu ?

— Pardon, me dit-elle. Les noms hébreux me viennent plus facilement. Pour moi le yiddish est une langue antédiluvienne. »

Je fouillai ma mémoire à la recherche de quelques mots d'hébreu appris à l'école, quelque chose qui lui montrerait que nous partagions plus qu'une langue et un passé mort à ses yeux. N'en trouvant aucun, je fus forcé de me demander ce que nous avions véritablement en commun. Une ville natale perdue, un père inconnu depuis l'enfance, une mère abandonnée à son sort. Nous avions aussi chacun une vie de chimères passée à se demander qui elle était, qui elle serait.

En vérité, en l'observant ce soir-là, je me rendis compte que j'avais consacré plus de temps à me demander ce qu'il adviendrait de Sasha Bimko qu'à m'inquiéter pareillement pour Itsik Malpesh. Mon destin s'était toujours manifesté à moi chaque jour sans grand dessein ni grand effort de ma part. Le sien, pendant ce temps-là, en était venu à représenter à mes yeux la destinée du monde. Comment lui expliquer cela ? Comment expliquer que le poème qu'elle m'avait entendu réciter, le poème où son nom est invoqué avec autant de dévotion que le mot *selah* par le psalmiste, comment expliquer que ce poème n'était que le début de la littérature dévotionnelle que j'avais composée à sa mémoire ? Comment expliquer que, oui, elle avait été ma muse depuis la première fois où j'avais pris la peine de poser ma plume sur une feuille de papier ? Je n'osais lui en souffler mot.

Aussi lentement que notre déambulation, les mots commencèrent à s'échanger entre nous. Nous passâmes des heures ainsi, ignorant le froid tandis que nous trouvions la chaleur dans notre conversation, puis nous blottissant l'un contre l'autre en flânant, chacun se servant de l'autre comme d'un rempart contre l'air glacial. Venues de nulle part, des bourrasques tourbillonnaient autour de nous. La froidure nous mordait les joues tandis que la neige balayait les rues, intensifiée par les canyons sans fin que créaient les immeubles.

« Me voilà bien loin du désert ! pouffa Sasha.

— Tu n'as qu'à faire comme si c'était du sable ! »

Nous passâmes en riant la porte de l'Automat au coin de la Treizième Rue, où Chaïm m'avait amené le premier soir. Comme ma vie était différente, cinq ans plus tard ! Et pourtant, de tous les changements qui l'avait affectée, seul la transformait à ce point celui qui me submergeait depuis les quelques heures suivant l'arrivée tant attendue de Sasha.

Soudain, c'était moi le New-Yorkais aguerri, et elle le blanc-bec en mal de leçons.

« As-tu déjà vu un endroit aussi lumineux que ça ? lui demandai-je en entrant à l'intérieur, où luisaient les dessus de table rouge et blanc polis comme des miroirs.

— Le Néguev, ça se rapproche, mais ici ça m'a l'air beaucoup plus hospitalier ! »

Je tendis un des dollars de Knobloch à la fille du comptoir. Elle compta vingt pièces de cinq, poussant chacune d'elles vers moi. Je ne tentai pas de tour de passe-passe à la Chaïm, mais je lui empruntai quand même l'une de ses répliques :

« Ça je laisse pour fous, cholie matmazelle, dis-je en glissant une pièce sur le comptoir.

— Isaac, tu connais l'anglais ? demanda Sasha. Je suis impressionnée ! Ce n'est sûrement pas à Kichinev ou à Odessa que tu as appris !

— Ça fait cinq ans que je suis ici. On finit par glaner deux ou trois choses.

— L'hébreu parlé, ça n'a pas été si facile. C'est difficile de glaner les rudiments d'une langue qui dort six pieds sous terre.

— J'imagine que ça valait le coup, non ?

— Ça valait peut-être le coup, mais pas le coût », dit-elle énigmatiquement avant de changer rapidement de sujet. Elle désigna le mur et ses trappes vitrées où s'affichait le menu du jour : « Mais qu'est-ce que c'est que tout ça ?

— Ah ! C'est un endroit où une fille du désert comme toi se sentira tout à fait à son aise. Savais-tu que New York est avant tout une société de chasseurs-cueilleurs ? lui demandai-je en lui prenant la main pour la conduire jusqu'au mur. D'abord on chasse… (prenant une pose théâtrale, je scrutai les petites vitres, m'attardant devant chacune à la manière d'un pygmée lorgnant à travers les lianes de la jungle)… et puis on cueille ! Choisis quelque chose, je vais te montrer comment ça marche.

— Hum, fit-elle en passant les vitres en revue avant d'arrêter son regard sur un petit friand triangulaire aux pommes de terre. Celui-là ! » J'étais en adoration devant elle pour ce seul choix.

Au comptoir des boissons, je commandai des verres d'eau et deux tasses de café, avec lait et sucre pour moi, noir pour elle. Nous prîmes place à une table, et bientôt l'histoire de son arrivée à New York commença à se livrer, mais seulement par bribes. Une réticence gagnait sa voix chaque fois que nous abordions le sujet sans le vouloir. À aucun moment je ne lui posai directement la question, car toute allusion à son récent départ de la terre d'Israël réduisait le large sourire qu'elle arborait si confortablement à une expression d'amabilité forcée. Au bout d'une heure passée à grignoter et siroter, je finis par comprendre ce qui s'était passé : après plus de dix ans chez les pionniers sionistes, elle en avait eu assez de lutter.

« Ça a été une aventure formidable pendant un moment, me dit-elle, mais la terre d'Israël n'est pas un endroit où faire de vieux os. Et pas un endroit où vivre seule.

— Seule ? » m'étonnai-je.

Je me rappelais très bien qu'elle était partie en Palestine avec le fils de Minkowski, mais ne posai pas de question à son sujet, et elle n'en dit pas plus. Au lieu de cela, elle me raconta qu'elle était rentrée brièvement à Odessa pour rejoindre sa mère.

« Je me suis retrouvée à choisir entre un endroit où je ne voulais pas mourir, et un endroit où je ne voulais pas vivre. Alors j'ai décidé de venir voir par moi-même ce qu'était ce fameux Eldorado. Dis-moi, Isaac, est-ce que c'est comme on raconte ?

— Ce n'est pas du tout comme on raconte.

— Ça, je dois dire ! Je n'ai jamais entendu raconter comment vous autres Américains vous chassez votre nourriture ! Trouver à manger dans un mur ! A-t-on jamais entendu chose pareille ? Tu sais qu'à Jérusalem, on insère des prières dans un grand mur pour attirer l'attention de Dieu ? À New York, tu ouvres un mur et tu en retires un sandwich. Je crois qu'à partir de cette différence, on peut déterminer laquelle des deux villes a la faveur de Dieu, tu ne crois pas ? »

Dès que nous laissions de côté le sujet d'Israël, elle parlait sans discontinuer, pleine d'humour et de vie. Je ne pouvais m'arrêter de la regarder, même quand elle exécutait les gestes les plus insignifiants : elle avalait son eau comme si sa gorge avait été à jamais desséchée par le désert. Elle posait son couteau et sa fourchette sur la table de façon qu'ils soient parfaitement alignés. Elle se renversait dans sa chaise pour dénouer puis renouer ses cheveux. Plusieurs mèches lui tombaient sur le front, et je vis enfin la fille de la photographie. C'était vraiment ma Sasha, enfin devant moi.

J'avais espéré que mon observation serait subtile, mais elle me surprit en train de la regarder tandis qu'elle mordait une bouchée du friand qu'elle avait négligé dans son assiette.

« Tu veux goûter mon *knish* ? » me demanda-t-elle.

À cette question mon visage devint aussi rouge que la table. Elle l'avait posée en toute innocence, je m'en rendais bien compte, mais la question fit naître en moi un tel désir que j'en perdis la parole. Je m'épongeai le front avec ma serviette et me retrouvai incapable de masquer le sourire qui s'étala sur mes lèvres.

« Pourquoi tu rougis ? Tu te moques de moi, ou quoi ? demanda-t-elle en s'essuyant les joues. J'ai un morceau de pomme de terre sur la figure ?

— Ça fait longtemps que tu n'as pas parlé yiddish ? »

Elle rit, un rire un peu triste pensai-je : « Je te l'ai dit, je n'ai pas parlé yiddish depuis que j'ai quitté Odessa ! Tu n'imagines pas le mépris dont cette langue fait l'objet en Israël. À Jérusalem, on se bat dans la rue à son propos.

— C'était aussi le cas à Odessa.

— Pas pareil. Moi aussi, je me rappelle les types qui traînaient chez Minkowski. Pleins de belles paroles, de rhétorique nationaliste au sujet de la langue qu'il fallait choisir pour les Juifs. Facile de parler d'une langue nationale quand il n'y a aucun espoir de nation en vue. En terre d'Israël, ils se battent comme si choisir la bonne langue allait déterminer si oui ou non il existerait un jour une nation. Les hébraïsants de Palestine ne défendent absolument rien de tout ce qui leur rappelle l'odeur des Juifs qu'ils étaient autrefois.

— Et selon toi, ils ont quelle odeur les Juifs qui parlent le yiddish ?

— Tu te souviens de cette bouffée d'air malodorant qu'on a traversée en partant de Chez Goodman ? Ce remugle de mort et de saumure ? »

Je rougis une nouvelle fois, mais pas de contentement cette fois-ci. C'était plutôt de honte. Elle nota ma réaction sur-le-champ. Ne pas la voir eût été inconcevable.

« Pardonne-moi. Il faut que tu comprennes : en Israël il existe une véritable peur du yiddish. C'est comme si les gens croyaient que la langue elle-même avait quelque chose à voir avec les misères sans fin du Vieux Pays. Ces quinze dernières années je me suis retrouvée entourée de gens qui croient qu'il n'y a rien à gagner à parler le yiddish, et tout à perdre.

— Tu en rencontreras beaucoup qui pensent la même chose ici. »

Un voile de tristesse s'abattit sur moi. Un rappel. C'était gentil de la part de Chaïm d'être venu assister à ma lecture, mais son insistance à considérer ma langue comme une bête à l'agonie demeurait cuisante. Que ses râles puissent s'entendre jusqu'en Israël, voilà qui était nouveau pour moi.

« Oh, oublions tout cela ! » déclara soudain Sasha avec véhémence, sur un ton dont je comprendrais bientôt qu'il était caractéristique. Son optimisme était voulu et volontaire, et elle ne s'attendait pas à autre chose de la part de ceux qui l'accompagnaient. « Tu débordais de joie, à l'instant ! me réprimandat-elle avant de me tendre son assiette en offrande. Tiens, vas-y ! Goûte mon *knish*. Il n'attend que toi. »

Rougeur et sourire m'envahirent derechef le visage sans que j'y puisse rien.

« Eh quoi ? J'ai encore dit quelque chose qu'il ne fallait pas ? Quelque chose de gênant ? Allez, dis-moi ! »

À force de petits sourires et d'impalpables suggestions, elle finit par me tirer de mon humeur maussade : « C'est juste le mot que tu emploies. Pour notre première sortie ensemble, c'est un scandale !

— Quel mot ? »

Je baissai le regard en direction de son assiette. Elle le suivit jusqu'au friand à la pomme de terre à moitié entamé : « *Knish ?* » dit-elle. Elle parut méditer un instant puis se mit à rougir elle aussi. Ses joues devinrent d'un violet si profond qu'on aurait dit qu'elle venait de faire le poirier.

« Oh ! J'avais oublié cet autre sens ! Qu'est-ce que tu dois penser de moi ?

— Non, non », la rassurai-je. D'une main, je lui caressai le bras ; tendant l'autre par-dessus la table, je m'emparai d'une bouchée sur son assiette : « Je meurs d'envie de goûter tout ce que tu pourras m'offrir.

— Tu as toujours eu autant de culot, Isaac, ou bien c'est l'influence de l'Amérique ?

— C'est ton influence à toi », lui répondis-je.

Elle avala son café d'un trait puis me demanda : « On peut boire de l'alcool ici ?

— Non, mais je sais où on peut aller. »

La Prohibition était bien entendu la règle officielle à New York, mais pas une seule fois au cours de mes cinq ans passés dans la ville n'avais-je rencontré quiconque pour la respecter. Parmi les dizaines de débits de boissons accessibles à pied depuis l'Automat, je décidai d'emmener Sasha au seul bar clandestin que je connaissais où le portier parlait yiddish. Si je l'avais emmenée ailleurs, elle n'aurait pas manqué de comprendre que j'avais exagéré ma familiarité avec l'idiome local.

Nous descendîmes Broadway jusqu'à Houston Street, puis de là jusqu'à Norfolk Street, où un perron de pierre descendait vers un obscur bas-fond épargné des réverbères. Une demi-douzaine d'hommes baguenaudaient en haut de l'escalier, cigarette au bec ou simplement adossés au mur.

« On se croirait chez Minkowski, pas vrai ? lui dis-je. Ne t'inquiète pas, ça ne craint rien. »

Sasha regarda attentivement les hommes attroupés autour de la cage d'escalier, puis l'obscurité où nous nous engagions à présent : « Je n'ai pas songé une seconde à m'inquiéter, me dit-elle. Ne va pas croire que je me vante si je te dis que j'ai vu bien pire. Je parie que pas un seul de ces types n'est armé. »

Je cognai à la porte et attendis que la petite trappe à hauteur de regard vienne s'ouvrir. Quand elle glissa enfin, une volute de lumière rouge et de fumée s'échappa par l'ouverture.

« La boutique de jouets est fermée, mon pote, fit une voix à travers le judas, reviens demain matin.

— Je viens de la même ville que Charlie Lisse, répliquai-je.

— Comment je sais que t'es pas un flic ?

— Combien tu connais de flics qui parlent yiddish avec l'accent de Kichinev ? Ouvre cette porte. On vient juste boire un coup. »

La porte s'ouvrit comme si j'avais prononcé une formule magique. Je m'impressionnais moi-même, mais je vis soudain qui était le portier. Il me dévisageait de ses yeux mi-clos, sourire d'amphibien aux lèvres :

« Tortue ? Pourquoi tu ne m'as pas juste laissé entrer ?

— Excuse-moi, Itsik. Règle de la maison. Charlie dit qu'il faut toujours demander : "Comment je sais que t'es pas un flic ?" Il dit que ça fait partie du folklore. »

Sasha posa la main sur mon bras : « Dire que la dernière fois que je t'ai vu, tu n'étais qu'un bébé innocent ! me dit-elle dans un rire. Et maintenant, regardez-moi ça ! Copain d'un portier ! Pilier de bar clandestin ! Ma mère serait outrée !

— Ta mère faisait partie de la bande qui m'a fait boire mon premier verre. »

À l'intérieur, une vingtaine de clients se pressaient autour des tables basses. Une fois installés dans un box loin du brouhaha de la foule, nous conversâmes jusque tard dans la nuit.

Stimulés d'abord par l'ivresse d'une histoire partagée puis par d'autres vapeurs plus alcoolisées, nous évoquâmes l'enfance brisée et l'adolescence sans père, nous interrompant dans le récit de nos vies seulement quand le garçon venait nous offrir une resucée.

Après la bière, nous passâmes au schnaps pour trinquer à notre patrimoine commun – « À Kichinev ! À Odessa ! À New York ! » – et bientôt, nous avions la vue brouillée et les gestes gauches, laissant nos genoux se toucher sous la table, nos doigts se frôler au-dessus. Lorsque le serveur revint pour la sixième fois, nous lui demandâmes de laisser la bouteille. C'est à peu près à ce moment-là que nous découvrîmes, sans grande surprise, que notre première boisson alcoolisée avait été bue dans le même service de verres : pour moi, le cocktail à l'encre bleue servi par Minkowski avant mon départ d'Odessa, pour elle la vodka qu'elle avait chapardée dans la réserve du Souterrain.

« Quel dommage qu'on ne soit pas rencontrés là-bas ! dit-elle.

— On s'est raté à quelques mois seulement.

— Je sais. Ma mère m'a parlé de ton arrivée.

— Je suis surpris d'entendre que ta mère t'a écrit à ce moment-là. Elle n'était pas très bien, à l'époque. »

Sasha me fusilla d'un regard plein de colère, plissant les yeux comme si je l'avais accusée d'être la cause des maux de sa mère : « C'est malpoli de supposer qu'on connaît mieux la famille de son voisin, lança-t-elle.

— Elle a été comme une mère pour moi aussi. »

Une nouvelle fois, Sasha changea d'humeur en l'espace d'une seconde – un instant pleine de fureur à peine dissimulée, minaudant l'instant d'après : « Alors du coup on serait frère et sœur ? Quel dommage… »

Peu après elle souriait, mais plus le schnaps coulait, plus larges s'ouvraient les fissures dans son optimisme de façade.

« Il y a une pureté propre au désir, à la quête, à l'effort pour atteindre un but, dit-elle. Une fois qu'on tient celui-ci bien en main, il ne reste plus qu'à s'y accrocher, et c'est là que l'horreur commence ! »

Je pensais qu'elle parlait de la Palestine. Tandis que je lui tenais la main, mes doigts affirmant leur prise, et que je sentais la chaleur du but espéré m'envahir, je me demandais si c'était la même chose pour ce qui était de l'amour envers quelqu'un.

« C'est peut-être vrai pour la terre, lui dis-je, mais pas pour les gens.

— La terre ? » fit-elle. Elle considéra la chose un moment puis eut un rire triste : « La Palestine, tu veux dire ? Je n'avais pas vu les choses sous cet angle. Mais oui, je suppose que c'est vrai.

— De quoi parlais-tu, alors ?

— Ce n'est pas le moment d'évoquer ces choses-là, Isaac », me dit-elle en vidant son verre.

Maintenant c'était à mon tour de changer d'humeur à vue d'œil.

« Oh, ne boude pas ! poursuivit-elle. Je vais te le dire. Je parle de Nahum Minkowski. »

Mes conjectures sur la vie qu'elle avait menée avant d'arriver à New York se vérifièrent au cours des quelques heures qui suivirent. Elle était partie en Israël avec le fils de Minkowski. L'avait-elle aimé ? Oui, elle l'avait aimé.

« Et maintenant, il est parti ? lui demandai-je.

— Moi j'ai voulu le conquérir, lui il voulait conquérir la terre. Et puis la terre l'a tué, et moi qu'est-ce qu'il me restait ?

— Tué ? Excuse-moi, mais est-ce que nous parlons par métaphores ?

— Tu es un incorrigible poète, pas vrai ? Il s'est fait abattre l'été dernier à Jérusalem. Il n'y avait rien de métaphorique là-dedans. »

Je nous versai deux autres verres, pleins à ras bord : « À sa mémoire ! » dis-je.

Nous bûmes ensemble. Je versai à nouveau.

« Et à la fin de la solitude, dis-je cette fois-ci. »

Elle finit son verre : « Oui, c'est agréable d'avoir de la compagnie dans une nouvelle ville. Merci de ta gentillesse, surtout que si j'ai bien compris, j'ai perturbé tes plans pour la soirée.

— Quels plans ? fis-je en secouant la tête à ce mot. Tu connais ce vieil adage : L'homme fait des plans, Dieu lui rit au nez ? » Enhardi par le schnaps, je pris ses deux mains dans les miennes : « Te retrouver, voilà mon plan depuis vingt ans, et Dieu m'a ri au nez à chaque pas de mon chemin, t'éloignant à chaque pas qui voulait me rapprocher de toi. Mais maintenant, dis-je en élevant la voix pour couvrir le vacarme du bar, c'est moi qui rit au nez de Dieu, et qu'Il fasse les plans qu'Il voudra !

— Isaac, tu as trop bu !

— Oui. Mais ça ne m'a pas fait oublier ce que je veux te dire par-dessus tout. » Je posai mes deux mains à plat sur la table pour prendre mon élan puis regardai Sasha droit dans les yeux : « *La vie durant loin de moi les flots te jetèrent / comme une vague partie vers un rivage distant. / Mais même une marée retraverse les mers / pour déferler sur une plage familière, / des sables que l'eau connaissait auparavant.* »

Elle sourit, réprimant à peine son propre rire : « Oh, Isaac ! Tu me parles comme si chaque réplique avait été répétée à l'avance ! Crois-tu que parce que tes pensées sont bien tournées, elles sont vraies pour autant ? C'est tout le problème de tes poèmes. Tu t'es convaincu toi-même qu'ils sont la vraie vie. Tu préfères ignorer les faits pour l'amour d'une belle rime.

— Des faits ? Quels sont les faits que j'ignore ? »

Elle m'attira vers elle par le col de ma chemise. Quand ses lèvres trouvèrent les miennes, ce fut un moment hors du temps.

« Oublions les faits, dit-elle, et partons d'ici. Où peut-on aller ? »

Je me levai si vite que je faillis renverser la table. J'avais fait trois pas quand Sasha m'attrapa le bras.

« Attends ! dit-elle, emportons la bouteille. »

Malgré mon empressement à trouver un lieu intime où entraîner Sasha, je ne sus pas immédiatement vers où me tourner. Je ne pouvais pas la ramener au cagibi que j'occupais dans la pièce louée à Mme Goldstein, qui attendait sûrement avec sa soupe aux fèves et sa bouillotte. La possibilité de l'immeuble des Entreprises Knobloch me traversa l'esprit, mais le risque de tomber sur Rachel ou sur son frère était trop grand. J'avais dépensé presque tout l'argent de Knobloch, une chambre d'hôtel était donc inenvisageable.

Et puis j'eus une idée ! Je savais où aller.

« Je vais t'emmener quelque part, si tu es prête pour ta première aventure américaine, déclarai-je.

— Cause toujours ! Qui aurait cru que le fils d'un plumeur d'oies aurait pu avoir des manières si onctueuses !

— Ce n'était pas un plumeur d'oies ! me défendis-je, mais le gérant d'une fabrique de duvet ! Et moi j'étais nettoyeur de fiente d'oie, alors pourquoi est-ce que je ne devrais pas être onctueux ? »

Nous sortîmes en titubant dans la rue, où les bourrasques neigeuses du début de la soirée avaient repeint la ville en blanc. Dérapant dans la gadoue qui s'était déjà formée le long des trottoirs, plcins de rires et de la chaleur du schnaps qui coulait dans nos veines, nous hélâmes un taxi. Je hurlai avec le meilleur accent new-yorkais que je pus imiter « Broo ! Kline ! Breege ! », et en route plein sud le long d'un canyon dont les immeubles auraient pu servir de décor au théâtre du paradis. Sasha s'affala contre mon bras et se reposa là un instant, tandis que silencieux tous les deux nous écoutions les pneus du taxi glisser à travers les rues couvertes de neige. Je sentais le poids de sa tête sur mon épaule, et fis un immense effort pour ne pas me réveiller, de peur que la soirée tout entière ne soit finalement qu'un rêve.

Le chauffeur nous déposa au pied de la promenade piétonne du pont, et je laissai tomber une pièce dans sa main tendue. C'était le dernier des dollars donnés par Knobloch au début de la soirée. Était-ce trop ? Pas assez ? Je n'en avais pas la moindre idée, et ne m'attardai pas pour le savoir.

Prenant Sasha par la main, je m'engageai au pas de charge sur la rampe de bois menant au tablier du pont. Bientôt, nous ne voyions plus que l'air alentour et rien d'autre. Seuls sur le pont tandis que la neige fouettait le paysage, nous nous retournions tous les trois pas pour nous émerveiller de la facilité avec laquelle toute trace de la ville avait été effacée du ciel.

En contrebas, il n'y avait rien non plus, et au-dessus, rien. Rien que du blanc, comme si Dieu avait gommé l'univers pour tout recommencer à zéro, comme s'Il en avait soupé de l'histoire, des quêtes et des amours qui n'étaient pas à la hauteur de l'idée qu'Il se faisait de l'amour, comme s'Il avait fini par en avoir assez… exactement comme nous.

Je dérapai sur les planches humides de la promenade, et Sasha m'agrippa le bras.

« Où allons-nous ? dut-elle crier pour couvrir le bruit du vent.

— On enjambe ! criai-je à mon tour.

— On enjambe la rivière ?

— Non, non. Pas la rivière. La rambarde ! dis-je en pointant vers le sud, derrière le garde-corps, en direction de l'oubli absolu qui régnait au-delà.

— La rambarde ? Tu es fou ?

— Ne me dis pas que la pionnière a la frousse ! J'imagine que tu as vu bien pire ! »

C'est seulement une fois mes deux jambes lancées par-dessus les câbles de sécurité que je compris enfin : l'heure de ma toute dernière mauvaise idée était venue.

« Ça ne craint rien ! Ne t'inquiète pas ! dis-je en ajoutant d'un ton plein d'espoir. Mais je n'ai sans doute pas besoin de te dire ça.

— Isaac, on a beaucoup bu, on est à quatre cents mètres au-dessus d'une rivière glacée, et tout est recouvert de neige poudreuse. Cette fois-ci, oui, je me dis qu'il faut que je m'inquiète. Où est-ce que tu vas ? »

M'aidant d'une petite impulsion des bras, je me laissai glisser du garde-corps et atterris avec un bruit sourd quelques pieds plus bas sur la plate-forme destinée à empêcher les gens qui sautent de perturber la circulation des voitures. Restée là-haut, Sasha me chercha du regard.

« Je ne suis pas sûre de savoir pourquoi tu t'attends à ce que je te suive ! me lança-t-elle. Parce qu'on vient de la même ville de Russie, tu te crois obligé de me conduire à la mort ?

— Tu vas me suivre parce que ce sera une histoire formidable à raconter à nos petits-enfants ! »

Pour toute réponse, Sasha ramassa une poignée de neige, la tassa en boule et me la lança sur la tête avec une précision effrayante. Elle me manqua de quelques centimètres, ce qui semblait être son intention.

« Tu as appris ça dans le désert ? J'aurais cru qu'avec tout cet entraînement, tu viserais mieux que ça !

— Dans le désert, ça aurait été une grenade. Avec les grenades, on a juste besoin de lancer pas trop loin de la cible. »

Elle enjamba la rambarde et sauta pour me rejoindre.

« Par ici », lui dis-je en lui prenant la main pour la conduire à travers le dédale de piliers et de poutrelles où Tortue m'avait servi de guide cinq ans auparavant. Au bout d'un moment – moment durant lequel Sasha m'agrippa les doigts plus fermement à chaque pas – nous atteignîmes la pile du pont et l'entrée du tunnel.

« On y est presque, c'est juste là-dedans. »

Sasha passa la tête dans l'ouverture, explorant le tunnel d'un regard intrigué. Puis elle se retourna vers moi et m'étudia avec la même fascination.

« Là-dedans, répétai-je.

— Tu plaisantes ou quoi ? Ce n'est pas très gentil de jouer des tours à la petite nouvelle.

— Je ne plaisante pas du tout. Allez, là-dedans.

— Toi d'abord. »

Nous entrâmes dans la galerie telles deux abeilles pressées de regagner la ruche. J'avais fait ce trajet deux fois dans le passé, mais je progressai encore gauchement, me servant de mes mains pour m'accrocher aux parois et coulisser tout en positionnant mes pieds perpendiculaires à mes jambes afin d'empêcher mon ventre et mes vêtements de racler le sol du tunnel. Regardant en arrière, je vis qu'en comparaison Sasha évoluait avec grâce. S'aidant des genoux et des coudes, elle se faufilait comme si elle aurait pu ramper ainsi sur des kilomètres.

« Tu as appris bien des choses dans le désert, on dirait !

— J'ai appris ça à Odessa. Tu n'as jamais exploré les galeries reliant Le Souterrain au port ?

— Une seule fois », admis-je.

Nous ressortîmes à l'autre bout du tunnel en moins d'une minute, débouchant dans l'obscure salle de stockage. Je craquai une allumette et constatai avec satisfaction que Chaïm et ses pupilles n'avaient pas complètement vidé les lieux. J'allumai une lampe à huile au globe fêlé placée sur la table et elle diffusa juste assez de lumière pour que nous puissions discerner qu'un journal posé à côté remontait à deux ans auparavant. Sasha s'empara de la lampe et fit le tour de la pièce à pas lents. Malgré quelques rares preuves du séjour de Chaïm et de ses élèves, le lieu avait tout d'une grotte, froide et humide, où le bruit des gouttes d'eau résonnait dans les ténèbres.

« Drôle d'endroit pour amener une fille, constata Sasha.

— J'ai rêvé de toi quand j'étais prisonnier au fond de la carriole des *khapers*, puis enfermé dans une malle pleine de lettres à bord d'un vapeur. Je ne sais pas si je pourrais te reconnaître si j'avais plus de place.

— Ah, mais tu ne reconnais que tes chimères. Tu as attendu si longtemps que ton rêve passe la porte : comment sauras-tu qui est la véritable Sasha Bimko quand elle arrivera ?

— Elle est ici en ce moment même, c'est la seule chose qui compte. Attends une minute. »

Dans la pièce adjacente, je craquai une autre allumette et la jetai dans le poêle à bois avec autant de papier journal que je pus trouver. Puis je démantibulai une chaise cassée et enfournai les pieds dans le feu, laissant la porte du foyer ouverte si bien que les flammes lançaient une lumière vacillante au sol et sur les murs.

« Voilà, tu peux venir ! »

Sasha parcourut du regard la pièce éclairée par le feu.

« Tu es plein d'imprévu, pas vrai ?

— Tu parles, Charles ! »

Nous nous jetâmes sur un lit que Chaïm et ses jeunes acolytes avaient abandonné. Humide et froid, imprégné d'une odeur laissant penser qu'il avait flotté dans l'eau de la rivière, le matelas s'affaissa sous notre poids et nous nous y enfonçâmes comme dans des sables mouvants.

« C'est peut-être la fin pour nous ! » dis-je.

Glissant sa main entre mes jambes, elle me saisit à l'entrecuisse : « J'espère que ce n'est pas la fin pour toi. »

Comme elle le découvrit aussitôt, ce n'était même pas encore le début.

« Tu ne me trouves pas désirable, Isaac ?

— Très.

— Tu es nerveux, alors ?

— Très.

— Ne t'inquiète pas. Ça ne craint rien. »

Elle me prit entre ses mains, m'embrassa, guida mes doigts, puis mes hanches maigres. La pensée me traversa-t-elle que j'étais le seul homme qu'elle ait connu dans les trente années de sa vie ? Non, bien qu'elle ait sans nul doute pu constater mon inexpérience à chaque mouvement maladroit de mes mains.

Même si je craignais sans cesse que toute cette soirée n'ait été qu'un songe, les heures les plus oniriques de la nuit ne servirent qu'à confirmer de façon tangible qu'aucune vision ne pouvait être aussi réelle. Je m'en rendais compte à chaque inspiration, qui me rappelait que non seulement je voyais le visage de Sasha et j'entendais sa voix, mais que je pouvais sentir son odeur. En vingt ans passés à fantasmer sur elle, je n'avais jamais imaginé une chose pareille. Si elle avait un parfum, dans mes rêves c'était celui d'une photographie vieille de plusieurs dizaines d'années. Tandis qu'elle était en personne à mes côtés, j'inspirais profondément pour définir cet arôme : menthe poivrée et romarin ; non, sauge et cannelle ; non, air et eau pure, tout simplement… Le parfum qu'elle exhalait n'existait pas dans l'atelier, l'imprimerie ni les vieux immeubles. Pour dire les choses simplement, il ne rappelait en rien la vie que j'avais vécue depuis mon arrivée sur ces rivages. En rien la vie d'où j'avais voulu m'évader en écrivant mes poèmes. Voilà, elle avait le parfum de l'évasion, l'évasion jusqu'à atteindre l'endroit où chacun se sentait à sa place depuis toujours.

Toute la nuit, j'enfouis mon visage dans sa chevelure sans cesser d'inspirer profondément.

« Est-ce là l'odeur qu'on respire à Jérusalem ? » demandai-je.

Elle fit la grimace en s'écartant de moi. D'un geste dont la rapidité trahissait l'entraînement au combat ou les manœuvres militaires, elle se laissa rouler jusqu'au tas de vêtements qu'elle avait déposé à côté du lit. Trouvant une cigarette, elle l'alluma et exhala un nuage de fumée blanche qui vint flotter au-dessus de nous, faisant paraître la pièce aussi récurée que l'avaient semblé le ciel là-haut et la rivière en contrebas.

« Désolée de te décevoir, Isaac, me dit-elle, mais à Jérusalem, ça sent surtout la fumée. »

Les mémoires d'Itsik Malpesh

pey

Au cours des semaines suivantes, Sasha commença à me raconter sa vie en Palestine – et pour finir, à me parler de Nahum Minkowski.

« C'était merveilleux avant la guerre, me dit-elle. Nous n'étions pas partis là-bas pour nous battre, finalement. Nous pensions que le simple fait de vivre là-bas serait un combat, même si au début ça ressemblait plutôt à un club de vacances. On habitait dans une colonie au sud d'Haïfa, avec vue sur la mer. On faisait pousser des oranges. Du raisin. On faisait du vin. Des mois durant, ça a été exactement ce qu'on attendait d'une Terre promise.

« Et puis quelques-uns des jeunes garçons de notre colonie – âgés d'à peine un ou deux ans de plus que moi – se mirent dans le crâne l'idée que nous devrions aider les Anglais à chasser les Turcs de Palestine. On s'est entraînés comme des soldats, enchaînant exercices de tir et marches dans les sables du désert. C'était la grande aventure, jusqu'à ce que des membres de notre groupe y perdent la vie. L'un d'eux fut abattu dans le Sinaï, une autre faite prisonnière se donna la mort. J'annonçai à Nahum que je ne voulais plus continuer, mais lui il a continué.

« Après la guerre, on a déménagé à Jérusalem…

— Tous les deux ? l'interrompis-je, incapable de résister à la question ni de supporter la réponse que j'anticipais déjà.

— Oui, Isaac. Tous les deux. Les règles sont différentes dans le désert. Et tu découvriras que je vis selon des règles différentes à cause du temps que j'ai passé là-bas. J'avais espéré que nous reprendrions une vie normale une fois dans l'enceinte de la ville, ou qu'au moins cela signifierait la fin du combat. Mais non. À Jérusalem, les combats sont sans fin. Comme tu l'as peut-être entendu dire. »

J'avais lu dans les journaux yiddish le récit des violences récentes, les combats entre soldats britanniques, colons israéliens et arabes à Jérusalem. Mais l'apprendre par les journaux et l'entendre raconter de première main, cela n'avait rien à voir. D'innombrables nouvelles têtes avaient beau arriver du Vieux Pays, je n'avais encore jamais rencontré personne ayant mis le pied en Erets-Yisroel, ni personne qui puisse même imaginer à quoi ressemblait le théâtre de ces escarmouches. Sasha quant à elle parlait de Jérusalem avec l'urgence et l'amertume d'Adler quand il racontait Minsk.

« Tout ça à cause de ce satané mur, me dit-elle. Le mur aux fentes bourrées de prières. Les Juifs y ont accès, mais on n'est pas censé construire à proximité.

« Certains rabbins exigeaient que les hommes et les femmes soient séparés, alors ils ont installé quelques sièges en guise de barrière de fortune. Un jour, un Arabe qui passait par là l'a remarqué et a demandé : "Qu'est-ce que c'est que ces sièges là-bas ?" "Une *mekhitze* lui a-t-on répondu, une clôture."

« Naturellement, le bruit a couru : les Juifs avaient érigé une clôture près du mur des Lamentations. C'est comme ça que tout a commencé. Il n'a fallu que quelques jours pour que volent les premières pierres ; puis les Britanniques sont arrivés avec leurs fusils, et les Arabes avec les leurs. Nahum trouvait que c'était scandaleux de faire confiance aux Anglais pour assurer notre protection. Il s'est rendu à la porte de Jaffa avec son propre fusil. Je lui ai demandé : "Nahum, tu vas tirer sur les gens pour que quelques fanatiques puissent continuer à séparer les hommes des femmes ? Est-ce pour cela que nous sommes venus ici ?" À quoi il m'a répondu : "Je vais tirer sur des gens pour que les Juifs puissent faire ce qu'ils veulent sur la terre que Dieu leur a promise."

« Il parlait de la terre comme si c'était une âme sœur, une amante. "Notre place ici est *bashert*", disait-il. C'est à ce moment-là que j'ai compris qu'il était aussi fanatique que les rabbins du mur. Il n'était pas comme ça avant. Il avait foi en la cause, c'est vrai, mais avant c'était un romantique, conduit par l'amour. À la fin, l'amour l'avait quitté.

« J'en vins à comprendre que le fanatisme et la terre se nourrissent l'un de l'autre. Avant de posséder Sion, nous la désirions ; une fois qu'elle était à nous, nous nous battions pour la garder. Je n'aurais jamais cru que je dirais cela un jour, mais après avoir combattu pour cette terre et l'avoir laissée derrière moi, je ne sais pas si un jour je la désirerai de nouveau. On dirait qu'en être séparé, c'est être guéri de cette sorte de folie bien particulière.

« Je suis prête à laisser tout cela derrière moi, ajouta-t-elle. Assez de morts, assez de combats. Je suis prête à recommencer ma vie.

— Recommençons ensemble, dis-je en prenant sa main dans la mienne.

— Tu es un homme bon, Isaac. Mais je ne sais pas si tu es ce que je cherche.

— Qu'est-ce que tu es partie chercher là-bas ?

— Si ça ne te donne pas l'idée que je suis horriblement vieille, j'aimerais te raconter une histoire du temps avant ta naissance.

— Tu n'as que quatre ans de plus que moi, Sasha. Combien d'histoires de ce temps-là peux-tu bien connaître ?

— Une seule. En fait, deux… si tu comptes l'histoire de ta naissance elle-même.

— Celle-là, je la connais.

— Tu en connais une partie, me corrigea-t-elle. Le reste est une histoire pour une autre fois. Mais laisse-moi te raconter mon autre souvenir. D'une manière générale, je ne me rappelle pas grand-chose de Kichinev, ni de mon père, mais je me souviens de le voir partir au travail tous les matins et d'avoir été très curieuse de savoir ce qu'il faisait toute la journée. On habitait une maison près de la synagogue, à côté du petit abattoir, alors Papa n'avait pas loin à aller, et toute la journée j'entendais le bêlement des moutons, le mugissement des vaches, le caquètement des oies…

— Les oies, je connais ce bruit-là moi aussi, dis-je. Il résonne dans mon crâne comme un glas.

— Pour moi c'était comme une fête permanente. J'étais toute petite, alors naturellement j'aimais les animaux, et la première fois que je suivis mon père à l'abattoir je croyais qu'il s'y rendait tous les jours pour jouer avec eux. Alors j'ai regardé par l'entrebâillement de la porte, et j'ai vite appris la vérité.

« Pendant des semaines je me suis faufilée à la moindre occasion pour regarder mon père à l'ouvrage. Il excellait dans son travail. C'est triste à dire mais j'ai vu assez de morts comme cela depuis, et jamais je n'ai vu la mort venir si paisiblement. Papa apaisait les animaux avant de sortir sa lame, il leur chantait même des chansons – les mêmes berceuses qu'il me chantait tous les soirs. Il les amenait à un tel état de calme que lorsqu'il leur tranchait la gorge, ils semblaient mourir presque heureux, rendant l'âme aussi aisément qu'un souffle.

« Mon éducation fut ainsi faite qu'avant même de savoir parler, je comprenais les termes associés à l'abattage des animaux. Je ne pense pas que tu les connaisses, ce n'est pas le genre de choses qu'on apprend à la plupart des enfants, mais il existe un certain nombre de façons dont l'abattage rituel peut mal tourner – plusieurs fautes que le *shoykhet* peut commettre et qui rendent la viande non casher même si elle ne présente pas d'autres imperfections.

— Oh, j'en connais quelques-unes, dis-je. On nous a fait mémoriser un grand nombre d'informations inutiles au *kheyder :* presser, attendre, percer, déchirer et couvrir.

— Très bien, Isaac ! Tu devais être le premier de la classe. Peut-être le poète et le boucher ne sont-ils pas si différents l'un de l'autre. Chacun doit savoir comment exécuter les coupes appropriées, pas vrai ? Et souvent chacun d'entre vous ne prête guère attention à la souffrance que votre métier peut causer.

— Et mes poèmes, tu les as trouvés casher en les entendant ?

— Insipides et trop cuits, tu veux dire ?

— Je veux dire, qui plaisent à Dieu.

— Je Le soupçonne de n'aimer aucune autre poésie que la Sienne. Qui d'autre que Lui pourrait écrire nos retrouvailles ?

— Je peux essayer.

— Non. Tu les mettrais en vers et on paraîtrait absurdes. Qu'est-ce que je disais ?

— Ton père.

— Ah oui. Mon père était un expert et prenait un soin méticuleux de son *khalef*. Les cinq fautes qu'un *shoykhet* pourrait commettre ne lui ont jamais posé de problème. Selon ma mère, il n'avait commis qu'une seule faute durant toutes ces années où il mania le couteau.

« Je ne sais quelle mouche me piqua le jour où je poussai la porte de l'abattoir. J'entrai aussi doucement que possible, et vit mon père le geste arrêté au-dessus de la gorge d'une énorme vache marron. Juste comme il commençait à manier son couteau pour lui trancher le cou, j'appelai : "Papa !"

« Ce dont je me souviens le mieux à propos de mon père, c'est qu'il était toujours si heureux de me voir. Au son de ma voix il ne manquait jamais de lever le regard et de sourire quelles que soient les circonstances, même au beau milieu d'une tâche requérant toute son attention.

« Il comprit immédiatement qu'en levant les yeux pour m'accueillir, il avait attendu dans son geste. Ça avait duré moins d'une seconde, mais n'empêche. Il continua, même s'il savait déjà que c'était gâché. L'animal ne serait pas casher et ne serait donc pas consommé.

« Il m'a houspillé : "Dehors, Sasha ! Ouste !"

« Je voulais obéir, mais je restais plantée là, médusée. Du sang jaillissait du cou de la vache et couvrait les mains de mon père comme s'il portait des gants rouge vif. Après cet épisode, il n'abattit plus jamais les animaux comme je l'avais vu faire auparavant. Tant que je l'avais observé sans qu'il le sache, il avait toujours tenu la bête par le museau en lui parlant doucement au moment où elle mourait. Il croyait qu'un abattage effectué selon la loi de Dieu procurait à l'animal une mort moins douloureuse ; cette croyance l'apaisait, ce qui à son tour semblait mettre l'animal à l'aise également.

« Mais le jour où il me vit et attendit, ce fut comme si un charme avait été rompu. Il a paniqué, alors la vache a paniqué. Elle a roulé pour se remettre sur ses pattes et s'est mise à ruer en tous sens dans l'abattoir, renversant la table de découpe et éparpillant des seaux pleins de plumes d'oie tout alentour. Les autres outils de mon père – couteaux, maillets et hachoirs – se décrochèrent du mur et entaillèrent les pattes de la vache qui sautait. La pauvre bête ruait et secouait son cou entaillé avec tant de violence qu'on aurait pu craindre que sa tête n'aille voler dans les airs. Mon père ne put l'attraper pour achever le travail avant qu'elle ait perdu tant de sang qu'elle s'écroula par terre.

« Un instant plus tard, ma mère vint me chercher pour m'entraîner hors de l'abattoir, mais pas avant que je n'aie vu Papa s'effondrer en larmes sur l'animal qui rendait l'âme.

« Des années plus tard, quand j'appris que mon père avait été tué par des chrétiens au même endroit, au milieu de cet horrible abattoir, les deux morts devinrent inséparables dans mon esprit. Et aujourd'hui, pour une raison que j'ignore, celle de Nahum l'est aussi. Quand des cauchemars viennent me hanter, comme c'est souvent le cas, je vois une mort qui est inexplicablement trois en une. Dans mes rêves je ne peux pas dire si c'est Jérusalem qui est un immense abattoir, ou si l'abattoir de mon père est une Jérusalem miniature. Quand je me réveille, je me rappelle que ça n'a pas d'importance. Dans les deux endroits, il y a trop de sang répandu par pure croyance. »

Elle ferma les yeux, secouant la tête.

« La croyance, reprit-elle. Le mot me fait presque vomir… Et pourtant, au fond de mon cœur je reste la fille d'un homme pieux. Tu m'as demandé ce que je cherche ? Je suppose que je cherche quelque chose en quoi je puisse croire qui ne me tuera ni moi, ni ceux que j'aime.

« En Russie on croyait en Dieu, et où cela nous a-t-il menés ? En Palestine, on croit à la terre, et cela ne nous servira pas mieux. Je suis venue à New York parce que nombreux sont ceux qui croient à l'Amérique. Je pensais que je viendrais ici pour voir si c'est une croyance qui nous sauvegardera enfin.

— Sais-tu qu'après ton départ de Kichinev, le petit abattoir de ton père est devenu une *yeshive ?* » lui demandai-je.

Elle leva les yeux vers moi, surprise : « Non, je l'ignorais.

— C'est là que j'ai découvert ce en quoi je crois.

— Je suppose que tu étais un gentil petit garçon, qui apprenait ses histoires dans la Bible ?

— Non, c'est là que j'ai découvert que les histoires de la Bible n'étaient pas les seules histoires, ni même les plus puissantes. C'est là que j'ai découvert que je crois en la magie des mots.

— Les mots ? Les mots sont aussi banals que l'air qu'on respire. Quelle magie peuvent-ils bien posséder ?

— J'ai cru que si j'écrivais à ton sujet jusqu'à ce que mes poèmes forment un mont si haut qu'on pourrait le voir depuis Jérusalem, alors ma *basherte* viendrait à moi. Et tu es là. »

Elle opina gravement, comme si elle jaugeait la valeur de ma croyance, la soupesant à l'aide d'une balance et de poids invisibles. Elle semblait se demander si la foi improbable d'un seul homme, ni en Dieu ni en la terre, mais en la poésie et en la destinée, pourrait suffire à la faire vivre.

« Les mots ? demanda-t-elle une fois de plus.

— Les mots, dis-je d'un ton solennel. »

Elle me prit la main et la serra : « Il faudra s'en contenter. »

Les mémoires d'Itsik Malpesh

tsadek

À compter de ce jour, tout se passa comme si j'avais retrouvé la double vie de ma jeunesse. J'étais de nouveau un homme ayant deux noms, sauf que désormais ce n'était plus un nom hébreu pour la synagogue et un nom yiddish pour la maison. J'étais Isaac quand je me trouvais avec Sasha, et Itsik partout ailleurs.

Au bout d'un mois, elle emménagea dans ma chambre à l'appartement de Mme Goldstein. C'était précipité, certes, mais elle n'avait nulle part où aller.

« Ma femme a fini par arriver du Vieux Pays, dis-je à ma propriétaire.

— Femme ? Quelle femme ? Vous ne m'avez jamais parlé d'une femme. »

En fait, j'aurais ardemment désiré que Sasha soit ma femme, mais elle ne voulait pas en entendre parler.

« Regarde ce qui est arrivé au dernier homme avec qui j'étais fiancée, me dit-elle. Et regarde ce qui est arrivé à mon père. Dieu a décidé de reprendre tous ceux que j'aime. Peut-être que si on n'officialise pas la chose, Il ne s'apercevra de rien.

— Ceux que tu aimes ? demandai-je.

— Oui, Isaac. Que j'aime. »

Sans relâche, je lui déclarais que j'espérais vivre avec elle dans la légalité comme mari et femme. Sans relâche, elle résistait. Mais tout en résistant, elle m'offrait un espoir – même si cet espoir progressait par degrés minuscules. Nous évoquions parfois la possibilité d'avoir un appartement à nous, mais chaque fois Sasha me persuadait de repousser la résiliation de notre bail chez Mme Goldstein.

« Pourquoi déménager ? demandait-elle. Bientôt elle ne sera plus de ce monde et l'appartement nous reviendra ! »

Nous vivions, je m'en rends compte aujourd'hui, une sorte de demi-vie ; ensemble mais pas unis ; possédant une histoire commune mais pas de souvenirs en commun. Sasha était l'avenir que j'avais tant espéré ; j'étais un lien avec le passé qu'elle avait cru disparu à jamais. Où cela laissait-il le présent ? Ce ne fut jamais clair entre nous. Quand j'étais avec elle, je vivais comme si les chimères de toute une vie s'étaient muées en réalité, ce qui ne faisait que donner plus de relief aux réalités de ma vie en général ; quand je n'étais pas à ses côtés, il me semblait que presque rien n'avait changé.

Eussé-je suivi le cours du destin qui m'était promis – épouser Rachel après mes débuts de poète et d'homme de lettres reconnu – les choses auraient été différentes. Ma carrière littéraire se serait peut-être poursuivie selon les voies dont Knobloch m'avait laissé entrevoir la possibilité. J'aurais commencé à écrire pour son journal, ce qui aurait conduit à d'autres collaborations. J'aurais quitté l'atelier pour toujours.

Malheureusement, en me détournant de Rachel j'avais compromis mes perspectives professionnelles. Knobloch n'alla pas jusqu'à me priver de mon emploi au sein de son entreprise, mais il ne me fit plus bénéficier d'aucune faveur. Il ne feignait même plus un quelconque intérêt pour ma poésie. Il ne cachait nullement que la seule raison expliquant son attitude, c'était que j'avais plaqué sa sœur. Quand nous nous croisions à l'atelier, il secouait la tête, perplexe et agacé de me voir.

« C'est une sale affaire, Malpesh, me dit-il un jour, peu après ma lecture Chez Goodman. Rachel a eu d'autres prétendants. Le Grand Yekke, par exemple. Elle les a tous éconduits… pour vous. Et elle n'est plus assez jeune pour être négociable ! » Entendre leur patron élever la voix fit instantanément lever les yeux aux autres tailleurs. Knobloch poursuivit un ton plus bas : « Excusez mon manque de tact. Je suis un homme d'affaires et je m'exprime comme tel, mais cela ne veut pas dire que je n'ai pas d'affection pour ma sœur. Et je n'aime pas la voir souffrir. Elle est au courant de toutes les rumeurs, naturellement. Devons-nous comprendre que vous vous êtes mis en ménage avec cette Arabe que nous avons vue le soir de votre lecture ?

— Ce n'est pas une Arabe, mais une pionnière juive ! lui rétorquai-je. Eh oui, je me suis mis en ménage avec elle. Si vous voulez tout savoir, je connais sa famille depuis ma naissance. Je suis désolé pour Rachel, mais je m'étais engagé antérieurement avec Sasha.

— Balivernes ! Rachel me dit que vous n'aviez jamais posé les yeux sur elle avant ce soir-là. Tout ce que vous aviez, c'était une chimère, une illusion !

— Et comment serait-ce une chimère puisqu'elle est là maintenant ? Monsieur Knobloch, j'aime bien Rachel, mais je n'y peux rien. Sasha, comprenez-vous, Sasha est celle qui m'est destinée, ma *basherte*.

— *Basherte !* maugréa Knobloch, quel mot détestable ! Vous êtes libre de vos choix, Malpesh. Ou du moins, vous l'étiez ! Vous n'êtes plus le même homme depuis que cette femme a fait irruption dans votre vie.

— C'est vrai ! m'exclamai-je. Dieu merci, c'est vrai. »

C'était la vérité, et ce n'était que le commencement. Pas seulement pour moi, mais pour le monde. Tout comme mon arrivée bien des années auparavant dans la ville brisée de Kichinev s'était trouvée prise dans un ensemble de forces historiques qui n'avaient rien à voir avec ma naissance mais tout à voir avec la vie qui en découla, l'arrivée de Sasha à New York tomba en même temps que la Grande Dépression en Amérique et la montée des tensions en Europe. Tous les jours, nous en imprimions les récits dans le *Naye Yidishe Tsukunft*. C'était l'orée des années 1930, et tous les gros titres laissaient entendre que ce serait une décennie qui, comme toutes celles l'ayant précédé, n'apporterait rien de bon aux Juifs.

Lorsque parvint d'Odessa la nouvelle nous annonçant que l'imprimerie de Minkowski avait fini par devoir mettre la clé sous la porte, et que lui et ceux de son cercle avaient tous été déportés, Sasha ne pensa plus qu'à une seule chose : le bien-être de sa mère.

« Isaac, je l'ai laissée autrefois parce que je savais qu'avec Minkowski elle ne serait pas toute seule là-bas. Mais maintenant, qui lui reste-t-il ? Que lui reste-t-il ? Nous devons trouver un moyen de la faire venir ici, pour être avec nous. »

Jusqu'alors, célibataire peu enclin au luxe, m'apprêtant à épouser la sœur d'un riche homme d'affaires, j'avais réussi à me débrouiller avec trois fois rien. Tant que j'avais du papier pour écrire, j'étais heureux.

Mais maintenant, l'argent devenait un souci primordial. Je pointais aussi souvent que possible aux Entreprises Knobloch, et je commençai à confectionner des travaux à la pièce. Hormis nos dépenses quotidiennes, nous placions tout l'argent qui rentrait dans un bocal caché sous le lit. Personne ne faisait confiance aux banques, naturellement, et de cette façon Sasha put voir croître nos économies, espérant toujours que lorsque le bocal serait rempli à ras bord de dollars elle pourrait retrouver sa mère.

« Quand il sera plein, je le porterai à la Western Union, déclarait Sasha, et je lui enverrai de quoi se payer la traversée jusqu'à New York, plus un peu pour les pots-de-vin. Et là, on formera une famille à nouveau. »

L'entendre faire de telles déclarations me brisait le cœur : « Sasha, tu sais que je serais heureux d'être ta famille, lui répétais-je, si seulement tu m'y autorisais.

— Quand on aura plus d'économies, on pourra peut-être parler de ça aussi. »

Animé par cet espoir, je travaillais sans relâche. Mais malgré tous mes efforts, le bocal se remplissait trop lentement ! C'était comme s'il ne nous restait plus qu'à attendre que les dollars se multiplient d'eux-mêmes.

Ce qui se remplissait beaucoup plus vite, c'était ma petite valise de poèmes. Toutes les nuits une fois Sasha endormie, je la prenais en haut d'une étagère dans un coin de notre chambre. Tandis que le reste de l'appartement était plongé dans le silence et l'obscurité, je gagnais à pas de loup la table de cuisine de Mme Goldstein et j'écrivais jusqu'au matin.

J'écrivais de nouveaux poèmes chaque jour, mais passais plus de temps à retravailler les textes les plus significatifs à mes yeux, ceux qui parlaient des violences ayant marqué ma naissance et de la petite fille qui avait levé le poing contre les agresseurs. Aujourd'hui que la petite fille au poing levé était la femme avec qui je partageais mon lit, ces histoires de ma jeunesse me semblaient entièrement nouvelles. Plus je passais de temps à les réviser, mieux je comprenais les conséquences en cascade de cet acte de défiance téméraire et puérile. La petite Sasha m'avait-elle sauvé la vie ? La vie de mes parents ? La sienne ? Quand on pense qu'un seul poing levé pouvait accomplir tant de choses !

Une nuit, à l'autre bout de l'appartement, j'entendis s'ouvrir la porte de notre chambre, puis un bruit de pas. Sasha apparut, les yeux lourds de sommeil, belle dans sa chemise de nuit bleue.

« Toujours en train d'invoquer ton Dieu de mots ? me dit-elle. Ne veille pas trop tard. »

Elle poursuivit jusqu'à la porte qui menait au couloir au bout duquel se trouvait l'humiliant W.-C. collectif. Dans le silence qui suivit la fermeture de la porte, une image me vint à l'esprit : je repensai à ce poing inoffensif levé trente ans plus tôt et l'imaginai vieillissant sous mes yeux. Je pensai à la même petite main préparant ses bagages pour partir au désert, puis s'entraînant au combat dans une cité antique, et aujourd'hui servant à mettre de l'argent dans un bocal. Un acte de défiance, là encore ? Penser que quelques dollars épargnés pourraient être rassemblés pour bâtir un pont par dessus l'océan, transporter la mère de Sasha jusqu'à nous, lui sauver la vie. Je taillais la mine de mon crayon et me mis à écrire :

Au matin c'était un tout petit poing levé,
une fillette aussi discrète qu'un bruit d'ailes,
un ange venu couvrir les pogromistes d'indignité
et sauver un garçon né pour vivre loin d'elle.

À midi, un doigt à la gâchette agrippé,
une fille aussi téméraire qu'un cri de guerre.
Lui dans ses rêveries s'en allait l'embrasser.
Ses visions disparues, son cœur était amer.

Voici le soir venu, elle redevient ce poing,
une femme ayant la sagesse d'un soupir.
Prenant du garçon les pièces au creux de sa main,
Épargnons, lui dit-elle, pour épargner des vies.

Dans la nuit, lorsqu'elle s'ouvrira telle une paume,
le garçon s'interrogera-t-il tout tremblant,
Où est passée la fille ? Qui donc est cette femme ?
Les rêves ont-ils vieilli depuis mes jeunes ans ?

Ce n'était pas le poème que j'avais voulu écrire. Avant que j'aie pu comprendre d'où m'étaient venus ces mots ou leur raison d'être, j'entendis la porte se refermer. Quand je levai les yeux de ma page, Sasha se tenait penchée sur moi. Le soleil filtrait par une des fenêtres maintenant, et elle avait l'air pâle et effrayée dans la lumière du matin.

« Sasha ? Est-ce que tout va bien ?

— Non, répondit-elle, je suis enceinte. »

Combien de fois m'avait-on taquiné, raillé, cloué au pilori pour ma croyance dans le pouvoir magique des mots ? Sasha elle-même trouvait l'idée désespérément romantique, si éloignée des mécanismes de la réalité qu'il fallait soit en rire, soit ricaner. Et pourtant, ces mots qui venaient de sortir de sa bouche en apportaient la preuve. « Je suis enceinte », dit-elle, et notre vie changea à tout jamais.

Pour commencer, nos soucis financiers en vinrent rapidement à me brider aussi serré que les coutures et les nœuds que je faisais à longueur de journée. Avant l'aube j'étais à l'atelier ; dix-huit heures plus tard je me traînais jusqu'à la maison. Un tiers de ma paye allait dans le bocal pour faire venir de Russie la mère de Sasha. Un tiers allait dans une enveloppe « pour le bébé », que Sasha dissimulait même à moi. Le reste disparaissait en un rien de temps. Mme Goldstein s'enquérait du loyer chaque fois que je passais dans sa pièce.

« Pourquoi ne vendez-vous pas quelques poèmes, monsieur Legrand Écrivain ! »

Elle se moquait de l'idée même, bien entendu, mais c'était ce qu'en désespoir de cause j'essayais de faire. Tous les jours à l'heure du déjeuner, je quittais les Entreprises Knobloch et partais au pas de course faire le tour des éditeurs yiddish de toute la ville, offrant tous les nouveaux poèmes que je gardais en réserve. Les lettres de refus que je recevais entonnaient toutes la même rengaine : les ventes de l'ensemble des journaux yiddish baissaient à toute allure. Les notes les plus attentionnées louaient mes poèmes et exprimaient des regrets. Lorsque j'apportai « Au matin c'était un tout petit poing levé » aux bureaux du *Freiheit*, par exemple, la secrétaire jeta un œil au nom de l'auteur en haut de la page et me tendit une lettre type dactylographiée qui disait simplement : « Merci de ne pas nous adresser d'autres contributions. »

« Mais vous ne l'avez même pas lu ! protestai-je.

— Laissez-moi vous expliquer une bonne chose, me dit la secrétaire. Moins de gens qui lisent le yiddish, cela signifie moins de ventes pour le yiddish, ce qui signifie moins de pages en yiddish et moins de poèmes en yiddish. C'est clair ?

— Mais bientôt cela voudra dire moins de poètes yiddish !

— Le monde ne s'arrêtera pas de tourner », conclut-elle.

Le monde continuerait de tourner sans moi, ce n'était guère une surprise, mais dorénavant je sentais que sa rotation menaçait de m'éjecter.

Le jour qui transforma la situation commença comme tous les autres. Je quittai la maison au petit matin en passant par la fenêtre de la cuisine de Mme Goldstein. Sasha dormait dans notre lit, son ventre grossissait comme un rocher qui roule à flanc de montagne jusqu'au village dans la vallée.

À l'atelier, une seule chose changeait de l'habitude : Adler n'était pas là.

Je remarquai tout de suite son absence. Adler était toujours là. Non seulement son poste de travail était vide, mais la charge de tension et d'émulation que sa présence créait toujours dans l'air paraissait manquer. Il était peut-être malade, certes, mais cela semblait improbable. Il avait de nombreuses bouches à nourrir, et il était impossible d'imaginer qu'il risquerait de perdre son travail pour une banale toux ou une petite bronchite.

Je finis par aller voir Gutman et Glazman et leur demandai : « Où est Adler ? »

Ils se regardèrent, sourcils levés jusqu'au plafond.

« Quoi ? Tu n'es pas au courant ? me demanda Gutman.

— Il a disparu, dit Glazman dans un haussement d'épaules.

— Disparu ?

— Juste comme ça.

— J'ai entendu dire qu'il marchait dans la rue, et que le type l'a kidnappé, juste comme ça.

— Ça aurait pu être n'importe qui !

— Pourquoi lui ?

— Quel dommage ! » dis-je.

Gutman et Glazman échangèrent un regard, puis tournèrent les yeux vers moi : « Ouais, c'est sûr. C'est vraiment dommage !

— Dommage que ça n'ait pas été toi, tu veux dire !

— Moi, je suis bien content que c'était lui.

— Moi aussi, je suis bien content.

— Il méritait bien ça ! Plus que n'importe qui.

— Pas de doute. Là-dessus on est d'accord. Ça lui pendait au nez.

— Quoi ? m'écriai-je. Je croyais que vous étiez ses amis !

— Tous les amis devraient finir comme ça ! »

Je n'en croyais pas mes oreilles : « Se faire enlever dans la rue et disparaître ! hurlai-je à présent pour couvrir le vacarme des machines, vous dites que c'est une fin souhaitable pour un ami ! »

Gutman leva les deux mains comme s'il réglait la circulation : « Attends une seconde, attends ! Tu crois que c'est qui, l'auteur de l'enlèvement ?

— Un détrousseur ! Un bandit ! Un meurtrier ! m'exclamai-je.

— Écoutez comme ça dramatise tout ! s'esclaffa Gutman. Un tueur, qu'il dit !

— Et visez-moi ces larmes de crocodile ! rugit Glazman. Tu cherches un petit rôle dans notre prochaine pièce, ou quoi ?

— Un tueur, jamais de la vie ! poursuivit Gutman, hilare. C'était un traducteur !

— Un traducteur ?

— Ouais, écoute bien ça : Adler marchait dans la rue en grignotant des cacahuètes. Et là, ce jeune type juif – né en Amérique ! – ce jeune Juif, donc, lui dit : “Vous ne seriez pas Adler, le poète ? Mon père me chantait vos poèmes au berceau.” Le type se révèle être un ancien étudiant de la faculté devenu professeur, rien que ça ! Un anthropologue ! Il dit qu'il veut traduire les poèmes d'Adler en anglais, et l'emmène faire une tournée des facultés pour qu'il apporte un témoignage sur la vie des Juifs.

— La vie des Juifs, maugréa Glazman. On n'a qu'à les attacher à un attelage cosaque, s'ils veulent connaître la vie des Juifs.

— La vie des Juifs en A-mé-rique ! clarifia Gutman.

— Adler arpente peut-être les trottoirs d'Amérique, mais sa vie elle est à Minsk.

— C'est pour ça qu'ils veulent l'étudier, selon le fameux prof. C'est un vrai de vrai ! Un véritable immigrant juif !

— *Mazel tov* pour Adler ! C'est un Hottentot ! Un Pygmée parqué au zoo !

— La prochaine fois qu'on le croisera, il aura un os en travers du nez. »

Les deux comparses se tournèrent l'un vers l'autre : « C'est bon ça comme matière, on devrait coucher ça sur le papier, déclara Gutman.

— Coucher ça sur le papier ? On devrait le fondre pour en faire des bijoux, oui ! Ça vaut de l'or ! »

Ils semblèrent m'oublier sur-le-champ.

« Et Adler alors, il va bien ? demandai-je. Il n'est pas à l'hôpital ou pire encore ?

— Mais ne t'inquiète pas, Adler n'a jamais été aussi bien.

— Cinq cents exemplaires, que son traducteur a vendus la première semaine !

— Maintenant qu'il est traduit, il a plus besoin de travailler jusqu'à la fin de ses jours ! »

Cette conversation me trotta dans la tête toute la semaine. Au moins une fois par heure au travail, et me poursuivant jusque dans mes rêves, tout un univers trouvait un écho dans mon esprit, spontanément. Jadis, lorsque ce phénomène ce produisait, le mot correspondant était à coup sûr *Sasha*. Ma nouvelle obsession était un mot bien loin d'avoir la même beauté : *Traduction !*

L'idée d'être traduit me fascinait désormais. Toute ma vie durant, j'avais rencontré la traduction comme un moyen permettant à la littérature des autres d'être rendue en yiddish pour la populace juive. Je n'avais jamais considéré que la situation inverse pouvait aussi exister, ni que je pourrais en tirer profit.

Mais si c'était possible ? Je m'efforçais de garder l'idée pour moi seul autant que faire se pouvait. Après tout, qui parmi mes connaissances possédait le don nécessaire à une telle entreprise ? Nous avions tous quelques rudiments d'anglais, certes. Mais qui était mieux placé qu'un poète pour savoir que les mots ne suffisent pas ? Il faut avoir le sens de la transformation, des processus par lesquels une chose en devient une autre, comme un sculpteur sait faire d'un bloc de pierre une statue qui paraît vivre et respirer. Mais qui donc, aux ateliers ou au café, possédait un talent pareil ?

Malgré mes doutes, l'idée refusait de me quitter la cervelle. Chaque fois que mes déambulations me conduisaient au-delà du royaume de l'East Side, le long de rues et d'avenues où le yiddish était une langue étrangère, je m'aventurais à considérer tous ces innombrables gens qui pourraient un jour lire mes mots. Si c'était arrivé à Adler, pourquoi pas à Malpesh ?

Pourquoi pas ?

Pourquoi pas !

La question, comme toujours, c'était comment ?

La réponse se présenta bien vite. Lorsque Knobloch apprit le départ d'Adler, il fut soulagé d'être débarrassé de lui. Comme tous les autres périodiques en yiddish de la ville, le *Naye Yidishe Tsukunft* n'avait cessé de perdre des lecteurs. Le *Forverts* avait eu raison : les Juifs apprenaient l'anglais et abandonnaient leur *mame-loshn* aussi vite qu'ils le pouvaient. Le marché du yiddish n'était pas lancé à toute vapeur vers un brillant avenir, c'était un navire en perdition.

Les Entreprises Knobloch s'attaquèrent à d'autres projets éditoriaux pour pouvoir joindre les deux bouts. Tant qu'il touchait une avance, Knobloch se pinçait le nez et acceptait de publier à tirage minuscule des poètes et des mémorialistes qu'il considérait comme des scribouillards invendables. « D'ici à ce que j'imprime des faire-part de mariage, il n'y a qu'un pas, gémissait-il. Un pas de plus vers le déclin ! » Il sentait sa réputation d'arbitre du bon goût dans l'East Side s'effondrer sous ses pieds. Le rédacteur en chef du *Forverts* ne prenait plus ses appels ; Goodman ne lui offrait plus le café, sans parler d'ouvrir plus tôt pour lui faire une faveur. Il devint si mélancolique qu'il recommença même à m'adresser la parole.

« Si vous aviez commencé à écrire pour mon journal il y a cinq ans, peut-être que rien de tout cela ne serait arrivé, me dit-il.

— Vous croyez qu'à moi tout seul j'aurais maintenu un nombre de lecteurs du yiddish suffisant pour garder le *Naye Yidishe Tsukunft* en vie ?

— Non. Mais si vous aviez écrit pour moi, je pourrais au moins vous faire porter le chapeau. »

Un beau jour, Knobloch entra à l'atelier d'une humeur exubérante. Il venait de croiser un client dans Mott Street, me dit-il, un client qui allait peut-être lui permettre de parler en chiffres rarement associés au yiddish sauf lorsqu'on comptait les années selon le calendrier hébraïque.

« Vente garantie de cinq mille exemplaires ! parada Knobloch. Le type me dit qu'on lui a commandé un ouvrage, et ses mécènes sont prêts à en acheter cinq mille sur-le-champ !

— Qu'est-ce que c'est comme livre ?

— Une traduction.

— De quoi ?

— Qu'est-ce que ça peut bien faire ! » lança Knobloch dans un éclat de rire en tournant les talons. Il s'était amusé à retourner le couteau de ses futures réussites dans la plaie collective de ses ouvriers, et ne voulait plus partager notre compagnie. « Ce n'est pas une bonne nouvelle seulement pour moi, vous savez, ajouta-t-il. Un tirage comme celui-là va nous maintenir à flot six mois de plus, un an peut-être. La traduction marche du tonnerre ces derniers temps ! On dirait que la seule chose à faire pour rendre des pages vendables, c'est de les faire sauter comme des crêpes dans une autre langue. Tous les gens veulent lire ce qu'ils ne savent pas lire !

— Où avez-vous rencontré ce traducteur ? lui demandai-je tandis qu'il s'éloignait. Comment pourrais-je le rencontrer ?

— Chez Goodman. Il y passe le plus clair de ses journées.

— Comment s'appelle-t-il ?

— Il a un nom bizarre, me cria-t-il alors qu'il s'engageait dans l'escalier. On dirait presque que c'est un nom inventé.

— Et alors, c'est quoi ? »

Mais Knobloch avait déjà disparu.

Je courus à sa poursuite dans l'escalier. Je regardai d'abord en bas, puis en haut, entendant résonner l'écho de ses pas mais sans savoir dans quelle direction ils allaient. En désespoir de cause, je hurlai aussi fort que je pus : « Monsieur Knobloch ! Le traducteur ! Comment s'appelle-t-il ? »

Le nom que me renvoya Knobloch rebondit sur les murs comme un écho à l'infini : « Hershl Shvayg ! »

Il y a certains noms qui nous hantent, et d'autres que nous suivons malgré nous, tout simplement. Certains noms que nous traquons comme un mirage, d'autres qui nous pourchassent comme une ombre. Durant toute ma vie le nom de Sasha Bimko avait révélé ce qu'il y avait de meilleur en moi. Une fois seulement, un nom avait révélé le pire.

Hershl Shvayg. Dans un premier temps, je ne parvins pas à le situer, mais il m'était familier. Peut-être les poètes avaient-ils parlé de lui Chez Goodman ? Je ne pouvais en être sûr, car tant de nouveaux écrivains avaient surgi puis disparu ces dernières années. À mesure que l'horizon s'assombrissait au Vieux Pays, ils débarquaient dans l'East Side l'air à la fois désabusé et soulagé, ou bien ne faisaient que passer, en route depuis Varsovie ou Vilnius jusqu'à Dieu sait où. Ils repartaient pour des endroits dont nous autres, qui avions achevé notre périple à New York, n'avions jamais prononcé le nom. Il y avait des poètes qui restaient juste une semaine avant de rejoindre des sanatoriums dans les Catskills ou le Colorado, d'autres qui avaient de la famille dans l'Oklahoma, quelques-uns qui poursuivaient jusqu'à la lointaine Californie.

Il était donc tout à fait possible que j'aie simplement entendu le nom en passant Chez Goodman. Je retournai au café ce soir-là et tous les soirs suivants, résolu à rencontrer ce traducteur et atteindre la réussite qui, entre le projet de traduction d'Adler et celui de Knobloch, semblait n'attendre que moi.

C'est peut-être une ou deux semaines plus tard que, alors que j'étais assis à ma place habituelle parmi les autres écrivains des ateliers, je surpris à une table voisine la conversation entre Gutman et Glazman : « Il traduit ce truc-là ? disait Gutman.

— Qui traduit ? demandai-je.

— Ce type là-bas, me dit Gutman.

— C'est une façon de se faire un nom, soupira Glazman, mais que dirait sa mère ?

— Tu crois qu'un type de ce genre a une mère ?

— Quel Juif n'a pas de mère ?

— C'est bien ce que je dis : "Quel Juif ?" J'entends dire ce qu'il traduit, et je me pose des questions. »

À l'autre bout de la salle, vêtu d'un costume blanc et de chaussures assorties – comment avais-je pu ne pas le voir ? – était assis un homme derrière une pile de livres qu'il avait tout l'air d'avoir déterrés d'une tombe. C'étaient d'énormes volumes anciens, poussiéreux dans la lumière tamisée du café. J'étudiai le visage perdu au milieu de ces tomes, et j'y vis quelque chose de familier. L'avais-je connu dans ma vie antérieure ? Un autre de mes anciens camarades de classe qui avait réussi à fuir le Vieux Pays pour l'Eldorado ?

Impossible. Et après tout, pourquoi pas ? Si Chaïm et Sasha avaient refait surface dans ma vie, pourquoi pas lui ? Se pouvait-il qu'ici, de l'autre côté de l'océan, chaque Juif venu du Vieux Pays ait été réimaginé ? Que chacun d'entre eux – chacun d'entre nous – ne fût plus celui qu'il avait été, et pourtant pas entièrement nouveau non plus ? J'étais là en train de chercher un traducteur, et je me rendais peu à peu compte que nous étions un peuple traduit.

Les derniers doutes qui me restaient pour identifier l'homme comme étant bel et bien le même que le garçon que j'avais laissé au fond de la carriole des *khapers* vingt ans auparavant se dissipèrent un moment plus tard. Flottant au-dessus du vacarme des disputes entre poètes et des fourchettes cognant contre les assiettes, s'éleva un sifflotement, à peine perceptible. C'était un air religieux, comme on pouvait s'en rendre compte dès les premières notes. Dans toute la salle, les poètes jetèrent des regards de droite et de gauche. *Qui parmi nous avait gardé la foi ?* semblaient-ils tous se demander. Nous guettions la moindre trace d'ironie dans la mélodie sifflée. Il n'y en avait aucune. Nous étions tous fiers de la distance que nous avions parcourue depuis la piété de notre jeunesse. Était-il possible qu'il y eût un croyant parmi nous ?

« La ferme, mainate hassidique ! cria Gutman.

— Non mais vous l'entendez, cette pieuse pipelette ! renchérit Glazman.

— Ce flûtiste est plus frum que frum !

— Réserve-toi pour la synagogue, mon rabbin ! »

Mais il m'était impossible de ne pas tendre l'oreille. C'était un air obsédant, semblable à des centaines d'autres mélodies hassidiques. Le genre de chant qui commence dans le grave et qui gagne sans crier gare des hauteurs de registre et de sentiment vertigineuses. Même si celui-ci ressemblait à tous les autres *nigun* que j'avais entendus auparavant, il se distinguait par un écho particulier. J'essayai de me persuader que j'avais entendu l'air à Kichinev, ou à Odessa, ou au cours de ma traversée. Et puis un autre cri de protestation s'éleva, et je ne pus nier ce que je savais déjà.

« Hershl Shvayg, ton nom ne te va pas très bien ! rugit Gutman. Pour quelqu'un qui s'appelle "silence", tu fais autant de bruit qu'un réveille-matin !

— Hershl Shvayg ? m'exclamai-je. C'est lui, Hershl Shvayg ? »

Me guidant au son de l'entêtante mélopée sifflée, je m'aventurai parmi les tables jusqu'à me retrouver à ses côtés. Attablé devant une tasse de thé vide et un sandwich entamé, il était seul. Petit homme aux doigts véloces d'un tailleur, il ne travaillait pas à l'aiguille mais au porte-plume. Je m'approchai, assez près pour jeter un œil par-dessus son épaule, et vit qu'il écrivait en yiddish, puis en anglais, et de nouveau en yiddish, notant par moments un mot ou deux qui paraissaient – était-ce possible ? – en grec.

Mon souffle s'accéléra en voyant cela. Il leva le regard en sursautant.

« Excusez-moi, lui dis-je, pardonnez mon intrusion. Monsieur Shvayg, c'est bien cela ? »

Il hocha la tête.

« Vous êtes traducteur ? »

Nouveau hochement de tête.

« Vous traduisez du yiddish ou en yiddish ?

— Je travaille dans les deux sens, et à partir d'autres langues aussi.

— Je peux vous assurer que vous faites des envieux dans toute la salle, en dépit des quolibets à l'encontre de votre façon de siffler.

— Je sifflais ? Souvent, je ne m'en rends pas compte. Je me contente de laisser l'esprit couler à travers moi », me dit-il. Il se renversa en arrière et parut content de saisir l'occasion pour faire une pause. Il alluma une cigarette et souffla sa fumée entre nous deux, puis il reprit : « Traduire n'est pas très différent de conduire une mélodie, vous savez. Ce n'est guère plus enviable que cette théière n'est enviable. Moi, je prends simplement les mots dans la bouilloire et je les verse dans des tasses différentes. Ce n'est pas moi qui les ait fait chauffer. »

Il se resservit de l'eau et leva sa tasse dans ma direction : « *Prost*, comme on dit. Ou, comme on dit aussi, *sláinte*. *Na zdrovie*. À la vôtre.

— Et *lekhaim* ! » dis-je, humilié par le peu de choix à ma disposition.

Je repartis d'où j'étais venu, mais ne parvenais pas à me détacher de l'homme. Je fis demi-tour et revins d'un pas déterminé jusqu'à sa table, où je restai muet quelques secondes avant qu'il ne remarque ma présence.

« Pardonnez-moi. Ce n'est pas très facile à dire (je parlais vite, gêné par mes propres mots), mais je crois bien que nous nous sommes connus jadis. »

Il reposa son porte-plume : « Oh ? » dit-il, puis il fouilla dans la poche intérieure de sa veste et en sortit une paire de lunettes cerclées de métal dont chaque verre n'était pas plus grand qu'une pièce de vingt-cinq *cents*. Plissant les yeux, il m'étudia.

« Ça va vous paraître étrange si vous n'êtes pas l'homme que je crois, poursuivis-je, mais… et j'implore une fois de plus votre pardon pour une telle question. Quand vous étiez enfant… (Allez courage ! m'exhortais-je, courage !)… n'avez-vous pas un jour été kidnappé par des *khapers* chrétiens et convoyé le long de la route d'Odessa ? »

Il me considéra d'un œil mort. Je rougis comme un charbon ardent.

« Veuillez accepter mes plus sincères excuses, lui dis-je. Je ne sais pas ce qui m'est passé par la tête. » Je sentis la sueur me dégouliner sur le visage, dans mon col de chemise et jusqu'à mon torse. J'avais plus honte que chaud, mais je n'en repris pas moins : « La chaleur. Oui, c'est ça. La chaleur. Oubliez ce que j'ai pu dire, s'il vous plaît. »

Je repris une nouvelle fois le chemin de ma table, mortifié de m'apercevoir que Glazman et Gutman avaient observé le spectacle d'un bout à l'autre. Je me préparais aux pires de leurs plaisanteries, mais à cet instant une voix derrière moi m'interpella.

« Vous ne m'avez pas dit votre nom, dit Hershl Shvayg.

— Je m'appelle Malpesh.

— Ah oui. Singe-Qui-Pisse. »

Je pivotai brusquement pour lui faire face, surpris de découvrir un large sourire sur des lèvres qui l'instant d'avant avaient paru imperturbables.

« Est-ce bien toi, alors ?

— Nous sommes tous faits à l'image de Dieu. Qui peut dire qui est qui ? »

Je restai sans réponse, et c'était tant mieux.

« Content de te revoir, Malpesh. Je me suis souvent demandé où tu avais atterri. »

Tout me revint en un éclair : notre chevauchée avec les *khapers*, la petite frappe qui nous avait tourmentés l'un comme l'autre, mon inexplicable agression contre le seul gamin de la carriole qui m'avait témoigné un peu de gentillesse.

« Je te dois des excuses », dis-je.

Shvayg posa son porte-plume, saisit son sandwich et se mit au travail comme si la tâche qui l'attendait n'avait pas changé, mâchant son pain comme s'il était fait de mots, le traduisant dans la substance de sa chair.

« Des excuses ? Non, reprit-il après avoir dégluti. Ce n'est rien. Nouveau monde, nouvelle vie. » Il s'essuya la bouche à l'aide d'une serviette, sirota une gorgée de thé. « Je vois bien que nous ne sommes plus les gamins que nous étions, toi et moi. L'océan est le plus grand traducteur de tous, dirait-on. À part lui, qu'est-ce qui pourrait transformer des enfants juifs en adultes américains ? »

Quelque chose dans cette formulation me fit réfléchir : « Certes, dis-je, mais nous ne sommes pas entièrement différents. Nous sommes toujours juifs, non ?

— Nous sommes ce que la vie fait de nous », conclut Shvayg.

Les mémoires d'Itsik Malpesh

kof

Pendant des jours entiers je laissai ces événements mijoter dans mon esprit, me demandant à quoi une telle succession de hasards pourrait bien me conduire. Si Adler pouvait rencontrer un tel succès grâce à ses poèmes prolétariens sans grande profondeur, si Knobloch pouvait faire revivre son entreprise sur le déclin, tout cela en suivant la voie de la traduction, pourquoi pas moi ?

Chaque soir après le travail, je déambulais à travers les rues de la ville jusque tard dans la nuit, jusqu'à être sûr que Sasha serait rentrée du travail, et seulement alors je revenais dans Broome Street.

Je constatais avec soulagement que la porte de Mme Goldstein était fermée. La nôtre était habituellement ouverte, mais il y eut un soir où je ne vis pas la moindre trace de Sasha en entrant. Une lumière brillait à la cuisine.

« Où est ma fille du boucher ? appelai-je.

— Juste une minute, répondit-elle. Reste là. Je suis… en train de laver par terre.

— Laver par terre ? On ne paye pas Mme Goldstein pour que tu fasses le ménage chez elle ! »

Je me dirigeai vers la cuisine, tournai le coin de la porte, et m'arrêtai net. Sasha ne lavait pas du tout par terre. Elle était à genoux, en train d'ouvrir un sac de farine si gros qu'il fallait le stocker par terre. Je restai immobile, sans entrer dans la pièce mais en regardant à l'intérieur, observant Sasha tandis qu'elle faisait entrer de force un bocal – plus petit que celui de notre chambre, mais tout aussi plein – dans le grand sac en papier et continuait de pousser jusqu'à ce que son bras y eût disparu à hauteur du coude. Lorsqu'elle se releva, sa main et son poignet étaient entièrement blancs, et le bocal avait disparu. Je m'éloignai de la porte au moment même où elle me cria : « J'arrive tout de suite ! »

Un instant après, elle parut au salon. Son bras était propre. Elle ne mentionna pas le bocal, et comme je pensais savoir de quoi il s'agissait – des économies « pour le bébé », avait-elle dit – je décidai de la laisser garder son secret. J'avais des choses plus importantes à lui dire.

« J'ai rencontré un homme qui pourrait nous aider à résoudre nos problèmes de finances », déclarai-je. Je lui exposai alors la bonne fortune d'Adler. Puis celle de Knobloch : « Tout le monde réussit son coup en se lançant dans la traduction ! Et maintenant, ça va être notre tour.

— Peut-être que si tu rassemblais toute ton énergie pour apprendre l'anglais, sourit Sasha, tu pourrais tout simplement écrire tes propres poèmes dans cette langue-là, sans passer par un traducteur. Et peut-être qu'alors, tu pourrais aussi trouver un travail mieux payé. »

Une réprimande un peu acerbe s'exprimait à travers cette remarque. Sasha avait commencé à travailler son anglais quelques jours après son arrivée. Elle connaissait désormais la langue bien mieux que moi.

« Si je savais écrire en anglais, je ne serais rien d'autre qu'un énième écrivain anglais. Être un auteur yiddish publié en anglais, en revanche… Crois-moi : ce sera la clé du succès pour une seule personne. Pourquoi ne serais-je pas cette personne ?

— Ne te laisse donc pas emporter comme ça, ou tu ne vas pas pouvoir aller travailler demain, me répondit-elle. Le bocal pour ma mère est presque plein, et la situation d'Odessa ne s'améliore vraiment pas. »

Ne pas aller travailler le lendemain était très exactement ce que j'avais en tête. Il y avait trop à faire pour me préparer à la traduction, et si tout se passait bien avec la publication de mes poèmes, nous aurions bientôt assez d'argent pour faire venir la mère de Sasha mais aussi pour avoir largement de quoi vivre tous ensemble.

Je quittai la maison avant l'aube, ma petite valise de poèmes sous le bras. Elle contenait désormais des centaines de strophes accumulées au fil de deux décennies.

Combien me fallait-il en choisir pour que Shvayg les traduise ? me demandai-je. Et devrais-je effectuer une sélection thématique, ou bien une simple chronologie suffirait-elle ?

Je me rendis à l'Automat pour prendre un café et examiner la question en relisant des rimes depuis longtemps oubliées que j'avais composées à l'autre bout du monde. L'immaturité de la plupart d'entre elles était embarrassante, mais ces œuvres de jeunesse restaient un témoignage utile sur l'enfant que j'étais autrefois. S'il existait un fil conducteur à ces premiers poèmes, cela me semblait être celui de l'évasion improbable et souvent non préméditée : au commencement, il y eut la survie de ma famille au pogrom de Kichinev puis mon départ de cette ville, un poème ayant entraîné mon éviction ; ensuite vint mon éloignement imprévu d'Odessa et de sa famine. Avais-je tant de fois échappé au bras du destin, ou bien était-ce le bras du destin qui m'avait sauvé ?

J'avais presque atteint le fond de la valise lorsque Chaïm fit son apparition à ma table. Tortue l'accompagnait.

« On dirait que maintenant qu'on est redevenus amis, on se croise sans arrêt dans toute la ville », me dit-il.

Il désigna le mur de trappes vitrées à son acolyte et lui passa discrètement sa cuiller à forcer les serrures : « Je peux pas atteindre la rangée du haut, lui dit-il. Va me les vider pendant que je tiens conseil avec Itsik. » Puis, voyant ma valise il ajouta : « Tu écris des poèmes ou tu quittes la ville ?

— Ni l'un ni l'autre. Je considère la possibilité de faire traduire mes poèmes.

— Ma foi, je suis flatté que tu aies pensé à moi.

— C'est très gentil de ta part, Chaïm, mais j'ai en tête un professionnel.

— Quel genre de professionnel ?

— Un traducteur professionnel.

— Ach ! C'est pas ça qu'il te faut. Il te faut quelqu'un qui comprenne l'esprit de cette langue-là. Personne ne comprend mieux l'esprit de l'anglais que Charlie Lisse. Tiens regarde, donne-moi un poème. Je vais te montrer ce que c'est que de la traduction ! »

Il mit la main dans ma valise et en tira la feuille du dessus, mon poème le plus récent, « Au matin, c'était un tout petit poing levé ».

« Alors, voyons un peu », dit-il.

Il prit ma plume et au dos d'une serviette en papier il se mit à écrire et à gribouiller, écrire et gribouiller, effaçant deux mots quand il en avait écrit trois. Cinq minutes plus tard il se renversa sur sa chaise, l'air satisfait.

« Regarde un peu ça, me dit-il en me faisant passer la serviette couverte de hachures et de lettres en anglais qui auraient été illisibles même si j'avais eu des notions de base.

— Chaïm, si je savais lire l'anglais, j'essaierais de me traduire moi-même. Comment suis-je censé savoir si c'est une bonne traduction ou pas ?

— Crois-moi sur parole !

— Tortue ! appelai-je alors. Eh ! Tortue, viens un peu par ici lire quelque chose pour nous.

— C'est une traduction de ce truc, lui dit Chaïm en lui tendant mon poème, et ça dit… »

Je lui arrachai la feuille des mains.

« Non, laisse-lui nous dire ce que ça dit. »

Tortue regarda la serviette, puis Charlie Lisse.

« Vas-y, lis-le ! lui dit Chaïm. On va lui montrer qu'il n'est pas le seul poète originaire de Kichinev ! »

Tortue prit une grande respiration : « OK, ça dit : “Après le petit déjeuner… la fille… poinçonne… des angelots… et des pèlerins… Pendant que le garçon…” »

Je regardai Tortue, puis Chaïm, puis de nouveau Tortue : « “Pendant que le garçon” quoi ? lui demandai-je.

— J’sais pas, ça s’arrête là.

— Chaïm, c’est la pire traduction que j’aie jamais vue !

— Ben quoi, c’est une traduction libre. Tu voulais du littéral, t’aurais dû le dire plus tôt.

— C’est pour ça que je vais prendre un professionnel. Il me faut un produit vendable, pas un truc sans queue ni tête.

— D’accord, d’accord ! Je voulais juste te faire une fleur. Bon alors, à qui tu penses ?

— Un type qui s’appelle Hershl Shvayg. »

Chaïm et Tortue éclatèrent de rire au même instant : « Shvayg !

— Tu le connais ?

— Le chrétien ?

— Chrétien ? fis-je, surpris en me demandant de quoi il voulait bien parler.

— Oui, oui. C’est un converti ! T’es pas au courant ? Il fait partie de cette mission qui a ses quartiers dans Mott Street. Ils arrêtent pas d’embêter mes gars.

— De les embêter ?

— Pour qu’ils se convertissent ! »

Les grandes lignes de la vie d’Hershl Shvayg commencèrent à se dessiner dans mon esprit. De la petite douzaine de gamins kidnappés par les *khapers* sur la route d’Odessa vingt ans auparavant, il ne restait plus que lui lorsque j'avais bondi hors de la carriole. Était-il resté avec eux ? Avait-il rejoint l'armée russe ? D'une façon ou d'une autre, il avait perdu ses favoris et ses prières hassidiques en chemin.

« Qu'est-ce que ça peut bien me faire ? demandai-je. Il est en mesure de m'offrir ses services, je le paierai pour son travail. On fait affaire, voilà tout. Ce n'est pas tellement différent de ce qui nous a rapprochés, pas vrai ?

— Il y a une différence. Crois-moi : faire des affaires avec les chrétiens, ça rapporte rien de bon. Demande à ton père ce qu'il en pense. »

L'allusion à mon père était blessante, et je détournai le regard.

« Excuse-moi, Itsik. Je suis peut-être juste un peu jaloux. Combien de leçons d'anglais il va falloir que je te donne pour te prouver que je suis un expert ? »

*

Abandonnant Chaïm à l'Automat, je fus bientôt assailli par une inquiétude imprévue : il fallait que je prévienne Knobloch au sujet de Shvayg, pensais-je. Sans doute l'avait-il engagé lui aussi. Imaginez un peu : un traducteur chrétien pour un journal yiddish ! J'étais convaincu que cela entraînerait la ruine de Knobloch, et il m'incombait de l'en préserver.

Je courus d'une traite jusqu'à l'immeuble Knobloch, puis pris au pas de charge la direction de son bureau sans même ralentir en passant devant Rachel. Je courus jusqu'à la Bibliothèque des Rêves Brisés, hurlant comme si nous étions une nation assiégée et que nos frontières venaient d'être percées.

« Hershl Shvayg est chrétien ! lançai-je en me précipitant dans le couloir des Sholem, Hershl Shvayg est chrétien ! »

Lorsque j'atteignis la porte de son bureau, Knobloch m'attendait déjà, ayant passé la tête dans l'embrasure pour comprendre d'où venait tout ce raffut :

« Malpesh, qu'est-ce qui vous prend de hurler comme ça ? »

Hors d'haleine, je répétai la grande nouvelle.

« Mais bien sûr qu'Hershl Shvayg est chrétien ! répliqua Knobloch. Sinon, ce serait plutôt bizarre de le voir traduire ce qu'il est en train de traduire. »

Il tourna les talons pour rentrer dans son bureau, et je le suivis, toujours persuadé qu'il se faisait berner. Peut-être ne connaissait-il pas toute l'histoire, me disais-je. Et en l'occurrence, moi j'avais cet honneur.

« C'est lui qui a eu l'idée de cette traduction, mais je regrette de ne pas y avoir pensé, poursuivit Knobloch. C'est un coup de génie en termes de business, il a vraiment anticipé l'avenir. Vu la tournure catastrophique de la situation en Europe, de plus en plus de Juifs vont vouloir venir ici. Et vous savez ce que ça veut dire, plus de Juifs ? Plus de missionnaires qui voudront acheter le livre de Shvayg. »

Je n'en croyais pas mes oreilles : « Monsieur Knobloch, je n'y comprends rien, confessai-je. Quel est ce livre de Shvayg dont vous parlez ?

— Tenez. Ça sort de l'imprimerie. »

Il me tendit un petit livre bleu, qui m'avait tout l'air d'être un *sider* droit venu du Vieux Pays.

« Qu'est-ce que c'est que ça ?

— Ça vaut de l'or.

— Vous imprimez des livres de prières ?

— Aha ! Ça a seulement l'air d'un livre de prières standard, mais ouvrez-le, lisez-en un passage. »

Je fis défiler les pages, parcourant le texte du regard. Les mots qui se détachaient étaient les suivants : *Marie. Jésus. Nazareth. Bethléem.* Et puis la phrase la moins juive que j'aie jamais lue, répétée deux fois pour faire bonne mesure : *Crucifie-Le. Crucifie-Le.*

« Un livre chrétien ? lui demandai-je.

— Le livre chrétien par excellence, répliqua Knobloch. Shvayg l'intitule *Der Bris Hadash.* Malin, pas vrai ? *Bris*, nom de Dieu ! Ce type est un génie !

— Vous croyez que les gens vont acheter cinq mille exemplaires de ce truc ? Vous croyez que les Juifs vont en acheter un seul exemplaire ? Après avoir passé deux mille ans à essayer de tout faire pour qu'on ne nous bourre pas le crâne avec ?

— Du calme, Malpesh ! Vous ne comprenez rien à rien, me dit Knobloch en faisant un geste d'apaisement vers moi, qui écumait comme un vrai fauve. Sans doute y aura-t-il un ou deux intellectuels qui voudront lire ce livre comme ils lisent Shakespeare ou Maupassant en yiddish. Ils veulent savoir ce qu'il se passe dans le monde des gentils. Mais ça compte pour du beurre. Ce que vous ne comprenez pas, à la différence d'Hershl Shvayg, c'est que le monde de l'édition n'est pas fait que de chiffres de vente. C'est une question de dis-tri-bu-tion. D'une certaine façon, vous avez raison : la plupart des Juifs ne vont pas s'intéresser à ce livre. Ils ne vont même pas savoir qu'il existe. Mais d'un autre côté, le nombre de chrétiens qui voudront acheter ces machins-là et les faire circuler par camions entiers est infini. Et d'un troisième côté, c'est moi qui ramasserai le gros lot quelles que soient les absurdités auxquelles les acheteurs croient. Et d'un quatrième côté, quel mal y a-t-il dans tout cela ?

— Mais c'est de la trahison !

— Quelle trahison ? La trahison de qui ?

— Du yiddish ! »

Knobloch s'esclaffa bruyamment : « Du yiddish ! Vous travaillez un sketch, ou quoi ? Vous avez passé trop de temps avec Gutman et Glazman. Dites-moi, comment est-ce qu'on s'y prend pour trahir une langue ? Et quand on le fait, est-ce que ça heurte la sensibilité de la langue en question ? Il n'y a que les gens qu'on peut trahir, Itsik. Vous voulez que je fasse venir ma sœur et qu'on lui demande ce qu'elle en pense ? Écoutez, je suis fidèle, à vous comme à tous ceux qui travaillent pour moi en publiant ce livre. Dès qu'il sera payé, nous pourrons agrandir le *Naye Yidishe Tsukunft*. Peut-être que certains de vos poèmes seront publiés parce que je publie ce livre-là. Vous allez vite comprendre que votre bébé ne fera pas de vieux os si vous le nourrissez seulement du lait de vos principes. »

Même si cela me faisait mal au cœur de le reconnaître, Knobloch avait raison. Je ne m'étais pas trompé en identifiant la traduction comme étant la clef du succès de mon œuvre auprès d'un auditoire plus large. Et peut-être était-il vrai que, comme Knobloch me le rappela une fois que je me fus calmé, il fallait une certaine dose de compromis dans toute affaire commerciale. Mon patron me donna l'adresse de Shvayg et me souhaita bonne chance dans ma tentative pour lui faire signer un contrat en vue d'une collaboration avec moi.

Il s'avéra qu'Hershl Shvayg habitait un appartement en sous-sol de l'église luthérienne dans Mott Street. Je voyais clairement une lumière briller à sa fenêtre tandis que j'approchais de chez lui. Comme il n'était pas trop tard dans la soirée, je décidai d'aller simplement frapper à sa porte et de voir ce qu'il se passerait.

Il parut sur le seuil vêtu, comme à son habitude, d'un impeccable costume blanc. Il avait la couleur de la plus pure des oies depuis les chevilles jusqu'aux épaules.

« Monsieur Shvayg ?

— Monsieur Malpesh ! dit-il, apparemment surpris de me voir, qu'est-ce qui me vaut le plaisir ?

— J'aurais voulu discuter… affaires avec vous. »

Il ne m'invita pas à entrer, mais posa sur sa tête un feutre blanc assorti à sa tenue et me conduisit jusqu'à un banc dans le parc en face de chez lui.

« Je voudrais vous proposer une collaboration, lui dis-je alors. J'ai un certain nombre de poèmes, et même un nombre certain, tous écrits en yiddish, dont je pense qu'ils bénéficieraient grandement d'une publication en anglais.

— Je vois. Et vous êtes prêt, j'imagine, à faire tout ce qu'il faudra pour qu'une telle traduction voie le jour ?

— Oui, oui, dis-je en sentant monter l'excitation, je vous fournirai tous les poèmes dont vous aurez besoin.

— Oui, mais au-delà du texte original… avez-vous les ressources nécessaires ?

— Vous verrez, je serai un collaborateur infatigable ! Il n'y a pas de limites à ce que je pourrai faire au service de mon art !

— De l'argent, Malpesh. Vous en avez, de l'argent ?

— De l'argent ? »

Shvayg secoua la tête. Le soir était tombé pendant que nous parlions, et comme les réverbères nous éclairaient, son costume blanc semblait presque électrique. Tandis que son chapeau allait de droite à gauche, apparemment exaspéré par ma bêtise, je pensai qu'il ressemblait très exactement à une torche, projetant son rayon lumineux jusqu'au ciel.

Après un moment de silence, il parla comme s'il avait choisi ses mots avec précaution :

« Monsieur Malpesh, peut-être que nous ne nous comprenons pas bien, vous et moi. C'est de mon gagne-pain que nous parlons. Ce n'est pas parce que *j'aime* le processus de la traduction que je traduis par *amour*.

— Rémunération ? lui demandai-je.

— Rémunération ! approuva-t-il avec enthousiasme. Je suis heureux de voir que nous avons enfin franchi la barrière linguistique qui nous sépare. »

Je n'avais pas du tout réfléchi à la question. Ni Adler ni Knobloch n'avaient parlé de rémunération.

« Quelle sorte de rémunération ?

— Avez-vous un échantillon du travail ? »

Je tirai une liasse de feuilles de ma valise et la lui tendis. Il jeta un rapide coup d'œil à cinq, dix, quinze d'entre elles, ne prenant pas plus de quatre secondes par poème.

« Il vous en coûtera un dollar la page.

— Un dollar !

— Une bonne traduction prend du temps. Le temps coûte de l'argent. C'est mon tarif. Si vous voulez y réfléchir, pas de problème. Mais dites-le-moi rapidement. J'ai un certain nombre de projets en attente. »

De retour à la maison ce soir-là, je trouvai Sasha endormie. Au moment où je m'apprêtais à me glisser sous les draps à côté d'elle, je marquai une pause. Je relaçai mes chaussures puis, sans faire plus de bruit qu'une pensée, je passai ma main sous le lit. Le bocal pesait plus lourd que je ne l'aurais cru.

Je l'apportai à la cuisine et comptai cent dollars. Assez pour cent pages. Je regardai ma liasse de poèmes : elle avait grossi jusqu'à atteindre au moins deux fois cette quantité. Et après cela, il faudrait assurer le coût de l'impression.

Il me fallait plus.

Je revins à la chambre, glissai le bocal vide à sa place sous le lit, et m'assis un moment pour observer Sasha qui dormait. Je la regardai inspirer et expirer, la couverture se soulever et retomber. Son ventre avait juste atteint le moment où l'on commençait à le remarquer. Je voyais qu'elle était enceinte même à travers la couette pur Duvet Gourodine que j'avais récupérée dans le repaire de Chaïm sous le pont. Protégé par cette couche de plumes originaire de la cité qui avait vu notre naissance à tous les deux, notre enfant grandissait.

Notre enfant ! Inimaginable un an auparavant, et maintenant – dans peu de temps – bien réel.

Retournant sur la pointe des pieds jusqu'à la cuisine, je dénichai un couteau et me penchai pour ouvrir le sac de farine. Je plongeai le couteau dans la poudre et en maniai la lame jusqu'à entendre le léger cliquetis du métal contre le verre. C'est alors seulement que j'enfonçai ma main dedans pour sortir du sac le bocal dissimulé par Sasha. Me servant de la lame comme levier, j'ouvris le couvercle et renversai le contenu dans ma main. Billets et pièces tombèrent sur la farine dans un chuintement doux, aussi calme que celui des feuilles sur la neige.

Si tout se passait comme prévu, je pourrais regagner l'argent et le remettre en place avant même qu'elle se rende compte qu'il avait disparu. J'enfonçai le bocal dans la farine puis quittai l'appartement.

Dix minutes plus tard je frappai à la fenêtre de Shvayg.

« Monsieur Malpesh ? Il est minuit passé ! Que voulez-vous ?

— Quand pouvez-vous commencer ? lui dis-je en lui montrant l'argent. »

Il souffla sur les billets pour en ôter la farine, et l'espace d'un instant elle parut emplir le ciel.

« Tout de suite », me répondit-il.

Les mémoires d'Itsik Malpesh

reysh

Notre vie était ainsi faite à l'époque qu'il pouvait se passer des jours, parfois une semaine entière, avant que Sasha et moi nous retrouvions ensemble à la maison et réveillés tous les deux. Elle travaillait tard le soir, moi je continuai à faire mon double d'heures pour Knobloch, et nous nous contentions d'une étreinte assoupie lorsque l'un d'entre nous retrouvait l'autre qui l'attendait au lit, sans connaissance.

Et c'est ainsi qu'il s'écoula plus de temps que souhaitable avant que je puisse partager mes bonnes nouvelles avec Sasha. C'est un mardi soir, après avoir passé la journée à l'atelier de confection, que je trouvai Sasha assise à la cuisine. Elle restait là, tête inclinée en arrière, une serviette humide posée sur les yeux. Lorsque je la vis ainsi, l'inquiétude m'envahit.

« Tu ne te sens pas bien, Sasha ?

— Je suis enceinte, me dit-elle, petite phrase qui se révélait utile pour répondre à toute question.

— Eh bien, j'ai une nouvelle qui va peut-être te mettre de meilleure humeur, lui dis-je. J'ai attendu avant de pouvoir te le dire de vive voix. J'imagine que d'autres poètes auraient préféré laisser un petit message, mais je…

— De quoi s'agit-il, Isaac ? Dis-le-moi simplement, je t'en prie, et puis tais-toi. J'ai l'impression que mon crâne va éclater.

— Le traducteur dont je t'ai parlé, tu sais ? Celui qui a déjà travaillé pour Knobloch ? Il est d'accord pour prendre mes poèmes. »

Sasha se redressa, ôtant la serviette de ses yeux. Elle rayonnait de fierté : « C'est une merveilleuse nouvelle, Isaac ! Combien va-t-on te payer ? Et quand ?

— Il va nous falloir être patients. La traduction, ça prend du temps, et ça a un coût, mais ça vaudra la peine…

— Un coût ? dit-elle tandis que le sourire s'effaçait brusquement de son visage. Un coût pour qui ?

— Il s'agit d'affaires, alors il y a toujours un risque. Et plus le risque est grand, plus le gain est grand ! Mon père me disait toujours, si tu n'es pas maître des ressources, tu ne seras pas maître de ta propre idée. Et bien sûr, moi je veux être maître de mon idée…

— Il ne s'agit pas d'une fabrique, Isaac. Mais d'un recueil de poèmes. Alors je te repose la question, un coût pour qui ? Combien ?

— Pour moi, répondis-je contrit.

— Pour nous, tu veux dire ! As-tu déjà payé cet homme ? Combien ? Où as-tu pris… »

Passant devant moi, elle se précipita vers la chambre. Je lui agrippai le bras, la tirai vers moi et m'interposai sur le seuil : « J'ai un plan Sasha, un plan !

— Un plan ? On avait un plan, faire venir ma mère d'Odessa ! Si tu as touché à un seul centime de cet argent, je…

— Je t'en supplie, calme-toi. Tout va finir par s'arranger. Tu devrais entendre Knobloch et Adler parler de leurs projets de traduction ! Notre salut viendra de là, je te le jure !

— Assez parlé de salut ! » cria-t-elle en me poussant dans l'embrasure de la porte. Et là, dans l'un des nombreux moments étranges et inquiétants de mon existence, Sasha parvint à me donner en hurlant avec la même fureur le même ordre que celui de mon père jadis : « Montre-moi cette tirelire ! »

Je l'attrapai par les poignets et les tordis jusqu'à ce qu'elle se retrouve le dos plaqué au mur. Lorsqu'elle riva ses yeux sur moi, et que je vis un éclair de colère traverser son regard, je m'apprêtai à la relâcher. Avant que je puisse le faire, elle se tortilla pour se libérer et me décocha un coup de poing en pleine mâchoire. Après quoi, elle observa mon visage étourdi et sembla conclure que ce n'était pas la peine qu'elle voie la tirelire. Elle savait en regardant ma lèvre tremblante que le bocal était vide.

« Que se passe-t-il ici ? demanda Mme Goldstein en passant la tête dans l'encadrement de la porte. »

À la seconde même où je me détournai pour lui répondre – « Occupez-vous de vos affaires, madame Goldstein ! » – Sasha se glissa dans l'intervalle entre le mur et moi. Elle courut à la cuisine, puis s'empara du sac de farine.

« Sasha, non ! Je peux tout expliquer ! »

Mais elle ne m'écoutait plus. Elle renversa le sac, repeignant la cuisine en blanc tout comme les plumes le jour de ma naissance, ou comme la neige de notre première nuit, blanc comme le costume immaculé d'Hershl Shvayg. Elle déchira le sac et farfouilla dans son contenu, lançant des poignées de farine en tous sens. Lorsqu'elle atteignit le bocal vide, elle le souleva puis le projeta au sol.

« Tout ? hurla-t-elle, tout a disparu ? Pour une traduction ! ? »

Sans un mot de plus, elle m'écarta de son chemin et se dirigea vers la porte.

Je la poursuivis dans le couloir, puis l'appelai tandis qu'elle s'engouffrait dans la cage d'escalier : « Où vas-tu ?

— Récupérer notre argent ! »

Cette nuit-là, seul dans notre lit, je restai assis à regarder par la fenêtre et penser à la mère de Sasha. Je me rappelais que le soir où je l'avais rencontrée, la veuve Bimko avait été imperturbable dans son chagrin, regardant la ville d'en haut comme si sa vigie avait le pouvoir de ressusciter les morts. Je comprenais enfin un peu du sentiment de manque qu'elle avait éprouvé. Je déployai une page vierge en travers d'un livre et écrivis un poème évoquant cette nuit du temps jadis afin d'échapper à la nuit qui s'annonçait.

C'est seulement une fois le poème achevé que je m'aventurai dans le couloir pour demander à Mme Goldstein si elle avait vu ma Sasha.

« Si vous la traitiez mieux, elle serait à la maison, me répondit Mme Goldstein.

— Merci, madame Goldstein, lui répondis-je en la maudissant dans mon for intérieur. Si vous la voyez, dites-lui s'il vous plaît que je suis malade d'inquiétude. »

Comme la nuit avançait, puis que le matin approchait, je sortis à sa recherche. Je ne savais que faire d'autre. Je décrivis de grands cercles à travers la ville, marchant sans songer à reprendre des forces, revenant sans cesse à l'appartement, où Mme Goldstein semblait veiller de son côté.

« Vous l'avez vue ? lui demandai-je après avoir marché jusqu'au pont de Brooklyn.

— J'espère qu'elle vous a quitté pour toujours !

— Vous l'avez vue ? redemandai-je après avoir parcouru le Bowery.

— Si elle a deux sous de jugeote, elle vous fera jeter en prison !

— Vous l'avez vue ? demandai-je enfin après un périple digne d'un marathon jusqu'à Harlem et retour.

— Oui, fit Mme Goldstein.

— Oui ?

— Elle a fait halte ici pour vous faire savoir qu'au prochain tour, vos pas devraient vous mener au fond de l'océan !

— Vous l'avez vraiment vue ?

— Non, mais c'est ce qu'elle me dirait si je l'avais vue ! »

Il était midi le lendemain quand je rendis visite à la boutique de jouets de Chaïm. Je toquai à la porte et attendis que le judas s'ouvre.

« Je viens de la même ville que Charlie Lisse, expliquai-je au portier.

— Comment je sais que t'es pas un flic ? Il y a de plus en plus de flics qui gardent un œil sur Charlie

Lisse ces derniers temps. Alors il faut que je te pose quelques quest…

— Tortue, ouvre cette porte, nom de Dieu ! »

Chaïm était assis seul à une table au fond de la salle. L'endroit était désert. Il étudiait ses livres de comptes, une bouteille de schnaps posée près de lui.

« Chaïm, j'ai besoin de ton aide, lui dis-je.

— Voilà qu'il a besoin de mon aide maintenant ! Qu'est-ce qu'il y a, il faut qu'on te récrive ta traduction ?

— Sasha est introuvable. Elle est allée voir Hershl Shvayg et je ne l'ai pas revue depuis.

— Je t'avais bien dit de pas faire confiance à ce type. »

Il m'en coûtait, mais je dus admettre à Chaïm que je n'étais pas sûr que la faute soit entièrement celle de Shvayg. Je lui racontai toute l'affaire : que j'avais volé les économies de Sasha pour faire venir sa mère à New York, que je m'étais emporté et avais été violent avec elle quand elle m'avait percé à jour, que je n'étais plus très sûr de savoir, c'est vrai, jusqu'à quel point je pouvais faire confiance à Hershl Shvayg, et que je m'inquiétais donc d'avoir laissé Sasha s'aventurer dans la tanière d'un lion.

« Bon et alors, tu veux que je fasse quoi ? me demanda Chaïm.

— Je veux savoir où ils sont et s'il s'est passé quoi que ce soit… je veux qu'Hershl Shvayg sache qu'il ne peut pas faire du mal à ma famille sans conséquence.

— Oh, je vois ! Tu crois que parce que ton vieux pote Chaïm dirige un établissement de ce genre, tu peux venir lui demander de faire le sale boulot pour toi, c'est ça ? Tu vois ce que je suis en train de faire là, Itsik ? Je fais mes comptes. Je m'assure que mes revenus peuvent couvrir mes dépenses, et que j'ai de la marge. Ça t'arrive de faire ce genre de choses ? Ça t'arrive de t'asseoir pour vérifier ce qu'il te reste ?

— Non, Chaïm, jamais. Mais je ne vois pas ce que ces choses-là ont à voir avec…

— Si je me rappelle bien, Itsik, au Vieux Pays il y avait la même différence entre nous. Moi je notais le moindre sou qui entrait et la moindre page qui sortait. Toi tu dépensais ce que t'avais, un point c'est tout, et tu entassais tes pages dans un bocal. Mais j'ai un truc à te dire, figure-toi. Ça fait un moment que je garde un œil sur tes comptes, à toi aussi.

— Chaïm, s'il te plaît. Écoute…

— Non, c'est toi qui vas m'écouter. Voilà le bilan, dit-il en reportant son attention sur son livre comme s'il le lisait, faisant descendre son crayon le long de la page. Moi j'essaye de t'apprendre deux ou trois trucs à l'époque du *kheyder*, et toi tu vas dire à ton père que je t'ai escroqué. Toi t'agresses Gourodine, et moi je me retrouve à fuir la ville la bite à l'air. Moi j'essaye de t'aider quand tu débarques du bateau, et toi tu me traites de voleur et tu disparais sans un mot de remerciement. Tu te crois moralement supérieur parce que tu t'abaisserais jamais à escroquer la fille de l'Automat, et après ça tu voles la mère de ton enfant ! Tu m'accuses de haïr mes origines parce que je fais un effort pour apprendre la langue du pays qui est désormais ma patrie, et après ça tu vas voir un chrétien et tu le payes pour qu'il mette tes poèmes au goût des gens de son espèce ! J'ai fait beaucoup de choses dans ma vie, Itsik. Mais mes registres ils sont équilibrés, je peux te l'affirmer. Je ne fais de mal à personne qui ne l'a pas mérité, et j'ai jamais rien dû à personne. Peux-tu en être aussi sûr, Itsik ? Le jour où tu mesureras tes dépenses morales, est-ce que tu seras dans le rouge ? »

Il me vit qui fixais son carnet, essayant de me concentrer sur tout sauf sur la vérité de ce qu'il était en train de me dire.

« Joli, hein ? Couverture cartonnée. Lignes serrées. Papier épais. Je n'utilise que ceux-là. Je les achète par cent, j'en ai des pleins cartons dans l'arrière-salle. Le jour où tu voudras te mettre à noter tes débits et tes crédits, dis-le-moi.

— S'il te plaît, Chaïm, je ne sais pas quoi faire.

— T'inquiète pas, mon petit Itsik. On va s'en occuper.

— Merci. Je te revaudrai ça.

— Ne te contente pas de me le dire, me dit-il en tapotant la couverture de son livre de comptes, mais achète-toi un registre comme celui-ci et consigne-le à l'encre. »

Il nous versa un verre chacun.

« En attendant, je vais me renseigner sur ton Hershl Shvayg, et puis je lui rendrai une petite visite. Écris-moi son adresse là-dessus. Je dirais qu'il l'a bien cherché. S'il y en a des qui tiennent leurs comptes de moralité n'importe comment, c'est bien les chrétiens. *Lekhaim.* »

*

Je quittai la boutique de Chaïm guère plus rassuré qu'en y entrant. Il avait raison. Quel genre d'homme étais-je donc pour lui demander d'entrer en scène alors que je n'avais même pas essayé de rectifier la situation par moi-même ?

La matinée était chaude, et les odeurs de la rue me suffoquaient. Des seaux d'eaux usées venus des immeubles sans sanitaires étaient alignés sur le trottoir. Je pressai le pas, prenant le chemin de l'église allemande pour aller trouver Shvayg moi-même. Penser que j'avais rêvé de retrouver Sasha pendant tant d'années pour finir par la perdre de cette façon pesait sur chacun de mes pas. Lorsque j'atteignis ma destination, je me penchai pour jeter un œil par la fenêtre du sous-sol, puis me mis à quatre pattes pour mieux voir.

Balayant Mott Street du regard, je constatai que la rue était déserte. Personne ne me verrait si j'allais à la porte de Shvayg. J'irais tout simplement frapper, demander où était Sasha et repartir.

Telles furent du moins mes pensées et mes intentions. Au bas de l'escalier conduisant à l'entrée, j'essayai de tourner le bouton de la porte, puis toquai légèrement. En l'absence de toute réponse ou du moindre signe de mouvement, je donnai un grand coup de pied dans la porte, puis un autre, et encore un. Le loquet refusait de céder, alors je ramassai une pierre et brisai une petite fenêtre juste à côté de la porte. Puis je passai le bras à l'intérieur et tournai le verrou.

Une fois à l'intérieur, je m'assurai qu'il n'y avait effectivement personne. Qui pensais-je donc qu'il pût y avoir ? Je n'osais répondre à cette question, bien qu'elle me revînt sans cesse à l'esprit. L'appartement n'était pas tout à fait ce que j'avais imaginé : il n'était pas aussi propre et net que Shvayg paraissait l'être en toutes circonstances. Des piles de livres chrétiens envahissaient la table de la cuisine, masquant un assortiment de machines à écrire : l'une avait un clavier en hébreu, l'autre en anglais, une troisième en russe et la dernière en allemand.

Contre le mur d'en face, le lit n'était pas fait et du linge sale s'étalait en travers des oreillers. Éparpillées sur le côté du lit et débordant jusqu'au sol tout autour, tant de pages et d'enveloppes gisaient que ce fut un miracle si je le repérai : le classeur de mes propres poèmes, son contenu dispersé par terre.

Je ramassai les feuilles et vidai les lieux, laissant la porte battante dans le vent léger.

De retour à la maison, je relus mes poèmes. J'eus la sombre impression qu'ils n'y étaient pas tous. J'avais laissé ma valise entière, après tout, et la pile que je venais de récupérer semblait bien maigre. Déconcerté, je me rongeai les sangs jusque tard dans la nuit avant de m'endormir le visage enfoui dans mes pages.

Je fus réveillé par le soleil filtrant à travers la fenêtre et par un bruit de pas.

Sasha avait l'air pâle en s'avançant dans la lumière. Ses yeux étaient injectés de sang, ses joues blanchies de sel. Elle semblait avoir pleuré.

« Où étais-tu ? lui demandai-je.

— Tu sais bien où j'étais. Je suis allée voir Hershl Shvayg. Pour reprendre notre argent.

— Ça fait deux jours que tu es partie.

— J'ai beaucoup pensé durant tout ce temps.

— Deux jours à penser ? Et tu as pensé en compagnie de Hershl Shvayg ?

— Non, je suis restée chez lui une seule nuit.

— Une nuit ? Comment se fait-il qu'il t'ait fallu une nuit entière pour récupérer ton argent ? » La question avait à peine franchi mes lèvres que ma langue se figea dans ma bouche. Abasourdi, j'avais peur d'en savoir plus.

« On a parlé, reprit-elle. C'était plutôt une sorte de négociation.

— Une négociation ?

— C'est un drôle de bonhomme, non ? Je lui ai demandé de me dire ce en quoi il croit.

— En quoi croit-il ?

— En Dieu.

— Et après ?

— Et après j'ai récupéré notre argent.

— Juste comme ça, il te l'a donné ?

— Juste comme ça, ça n'existe pas. Il y a toujours un coût. Il y a toujours des conséquences. On avait besoin de cet argent et j'ai fait ce qu'il fallait que je fasse pour le récupérer. »

Elle laissa planer cette déclaration ambiguë entre nous deux. À ma honte et à mon regret, je ne la harcelai pas pour savoir ce qu'elle voulait dire. J'étais trop concentré sur mon accord avec Shvayg, et ce qu'il allait advenir de mon œuvre.

« Et ma traduction, alors ? » demandai-je.

Les yeux de Sasha s'emplirent de larmes à la question : « Il n'y a donc que ça qui t'intéresse ? C'est pour me demander ça que tu m'as attendue ? Allez au diable, toi et ta traduction ! cria-t-elle. Et emporte tes poèmes avec toi ! »

Elle secoua la tête, comme si elle me plaignait.

« Pendant si longtemps, j'ai cru que tu en savais plus long que tu ne voulais bien l'admettre, mais en fait tu ne sais rien du tout, pas vrai ?

— Je ne sais rien quoi ?

— Tes poèmes seraient des mensonges dans n'importe quelle langue.

— Des mensonges ? m'indignai-je. Des mensonges ? Dis que c'est de la merde, dis qu'ils ne valent rien, mais franchement, des mensonges ?

— Tu refuses de voir les circonstances de ta naissance, et tu refuses de voir les conséquences de tes actes d'aujourd'hui ! Je te l'ai demandé plusieurs fois, mais tu as l'air de croire que c'est une question rhétorique : est-ce que tu penses vraiment que la naissance d'un enfant arrêterait des pogromistes ? Est-ce que tu crois vraiment que le poing levé d'une petite fille de quatre ans servirait à autre chose qu'à la faire tomber entre leurs griffes ?

— Qu'est-ce que tu racontes ?

— Voilà ce que je raconte, Isaac : j'étais là le jour de ta naissance. Je sais ce qui s'est passé.

— Moi aussi, je le sais, insistai-je.

— Non, Isaac, non. Tu sais ce que tes parents t'ont dit. Ce que tu ne sais pas, c'est que les chrétiens ont enfoncé la porte de la chambre de ta mère, et qu'ils n'ont pas arrêté avant d'en avoir fini.

— Pas arrêté de faire quoi ?

— Comment un Juif peut-il oublier si facilement la cruauté du monde ? Tu portes ta naissance dans la ville du massacre comme un insigne, et pourtant tu t'imagines que ta famille est la seule à être sortie indemne de la tempête ?

— Pas arrêté de faire quoi, Sasha ? Qu'est-ce qui n'a pas arrêté ? Comment peux-tu me révéler tout ça et ne pas aller jusqu'au bout ? Est-ce que c'est une ruse pour que j'arrête de te poser des questions sur ta nuit passée en compagnie d'Hershl Shvayg ?

— Assez ! Assez. Si tu avais accordé la moindre petite pensée à ta famille sans l'intention de transformer leur souffrance en poésie, je suis convaincue que même toi tu aurais compris que ta naissance n'a protégé ni ta mère, ni les autres femmes ou les petites filles présentes dans la chambre. »

En voyant mon expression perplexe, elle comprit qu'il lui fallait expliquer comme à un enfant.

« La porte fut forcée, Isaac. Ils se sont engouffrés et ils t'ont sorti en te tirant par le cou. S'il y a eu un seul miracle ce jour-là, c'est seulement que tu n'es pas mort quand ils t'ont jeté par terre. »

À quel âge a-t-on passé l'âge pour voir s'écrouler les fondations de sa propre vie ? J'avais trente-deux ans. Sasha trente-cinq, l'âge du siècle, et elle était enceinte de notre enfant. J'étais sur le point de devenir père, mais c'est seulement ce jour-là que j'appris les circonstances de ma naissance, de ma vie.

« J'ai deux souvenirs d'enfance, poursuivit Sasha. Le premier, c'est celui du jour où mon père rata lamentablement l'abattage rituel de la vache. Le second, c'est celui du jour de ta naissance. Depuis toute petite il me hante. Tu me hantes. Tout comme toi tu as grandi dans la croyance que Sasha Bimko pouvait t'offrir quelque chose d'héroïque, moi j'ai grandi en sachant qu'Itsik Malpesh était un nom lourd de tout le chagrin que j'ai espéré laisser derrière moi. Je sais que c'est dur à comprendre pour toi, Isaac, mais c'est la vérité. Le jour de ta naissance fut le pire jour de toute ma vie.

« C'est tout ce que tu as besoin de savoir. Je ne t'autoriserai pas à transformer les détails en poème. »

Je laissai Sasha à l'appartement, aussi perturbé par ses révélations sur ma naissance que par sa réticence au sujet de ce qui s'était passé avec Hershl Shvayg.

À part le fait qu'elle en avait parlé dans un accès de colère, je n'avais aucune raison de douter que son souvenir de cette horrible nuit de Pâques à Kichinev ait été faux. Mais d'un autre côté, elle n'avait que quatre ans à l'époque. Que pouvait-elle donc bien se rappeler ? N'était-il pas plus probable que ses souvenirs d'un événement tragique avaient été colorés par le déroulement de sa vie ?

Aucun de ces doutes ne me permettait de lever mes interrogations sur Hershl Shvayg. Devais-je comprendre qu'en me parlant d'un crime ancien qui nous liait l'un à l'autre, elle en décrivait un second, trop proche dans le temps pour en parler directement ? Sinon, pourquoi ferait-elle un tel mystère ? Le nom de Shvayg sur les lèvres de Sasha ne me rappelait rien tant que les rares fois où j'avais entendu Chaïm parler de Gourodine. De même que trois morts avaient fusionné dans l'esprit de Sasha, trois crimes semblaient à présent fusionner dans le mien. Le crime qui avait déclenché ma naissance ; le crime qui avait chassé Chaïm de Kichinev et lui avait fait haïr un endroit qu'il considérait jadis comme chez lui ; et aujourd'hui, le crime que je supposais avoir été perpétré quand Sasha était allée récupérer notre argent. Y avait-il quelque chose de si profondément enraciné chez les chrétiens qu'ils ne pouvaient pas s'empêcher de faire du mal à tous les Juifs venant à croiser leur chemin ? Et pas seulement leur faire du mal, mais ce mal particulier, spécial, consistant à attaquer la volonté autant que le corps ? Était-ce la volonté des Juifs qui offensait le plus les chrétiens ? La volonté de ne pas croire en leur Dieu insultait-elle tant la raison des chrétiens qu'ils pensaient devoir affirmer leur contrôle sur tel ou tel autre aspect caché de la vie des Juifs ?

Qu'avait fait Shvayg ? me demandai-je sans arrêt en approchant de Mott Street. Parvenu devant sa porte, je remarquai qu'une petite planche de bois bouchait désormais le trou que j'avais pratiqué quelques jours auparavant. C'est seulement à ce moment-là qu'une autre question, plus pressante, se posa à moi : Que fallait-il que je fasse maintenant ?

Je toquai à la porte jusqu'à ce que le rideau derrière la fenêtre s'ouvre, et j'entendis la petite voix de Shvayg demander : « Malpesh ?

— Oui, c'est Malpesh. Ouvrez vite. »

Une fois à l'intérieur, je fus surpris de constater à quel point la pièce me paraissait plus petite maintenant que je m'y tenais en compagnie de quelqu'un d'autre. Il y avait à peine la place pour nous deux entre le lit et le mur le plus proche. Je n'avais pas d'autre choix qu'affronter Shvayg de si près que nos orteils se touchaient presque. Vêtu comme il l'était d'un costume blanc et de chaussures assorties, il faisait tout son possible pour éviter que cela se produise. Je l'avais apparemment surpris au moment précis où il allait sortir.

« Je suis en retard pour assister à la prière me dit-il, mais je présume que vous êtes venu voir ce que votre femme avait fait.

— Ce n'est pas ma femme, admis-je. Mais peu importe, ce qui compte ce n'est pas ce qu'elle a fait, mais ce que vous avez fait.

— Tout ce que j'ai fait, je l'ai fait pour son bien.

— Encore un mot à son sujet… » aboyai-je. Incapable d'achever ma phrase, je lui demandai : « Où sont mes poèmes ?

— C'est une femme impétueuse.

— Laissez Sasha tranquille ! Où sont mes poèmes ?

— Ici, répliqua-t-il en tirant ma valise de sous le lit pour la garder près de lui comme un otage. Mais dites-moi, où tout cela laisse-t-il nos affaires en cours ?

— Nos affaires ?

— Je sais ce que cette traduction représente à vos yeux. Nous ne devrions pas laisser ce désagrément au sujet de votre femme changer quoi que ce soit entre nous. Peut-être pourrions-nous parvenir à un accord ?

— Un désagrément ? hurlai-je presque, abasourdi par la perversité de sa litote.

— Je suis sûr que vous pourriez la convaincre. Mais j'aurais simplement besoin d'un petit peu à la fois. Elle serait sûrement d'accord avec ça, si vous lui rappeliez à quel point cela compte pour vous.

— La convaincre ? La convaincre de quoi ?

— Si cela peut vous aider, je veux bien lui reparler pour lui expliquer ce à quoi elle doit s'attendre si nous faisons affaire. Souvent les femmes ne comprennent pas ces choses-là aussi bien que les hommes. Bien entendu, je vous demanderais d'être présent à cette occasion. La dernière fois que nous nous sommes accrochés, j'ai bien failli y perdre toutes mes dents. »

Je lui arrachai la valise des mains : « Je ne sais pas ce qu'ils t'ont fait dans la carriole des *khapers* autrefois, mais ça t'a rendu absolument abject.

— Abjcct ? grimaça Shvayg. Jc nc suis qu'un pauvre scribouillard comme toi. Peut-être que je prends trop de plaisir à tremper ma plume dans l'encrier quand je ne peux même pas me payer l'encre. Mais y a-t-il là quelque chose d'abject ?

— Ça suffit !

— Je t'en prie, Malpesh. Je ne suis peut-être pas abject, mais je suis désespéré. Mes fonds sont à sec d'ici à ce que *Der Bris Hadash* soit prêt. J'avais espéré présenter l'ouvrage à mes frères pour notre jour saint de dimanche prochain. Ensuite, ils me paieront, et je paierai Knobloch. »

J'avais honte de m'apercevoir que dans son détachement envers ce qu'il avait fait subir à Sasha, je voyais un reflet de moi-même. Comment pouvait-il parler de poésie en un moment comme celui-là ? Comment pouvait-il être insensible à la souffrance que ses actes causaient aux autres ? La réponse me vint en un éclair d'illumination : il n'était pas différent des chrétiens de Kichinev, pas différent des hommes qui avaient enfoncé la porte de mes parents, qui avaient souillé tous ceux que j'ai jamais aimés en me tirant dans ce bas monde.

Ce fut le désespoir peint sur ses traits à ce moment précis qui me fit prendre ma décision. Qu'un homme si indifférent pût être vulnérable… cela me sembla soudain l'occasion rêvée pour rectifier l'ordre des choses. Pas seulement entre Sasha et moi, mais entre moi et le monde entier. Il était bien entendu impossible de défaire un crime commis si longtemps auparavant, mais la vengeance ne connaît pas d'heure.

« Tes livres sont prêts, m'entendis-je dire.

— Vraiment ? demanda Shvayg, dont le visage s'illumina comme une ampoule électrique.

— Je les ai vus dans le bureau de Knobloch. Je peux t'y conduire.

— Ce serait formidable ! Tu ferais cela pour moi, même après ce qui est arrivé à ta Sasha ?

— Je vais t'y conduire à cause de ce qui lui est arrivé. Allons-y. »

Nous marchâmes dans les rues automnales, calmes comme n'importe quel vendredi qui s'achemine vers le soir de *shabes*. L'immeuble Knobloch était presque désert, il ne restait qu'une minuscule équipe à l'étage de l'imprimerie qui achevait l'édition du *Naye Yidishe Tsukunft* pour le week-end et je ne sais quels projets urgents que Knobloch avait prévus.

Nous montâmes les escaliers. Nous étions presque parvenus à l'étage des ateliers de confection lorsque je lui dis : « Je voulais te poser une question. À moins que ma mémoire ne me trahisse, Hershl Shvayg c'est un nom qui t'a été donné par un autre garçon dans la carriole, la petite frappe.

— Oui. Après ton départ, je suis resté avec Dov et Wolf. Ils ne me connaissaient pas d'autre nom. Au fil des années, c'est devenu le mien plus encore que celui que mes parents m'avaient donné.

— Et c'était quoi ce premier nom ?

— Franchement, je ne m'en souviens pas. Mais peu importe. Il ne reste rien de ce gamin juif que tu as croisé il y a bien longtemps. J'ai beaucoup appris au cours de l'année suivante. Ils étaient bons avec moi. Enfin, surtout Dov. Wolf pas tellement. Tous les trois on a essayé de sauver d'autres petits garçons, comme eux m'avaient sauvé.

— Vous avez essayé de les kidnapper, tu veux dire ? Comme ce qui nous est arrivé à nous ?

— Je suppose que certains diraient aussi que le prophète Jonas a été kidnappé. C'est avec réticence qu'on est amené au service de Dieu. »

Après cet échange, nous poursuivîmes notre ascension en silence, et dans ce silence je me rendis compte que le corps a peut-être meilleure mémoire que l'esprit. À chaque marche, je repensai à ces autres marches grimpées si longtemps auparavant à Kichinev, et je me rappelai comment ces pas avaient été guidés par ceux d'un autre. À la fabrique de duvet, en me dirigeant vers le bureau de Gourodine j'avais grimpé sous l'inspiration de Raskolnikov, qui s'était rapproché de son moment d'apothéose avec pour seuls guides son plan et sa hache. Aujourd'hui, je grimpai les mains vides aux côtés de quelqu'un d'autre, mais je ne m'étais jamais senti aussi seul de toute ma vie.

Comme je le savais lorsque j'avais proposé de venir jusqu'ici, c'était presque l'heure de l'embauche pour la dernière équipe.

« As-tu déjà vu la chaîne de production du *Naye Yidishe Tsukunft* ? demandai-je à Shvayg.

— Ma foi non, jamais.

— Faisons un petit détour, alors. Mais sois sans crainte, c'est sur le chemin. »

Au moment où nous traversâmes l'atelier, les deux protes, Roth et Nomberg, étaient en train de remplir des brouettes de lingots de plomb pour les transporter à l'autre bout de la salle et les déverser dans la trémie conduisant au fourneau. Comment interprétèrent-ils ma présence en compagnie d'un homme en costume d'un blanc étincelant que je conduisais dans l'allée bordée de linotypes noires de cambouis ? Je ne leur ai jamais posé la question, et de cette nuit-là ils ne dirent jamais un seul mot.

Je fis passer une porte à Shvayg, puis une deuxième, jusqu'au cœur même de toute la chaîne, la chambre de fusion. Protégés du bruit de l'atelier par des murs suffisamment épais et solides pour contenir du plomb fondu, nous nous tenions à présent dans une pièce silencieuse.

« C'est paisible ici, me dit Shvayg. Presque comme une église.

— Comment le saurais-je ?

— Un jour peut-être tu le sauras. Tu sais, Malpesh, avant que les choses virent à l'aigre avec Sasha, elle a montré beaucoup d'intérêt envers mes explications sur mes convictions religieuses. Ses questions m'ont touché. »

Je ne pouvais que le fusiller du regard. Plein de haine et aussi d'un sentiment que je ne pouvais nommer, je le vis à cet instant pour lui-même et pour ce qu'il représentait : un seul petit bonhomme en costume blanc, mais aussi toute la populace qui avait massacré hommes, femmes et enfants à Kichinev. Il était la bande de plumeurs d'oies qui avait défoncé la porte de chez moi.

« Si tu n'y vois pas d'inconvénient, je voudrais prier avec toi, me dit-il. Pour toi, et pour Sasha, pour que vous trouviez tous les deux le bonheur que vous méritez.

— Tu crois savoir ce que nous méritons ? Et toi, Shvayg, que mérites-tu donc ?

— Je ne mérite rien du tout. Ce que Dieu désire pour moi est tout ce que je demande. Et il semble que Dieu ait désiré voir nos chemins se croiser une nouvelle fois, après tant d'années. Te rappelles-tu le mot que nous avions au Vieux Pays pour des retrouvailles aussi improbables ? *Bashert ?* Depuis, j'ai appris à l'appeler “la grâce”.

« Allons, c'est aussi simple que cela, me pressa-t-il en tombant à genoux, son costume blanc à même le sol crasseux. Joins-toi à moi, me cajola-t-il en souriant, je sais que cela paraît difficile à un Juif de s'agenouiller. Mais en vérité, c'est aussi simple que de tomber… plus simple, en fait. »

Et sur ces entrefaites, il ferma les yeux et se mit à prier : « Seigneur Jésus », entonna-t-il.

Je n'entendis pas la suite, car elle fut noyée par l'alarme du fourneau, annonçant que les chaudières approchaient la température requise pour la fusion du métal. Shvayg ouvrit les yeux sous la surprise, mais lorsque je l'encourageai de la tête et lui dis « Vas-y, continue, c'est juste le bruit de l'usine », il ferma les yeux plus fort que la première fois et continua sa prière.

« Merci, Jésus, merci d'avoir permis à l'un de tes élus de témoigner aux yeux d'un autre. Merci d'avoir trouvé juste de réunir deux Juifs, en ton nom, Ô Seigneur ! »

Sa tête montait et descendait à mesure qu'il parlait, et il semblait osciller de droite à gauche. Quelque part tout au fond de lui demeurait un petit garçon qui avait appris à prier debout.

Je tournai les talons et sortis vivement de la chambre de fusion. La première porte se referma en silence dans son chambranle étanche. La seconde grinça lorsque s'enclencha le loquet. Je fis tourner le verrou dans un bruit métallique qui résonna comme – oui, dans ma mémoire c'est exactement ce son à nul autre pareil – la cloche d'une église.

Peut-être fut-ce là le bruit qui tira Hershl Shvayg de ses prières. Derrière la porte j'entendis sa voix plaintive : « Tu as oublié quelque chose, Malpesh ? »

La sirène hulula. Au-dessus de la porte étanche, le signal « Entrée interdite » s'illumina, et dans les murs j'entendis l'épais chuintement du métal bouillant qui descendait dans les tuyaux pour s'accumuler en une flaque visqueuse sur le sol de la chambre de fusion.

Un moment plus tard jaillit le cri qui enjoignait tous les typographes de regagner leur poste de travail.

« Sang dans les veines ! Sang dans les veines ! À vos pages, les gars ! »

Me voir à l'atelier semblait indiquer aux typographes que j'étais ici pour travailler ce soir-là. Comme de nombreuses fois auparavant, Roth me cria : « Malpesh, par quoi on commence ce soir ? »

Sans réfléchir, sans avoir besoin de réfléchir, je lui répondis : « Un recueil de poèmes. »

Je déambulai parmi les typographes, distribuant des pages jusqu'à avoir ce soir-là raconté, pensai-je, l'histoire de toute ma vie.

« C'est quoi le titre ? demanda Nomberg.

— *Chansons pour la fille du boucher.*

— Le plomb arrive ! cria Roth. Au travail ! »

Bientôt la composition fut achevée, et j'imprimai mes pages. Puis je les emportai quelques étages plus bas à l'atelier de confection et les cousis à la main. Au matin, j'avais cent exemplaires.

Je tenais chacun d'une main tremblante comme si ce livre, ce mince assemblage de pâte à papier et de cuir, était une partie de moi-même qui emporterait mon âme jusque dans l'avenir.

Mais en l'ouvrant, je découvris que tout espoir de me dissimuler parmi cette forêt de lettres était vain. Aucun plaisir ne transparaissait dans les marges blanches qui encadraient les poèmes ayant marqué tous les jours de ma vie. Rien nulle part qui exprimât ce que j'avais cru au sujet de ma vie. À chaque page, chaque ligne, chaque mot, je ne lisais rien d'autre que *Shvayg… Shvayg… Shvayg…*

Silence.

Note du traducteur

Comme j'aurais peut-être dû l'indiquer plus tôt, je suis loin d'être le premier non-Juif à pénétrer le monde du yiddish.

Au cours des trente dernières années, la langue et la littérature qu'elle a engendrée ont gagné en popularité dans le monde universitaire. Par conséquent, un nombre de plus en plus important de spécialistes n'ayant aucune affiliation ethnique ou religieuse avec le yiddish en sont venus à l'étudier. Parmi les noms les plus connus de cette population croissante (bien qu'encore peu nombreuse, il faut l'admettre), citons entre autres le Professeur Paul Buhle, historien de la gauche américaine à Brown University, le Professeur Tom Bird de York, spécialiste de la culture yiddish en URSS, et le dramaturge et acteur américain d'origine irlandaise Caraid O'Brien, dont la traduction du *Dieu de vengeance* de Sholem Asch connut une première new-yorkaise unanimement applaudie.

L'exemple est célèbre de l'ancien secrétaire du Département d'État Colin Powell, dont on dit qu'il parle yiddish depuis l'adolescence, époque où il travailla dans un grand magasin tenu par des Juifs dans le Bronx et apprit suffisamment la langue pour discuter avec ses collègues et ses clients. À la fin de la première guerre du Golfe, Powell s'est dit-on rendu en Israël en tant que président de la coalition des chefs d'État-major. Rencontrant le Premier ministre Yitzhak Shamir, il lui parla avec une aisance presque parfaite. « *Men ken redn yidish* », lui dit-il. *On peut toujours parler yiddish.* C'était une telle curiosité d'entendre ce fils d'immigrants jamaïcains, général d'armée qui plus est, parler la *mame-loshn* que l'information fut reprise dans tous les médias du monde entier.

Mais en dépit de l'apparente nouveauté de telles anecdotes, il n'y a en vérité rien de vraiment neuf dans le fait que des non-Juifs flirtent avec cette langue des Juifs par excellence. Malpesh rapporte les propos de Chaïm disant : « Tu savais qu'ils apprennent le yiddish aux missionnaires pour essayer d'appâter les immigrants fraîchement débarqués ? » Il fait ainsi référence non seulement aux convertis comme Hershl Shvayg, mais à des centaines d'autres. L'institut d'Études Bibliques de Chicago a appris le yiddish à ses missionnaires dans le Lower East Side pendant plus de vingt ans. Et la littérature comporte encore d'autres précédents : les nouvelles de Sholem Aleichem, auteur jadis connu pour être le Mark Twain yiddish, mettent souvent en scène un personnage chéri par le public : Tevye le Laitier, rendu plus tard célèbre par *Un violon sur le toit*, en grande conversation avec un prêtre russe. Quand ils parlent, ils s'expriment en yiddish, comme ci-dessous dans un dialogue tiré de la version cinématographique du cycle *Tevye Der Milkhiker* (de Maurice Schwartz, 1939) :

> LE PRÊTRE : Laisse-moi t'annoncer une nouvelle. Tu sais que ton ami Mendl a une fille ?
>
> TEVYE : Tu appelles ça une nouvelle ? Mendl a une fille. Pour une nouvelle ! Mendl a, que Dieu nous protège, sept filles ! Elles grandissent. C'est comme ça, les filles. Elles mangent la journée et grandissent la nuit.
>
> LE PRÊTRE : Eh bien, une de ses filles est tombée amoureuse d'Anton le fils du forestier. Et elle va se marier selon notre foi.
>
> TEVYE : Vous ne perdez pas de temps, mon père. Vous attrapez les poissons qui nagent dans nos eaux boueuses. Comme disent les rabbins, Faute d'hommes à se mettre sous la dent… on croque ce qu'on trouve.
>
> LE PRÊTRE : Il n'y a pas de quoi rire, Tevye. Elle a rejoint notre domaine désormais.

Indépendamment du contexte, il semble que lorsqu'un non-Juif et un Juif parlent yiddish, l'enjeu soit grand du premier au dernier mot. Les limites linguistiques, ethniques, religieuses de l'identité sont franchies, créant ainsi l'attente que d'autres frontières soient à leur tour transgressées : les familles sont menacées, l'autorité défiée, et parfois le sang coule.

Le travail que j'accomplis ici n'est donc pas sans précédent. Pour autant que je sache, toutefois, je suis le premier traducteur chrétien d'un écrivain yiddish à découvrir que le précédent traducteur chrétien de son auteur a rencontré une fin tragique.

Quand nous rentrâmes de notre première incursion dans le chantier de démolition, Malpesh était agité par les événements de la journée, et plus que tout par sa découverte de la lettre de l'arrière-grand-mère de Clara. Il me pressa de prendre un siège et de lire ses carnets tandis qu'il étudiait la photocopie, qui même pour un locuteur natif semblait exiger quelques efforts de déchiffrage.

« *Zitsn*, me dit-il, alternant les deux langues pour la première fois depuis notre rencontre. Asseyez-vous et *leyent di notits-bikher* pendant que je décrypte cette lettre.

— Vous voulez que je lise vos carnets maintenant ? Je croyais que nous avions des livres à sauver ? Je croyais que c'était urgent.

— Une fois que vous les aurez lus, vous saurez pourquoi il faut que vous lisiez ces carnets maintenant. »

Je m'exécutai, progressant lentement d'une page jaunie à la suivante, faisant passer chaque registre d'une pile (encore à lire) à une autre sur la table de sa cuisine. À mi-chemin du quatrième carnet, marqué de la lettre *daled*, je levai les yeux et observai Malpesh qui examinait la lettre. Il me surprit.

« Vous en êtes où ? me demanda-t-il. Vous avez déjà rencontré la *tochter* du *shoykhet ?*

— La fille du boucher ? Sasha Bimko ? »

Il leva la lettre et l'agita dans ma direction : « Ça aussi, c'est Sasha Bimko ! me dit-il. Vous comprenez maintenant ? »

Stimulé par ce lien, je poursuivis ma lecture des carnets durant le reste de la journée et jusque dans la nuit, puis finis par m'assoupir en lisant. Il devait être trois heures du matin lorsque ma tête s'affaissa dans la gouttière centrale séparant les pages du dernier carnet.

Endormi là jusqu'à l'aube, le nez dans l'encre de Malpesh, humant ses mots, je rêvai qu'aucune distance ne séparait son histoire de la mienne. Dans le rêve, qui prenait parfois des allures de cauchemar, je ne savais pas si j'étais Malpesh ou si j'étais Hershl Shvayg. Je ne savais pas si j'étais Moishe Bimko, ou bien la vache qu'il avait abattue, ou encore la foule qui l'avait abattu lui.

Le lendemain matin, je m'éveillai pour trouver Malpesh en train de frapper ma chaussure du bout de sa canne : « Vous avez fini ? » me demanda-t-il.

Avais-je rêvé ce que j'avais lu ? Était-il possible que ce petit bonhomme soit – avais-je bien compris cela dans le texte ? – un meurtrier ? Quelque chose dans mon expression ou dans mon comportement à son égard (avais-je reculé en le sentant me toucher ?) dut lui faire comprendre mes questions.

Malpesh ferma les yeux derrière ses lunettes, puis se percha sur le siège à côté du mien.

« Je n'ai jamais cherché à expliquer, parce que personne n'a jamais su le fin mot de l'histoire, me dit-il. Maintenant que vous savez, qu'est-ce qu'on peut dire ? »

Il ôta ses lunettes, les posa sur la table entre nous deux. Pour la première fois je vis ses yeux sans la protection de ses culs-de-bouteille : ils étaient marron tirant sur le vert et paraissaient aussi brillants qu'ils avaient dû l'être à Kichinev. Bien que tout autour sa peau ait été grise et tavelée, les yeux reflétaient la lumière du soleil qui se levait au-dessus du chantier juste en contrebas de la cuisine.

« Pendant des années j'ai examiné les causes, les bonnes excuses, poursuivit-il. N'est-il pas vrai que nous autres Juifs, nous avons trop longtemps vécu dans l'ombre de la croix ? Un converti n'est-il pas une menace mortelle pour nous tous ? Tant de sang versé au nom de leur Dieu d'amour ! De temps en temps, comment ne pourrions-nous pas nous venger ?

« Vous êtes un bon garçon juif, alors dites-moi : Un seul chrétien devrait-il répondre des péchés de tous les autres ? »

Il gardait les yeux rivés sur moi comme si sa question n'avait rien de rhétorique, assis en silence les mains jointes devant lui. Je ne pus m'empêcher de penser qu'il avait tout l'air d'être venu se confesser.

« Mais vous ne l'avez pas tué parce qu'il était chrétien », lui dis-je.

Il hocha la tête en signe d'approbation, puis remit ses lunettes, paraissant immédiatement moins nu : « Ce serait plus facile de vivre avec ça si c'était le cas. Je pense souvent à ce pauvre Hershl Shvayg. Et à cause de lui je me pose aussi la question de savoir si une vie tout entière peut être jugée à l'aune des événements d'un seul jour. On peut faire le bien vingt-trois heures sur vingt-quatre, et c'est la vingt-quatrième heure qui vous hante. Être juif, ça veut dire savoir cela, non ? »

Ayant lu sa confession, je finis par décider qu'il était temps de faire la mienne : « Monsieur Malpesh, il faut que je vous dise quelque chose. Ça va peut-être vous perturber de l'apprendre, mais je ne suis pas juif. J'ai été élevé dans la religion chrétienne. Je suis catholique romain. »

Malpesh garda le regard rivé sur moi, portant la main à ses lunettes pour mieux voir : « Vos parents, ils étaient convertis ?

— Non. Mes parents sont nés catholiques. Toute ma famille est née catholique. On est catholiques depuis toujours. » Je l'avouai dans un mélange de fierté, de soulagement et de honte qui m'était entièrement nouveau.

Il se leva, puis se rassit, et se leva enfin pour aller à l'autre bout de la pièce.

« Vous ne seriez pas une espèce de missionnaire ? me demanda-t-il. Vous avez appris la langue juive pour convertir les Juifs ?

— Non, j'ai appris la langue pour devenir quelque chose de nouveau. »

Il ferma les yeux et prit une longue et profonde inspiration, qui siffla en pénétrant dans ses poumons. Dans l'espace qui nous séparait, la poussière flottait aussi épaisse qu'un rideau. Les rayons obliques du soleil semblaient s'être pétrifiés dans l'air malpropre de l'appartement.

« Je comprends, finit par dire Malpesh. Toute une vie il m'a fallu, mais je comprends. »

Sans ajouter un mot, il se retourna, alla jusqu'au portemanteau et mit sa casquette : « *Ikh muz geyn zamlen di bikher* », dit-il. Il faut que j'aille rassembler les livres.

« Attendez ! lui criai-je. *Mir viln geyn tsuzamen.* » On va y aller ensemble.

Les mémoircs d'Itsik Malpesh

shin

« Je suis désolée, Isaac. Je t'en supplie, oublie les horreurs que j'ai dites. »

Sasha se jeta à mon cou lorsque je rentrai à l'appartement. Elle ne remarqua pas le carton de livres que je transportais avant que je le dépose par terre. Plusieurs exemplaires de mon recueil de poèmes s'ouvrirent à nos pieds.

« Qu'est-ce que c'est ? demanda-t-elle. C'est un recueil de tes poèmes ?

— C'est ce que c'est. »

Elle en ramassa un par terre et le feuilleta rapidement. Un sourire si chaleureux illumina son visage que je crus mourir : « C'est beau. Je ne savais pas que c'était en préparation. Tu n'as parlé que d'une traduction… »

Je l'entendais à peine, tant ma tête était embrumée par ce qui venait de se produire.

« C'est trop tard, lui dis-je. On ne peut pas désimprimer un livre. On ne peut pas défaire le passé.

— Pourquoi voudrais-tu le désimprimer ? L'œuvre de ta vie, et tu parles de la désimprimer ?

— L'œuvre de ma vie ? » répétai-je, riant presque de la possibilité qu'elle ait raison. J'avais cru que ma vie menait à ma réunion avec elle, que ma poursuite, poétique et réelle, de Sasha Bimko avait déterminé la quête de mes jours. M'étais-je trompé ? Tous les événements de ma vie s'étaient-ils véritablement produits dans le seul but de préparer le meurtre – oui, oui, je veux dire le mot – le meurtre d'Hershl Shvayg ?

« Isaac, tu n'as pas l'air dans ton assiette. Assieds-toi s'il te plaît, je vais te faire un thé. »

Sasha me conduisit à la cuisine et me fit asseoir sur une chaise.

« Me pardonneras-tu pour ce que je t'ai dit ? demanda-t-elle. Je t'en supplie. Je crois que ce serait peut-être mieux si tu oubliais que des mots pareils ont franchi mes lèvres. »

Je ne disais rien tandis qu'elle s'affairait dans la cuisine, faisant bouillir de l'eau, remplissant la théière, plaçant devant moi un verre plein et une cuiller.

« Ça, c'est une des choses que j'ai apprises de ma rencontre avec M. Shvayg : que je ne devrais plus remâcher toute la violence du passé. Si je ne regarde pas vers l'avenir, le présent sera consumé par la colère que j'aurais dû oublier il y a bien longtemps. »

À mesure qu'elle parlait, tout s'embrouillait de plus en plus dans ma tête. « Qu'est-ce qui s'est passé exactement entre toi et Hershl Shvayg ? finis-je par lui demander. Est-ce qu'il n'a… ? »

Je me mis à trembler. Appuyée sur la table, ma main tremblait si violemment que ma cuiller tressautait en cliquetant contre mon verre. Du thé brûlant m'éclaboussa la main.

« Isaac, fais attention ! Tu vas te brûler », me dit Sasha en se précipitant à mes côtés, une serviette à la main.

Lorsqu'elle se pencha pour m'essuyer la main, je lui saisis le poignet.

« Je croyais qu'il t'avait forcée à… »

Surprise, elle rit : « Me forcer ? Ce stupide petit bonhomme ? Hershl Shvayg ne parviendrait pas à forcer un pigeon à faire caca ! »

Je portai ma main à ma bouche, puis fis courir mes doigts dans mes cheveux. Je me levai. Je fis les cent pas. Je revins à ma chaise. Ne rien faire, c'était rester avec l'idée que lui, il n'avait rien fait.

« Sasha, je t'en supplie dis-moi, repris-je, quand tu dis que tu as fait ce qu'il fallait faire pour récupérer l'argent…

— Isaac, qu'est-ce que tu me demandes, exactement ?

— Je croyais que toi et lui… Qu'il t'avait forcée à… Pour récupérer l'argent… »

Elle secoua la tête avec le même rire léger qui semblait toutefois plus agacé qu'amusé à présent : « Tu crois vraiment que je n'ai aucune ressource à part mon… *knish ?* C'est ça, l'idée que tu te fais de moi ?

— Mais alors, que s'est-il passé ? Tu étais si bouleversée…

— Il n'y a pas grand-chose à dire, fit-elle dans un haussement d'épaules. Comme je te l'ai dit, je suis allée à son appartement, il voulait partager ses convictions avec moi, alors il m'a lu une grande partie de sa traduction de la bible chrétienne. Moi j'essayais de me montrer gentille, dans l'espoir de le convaincre qu'il devait nous rendre notre argent.

Mais plus j'écoutais sa bible, plus je m'énervais. J'ai fini par lui dire que c'était très intéressant, et qu'ayant vécu à Jérusalem je trouvais que l'idée de faire parler Jésus en yiddish était une bonne blague.

— Une bonne blague ?

— Il a eu exactement la même réaction. Je lui ai raconté qu'en Palestine, on considère le yiddish comme la langue des pires de tous les Juifs, et que personne ne pourrait imaginer un Juif pire que Jésus. Il n'a pas vraiment apprécié.

« Après ça, je lui ai dit que j'allais récupérer notre argent. Il a pris un air penaud pour me proposer un autre mode de paiement. À quoi je lui ai répondu que s'il n'enlevait pas sa main de mon genou et ne me rendait pas l'argent, j'allais lui casser les dents avec sa propre machine à écrire.

— Sasha, je…

— Je ne lui ai pas fait de mal – je n'ai pas eu besoin. Il a cru que je l'aurais fait, et ça a suffi. Et je l'aurais bel et bien fait. Jusqu'au moment où j'ai eu l'argent en main et où j'ai franchi la porte, je tenais une machine à écrire au-dessus de sa tête comme un homme des cavernes brandissant un rocher.

« Je me suis sentie assez fière de moi pendant quelques centaines de mètres. Mais là j'ai repensé à la pitoyable expression de terreur sur les traits chafouins de Shvayg – son museau agité de soubresauts, ses paupières serrées et les larmes qui perlaient le long de ses cils. Avant même de m'en rendre compte, je pleurais moi aussi, et je me haïssais d'avoir agi de la sorte, de voir ce que j'étais prête à faire.

« Ce triste petit bonhomme. Quel genre de vie a-t-il donc dû mener pour abandonner la foi dans laquelle il a été élevé ? Quel genre de traumatisme peut bien conduire un Juif à ne plus en être un ? J'aurais pu le tuer, je l'aurais fait s'il avait montré la moindre résistance. Mais il avait déjà l'air complètement brisé.

« Alors j'ai pleuré jusqu'à la maison, pas seulement pour lui mais parce que j'avais compris ce dont j'étais capable. Juste avant d'arriver à l'appartement, je n'étais tout simplement pas en état de te voir et de te dire ce que j'avais commis.

« C'est dans cet état-là que tu m'as vue. Et puis je t'ai regardé sortir sans montrer la moindre émotion ou presque. Je savais que tu sortais pour faire quelque chose en rapport avec tes poèmes. Et je me suis dit que je te haïssais et je t'aimais à la fois pour cette même raison.

« C'est à ce moment-là que j'ai compris mes véritables convictions, poursuivit Sasha. Mes plus anciens souvenirs sont pleins de violence. Et voilà bien longtemps que je me sais moi-même capable de violence. Je ne peux plus supporter de la côtoyer. Je ne peux pas permettre à mon enfant d'y être confronté. Si mon père était parmi nous aujourd'hui, je lui dirais d'arrêter l'abattage, de se trouver un autre métier. Je ne veux plus avoir à faire avec tout ça. Avec la mort, avec la violence, avec quiconque vit de cette façon-là.

« Après ton départ hier soir, je me suis sentie pleine de reconnaissance de t'avoir retrouvé. Tu es né de cette même violence qui m'a forgée, et pourtant tu es si doux. Tu as cru qu'on m'avait fait du mal, et pourtant tu n'as pas cherché à te venger. Tu es sorti et tu as fabriqué un livre. Tu es un créateur, Isaac.

Pas l'être destructeur que le destin a fait de moi, comme je le crains parfois. Et c'est pour cela que je t'aime. Comment transformes-tu la douleur en mots ? Comment transformes-tu la violence de notre vie en un objet de beauté ? »

Elle m'étreignit de nouveau, et dans ce moment je crus que les événements des heures précédentes n'étaient qu'un cauchemar. Sasha me tint dans ses bras et répéta mon nom – mon nom hébreu, mon nom sacré – et durant tout le temps de son étreinte, je crus presque ce qu'elle croyait à mon sujet : que j'avais été capable de transformer la colère qui brûlait au fond de moi en poèmes inoffensifs.

« Oui, Sasha, lui susurrai-je, oui, tout va bien désormais. »

Je jurai que notre vie commune ne connaîtrait pas la violence. Et que la vie de notre enfant ne ressemblerait en rien à celles d'antan : elle serait paisible, protégée, épargnée par les haines qui avaient fait de nous ce que nous étions.

« Dis-moi que nous sommes sains et saufs à présent, me dit-elle.

— Oui, ma Sasha. Oui. La fille du boucher peut enfin sortir de l'abattoir de son père. »

Nous vécûmes dans l'illusion d'une telle sécurité presque une semaine durant. Le jeune élève du *kheyder* qui m'habite repense à cette période comme à une sorte de reflet des six jours de la création dans un palais des glaces. Ce premier jour, tandis que Sasha parlait encore de son désir de partager une vie loin de toute violence, nous séparâmes la lumière de la nuit de notre avenir. Le deuxième jour, passé sous la couette sans nous soucier de ce que Mme Goldstein dirait, fut un pur paradis. Le troisième jour, nous allâmes à Coney Island bronzer sur la terre et nager dans les eaux. Le quatrième jour, nous créâmes la lune et les étoiles perchées au sommet du toit de notre immeuble. Le cinquième jour, nous fîmes le tour de Central Park en fiacre, prétendant que c'était un droschki dans les rues de Kichinev. Le sixième jour, célébrant la création de l'humanité, je collai mon oreille au ventre de Sasha et écoutai notre enfant, qui à présent tressautait d'énergie vitale.

Et le septième jour, tandis que nous prenions du repos, on frappa à la porte. Deux agents de police attendaient sur le seuil. Ils parlaient anglais, je reculai et laissai donc Sasha demander ce qu'ils voulaient. Son regard s'assombrit à mesure qu'ils lui expliquaient.

« Ils veulent savoir, me dit-elle, si le nom de "Charlie Lisse" te dit quelque chose.

— Pourquoi veulent-ils savoir une chose pareille ? »

Sasha répéta la question et porta sa main à ses lèvres lorsque les agents lui eurent répondu.

« Ils disent que c'est en rapport avec la disparition d'un missionnaire chrétien. »

Le plus grand des deux agents ouvrit son carnet, le feuilleta. Je n'eus pas besoin de traduction lorsqu'il déclara : « Il s'appelle – ou plutôt, s'appelait – Hershl Shvayg.

— Ils disent, poursuivit Sasha, que M. Shvayg a disparu depuis une semaine. Depuis vendredi soir. » Elle écouta la suite. « Ils disent que Charlie Lisse est un bandit qu'ils ont à l'œil depuis des années. Ils disent qu'ils l'ont pincé en train de rôder autour de l'appartement de Shvayg. Ils disent que Charlie Lisse prétend que tu te porteras garant.

— Dis-leur que je ne sais rien. »

Dès qu'ils furent partis, Sasha se retourna vers moi, les yeux pleins de tristesse. Ce n'était pas le regard de la fille d'un boucher, mais celui de la femme d'un meurtrier : « Isaac, qu'as-tu fait ? »

Les mémoires d'Itsik Malpesh

tof

Il ne lui fallut pas longtemps pour faire ses valises. Elle me dit qu'elle reviendrait, qu'elle voulait simplement être avec sa mère pour la naissance du bébé, que peut-être je devrais la rejoindre lorsque j'aurais amassé les fonds nécessaires, qu'elle reviendrait une fois qu'elle aurait les idées plus claires, qu'elle était désolée mais que, pour le moment, elle ne voyait pas d'autre issue.

Quand son absence eut duré des mois, je voulus à toute force aller la rejoindre, la retrouver. Mais alors survint la guerre, encore une guerre, et je me sentis plus loin de Sasha que jamais auparavant.

Un an durant à New York, j'attendis des nouvelles. Rien. J'envoyai des lettres au 24, rue Iapontchik à Odessa, dans l'espoir que sa mère pourrait les transmettre, si sa mère était toujours en vie. Si elle-même était toujours en vie.

Bientôt, je me dis que c'était impossible. D'Europe et de Russie ne parvenaient d'autres nouvelles que la mort.

La vie continua, cahin-caha. Pour les autres, du moins. Quant à moi, j'avais du mal à quitter l'appartement. Jour après jour, j'étais dévoré par l'idée, l'idée absurde, que Sasha pourrait soudain refaire surface. Pour la première fois de ma vie, je ne trouvais même pas le réconfort de la poésie. Quand je prenais ma plume pour écrire, je me retrouvais en proie à une telle panique que le bec déchirait la page.

Knobloch vint me voir un beau jour, se plaignant que la police continuait à poser des questions sur le dernier endroit où l'on avait aperçu Hershl Shvayg. En tant qu'associé en affaires du traducteur disparu, Knobloch subissait des interrogatoires sans fin.

« Malpesh, je ne sais pas exactement dans quoi vous avez trempé, mais la police explore le moindre recoin depuis votre départ, me dit-il. Ils posent sans arrêt des questions sur Hershl Shvayg, sur vous, et sur un personnage appelé Charlie Lisse. Je suis sur le point de conclure une affaire commerciale, et j'ai besoin que tout ce cirque s'arrête. Franchement, si cela ne tenait qu'à moi, j'enverrais les flics sur votre piste. Mais la vérité, c'est que ma sœur tient encore à vous, et elle ne veut pas qu'il vous arrive malheur.

— Rachel ? » demandai-je. Cela faisait des années que je n'avais pas pensé à ma promise de jadis – promise, l'avait-elle vraiment été ? Au moment où Knobloch prononça son nom, je parvins à peine à me représenter mentalement son image.

« Oui, Rachel. Si vous me dites que vous l'avez oubliée, je vous fracasse le crâne, espèce d'ingrat !

— Je ne l'ai pas oubliée. Bien sûr que non !

— À sa demande, j'ai une proposition à vous faire : nous quittons New York. Elle veut que vous nous accompagniez.

— Quitter New York ? » Je n'en croyais pas mes oreilles. Pourquoi voudrait-on quitter New York ?

« Les Entreprises Knobloch sont en train de faire faillite, dit-il. Avec la disparition de Shvayg, ses commanditaires veulent se retirer de l'affaire. Et moi je me retrouve coincé avec cinq mille exemplaires de… comment s'appelle ce truc, déjà ? *Der Bris Hadash*. Que Dieu me vienne en aide. Cinq mille exemplaires, et personne pour les payer ! Je vais balancer ces satanés bouquins par la fenêtre. Celui qui les veut n'aura qu'à les prendre. Il faut que je m'en débarrasse, c'est tout. Il faudra que je vende les linotypes pour couvrir les pertes.

— Et le *Naye Yidishe Tsukunft*, alors ?

— Le journal est mort. Il faut croire que j'ai mal lu le marc de café. En fin de compte, le yiddish n'est pas l'avenir des Juifs en Amérique.

— Quel est leur avenir, alors ?

— L'immobilier. »

Ce n'était pas une blague. Avec l'argent de la vente de l'immeuble Knobloch, il avait pu s'acheter un pâté de maisons tout entier à Baltimore.

« C'est situé dans le quartier juif de la ville, m'apprit-il, mais plus pour longtemps. Les Juifs ne veulent plus habiter au-dessus des marchés au poisson. Ils déménagent. Et vous savez qui vient s'installer à leur place ? Des Noirs. Quand la guerre sera finie, ils rentreront tous avec un peu d'argent au fond de leur poche. Ils quitteront leur campagne et auront besoin de trouver où s'installer. Évidemment, la ville va vouloir les garder tous au même endroit. C'est là que nous entrons en scène.

— Qui aurait cru qu'un Juif construirait un jour un ghetto ? ironisai-je.

— Il nous faudrait un ghetto de ce genre ! Trois immeubles autour d'un grand terrain à ciel ouvert. Il va même y avoir une piscine !

— Est-ce qu'il suffit d'appeler le caniveau une douve pour qu'un immeuble devienne un château ?

— J'essaye de vous tendre la main, Malpesh. Venez avec nous, aidez-nous à prendre soin de l'endroit. Ce sera la belle vie. »

Fidèle à son plan, le lotissement des Résidences Knobloch fut achevé juste à temps pour que les soldats noirs puissent y emménager avec leur famille à la fin de la guerre.

J'abandonnai New York à regret, ayant l'impression d'y laisser trop de choses inachevées, même si en vérité plus rien ne pouvait m'y retenir sinon tellement d'affaires pendantes que ma vie ressemblait aux franges du châle de prières d'un homme pieux. Sasha, je le savais, ne reviendrait jamais, mais j'entretenais l'espoir de revoir un jour Chaïm. Le dernier message que je reçus de lui me parvint sous la forme d'un paquet laissé devant ma porte. C'était un carton plein de registres cartonnés, identiques à celui dont il s'était servi dans sa boutique de jouets.

La dernière fois que tu m'as fait quitter la ville, je t'ai pressé de continuer tes lectures. Aujourd'hui, je pense que tu devrais plutôt t'en tenir à l'écriture. Il faut toujours tenir des comptes, mon petit Itsik. Rem-

plis ces registres quand tu auras besoin de savoir où tu en es.

– Chaïm

Une fois de plus je n'eus jamais l'occasion de m'excuser. Ni de dire au revoir. Je ne sais pas ce qu'il est devenu. Mais j'ai scrupuleusement rempli les livres de comptes qu'il m'a donnés. C'est le mieux que je puisse faire.

À Baltimore, je me mis au travail, encaissant les loyers, repeignant les murs, lavant les sols, réparant les chaudières quand les canalisations s'obstruaient. De temps en temps, au plus profond du sous-sol de ces tours où la chaudière ronflait à plein régime et où toutes sortes de bruits descendaient des appartements, j'imaginais que je n'avais jamais quitté la fabrique de duvet de Kichinev. Et tout comme à cette époque lointaine, je trouvais du réconfort dans les mots. Knobloch avait emporté l'intégralité de sa Bibliothèque des Rêves Brisés. Dans les arrière-salles de ses bureaux, nous installâmes ce qui était jadis la plus grande bibliothèque yiddish de l'East Side à l'ombre d'une cité de logements des quartiers est de Baltimore, au moment même où tous les autres Juifs déménageaient.

Comme l'avait prédit Knobloch, c'était la belle vie. Rachel l'accompagna pour rester sa secrétaire. Un jour, elle m'informa qu'elle s'était trouvée dans les Immeubles Knobloch ce fameux soir où Hershl Shvayg avait disparu. Il ne faut jamais sous-estimer ce que peut savoir une secrétaire, ou la ruse dont elle peut faire preuve.

« Je ne dirai jamais rien », m'assura-t-elle. Peu de temps après, elle devint ma femme. « Tu vois, ça c'est *bashert* », me dit-elle. Le mot me transperça comme si Rachel était un *shoykhet* qui manquerait son coup.

J'abandonnai toute tentative d'écrire de la poésie, n'ayant plus de raison pour cela. Notre mariage dura longtemps et ne fut pas malheureux, mais il n'y a pas grand-chose à en dire.

Des regrets, je n'en eus qu'un seul en ce qui concerne Rachel : elle voulait des enfants, mais je refusai, lui faisant valoir que nous étions trop âgés. Elle vit clair dans mon jeu et finit par m'en vouloir lorsqu'elle sentit la mort approcher.

De son lit d'hôpital, elle m'accusa : « Tu penses toujours à Sasha Bimko, je le vois dans ton regard ! Est-ce pour cela que tu ne m'as jamais donné d'enfant ? Est-ce pour cela que je meurs toute seule ?

— Pas toute seule, objectai-je. Tu n'es pas toute seule. Moi, je suis là.

— Quand ta compagnie a-t-elle voulu dire autre chose que la solitude ? rétorqua-t-elle. Nous avons partagé un lit pendant trente ans, mais chaque jour j'ai vécu toute seule.

— C'est fini, la rassurai-je, et ça ne recommencera plus jamais. Je te retrouverai bientôt dans l'au-delà. » Et pour détendre l'atmosphère, j'ajoutai : « Je te saluerai d'un grand rire aux éclats. »

Rachel détourna le regard pour ce qui fut la dernière fois : « Même maintenant il prononce des mots qu'il a écrits pour elle. »

Après la mort de Rachel, nous n'eûmes plus grand-chose à nous dire, Knobloch et moi. Vers la fin, elle lui avait tout raconté sur la disparition d'Hershl Shvayg, et il en vint à me tenir responsable de la fermeture des Entreprises Knobloch, dont le faste avait représenté la période la plus heureuse de son existence.

Lorsque j'eus pris ma retraite, mes fréquentes visites à la bibliothèque de Knobloch devinrent des exercices d'autodéfense verbale. Pendant un temps, je défendis l'idée qu'un quotidien yiddish aurait fini par mourir de sa belle mort, mais il la rejetait d'un geste agacé comme si j'avais assassiné la langue à moi tout seul.

À partir de ce moment-là, chaque question devint un sujet de dispute entre nous. Il devint notamment un ardent défenseur du sionisme, tandis que la simple idée d'un État juif où l'on parlait hébreu me donnait le sentiment que même en possédant une patrie, je n'étais nulle part chez moi.

Dans de fréquents moments de nostalgie pour l'East Side et le monde que nous y avions connu, Knobloch devenait d'une humeur maussade et belliqueuse. Un jour il m'invectiva : « Ce n'est pas seulement à cause des nazis, mais de poètes comme vous ! À quoi ont servi tous vos gribouillis censés maintenir en vie notre *mame-loshn* ? Les Allemands et les poètes ! Ensemble, vous avez tué le yiddish ! »

Knobloch devenait de plus en plus sénile avec l'âge. Il eût été charitable de ne pas tenir compte de ses colères irrationnelles. Mais quant à moi, je crains d'être devenu bien peu charitable avec l'âge.

« Vous avez raison, ce ne sont pas les nazis, lui rétorquai-je, c'est Israël ! Berlin a collé le yiddish le dos au mur, mais c'est Tel-Aviv qui a pressé la détente ! »

À ce moment-là, nous nous connaissions depuis – était-ce possible ? – cinquante ans. Il savait que mes propos portaient l'empreinte du manque engendré par la perte de ma femme, et que ce manque me rappelait d'autres pertes, des pertes du temps jadis. Je nourrissais toujours dans mon esprit l'espoir que Sasha et notre enfant, où qu'ils fussent, avaient survécu à Hitler, à Staline et à tout le reste, avaient survécu et peut-être repris la route de Jérusalem ou de tout autre lieu de cette contrée déserte. Je haïssais l'endroit pour sa langue et pour son silence.

Knobloch savait tout cela, mais il me chassa de son bureau quand même. Et je fus heureux de m'en aller. Lui et moi paraissions avoir compris au même instant que nous n'étions l'un pour l'autre que le pâle reflet de deux fantômes.

Je me mis à faire mes lectures ailleurs. J'avais fini par me mettre à l'anglais – travailler dans une cité d'immeubles m'avait beaucoup appris – et c'est ainsi que pour la première fois de ma vie peut-être, je déambulais librement dans la ville où j'habitais. Sans me soucier de savoir si le quartier était juif ou non, je marchais et m'arrêtais où bon me semblait. Dans un bar près de Camden Yards j'appris tout sur le base-ball, et au cours de mes conversations avec des hommes dont je savais rarement le nom, des hommes qui m'accueillaient avec toute l'hospitalité américaine en m'offrant des bières en dépit de nos différences d'origine, j'éprouvais parfois un peu de la passion que j'avais ressentie grâce au yiddish, grâce à la poésie, sans en éprouver la douleur.

Tous les après-midi je passais des heures à errer à travers cette ville qui – par accident ? par *bashert* ? – était devenue mon chez-moi.

Ma promenade favorite me menait jusqu'au port, pour nourrir les oiseaux qui s'assemblaient là en toutes saisons – pigeons, canards, une oie esseulée perdue en route vers la Floride. À l'époque, on appelait « oiseaux des neiges » les vieux Juifs qui migraient dans la même direction l'hiver venu, et je me comptais parmi eux, non parce que je voyageais (l'époque où je voyageais encore était finie depuis longtemps) mais parce que j'avais le sentiment de parler la langue des gracieuses créatures qui plongeaient du haut du ciel pour grappiller des détritus dans les poubelles.

Certains jours au bord de l'eau, je parlais aux oiseaux comme si c'étaient des fantômes de mon passé. Ils volaient de façon aussi erratique que mes souvenirs, papillonnant dans et hors de mon champ de vision comme pour me narguer. Je me surpris plus d'une fois à les appeler par un nom. Un canard aux plumes lisses qui piquait sur les poissons, je l'appelais Chaïm. Une mouette tournoyant en haut du ciel, je l'appelais Sasha. Une grande oie blanche, trop bien habillée pour cette mer sale, je l'appelais Hershl Shvayg.

Par jours de plus grande lucidité, je me contentais de jeter des miettes au vent en les appelant tous à la fois : « Petits, petits ! J'ai connu vos cousines ! J'ai connu vos cousines ! On était du même pays à Kichinev ! Pardon pour la machine de mon père ! »

À chaque poignée, j'espérais que ces volatiles n'avaient pas lu ce passage de nos écritures où il est dit que les fils héritent des péchés de leurs pères.

Ainsi passent les jours d'un vieil homme. Je n'emporte jamais de nourriture d'aucune sorte avec moi quand je quitte la maison pour le port, car je sais que sur les trottoirs de Lombard Street il y aura abondance de mets délicats jetés aux ordures. Les mouettes, qu'est-ce ça peut bien leur faire ? Mes poches tapissées de plastique, je me baisse pour les remplir et poursuis mon chemin jusqu'à la mer.

Quand j'atteins le rivage, j'extrais de mes poches les sacs plastique que je retourne dans le vent. Vole l'orange vif des miettes de crackers au fromage ! Le jaune des chips ! Le rouge et argent des vieux sachets de ketchup ! Le vert de… je ne sais pas trop quoi au juste.

Les oiseaux arrivent à tire d'aile et picorent comme des forcenés, donnant des coups de bec dans les yeux de leurs congénères comme si c'étaient des bonbons. Des touffes de plumes blanches rejoignent le tourbillon au-dessus de ma tête, et puis aussi soudainement qu'il s'est formé le tumulte disparaît, laissant pleuvoir les déchets comme s'ils tombaient tout droit d'un avion invisible qui se débarrasserait des restes de la ville en entamant son ascension depuis l'aéroport de Baltimore.

En de tels instants, bien que j'aie abandonné la poésie depuis des lustres, je ne puis m'empêcher de composer une strophe ou deux :

Sur les flots qui jusqu'au port conduisent,
venue du large souffle une fraîche brise.
Elle emplit les cieux de plumes crasseuses,
de vieux sacs et de déjections merdeuses…
Tout ce dont on ne veut plus, jeté au rebut
goûté, abandonné, puis livré à l'oubli,
vient empuantir le premier passant venu
de l'odeur d'un monde qui n'est plus que pourri.

Et au milieu de cette nuée de déchets,
un vieil homme dans sa méditation se perd :
Si l'air c'est cela, alors non merci, mon Dieu.
Je préfère inhaler le fond de la mer.

Comme les rues que j'arpente pour venir jusqu'ici, le port est désert et crasseux. Pourtant je reviens tous les jours. Comment pourrais-je ne pas revenir ? L'eau devant moi s'étend partout, même jusqu'en des lieux aujourd'hui disparus.

Sur un coup de tête au cours d'une de mes promenades la semaine dernière, j'ai décidé de pousser mes pas jusqu'au bureau de Knobloch.

J'ai découvert des ouvriers en train de condamner les fenêtres et de pulvériser de la peinture orange sur le trottoir.

« Excusez-moi, ai-je demandé à un type coiffé d'un casque en plastique blanc, qu'est-ce qu'il se passe ici ? Où est Knobloch ?

— M. Knobloch est un ami à vous ?

— Oui, ai-je répondu sans hésiter, me rendant soudain compte que c'était la vérité, et qu'il était le seul ami que j'avais.

— Je suis désolé, monsieur, mais M. Knobloch est mort.

— Mort ? Quand ça ?

— Il y a deux mois. Ces immeubles, là, ils appartiennent à la banque maintenant. Ils ont tous été condamnés au cours de l'inspection par l'assurance. »

J'ai jeté un œil par un interstice dans les panneaux de bois qui recouvraient les fenêtres. À travers une porte ouverte à l'arrière du bureau, j'ai vu les étagères garnies de reliures d'une douzaine de couleurs différentes.

« La bibliothèque de Knobloch est toujours là-dedans ?

— Je ne sais pas, m'a répondu l'homme au casque, moi je suis juste ici pour préparer la démolition.

— La démolition ?

— Tout ce pâté de maisons doit y passer. La semaine prochaine. Vous ne lisez pas les journaux ou quoi ? »

C'est alors seulement que j'ai remarqué à quel point mon quartier était devenu une ville fantôme, d'un seul coup. Avais-je fait mes promenades dans un état second ? Tout autour de moi, les seuls êtres vivants s'affairaient sur des chantiers de construction… non, de démolition plutôt !

Des jours durant, j'ai erré comme frappé de stupeur. Qu'étaient devenues toutes les familles habitant les Résidences Knobloch ? Et tous ces livres alors ! Allaient-ils être perdus ?

J'ai marché jusqu'au port pour envisager ce qui pourrait être entrepris. Mes amis à plumes volaient bas au-dessus de moi et semblaient suspendus en l'air, me lançant des appels.

Kiou-fii ! disaient-ils. *Kiou-fii !*

Je n'ai cherché aucun sens à ce cri, et puis un journal porté par le vent s'est empêtré dans mes pieds. Je l'ai ramassé, heureux de pouvoir me changer les idées, et j'ai eu la surprise de voir un sourire s'esquisser sur mes lèvres. Le journal s'appelait apparemment *The Free Jewish Voice : La Libre Expression juive*, exactement le même nom que celui qui avait publié mon premier poème jadis ! C'est seulement en regardant de plus près que j'ai vu qu'il ne s'agissait pas du *Fraye Yidishe Shtime* de ma jeunesse à Kichinev. *The Jewish Voice of Baltimore*, disait en fait le titre, et comme c'était principalement un support pour petites annonces, ce journal n'était pas "libre", mais "gratuit" – raison pour laquelle ce dernier mot apparaissait imprimé en plus gros caractères que tout le reste.

Kiou-fii ! chantaient les oiseaux au-dessus de ma tête. *Kiou-fii ! Kiou-fii !*

J'ai jeté un œil alentour. J'ai aperçu un clochard chinois qui poussait un caddie, et une dame noire sortie faire un tour avec un jeune garçon – son petit-fils, me suis-je imaginé. En relisant le titre du journal, une pensée amusante et dangereuse en même temps m'a traversé l'esprit, comme souvent celui des vieilles personnes. J'ai ri jusqu'à être pris d'une quinte de toux et je me suis étranglé, alors la dame et son petit-fils ont levé un regard inquiet.

J'ai fait un signe de la main pour leur indiquer que j'allais m'en sortir. Et puis j'ai décidé de partager mon humeur joyeuse avec eux pour qu'ils ne pensent pas que j'étais fou.

« Je croyais qu'à moi tout seul, j'étais l'expression de la Voix Juive de Baltimore, ai-je dit en levant le journal pour que tout le monde puisse le voir, mais il semble bien que ce ne soit pas le cas ! »

Kiou-fii ! se sont esclaffés les oiseaux au-dessus de nos têtes. *Kiou-fii ! Kiou-fii ! Kiou-fii !*

La dame et son petit-fils sont passés et m'ont laissé seul à parcourir les articles. Une synagogue de Pikesville organisait des séances de lecture en yiddish une fois par semaine. Une autre à Eutah Place faisait des auditions pour un « Chœur Klezmer ». Et puis je suis tombé sur un article parlant d'une association de jeunes qui récupérait des livres en yiddish.

Dieu sait ce qu'ils en font, ai-je pensé.

Kiou-fii ! répétaient sans fin les oiseaux au-dessus de ma tête. *Kiou-fii ! Kiou-fii ! Kiou-fii !*

C'est fou comme le monde s'ouvre lorsqu'on connaît une autre langue ! Toute ma vie j'ai écouté le chant des oiseaux, et je l'ai naturellement traduit en sons ayant un sens dans ma langue maternelle. À Kichinev, je croyais parfois que les oies condamnées de la fabrique de duvet criaient *hon, hon, hon* de leur voix nasillarde, et en yiddish le sens était parfaitement adapté. « Coq ! » criaient-elles, « Coq ! Coq ! Coq ! » comme si, en les entendant dire *hon*, « coq », les plumeurs se diraient soudain qu'ils étaient en train de se tromper d'oiseau.

Quelle n'a pas été ma surprise ce jour-là de me rendre compte que les oiseaux du port me parlaient non pas en yiddish, comme la plupart des volatiles que j'avais connus, mais dans ma nouvelle langue.

Kiou-fii ! ont-ils dit une fois de plus.

« Coup de fil ? » leur ai-je demandé.

Kiou-fii !

J'ai regardé le quotidien juif sur mes genoux, son reportage qui racontait comment des camionnettes sillonnaient le pays pour sauver des livres en yiddish. Puis j'ai jeté un œil à la fin de l'article, et là j'ai vu un numéro de téléphone.

Kiou-fii ! Kiou-fii ! Kiou-fii !

« D'accord, je vais leur passer un coup de fil », ai-je dit à voix haute. La pensée m'est venue d'un coup, comme ça. Ça m'a autant surpris que les oiseaux ont semblé l'être. Ils volaient en spirale au-dessus de moi à présent, comme une galaxie montant au-dessus des vagues. Je les ai appelés chacun leur tour comme si je nommais les étoiles d'une constellation.

« Tu entends ça, Knobloch ? Un coup de fil et je vais sauver les livres ? Tu entends ça, Rachel ? Un coup de fil et je vais sauver les livres ! Tu entends, Chaïm ? Tu entends, Sasha ? Tu entends, Hershl Shvayg ? Coup de fil ! Coup de fil ! »

Kiou-fii ! Kiou-fii ! Kiou-fii !

« M'sieur ? M'sieur ? »

Quand je me suis retourné vers la voix, le petit-fils de la dame noire se tenait à mes côtés, me considérant d'un œil fixe.

« Tout va bien, m'sieur ? »

J'ai déchiré le journal et j'ai fourré le numéro de téléphone dans ma poche.

« Oui, ai-je répondu. Merci ! »

Note du traducteur

Son plan était simple. Dès qu'ils auraient abattu le premier mur, Malpesh irait errer du côté de l'immeuble, jouant le vieil homme égaré. Il ferait tout un foin, se plaindrait avec véhémence d'un chien perdu, simulerait une crise cardiaque, ferait tout ce qu'il faudrait afin que les travaux s'interrompent assez longtemps pour me permettre d'entrer et de sortir des bureaux cinq, ou dix, ou Dieu sait combien de fois. Ayant passé des heures à observer depuis la fenêtre de sa cuisine, il connaissait le chantier dans ses moindres détails. Il m'informa qu'une brouette se trouvait à moins de dix mètres de l'immeuble. Dans ma course, je devais m'en emparer et me mettre à sortir les livres par douzaines. Nous ne pourrions pas tous les sauver, mais j'estimais que plusieurs centaines au moins pourraient aller attendre sur les rayonnages de l'entrepôt associatif.

En exposant sa stratégie, Malpesh s'était d'abord montré aussi enthousiaste que peut l'être un homme de quatre-vingt-treize ans. Mais lorsque nous prîmes position sur les marches de la synagogue avant le grand saut, il parut perdu dans ses pensées.

« Monsieur Malpesh, vous êtes sûr que vous voulez faire une chose pareille ? lui demandai-je. Je peux me débrouiller tout seul. Il n'y a pas de raison que vous alliez là-bas. »

Son visage était vide de toute expression, puis il hocha la tête pour me signifier qu'il avait bien entendu.

« Merci de vous inquiéter pour moi, me dit-il, mais il y a une raison. »

Il fouilla dans la poche de poitrine de sa chemise et en sortit une épaisse liasse de feuilles pliées en quatre.

« Maintenant que vous avez lu mes carnets, vous vous sentez plus à l'aise avec le yiddish manuscrit, oui ? me demanda-t-il.

— Pas beaucoup plus, je le crains.

— Je vous aiderai à lire les mots que vous ne connaissez pas. »

Il me tendit les feuilles. C'était la lettre de l'arrière-grand-mère de Clara – une lettre écrite, je le comprenais à présent, par Sasha Bimko pour Itsik Malpesh.

À l'aide de son stylo, Malpesh avait repassé quelques-unes des lignes à demi effacées, comblant des vides dans une missive écrite à son intention soixante ans plus tôt, bien qu'il ne l'ait jamais vue auparavant.

Voici ce que je pus lire :

Mon cher Isaac,

Voilà longtemps que j'aurais dû t'écrire. J'espère simplement qu'au fond de ton cœur tu me pardonneras d'être partie, tu pardonneras mon silence, et surtout que tu me pardonneras de t'avoir empêché d'assister à la naissance de notre enfant. C'est une adorable petite fille, l'air aussi sérieux que son père.

Au bout d'un an déjà, ce petit bébé a tellement grandi. Je l'ai appelée Minah, en souvenir de ta mère. Pour avoir pris ce risque, je dois te demander pardon encore une fois. Nous avons su par Kichinev que le choix de ce nom était désormais approprié. J'espère qu'on t'en a informé. Peut-être cette tâche aurait-elle dû m'incomber, mais je n'en ai pas eu la force. Je t'ai trop souvent parlé de mort.

J'écris cette lettre installée dans le train pour le Birobidjan, qui comme tu l'as peut-être entendu dire a été désigné par le Camarade Staline pour être la région autonome juive à l'est du pays. On me dit que ça ressemble à la Palestine, mais la violence en moins : avec Minah, j'y trouverai peut-être la paix.

J'ai désespérément besoin que tu le saches, nous allons bien. Je peux seulement espérer que tu le sais déjà sans qu'on te l'ait dit, que quelque part ta sensibilité poétique le sait tout comme elle connaît le sens d'un poème, sans les mots.

Et pourtant, je crois qu'il faut que j'explique – à toi, à moi, à Minah, qui lira peut-être un jour ceci – pourquoi je n'enverrai pas cette lettre.

Tu trouverais cela stupide et irrationnel, mais je n'ai quitté New York pour aucun 12,233 mme des raisons que tu t'imagines peut-être. Ce n'est pas la désapprobation mais l'approbation qui m'a fait fuir. Car j'ai fini par comprendre ce dont tu as longtemps cherché à me convaincre. Que nous sommes véritablement bashert. *Que notre amour était tout simplement destiné à exister. Certains trouveraient là une satisfaction infinie, mais moi j'y vois autre chose, parce que les turbulences qui ont conduit à notre amour inévitable et nous en ont détournés me parlent d'une réalité que je ne puis supporter.*

T'es-tu jamais arrêté pour te demander, Isaac, s'il est bashert *que nous partagions notre vie, ce que cela signifie vraiment ? Pense à l'infortune qui a mis nos deux vies en branle et déterminé qu'un jour elles se croiseraient. Était-il* bashert *que mon si gentil papa meure comme un animal dans un abattoir ? Était-il* bashert *que ta famille se fasse agresser si sauvagement le jour de ta naissance ? Était-il* bashert *que mon premier promis, mon pauvre Nahum si fanatique, doive tomber sous les balles à Jérusalem ?*

Cette longue succession de catastrophes était-elle nécessaire à notre réunion ? J'ignore ce qui s'est passé entre Hershl Shvayg et toi, mais je crains le pire. Et le pire implique une autre mort absurde qui devait pour quelque obscure raison se produire afin que nous restions ensemble.

Je te le demande, crois-tu que Dieu veille sur nous comme jadis ton père veillait sur sa machine à plumer les oies ? Crois-tu que nous sommes entraînés sur le chemin de la vie comme sur un tapis roulant pour être plumés et tués à des fins qui dépassent notre entendement ?

C'est cela qu'implique le mot bashert*, et je n'accepte pas un univers qui fonctionne comme une mécanique d'une précision si terrifiante.*

Je ne t'enverrai pas cette lettre parce que je sais que si je le fais, tu me retrouveras. Et quand tu m'auras retrouvée, moi je tomberais dans tes bras tout comme les feuilles d'automne tombent des arbres, naturellement, inévitablement, sans autre choix que de faire ce pour quoi elles ont été conçues. Mais en me retrouvant, nous dirions de nouveau oui à ce mot de bashert. *Nous serions une fois de plus ligotés sur l'horrible machine de Dieu.*

À tout cela, je dois dire non. À un Dieu qui voudrait tuer tant de gens pour rapprocher deux êtres, je dis non.

Je t'en conjure, ne me prends pas pour une imbécile. Je ne suis pas naïve au point de croire que personne ne mourra jamais sans raison à cause de notre séparation. Mais je sais très bien qu'en te quittant, je ne me demanderai plus jamais si mon bonheur a été acquis à un prix insupportable.

Si un jour notre fille te retrouve, je serai contente. Mais quant à moi, je sais que pour lutter contre la violence de ce monde, je dois faire de ma vie un constant rappel qu'il n'existe rien de destiné, rien de bashert. *Si je parviens à me détourner d'un amour qui paraît inévitable, peut-être y aura-t-il une chance que d'autres se détournent de son contraire, la haine qui semble ne connaître ni raison ni fin.*

S'il te plaît, pardonne-moi pour cette décision. Et sache que ma seule raison pour la prendre est la suivante : mon pouvoir de choisir est tout ce qui me donne l'espérance.

À toi pour toujours,

Sasha

Lorsque j'eus terminé ma lecture, Malpesh me prit la lettre des mains et la replia pour la ranger dans sa poche.

« Je ne connais plus le sens du mot *bashert*, me dit-il. Je ne crois pas que ce soit le destin qui vous ait conduit jusqu'ici avec cette lettre, et je ne crois pas que j'ai perdu une famille au début de mon existence dans le seul but de pouvoir sauver la bibliothèque de Knobloch aujourd'hui. Une famille contre des livres !

A-t-on jamais vu une plus mauvaise affaire ! » Il eut un rire rauque et forcé, puis s'efforça de reprendre son souffle tandis que son rire dégénérait en quinte de toux.

« Alors c'est non ? lui demandai-je. Vous ne voulez pas aller jusqu'au bout ?

— Non, c'est oui. J'ai perdu trop de temps avec le destin. Aujourd'hui, tout ce que je peux faire c'est tenter ma chance. »

D'après ce que nous pouvions voir depuis notre poste de guet sur les marches de la synagogue, les travaux de la zone de démolition étaient conduits par un moustachu en casque blanc.

« Le contremaître, me dit Malpesh, lui j'ai rencontré. »

Quand nous vîmes le chef d'équipe disparaître dans une baraque à l'extrémité du chantier, nous comprîmes que c'était notre chance. Nous traversâmes vivement la rue d'un pas traînant, Malpesh agrippé à mon coude d'une main et à sa canne de l'autre.

À en juger par la taille des trois immeubles d'habitation, je devinai, et les observations de Malpesh me le confirmèrent, qu'il était prévu de les faire sauter. Le petit bâtiment d'un étage en façade dont Knobloch avait fait ses bureaux, en revanche, ne valait apparemment pas la dynamite.

Une équipe de dix hommes armés de pelles et de masses se tenait prête à intervenir tandis qu'une pelleteuse et un bulldozer commençaient à le démolir.

« Vous êtes prêt, monsieur Malpesh ?

— *Beser a gantser nar eyder a halber khokhem* », me répondit-il. Mieux vaut un complet imbécile qu'un demi-sage. Puis il me serra l'épaule avant d'ajouter, « *Gey gezunt.* » Porte-toi bien.

« Soyez prudent, vous aussi », répondis-je.

Sur ce, je m'élançai en regardant par-dessus mon épaule Malpesh qui s'avançait résolument vers l'équipe des ouvriers. Il marchait lentement, délibérément. Il n'aurait pas fallu qu'il tombe et se casse la hanche avant de pouvoir faire diversion.

J'atteignis l'immeuble en quelques secondes. Avisant la brouette à l'endroit exact où Malpesh avait dit qu'elle se trouverait, je piquai un sprint, l'attrapai par les poignées et slalomai entre des engins de chantier – chargeuses, concasseuses, camions. Puis je dépassai la grosse pelleteuse et m'engouffrai par la nouvelle ouverture fraîchement pratiquée dans la bibliothèque de Knobloch.

Jetant un œil derrière moi, je vis Malpesh lever sa canne en l'air, la bouche grand ouverte dans un cri noyé par la plainte d'une scie circulaire.

À l'intérieur, le soleil filtrait par un trou qui s'était apparemment formé dans le toit sous le premier assaut de l'équipe de démolition. Je commençai à charger la brouette des livres les plus accessibles, sans faire de tri ni regarder les titres. Ici, chaque livre était le rêve de quelqu'un, avait dit Knobloch, et j'essayai d'en récupérer autant que possible.

C'est alors que le mur derrière moi se mit à vaciller. La pelle mécanique déchira la brique et s'abaissa, lézardant le bâtiment du toit jusqu'au sol de béton. J'avais cru que Malpesh aurait déjà réussi à les arrêter, mais quelque chose avait dû se produire.

Peut-être était-il tombé et s'était-il cassé la hanche, après tout. Ou peut-être les ouvriers l'avaient-ils vu sans toutefois prêter attention à lui. Quoi qu'il soit en train de se passer dehors, cela n'empêchait absolument pas les livres et la brique de pleuvoir comme des grêlons tout autour de moi.

Provenant de derrière le pan de mur encore debout, j'entendis un puissant vrombissement de moteurs suivi du grincement rauque de chenilles d'acier. Les crocs de la pelle mécanique éventrèrent une nouvelle fois le mur nord de l'immeuble, puis tout l'édifice parut se soulever de l'intérieur, comme si la bibliothèque de Knobloch avait soudain pris une brusque inspiration.

Je renversai la brouette et me terrai en dessous, l'abaissant sur moi comme la carapace d'une tortue. Tout alentour, on aurait dit que le monde faisait craquer ses coutures. Le métal crissait contre la pierre, le verre et le bois se fracassaient sur le béton, des morceaux de brique pulvérisée rejaillissaient sous les chenilles de la pelleteuse et sifflaient en fusant dans les airs. Sous le dôme métallique de la brouette – mon abri ? ma tombe ? – je pressai un livre sur chacune de mes deux oreilles et suppliai pour que le bruit s'arrête.

Lorsqu'il se tut enfin, je m'aventurai au-dehors et ne me retrouvai plus à l'intérieur d'une ancienne arrière-salle transformée en bibliothèque yiddish de fortune. En fait, je n'étais plus à l'intérieur de rien du tout. Difficile à dire, avec une telle quantité de débris flottant dans l'air, mais il semblait que je me tenais au milieu d'un champ. Dans le ciel là-haut, le soleil était obscurci par des pages déchirées et de la brique en poudre.

Une main gantée m'attrapa par le poignet et me tira en avant. Je toussais et crachais sans voir où nous allions, mais bientôt je distinguai deux rangées d'ouvriers alignées de part et d'autre. Un casque blanc se fraya un chemin parmi eux :

« Vous croyez que j'ai du temps à perdre avec des conneries pareilles ? » me lança le contremaître en pointant une main vers moi comme si c'était un six-coups. Il se frappa la cuisse du porte-bloc à pince qu'il tenait dans l'autre main. « Non mais vous pouvez me dire ce que vous venez foutre sur mon chantier de démolition ? Vous savez que vous êtes sur une propriété privée, là ? Vous étiez là-dedans pour essayer d'embarquer ces satanés bouquins hébreux ? »

Ma réponse ne fut qu'une faible plainte : « Yiddish.

— Quoi ?

— Pas en hébreu, les livres, mais en yiddish.

— Je m'en contrefous, ça pourrait être du swahili ! Vous auriez pu y laisser votre peau ! » Il secoua la tête, abasourdi : « Vous vouliez les livres, pourquoi vous avez pas demandé ? »

Je restai muet. En toute franchise, je n'y avais même pas pensé.

« Et alors quoi ? Juste parce qu'on porte des casques, vous croyez qu'on s'intéresse pas à la littérature ? »

Il chercha l'assentiment de son bataillon d'ouvriers avant de leur faire signe de se disperser, et la troupe se fendit en deux telle une mer. Puis il lança un appel dans l'air gris sans s'adresser à personne en particulier :

« Où il est, l'autre ? Le papy ? »

Malpesh émergea de la fumée et vint me serrer entre ses bras maigres.

« Vous devriez avoir un peu plus de jugeote ! rugit le contremaître en regagnant furieux sa caravane. Foutez-moi le camp d'ici, bande de clowns, avant que j'appelle les flics !

— Je suis désolé, me dit Malpesh.

— Moi aussi. J'aurais au moins dû sortir quelques bouquins d'ici… »

En vérité, je n'en avais sauvé aucun. Tandis que la poussière commençait à retomber, des lambeaux de pages voletaient un peu partout. Des mots et des lettres atterrissaient sur mes épaules, dans mes cheveux. Des fragments de papier restaient collés aux lunettes de Malpesh comme s'il était un héros acclamé par une pluie de confettis. Il se brossa pour se débarrasser des restes de la bibliothèque de Knobloch, puis examina le bout de ses doigts.

« Je ne suis pas seulement désolé pour les livres, me dit-il, je suis désolé pour tout. »

Nous restâmes plantés là un moment – ne sachant plus trop, dans la pagaille générale du chantier, comment rentrer chez lui – et Malpesh me serrait le bras comme s'il avait peur que nous perdions le contact dans le nuage de papier qui descendait à présent sur nous. Nous ne bougeâmes pas d'un pouce mais le chef de chantier revint à la charge, agitant son porte-bloc pour nous chasser tout en beuglant par-dessus le grondement des machines qui reprenaient vie : « Bordel de Dieu ! Allez jouer *Morrie, une leçon de vie* un peu plus loin, d'accord ? Moi, j'ai des immeubles à démolir. »

*

C'est pendant que les Résidences Knobloch s'effondraient au sol ce jour-là que Malpesh et moi imaginâmes la présente traduction. *Bashert :* le mot serait une élégante façon de désigner une série d'événements aussi improbables et la collaboration qui en est résultée, mais après avoir lu la lettre de Sasha Bimko, je ne peux plus entendre ce mot sans me mettre à dénombrer tous les grands malheurs qui ont dû se produire pour qu'une histoire connaisse un happy end, si modeste soit-il.

En regardant trois immeubles disparaître en compagnie d'un homme issu, pour reprendre le titre célèbre du photographe Roman Vishniac, d'un monde disparu, je ne pouvais m'empêcher de me demander si l'histoire de sa vie n'était pas totalement inaccessible, en fin de compte ; de me demander si les questions entourant la vie d'un homme qui se croyait le dernier poète yiddish d'Amérique pouvaient avoir quelque pertinence que ce soit pour celui qui pourchasse l'amour, qui perd l'amour, ou bien qui vieillit dans la crainte d'être oublié de tous.

Plus égoïstement, je me demandais aussi dans quelle mesure traduire Malpesh m'aiderait à réparer les torts que j'avais commis. Je me demandais si, en dépit de mon mensonge par omission sur mon identité, effectuer cette traduction pourrait convaincre Clara Feld de m'offrir une seconde chance.

Assis en compagnie de Malpesh ce jour-là, tandis que les cendres et la poussière de béton s'élevaient en gros nuages dans le ciel de Baltimore, avoir droit à une seconde chance était la chose que je désirais le plus au monde.

Je revis Malpesh plusieurs fois au cours de l'année qui suivit. Comme l'avait fait Isaac Bashevis Singer pour ses traducteurs, le vieil homme joua un rôle irremplaçable dans l'opération consistant à transposer ses mots dans une nouvelle langue. D'un bout à l'autre de notre collaboration, j'eus à subir toutes les tracasseries prévisibles lorsqu'on travaille avec un poète vieillissant habitué à sa petite routine. Mais ce fut aussi l'occasion d'éprouver de vrais moments de joie.

Durant la majeure partie de l'année, Malpesh ne put se décider s'il devait ou non établir, par mon intermédiaire, le contact avec Clara. Il voyait la chose d'un point de vue pragmatique : après tout, qui était-elle pour lui ? Qu'était-il pour elle ?

« Que feriez-vous si l'un de vos ancêtres du *Mayflower* venait demain frapper à votre porte ? » me demanda-t-il. Depuis qu'il avait appris que je n'étais pas juif, il croyait dur comme fer que mes aïeux vivaient en Nouvelle-Angleterre depuis l'époque coloniale. Il ne voulut jamais rien entendre lorsque je lui avouai qu'ils avaient débarqué de leur Vieux Pays après lui.

« Je ne serais qu'un fardeau pour sa famille, j'en suis sûr, me dit-il. Ils croiraient que je viens leur demander de l'argent. Que j'ai des frais de santé à payer. Que je veux venir m'installer chez eux dans le New Jersey. »

Toutes ces raisons mises à part, la vérité c'est qu'il pensait qu'une rencontre avec Clara lui serait fatale.

Lorsqu'il accepta l'idée que de toute façon sa mort surviendrait bientôt, il devint impatient de rencontrer les descendants qu'il n'avait jamais connus.

Clara eut bien plus de mal à se laisser convaincre, d'abord que je disais la vérité sur l'identité de Malpesh, et ensuite que cette réunion était une bonne idée. J'avais repris mes études à ce moment-là, et Clara mon travail à l'Association culturelle juive, qui avait regretté de me voir partir en fin de compte.

Lorsqu'elle accepta finalement de le rencontrer, son yiddish et son hébreu étaient devenus meilleurs que les miens. (Elle m'a été d'une aide précieuse dans la préparation du manuscrit, dois-je ajouter, et m'a depuis pardonné ma propension à jouer les Je-sais-tout au début de notre liaison.)

Les premières retrouvailles de Clara avec son arrière-grand-père de quatre-vingt-quinze ans furent aussi douces-amères qu'on l'imagine. Malpesh vivait alors dans le confort de la Maison de retraite hébraïque de Baltimore (payée en partie par une substantielle bourse de traduction que j'avais demandée et obtenue auprès des ayants droit de la Fondation familiale Charlie Lisse, sans le soutien de laquelle cette collaboration n'aurait pas été possible). Ses *toyshovim*, ou camarades de prison, comme il les appelait, étaient un peu trop pieux au goût de Malpesh, mais il en avait trouvé parmi eux quelques-uns qui parlaient yiddish et il était, disait-il, assez heureux comme ça.

Après une heure de visite passée dans sa chambre, Clara s'excusa soudain et sortit rapidement dans le couloir. Je la suivis et la trouvai en pleurs.

« C'est un si gentil petit vieux, me dit-elle. Je ne sais pas comment lui avouer.

— Lui avouer quoi ?

— Mon arrière-grand-mère.

— Quoi, ton arrière-grand-mère ?

— Elle est en toujours en vie.

— Non !

— *Emes*, insista-t-elle. Si, c'est vrai. »

Clara avoua tout à Malpesh avant notre départ ce jour-là. Elle lui révéla que Sasha Bimko avait passé la majeure partie des vingt dernières années dans une structure très semblable à celle qu'il appelait à présent son foyer.

« Dans le New Jersey ? s'enquit Malpesh.

— À Jérusalem », répondit Clara.

Elle lui raconta que Sasha Bimko était parfaitement lucide, débordait d'activité, et avait la réputation de n'en faire qu'à sa tête.

« Dans la famille, on disait toujours : "C'est une femme très intelligente", ce qui signifiait qu'on ne pouvait jamais la forcer à faire ce qu'on voulait. »

Malpesh écouta attentivement et hocha la tête lorsque Clara eut terminé. Il lui tapota la main lorsqu'elle s'excusa de ne pas être venue le voir plus tôt, de ne pas lui avoir parlé de Sasha avant toute autre chose.

Pour sa part, Malpesh parut déconcerté par cette nouvelle, mais il répéta qu'il n'était nullement surpris : « Je ne vois pas d'autre raison qui expliquerait que je sois encore en vie », nous dit-il.

Épilogue

À la fête donnée pour le centième anniversaire de Sasha Bimko était rassemblé un échantillon de la culture israélienne contemporaine aussi large qu'on peut l'espérer. Massés dans la salle commune de la Maison de Retraite Ezrat Avot, située juste au-delà des murs de la Vieille Ville et donnant sur le mont des Oliviers, la Coupole du Rocher et les étonnants clochers en forme de bulbe du couvent orthodoxe Sainte-Marie-Madeleine, une soixantaine d'invités sirotaient leur soda dans des verres en plastique tout en conversant dans une demi-douzaine de langues différentes. Ce n'est pas tous les jours qu'à Jérusalem Est on peut voir des hassidim en chapeau noir, des Musulmanes voilées, et même une ou deux religieuses russes participer à une réunion de famille chez des Juifs américains. Mais l'invitée d'honneur avait apparemment déployé d'aussi grands efforts pour rassembler des personnes chères à son cœur que le père de son unique enfant l'avait autrefois fait pour rassembler des poèmes dans sa petite valise.

Sur un chevalet placé bien en évidence se bousculaient trente ans de coupures de presse. Trois ans après l'obtention de ma licence, mon hébreu était pour ainsi dire tombé aux oubliettes. Je demandai à Clara de déchiffrer pour moi les articles les plus récents.

« C'est un hommage, me dit-elle, publié aujourd'hui même. » Elle regarda la signature : « Oh ! je le connais ce type ! C'est plus ou moins l'équivalent de Jimmy Breslin[1] à Jérusalem. Je n'avais pas idée qu'Ima Sasha était si connue. »

Clara me lut l'article à voix haute, traduisant à mesure :

3 OCTOBRE 1999 / 23 TICHRI 5760

De par son histoire, c'est l'une des pionnières en Palestine sous mandat britannique mais aussi l'une des premières Israéliennes à avoir parlé de « droits palestiniens » : l'activiste Sasha Bimko, née il y a cent ans jour pour jour, a un pied dans l'héroïsme du passé et un autre dans le post-héroïsme de l'avenir. Jadis combattante pour une terre juive, elle lutte depuis trente ans en faveur des non-Juifs qui souhaitent vivre en paix, tout en jouissant de leurs pleins droits, à l'intérieur des frontières d'Israël. Elle s'est fait par là des amis et des ennemis aussi fervents les uns que les autres, chacune des deux factions débattant avec la même passion des accomplissements de cette femme singulière tout en entretenant des opinions radicalement différentes à son sujet. Alors que les négociations pour la paix se poursuivent cette semaine, nous espérons que l'esprit de sa conduite accompagnera les leaders des deux camps…

Une voix dans notre dos interrompit la traduction de Clara : « On croirait lire une nécrologie, non ? »

1. Célèbre reporter de la presse new-yorkaise. (*N.d.T.*)

Une petite femme dans un fauteuil roulant se trouvait soudain à nos côtés. Assise toute fripée, en pull rose et pantalon bleu lui laissant les chevilles découvertes, elle arborait un sourire qui semblait vouloir s'arracher à son siège. Derrière elle, une autre femme, bien plus jeune, nous salua d'un signe de tête amical. Elle faisait partie de la flottille des infirmières philippines qui poussaient les fauteuils à travers la pièce.

« Les journalistes israéliens pensent que l'élégie est la seule forme de prose qui vaille. Je présume qu'ils ont l'habitude, mais quand l'heure sera venue, j'aimerais autant que quelques limericks servent à honorer ma mémoire. »

Elle parlait l'anglais avec un accent qui sonnait à la fois yiddish, russe et israélien. Naturellement, c'était les trois à la fois.

« Est-ce que c'est ma Clara ? » demanda-t-elle.

Clara fit un pas en avant et déposa gentiment un baiser sur le sommet de son crâne : « Bonjour, Ima Sasha.

— Je parlais à l'instant avec ta mère. D'après ce qu'on m'a dit, tu es venue avec un ou deux admirateurs. » Elle détourna son regard de Clara et, me voyant à ses côtés, simula la surprise : « Ah, le voici donc ! J'imagine que vous êtes le jeune homme qui a retrouvé mon Isaac ?

— Oui, madame.

— Et où est-il ?

— Il est encore dans sa chambre.

— Il se refait une beauté, ajouta Clara.

— Il ne va pas tarder à descendre.

— La famille vous remercie », me dit-elle en approuvant de la tête. Puis elle me considéra avec sérieux l'espace d'un instant avant de laisser le sourire envahir son visage à nouveau : « Un jour quand vous ferez partie de la famille, vous pourrez vous remercier vous-même.

— Ima ! s'exclama Clara.

— Une vieille femme a le droit de dire ce que bon lui semble ! Vous n'êtes pas au courant ? De temps en temps, je perds la boule. Je vous demande de m'en excuser à l'avance. Je m'éteins et je me rallume. Avoir cent ans, c'est un drôle d'âge. On est susceptible d'être atteint par toute la folie d'une fin de siècle, mais on n'est plus en état de supporter les festivités. Vous verrez : dans quelques instants je vais m'arrêter de fonctionner comme si j'étais morte. Quand ça se produit, mon infirmière a l'amabilité de me conduire dans un coin de la pièce. Il ne vaut mieux pas que je gêne. Alors avant de disparaître, laissez-moi vous dire ceci : je suis très heureuse que vous soyez là. »

Là-dessus, l'infirmière l'entraîna plus loin vers d'autres invités. Deux femmes haredim portant perruque et robe balayant le plancher s'arrêtèrent un bref instant près du fauteuil et parurent faire des compliments sur le chemisier de Sasha. Un jeune couple arabe s'approcha timidement et la salua d'un simple bonjour. Puis une femme que je pris d'abord pour une musulmane portant le hijab flotta à travers la pièce et se tint auprès du fauteuil comme une ombre. C'est seulement lorsqu'elle se pencha pour parler à Sasha que je remarquai la croix pendant à son cou. Une religieuse orthodoxe du couvent proche.

Sasha sourit en la voyant, tendant la main pour lui toucher la joue. Lorsque la sœur avança le visage pour recevoir la caresse et s'illumina d'un large sourire en sentant le contact, je me demandai depuis quand un tel contact physique ne lui avait pas été offert si librement, si généreusement. Elle semblait en train de raconter une histoire quand le regard de Sasha se voila.

« *Ver zayt ir ?* » Qui êtes-vous ? demanda-t-elle, passant au yiddish sans crier gare. Une certaine agitation s'était subrepticement emparée de sa voix. Elle se tourna pour regarder l'infirmière : « *Veys ikh a monashke ?* » Est-ce que je connais une bonne sœur ?

L'infirmière philippine connaissait apparemment quelques mots de yiddish elle aussi. Elle répondit en ayant parfaitement compris la question : « Madame Bimko, mère Catherine est une vieille amie à vous. Elle est venue pour votre anniversaire. Tout le monde est ici pour votre anniversaire, ajouta-t-elle en désignant l'ensemble de la salle d'un geste de la main. Vous avez tellement d'amis ! »

Un éclair de peur traversa le regard de Sasha. Elle saisit la main de l'infirmière.

« D'accord, madame Bimko. Allons nous reposer un petit peu. »

La religieuse fit un signe de tête compréhensif tandis que l'infirmière entraînait Sasha à l'écart, arrêtant le fauteuil près d'une table garnie de fleurs.

« Je suis là si vous avez besoin de moi. Reposez-vous tranquillement. »

Je l'observai de loin. Assise sans expression sur le visage, elle avait les yeux qui se fermaient toutes les cinq minutes et restaient clos assez longtemps pour que son infirmière revienne par deux fois lui toucher la main, façon discrète de vérifier son pouls.

Assise à mes côtés, Clara me raconta le reste de ce qu'elle savait de son histoire familiale. Dès que sa fille avait eu l'âge, Sasha l'avait envoyée en Amérique, où elle recommença tout le cycle de l'immigration comme si elle n'avait pas été conçue à New York. Sasha n'avait jamais parlé d'Itsik Malpesh à sa fille, et celle-ci n'eut jamais l'idée de le chercher ni dans l'East Side, ni à Baltimore, ni ailleurs. Même lorsqu'elle se maria et eut des enfants, même quand ses enfants eurent à leur tour des enfants, parmi eux une fille prénommée Clara, personne n'eut vent de l'existence de Malpesh. Même quand Minah Bimko mourut, ni trop jeune, ni trop âgée, personne ne savait que son père était encore en vie.

Quant à Sasha, elle quitta la Russie dans les années 1950 pour retourner parmi les vignobles qu'elle avait connus avec Nahum Minkowski durant sa jeunesse. En arrivant, elle fut atterrée de découvrir que la violence qu'elle gardait en mémoire n'avait fait qu'empirer.

« Depuis lors, elle a consacré sa vie à changer cet état de choses, me raconta Clara. La majeure partie de la famille vit aux États-Unis, alors on a essayé de la faire venir là-bas. Mais elle a toujours refusé. Je ne l'ai pas vue depuis les obsèques de ma grand-mère. »

L'année suivante, quand commencèrent les pires violences que le pays ait connues depuis une génération, Sasha n'était plus là – un bien maigre réconfort. La seconde Intifada balaya Israël, des Juifs tuèrent des Palestiniens, des Palestiniens tuèrent des Juifs. Quand la violence s'étendit au-delà des frontières d'Israël pour entraîner une recrudescence des agressions antisémites à travers le monde, les deux camps parvinrent à considérer les souffrances qu'ils avaient endurées et à faire renaître un mot archaïque pour leur donner un nom, un mot étrange qui sonne de la même façon dans toutes les langues, peut-être parce que la terreur n'a pas besoin de traduction : *pogrom*.

Clara fut soulagée que son arrière-grand-mère n'ait pas vécu pour assister à tout cela, même si elle n'aurait pas eu besoin de notre protection, bien sûr.

En observant Sasha Bimko fêter le centième anniversaire de sa naissance, je ne doutais pas un instant qu'elle ait traversé assez d'épreuves dans le passé pour que l'avenir ne lui réserve jamais aucune surprise.

Assis à notre table distante d'environ cinq mètres, je la considérais tandis qu'elle alternait entre vigilance et inconscience, reliant cette femme sur le point de disparaître à la jeune fille aux yeux clairs qui avait été la force motrice de la vie d'un poète. Avec ces cheveux suffisamment clairsemés pour que je distingue l'arrondi du crâne, avec ces bras si grêles que je discernais nettement le mécanisme des jointures osseuses dans les poignets, avec ce corsage qui donnait l'impression que la toute petite femme se cachait derrière un buisson rose et jaune, jamais on n'avait vu muse plus splendide. Elle portait encore le fichu de Kichinev sur le front, et elle n'en paraissait que plus belle.

Je l'observais peut-être trop intensément, si intensément en fait que je ne vis pas Malpesh faire son entrée. Il avait atteint le milieu de la salle lorsque je le remarquai. Je bondis pour lui prendre le bras, le guider jusqu'à notre table, mais il savait où il allait. En veste de tweed grise et cravate bleue, les cheveux coiffés en arrière, juste assez lissés pour tenir en place, il marchait d'un pas décidé, sa canne cliquetant sur le carrelage à chaque enjambée.

Il l'appela par son nom avant d'être parvenu jusqu'à elle, puis une nouvelle fois quand il fut à ses côtés. Comme elle ne répondait pas, il approcha sans plus de cérémonie une chaise pliante et se mit à parler.

Il avait à peine prononcé quelques mots que l'infirmière surgit et lui dit : « Excusez-moi, monsieur, mais le yiddish la perturbe parfois. »

Malpesh hocha la tête et passa à l'anglais sans un instant d'hésitation. Je m'éloignai pour leur laisser leur intimité, et repris mon observation. Il parla longuement, avec une joie manifeste et un sourire qui ne quittait pas son visage, ses mains montant et descendant souvent pour illustrer ce qui avait tout l'air d'être un récit captivant. Il ne lui avait jamais parlé dans cette langue auparavant, mais cela semblait n'avoir aucune importance.

Au bout de vingt minutes environ, les invités ne pouvaient plus attendre. On tamisa la lumière. Un gâteau flotta sur un grand plat à travers l'assemblée.

La mère de Clara alluma une quantité de bougies susceptible de déclencher un incendie et me fit signe d'aller vers le couple réuni, me demandant de rapprocher l'un de l'autre ces deux ancêtres de la moitié des invités présents, Adam et Ève si longtemps séparés.

Je me dirigeai vers eux et m'apprêtai à proposer à Malpesh qu'ils s'avancent pour rejoindre la foule de la famille et des amis, qui attendaient tous dans une expectative silencieuse.

Avant que j'aie pu dire un mot, il était debout. Il appuya sa canne contre le mur et l'y laissa. Puis il saisit le fauteuil de Sasha par les poignées et le poussa en avant.

Elle ouvrit les yeux lorsque les roues se mirent soudain en branle, et se tourna légèrement pour voir qui l'avait réveillée.

« Isaac ? demanda-t-elle.

— Oui, mon amour.

— L'heure est venue de rentrer à la maison ?

— Pas encore, mon amour. »

Plissant les yeux en direction d'une table illuminée de bougies, environné d'un silence en au moins quatre langues, Malpesh essaya de deviner au mieux ce qui allait se passer ensuite.

« Je crois que l'heure est venue de chanter », dit-il.

PAPIER À BASE DE FIBRES CERTIFIÉES

Le Livre de Poche s'engage pour l'environnement en réduisant l'empreinte carbone de ses livres. Celle de cet exemplaire est de :
600 g éq. CO_2
Rendez-vous sur www.livredepoche-durable.fr

Composition réalisée par NORD COMPO

Achevé d'imprimer en août 2013 en France par
CPI BRODARD ET TAUPIN
La Flèche (Sarthe)
N° d'impression : 3001565
Dépôt légal 1re publication : août 2013
LIBRAIRIE GÉNÉRALE FRANÇAISE
31, rue de Fleurus – 75278 Paris Cedex 06

31/6681/6